책벌레의 하극상

사서가 되기 위해서라면 뭐든지 할 수 있어

제 4 부 귀족원의
자칭 도서위원 II

카즈키 미야
miya kazuki

길찾기

귀족이 된 로제마인은 영주의 양녀이자 신전장으로서 바쁜 나날을 보낸다. 인쇄기가 만들어지고, 성의 판매회에서 카루타나 트럼프가 큰 인기를 끈다. 그러나 게오르기네의 방문으로 불안한 분위기가 감돈다. 죄를 범한 빌프리트, 납치 당할 위기에 놓인 샤를로테를 구하기 위해 동분서주하는 로제마인은 정체를 알 수 없는 적이 먹인 약 때문에 죽음의 위기를 맞게 된다. 치료를 위해 들어간 유레베에서 로제마인이 깨어난 것은 2년이 지난 후였다.

로제마인
주인공. 2년간 잠들어서 겉으로 보기에는 7세 정도. 내용물도 변하지 않았다. 귀족원에서 책을 읽기 위해서 수단과 방법을 가리지 않는다. 귀족원 1학년생

에렌페스트 영주 후보생

빌프리트
질베스타의 장남. 로제마인의 오빠로 귀족원 1학년생

샤를로테
질베스타의 장녀. 로제마인의 동생으로 한 살 아래. 이번에는 집보기 담당

로제마인의 보호자들

페르디난드
질베스타의 이복동생. 로제마인의 보호자 역할을 하고 있다

질베스타
에렌페스트의 아우브(영주). 로제마인을 양녀로 맞아들인 양아버지

플로렌치아
질베스타의 아내. 후보생 세 명의 어머니. 로제마인에게는 양어머니가 된다

칼스테드
에렌페스트의 기사단장. '귀족' 로제마인의 호적상 아버지

엘비라
칼스테드의 제1 부인. '귀족' 로제마인의 호적상 어머니

보니파티우스
질베스타의 숙부이자 칼스테드의 아버지. 로제마인에게는 할아버지가 된다

리카르다
수석 시종. 세 보호자의 어린 시절을 꿰고 있는 상급귀족

리젤레타
견습 시종으로 중급 귀족. 안게리카의 여동생

브륀힐데
견습 시종으로 상급 귀족. 귀족원 3학년생

하르트무트
견습 문관으로 상급 귀족. 오틸리에의 막내 아들

필린느
견습문관으로 하급 귀족. 귀족원 1학년생

안게리카
견습 호위 기사로 중급 귀족. 귀족원 6학년생. 리젤레타의 언니

코르넬리우스
견습 호위 기사로 상급 귀족. 귀족원 5학년생. 칼스테드의 삼남

레오노레
견습 호위 기사로 상급 귀족. 귀족원 4학년생

트라우고트
견습 호위 기사로 상급 귀족. 귀족원 3학년생. 리카르다의 손자

유디트
견습 호위 기사로 중급 귀족. 귀족원 2학년생

다무엘
호위 기사로 하급 귀족

오틸리에
시종. 하르트무트의 어머니

힐쉬르
에렌페스트의 사감. 페르디난드의 스승

프림베르	클라센부르크의 사감
루펜	단켈페르거의 사감
프라우렘	아렌스바흐의 사감
파울리네	프뢰벨타크의 사감 음악 선생
솔랑쥬	귀족원의 도서관 사서

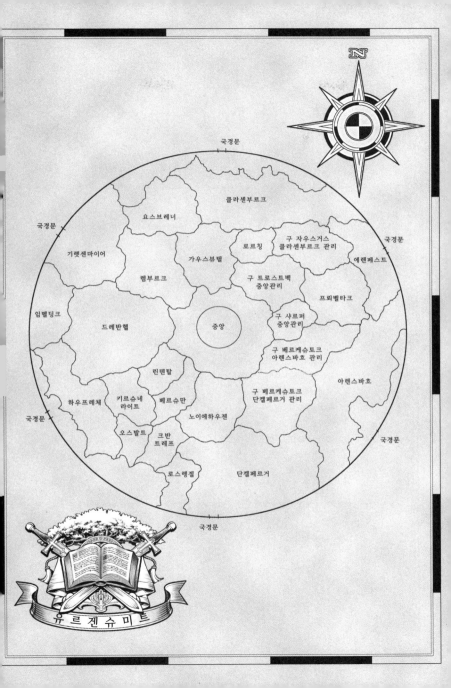

제4부 **귀족원의 자칭 도서위원 II**

일러스트 시이나 유우   **지도제작** 후지시로 요   **번역** 김 봄
디자인 백진화   **편집** 김일철   **마케팅** 정다움   **주간** 정성학

제 4 부

귀족원의 자칭 도서위원 II

프롤로그

"이 책을 반납해 줄래요?"

"개인 열람석 열쇠를 빌리고 싶은데요……."

같은 간격으로 이어진 창문으로부터 부드러운 석양빛이 내리쬐는 귀족원 도서관에 꾀꼬리 같은 여학생들의 목소리가 울렸다. 슈바르츠와 바이스를 보려고 몰려온 학생들이다. 오늘은 없지만, 땅의 날에는 선생들까지 자기 연구를 내팽개치고 이곳으로 둘을 보러 올 정도다. 몇 년 동안 작동하지 않았던 도서관 마술구에 이목이 쏠리는 건 어찌 보면 당연했다.

솔랑쥬는 슈바르츠와 바이스에 떼를 지어 모이는 광경을 흐뭇하게 생각하면서 아주 조금 목소리를 낮춰 달라고 여학생들에게 주의를 주었다. "죄송합니다." 하고 일단 얌전해졌지만, 지금까지의 경험으로 보아 시간이 지나면 또다시 그녀들의 음량이 점점 커질 터였다. 조용히 공부하고 싶었던 학생에게는 거슬리는 줄 알면서도 매년 이 시기에는 한산했던 도서관이 북적이는 이 상황이 솔랑쥬는 매우 기뻤다.

'어머, 오늘도 에렌페스트 학생이 사본을…….'

열람실을 둘러보니 에렌페스트의 망토를 걸친 몇 학생이 솔랑쥬의 눈에 들어왔다. 올해 입학한 영주 후보생 로제마인이 슈바르츠와 바이스의 주인으로 메스티오노라에게 인정받을 정도로 도서관과 책을 끔찍이 사랑해서일까? 올해 에렌페스트 학생들은 상당히 공부에 열성적이다. 식사 시간에 직원 식당에서 들은 얘기로는 이 시기에 이론을 끝낸 학생이 벌써 몇이나 있다고 했다. 다른 영지 학생과 달리 로제마인 측근의 지시로 참고서를 베껴 쓰는 학생들을 보면 선생들 사이의 이야기가 과장이 아님을 알 수 있었다.

'사본은 로제마인 님의 지시겠지.'

솔랑쥬는 슬며시 개인 열람석을 돌아보면서 생각했다. 영주 후보생이나 상급 귀족의 지시가 아니라면 중급과 하급 귀족이 종이를 흥청망청 쓸 턱이 없다. 에렌페스트에서 사본을 지시한 사람이라면 로제마인 외에는 없으리라.

'이상한 종이인데, 저것도 에렌페스트의 특산품일까?'

그들은 솔랑쥬가 지금까지 본 적이 없는 종이를 썼다. 처음 봤을 때 직원 식당에서 다른 선생에게 물어봤지만, 수업 때는 그 종이를 잘 쓰지 않는 듯했다. 아마 영주 후보생이 부탁한 일이 아니면 쓰지 않으리라. 아직 에렌페스트에서도 모든 귀족이 쓸 수 있는 물건은 아닌 모양이다.

'그나저나 에렌페스트 특산품이 한꺼번에 나오기 시작했네요.'

음악 선생의 말을 듣자 하니 한평생 들은 적 없는 새로운 곡을 몇 곡이나 숨겨 둔 듯하다고 했다. 그 곡을 로제마인 본인이 직접 작곡했다는 소문이다. 아마 전속 악사가 작곡했을 것이라고 추측하지만, 로제마인 본인의 기량도 2년간 잠들었던 사람 같지 않게 뛰어나다고 했다.

'어쩌면 로제마인 님께는 지혜의 여신 메스티오노라뿐만 아니라 예술의 여신 퀸스질의 가호도 있을지도 몰라.'

로제마인이 신에게 기도할 때 축복의 빛이 넘치던 그날을 떠올리는데 마침 천장에서 형형색색의 빛이 쏟아져 내렸다. 폐관 시간을 알리는 빛이다. 고개를 홱 든 학생들이 서둘러 돌아갈 채비를 시작했다. 자료를 책장에 꽂는 학생, 대출하는 학생, 개인 열람석의 열쇠를 반납하는 학생…… 갑자기 열람실이 떠들썩해졌다. 솔랑쥬도 폐관 작업에 들어갔다.

"개인 열람석 열쇠는 슈바르츠에게 반납하세요. 대출 작업은 바이스 담당입니다. 자, 서두르십시오. 곧 여섯 점 종이 울립니다."

솔랑쥬는 포기하지 못하고 끝까지 개인 열람석에 앉아 있으려는 학생들에게 말을 걸면서 열람실을 돌아다녔다. 1층을 둘러보면 2층으로. 2층은 이용하는 사람이 거의 없지만, 가끔 그늘에 숨어 읽는 학생이 있기도 하다.

솔랑쥬가 이렇게 열람실을 확인할 수 있게 된 건 슈바르츠와 바이스 덕분이다. 지금까지는 개인 열람석 열쇠 회수와 대출 수속을 혼자서 전부 처리한 후에야 열람실을 확인했었는데 요즘은 폐관 작업이 몇 배나 더 일찍 끝난다.

2층 열람실을 돌아보며 확인한 후에는 햇빛에 의한 변색을 막는 마술구와 시간을 알리는 빛의 마술구를 차례로 껐다. 사실은 열람실 내의 습도를 조절하는 마술구도 있지만, 솔랑쥬 한 사람의 마력으로는 모든 마술구를 유지하기 힘든 것이 현실이었다. 그래서 최소한 필요하다고 보이는 마술구만 작동하고 있다. 마지막으로 2층 열람실 안쪽에 있는 지혜의 여신상 앞에 서서 오늘 하루도 무사히 끝났음을 보고했다.

슈바르츠와 바이스의 작업이 끝난 것을 확인한 솔랑쥬는 열람실과 서고의 문을 잠그고 집무실로 들어갔다. 동시에 여섯 점 종이 울려 퍼졌다. 마지막으로 열람실을 나간 학생은 기숙사에 도착했을까? 그런 생각을 하면서 보증금을 금고에 넣고, 열람실 불을 껐다.

"일 끝났어."

"솔랑쥬, 밥 먹으러 가자."

"오늘은 카트린이 가져와 줄 거예요. 슬슬 올 때네요."

그렇게 말하면서 솔랑쥬는 열쇠를 들고 집무실을 나가서 중앙동과 이어지는 회랑을 걸었다. 잠시 후에 솔랑쥬의 시종인 카트린이 중앙동 식당에서 식사를 가지고 오면 회랑과 이어진 문도 잠가야 하기 때문이다.

끼익 하고 문을 열자 인기척이 없는 회랑이 보였다. 솔랑쥬는 살짝 문밖으로 나와 주변을 둘러보았다. 문관동에는 불 켜진 창문이 많지만, 시종동은 거의 불이 꺼져 있다. 시종 코스를 맡은 선생은 자기 시종의 업무를 고려해서 식사 시간이 정확한 대신, 문관 코스 선생은 연구를 우선시하는 사람이 많아서다.

"어서 와요, 카트린."

정면에 왜건을 밀며 오는 사람이 보였다. 솔랑쥬는 카트린을 문 안으로 들여보내고, 중앙동과 이어진 문을 잠갔다. 그리고 카트린과 함께 왔던 길을 돌아갔다. 솔랑쥬의 방은 집무실 안쪽 문을 열면 나오는 사서 기숙사다.

"솔랑쥬 님, 오늘은 방에서 드신다고 해서 식사를 가져왔는데 식당에서 정보를 듣지 않으셔도 괜찮으십니까?"

솔랑쥬는 출신 영지에서 사감을 맡기지 않은 평범한 교사다. 사감은 기숙사에서 식사하지만, 다른 선생은 중앙동에 있는 직원 식당을 이용한다. 몸이 아플 때나 누군가에게 초대받았을 때는 시종에게 식사를 가져오게 할 수도 있다.

홀로 도서관에서 일하는 솔랑쥬에게는 식사 시간이 유일한 정보 수집 시간이다. 지금까지 카트린 외에 말 상대가 없어서 쓸쓸한 솔랑쥬에게는 식사 시간이 유일한 즐거움이었다. 그러나 최근에는 식당에만 가면 슈바르츠와 바이스에 관한 질문이 쏟아졌다. 처음에는 신나게 수다를 떨었지만, 몇날 며칠 같은 질문을 받다 보니 조금 피곤해졌다. 특히 주인을 바꾸려면 어떻게 하면 좋으냐는 질문에는 대답하기가 난처했다.

　'여신님의 축복이 있으면 가능하다고 해도 아무도 믿지 않는걸.'

　"멀리까지 가져오게 해서 미안하지만, 가끔은 내 방에서 조용히 식사하고 싶군요. 하루 만에 귀족원 사정이 갑자기 확 바뀌지도 않을 테고……."

　"슈바르츠와 바이스가 있어서 외롭지 않으니까 식당에 가기 귀찮아졌다…… 라는 이유가 아니라면 하루 정도는 괜찮다고 생각합니다."

　사서가 몇이나 있었던 옛날처럼 도서관에 틀어박히지 않을까 걱정하는 카트린의 말투에 솔랑쥬는 훗훗 하고 웃었다.

　"두 아이가 있어 준 덕분에 일도 편해졌고, 외로움도 덜었어요. 하지만 정보 수집까지 대신 하게 할 순 없죠. 걱정하지 않아도 내일은 식당에 갈 거예요."

　사서 기숙사의 문을 열고, 집무실 불 등 모든 마술구의 작동을 중단했다. 기숙사로 이동하는 길은 방범을 겸해서 슈바르츠와 바이스도 함께했다. 집무실의 문을 잠근 순간, 일을 끝낸 기분이 들었다.

　'아직 일지를 쓰지 않았지만요.'

　"솔랑쥬 님, 전 왜건을 승강기에 넣고 오겠습니다."

"그래요, 난 먼저 돌아가서 슈바르츠, 바이스와 일지를 쓰고 있을게요."

왜건을 밀며 승강기로 향하는 카트린을 배웅한 솔랑쥬는 슈바르츠, 바이스와 텅 빈 사서 기숙사 안을 천천히 걸으며 계단을 올라 방으로 향했다. 예전에는 몇이나 있었던 사서도 지금은 솔랑쥬 하나다. 응접실이나 공용 거실을 쓸 일도 없어졌다.

"……한 명이라도 늘면 좋겠는데……."

슈바르츠와 바이스가 움직이기 시작했으니 사서를 늘리기가 예전보다 더 어려워졌을지도 모르겠다.

방에서 카트린이 식사 준비를 한다. 그동안 솔랑쥬는 슈바르츠와 바이스에게 오늘 이용자 얘기를 들으며 일지를 썼다. 예전과 달리 기록할 거리가 많다.

'이 시기에도 이렇게나 쓸 거리가 많은데 최종 시험이 다가올 무렵이면 얼마나 많아지려나?'

앞날이 두렵기도, 기대되기도 하는 마음으로 일지 기록을 끝내자, 슈바르츠와 바이스가 솔랑쥬를 지그시 바라보았다.

"슈바르츠, 바이스. 왜 그래요?"

"공주님, 없어."

"공주님, 왜 안 와?"

둘은 자신의 주인인 로제마인이 이곳에 없는 것이 이상한 모양이다. 그도 그렇다. 지금까지 둘의 주인은 항상 이 기숙사에서 생활했으니까.

"로제마인 님은 수업을 끝내면 도서관에 오실 거예요. 선생님들이 말하길 매우 노력파이고 우수한 성적으로 수업을 끝내고 있으시대요. 이제 곧 오시겠죠."

로제마인은 에렌페스트의 영주 후보생이다. 겉모습이 매우 앳되어 보이는 이유는 그녀가 2년이란 긴 기간을 잠들어서라고 들었다. 하지만 그렇게 느껴지지 않을 정도로 우수한 학생이라고 선생들 사이에서 소문이 자자하다.

'우수한 것뿐만이 아니지만요.'

심층의 방에서 쓰러지고, 마수처럼 생긴 기수로 프라우렘을 덮쳤다는 등 우수함과 동떨어진 소문도 들렸다. 하지만 솔랑쥬에게는 어떤 소문이 있든 없든 상관없었다. 로제마인은 유달리 책을 좋아하고, 도서관을 좋아하고, 신께 기도를 올려서 슈바르츠와 바이스의 주인이 된 영주 후보생이다. 여신에게 인정받은 둘의 주인. 솔랑쥬에겐 그것만으로 충분했다. 도서관의 존속을, 자신의 업무를 여신에게 인정받은 듯한 기분이 들었다.

"곧 와?"

"공주님, 곧 와?"

"네, 그럼요. 나도 로제마인 님과 하고 싶은 얘기가 많답니다. 당신들에 관해서도 이것저것……. 로제마인 님의 수업이 끝날 날이 기대되네요."

솔랑쥬는 그렇게 말하며 둘의 옷에 달린 마석에 손을 뻗었다. 둘을 움직일 만한 마력은 부족했지만, 솔랑쥬가 줄곧 마력을 공급한 덕분에 부적 마법진만은 작동하였고, 도둑맞는 불상사는 일어나지 않았다. 로제마인의 부담이 조금이라도 덜기를 바라며 솔랑쥬는 마력을 쏟아부었다.

이날 로제마인이 모든 수업을 마친 얘기로 직원 식당이 흥분으로 달아오른 것도 모른 채 솔랑쥬는 식사를 마쳤다.

다과회 회의

내가 모든 수업에 합격한 경사스러운 밤, 모두가 모인 저녁 자리에서 빌프리트가 에렌페스트의 학생들을 둘러보며 엄숙한 말투로 이렇게 말했다.

"오늘 로제마인이 모든 수업에 합격해 버리고 말았다."

"빌프리트 오라버니, ……합격해 버리고 말았다니 대체 무슨 의미죠?"

"조금만 더 천천히 해도 좋았다는 의미다."

필사적으로 공부한 여학생들이 빌프리트의 말에 동의하듯 고개를 연신 끄덕거렸다. 아직 이론을 끝내지 못한 몇 명이 학수고대하며 노력해 왔던 목표가 사라졌다며 탄식했다.

"조금만 더……. 전 정말 조금만 더 하면 이론이 끝나는데 슈바르츠와 바이스의 치수를 재는 데 동행할 수 없게 되다니……."

"리젤레타, 그냥 치수를 재는 거예요. 너무 기대가 과한 것 아녜요?"

"만약 로제마인 님께서 도서관을 목표로 노력하시다가 내일 수업으로 합격이 눈앞에 왔을 때 도서관이 폐쇄되는 상황을 상상하셔도 저희의 좌절감이 호들갑스럽나요?"

입장을 바꿔 생각해 보니 너무나도 잔혹한 상황이었다.

'합격이 머지않았는데 도서관이 폐쇄되다니, 그런 잔인한 상황이 어디 있어!'

상상만으로 가슴이 짓밟히는 것 같다. 나는 탄식하는 여학생들의 심정에 공감했다.

"슈바르츠와 바이스의 치수는 힐쉬르 선생님과도 일정을 맞춰야 하니까 날짜를 결정하기까지 아직 시간이 있어요. 내일 전 도서관에 가도 치수를 재진 않을 거예요. 치수 재는 날까지 여러분이 이론을 끝내면 동행을 허락할게요."

그렇게 말하자, 여자아이들이 조금은 안심하는 표정을 보였다. 그러나 빌프리트는 반대로 난처한 표정으로 고개를 저었다.

"치수가 어찌 됐든 좋아. 네가 도서관에 가서 지금보다 더 흥분하기 전에 꼭 의논해야 할 사항이 있어."

'그래? 의논할 만한 일이 있었나?'

"네가 수업을 끝낸 이상, 이제부터 사교 활동을 하게 될 거야. 에렌페스트의 정보를 얼마나 유행으로 전파할 건지, 또 자주 받는 질문에는 대답을 맞춰 놓는 편이 좋을 것 같은데 어때?"

"요즘에 대답하기 난처한 질문이 많았는데 그래 주시면 감사하겠습니다."

빌프리트의 말에 견습 문관들의 표정이 단체로 환해졌다. 아무래도 견습 문관 사이에서는 정보 공유가 활발한지 요즘 들어 다른 영지의 질문 공세를 받는 듯했다.

"다른 영지와 이미 접촉한 자들에 묻겠다. 어떤 질문을 받았지? 그리고 어떻게 대답했어? 그걸 토대로 고민해야겠어. 앞으로는 하급생도 사교 자리에 참석하게 되니까."

빌프리트의 질문에 잇달아 대답이 쏟아져 나왔다. 성적향상 위원회로 전공 코스끼리 모아서 공부시킨 효과도 있는지 파벌과 관계없이 의견이 나왔다.

상급생 중에는 이미 지난 땅의 날에 다과회를 한 사람도 있고, 수업 기간에 열심히 정보를 교환했는지, 역시 최고의 화제는 에렌페스트 성적 향상의 비밀이라고 했다. 1학년이 한 번에 합격한 이야기부터 두 영주 후보생이 성적 우수자 후보로 올라간 얘기도 입에 오르내렸다고 한다. 오직 빠른 합격만을 노렸던 내가 흥미진진하게 고개를 끄덕이며 듣는데 견습 문관들이 "확실히 성적 향상 비결을 많이 물었습니다……."라며 서로 얼굴을 마주 보았다.

"대답은 이미 정해져 있지요? 성적 향상은 에렌페스트의 성녀가 세운 공적으로, 내년에는 더 놀랄 것이라고 대답하라고 하르트무트가 지시했으니까요."

"너 하르트무트에게 그런 지시를 내렸어?"

빌프리트가 심각한 표정으로 팔짱을 끼고 나를 보았다. 하지만 나는 억울했다.

"전 지시 내린 적 없어요. 그런데 그런 걸로 되었나 보네요."

나는 원흉인 하르트무트를 노려보았다. 하지만 그는 태연하게 "맞지 않습니까?"라고 말했다.

"지금 현재 나도는 소문은 이론 성적뿐입니다. 올해는 그 대답만 맞춰 두면 문제없겠지요. 내년 귀족원 시즌까지 로제마인식 마력 압축을 배운 자가 얼마나 마력을 키우느냐. 그거로 에렌페스트의 평가가 크게 바뀔 겁니다."

하르트무트가 예상하길 올해는 맛보기일 뿐 더욱 골치가 아파지는 시기는 내년이라고 한다. 벌써부터 머리가 지끈거렸지만, 도서관에 가기 전에 미리 생각해 두지 않으면 나중에 고생하리라.

"성적 향상은 그 대답으로 상관없지만, 어린이 방에서 이뤄진 교육, 그림책, 카루타, 트럼프 정보는 숨겨 줘요. 아직은 다른 영지보다 이론에서 유리해야 해요."

"알겠습니다."

빌프리트가 "성적 질문은 그거면 되겠지."라며 심각하게 고개를 끄덕였다.

"저에겐 린샴을 물어보는 사람이 있었어요. 어떻게 머리 윤기를 내는지, 린샴은 어디에서 파는지, 어떻게 만드는지……."

내 주위에는 그런 말이 나오지 않아서 몰랐는데 진급식에 여학생들의 머리를 린샴으로 반지르르하게 만든 효과도 나온 듯하다.

"뭐라고 대답했나요?"

"전 빌린 거라 자세히 모른다고 했습니다. 에렌페스트에서 최근에 유행한다고만 대답해 뒀습니다."

"린샴은 그거면 되겠죠."

귀족원에서는 기본적으로 자기 영지에서 물자를 날라 와 생활한다. 귀족원 시설 안에는 가게도 없거니와 영민도 없다. 귀족원에 들어온 아이들이 소문이나 유행 정보를 긁어모으면 본격적인 매매 얘기는 영주 회의에서 이뤄진다. 광범위하게 팔고 싶다면 귀족원에서 선전하면 되지만, 그러고 싶지 않다면 숨기면 된다.

"린샴, 꽃 장식, 카르트 카르는 다과회 참석 때 실물을 가져가도 되고, 화제로 꺼내도 좋아요. 에렌페스트에서 유행하기 시작했다고 말하면 될 거예요. 단, 판매하는 상점명은 숨기세요. 영주 회의에서 거래를 결정하기 전에 직원을 가로채거나 제조법을 도난당하면 가격이 급격히 떨어져요. 실물만 공개하고, 정보를 숨겨서 실제 거래까지 가치를 끌어올리도록 하세요."

최근에는 학생들도 자력으로 돈을 벌려고 머리를 굴리는 덕분에 정보의 가치나 그 가치량의 변화에 조금 민감해진 듯하다. 다들 진지한 표정으로 고개를 끄덕였다.

"저는 오늘 탑승용 기수의 질문을 받았어요. 로제마인 님과 힐쉬르 선생님이 귀족원의 상공을 날아다니는 광경을 많은 견습 기사들이 목격한 것 같아요."

"힐쉬르 선생님은 우리가 기수 제작 실기를 배울 때 스밀형 기수를 만들었어요."

나는 기수 제작 실기에 있었던 일을 설명했다. 내가 마수처럼 생긴 기수로 프라우렘을 덮쳤다는 소문을 검증하려고 여러 선생이 집합한 상황도 설명했다.

"그래서 프라우렘 선생님이 퍼트린 소문은 사실이 아니라고 판명되었군요. 선생님들께 증언을 얻는다면 나쁜 소문은 금방 없어지겠지요."

스밀형 기수 제작에 도전하는 사람이 여럿 있었다고 하자, 리젤레타가 활짝 웃었다.

"스밀이라면 정말 귀여우니까 유행할지도 모르겠네요."

"로제마인 님의 기수는 옷을 갈아입을 필요가 없다는 장점이 매우 커요. 기존의 기수가 몸에 익어서 고생하겠지만, 저도 기수를 바꿔도 될까요?"

브륀힐데는 유행의 선두주자를 맡은 자기도 기수를 변경하고 싶다는 말을 꺼냈다.

"……마력 소비량이 많지만, 크기를 키우면 짐도 옮길 수 있죠. 비

바람도 피할 수 있어서 편리하긴 한데, 내 호위 기사들이 말하길 무기를 들고 싸워야 하는 견습 기사에겐 맞지 않대요."

내 말에 유디트가 아쉬운 표정을 지었다. 유디트도 탑승형 기수로 하고 싶었던 모양이다.

"그리고 탑승형 기수로 하려면 말처럼 날씬한 동물보다 동글동글한 동물이 귀엽······아, 아니지, 타는 자리를 크게 만들 수 있는 동물이 만들기 쉬워요."

일단 모두에게 퍼트려 달라고 선전은 해 두었다. 앞으로 귀여운 기수가 늘면 참 좋겠다.

"이론 첫날 합격에 비하면 음악 선생님이 로제마인 님을 다과회에 초대한 소문은 잠잠하네요."

그런 상급생의 대화에 나는 브륀힐데에게로 시선을 돌렸다.

"브륀힐데, 선생님과 하기로 한 다과회 일정은 정해졌나요?"

"오늘 제 이론 수업이 끝나면 그 뒤에 리카르다와 상담해서 정하겠습니다. 다과회 준비는 시종이 할 테니 로제마인 님은 선생님에 관한 정보를 외워 주십시오."

누가 참가하는 다과회인지 사전에 알아 둬야 한다고 브륀힐데가 말했다.

"알겠어요. 그리고 이건 모두에게 부탁할게요. 귀족원 내에서 페르디난드 님이 끼친 영향과 전설을 아는 대로 조사해 주세요."

"······페르디난드 님이요?"

"듣자 하니 귀족원에 수많은 전설을 남겼다더군요. 다과회에서 화제로 꺼내면 좋아할 분과 싫어할 분이 계실 테니 자세히 알아 둬야 할 것 같아요."

본인도 말했듯이 페르디난드는 원만한 성격이 아니다. 잘 챙기고, 과보호하는 구석도 있지만, 그건 자기가 가치를 인정한 상대에게만 발휘하는 것이고, 말투나 태도가 차가워서 엄격할 때가 많다. 그를 달갑게 보지 않는 사람이 압도적으로 많으리라.

'귀족처럼 가식적으로 웃으면서 비꼬기도 잘하니까 아군도 적도 많을 것 같아.'

"에렌페스트에서 유행하는 음악도 내가 작곡한 뒤 페르디난드 님이 손본 거니까 음악 선생님의 다과회 전까지 어느 정도 정리해 줘요."

"알겠습니다."

견습 문관들이 의욕에 찬 표정을 짓는 한편으로 견습 기사들은 영 탐탁지 않은 눈치다.

"견습 기사들도 꼭 페르디난드 님의 전설을 조사해 줘요. 보물 뺏기 디터에서 따라올 자가 없었다면서요? 올해는 영주 후보생이 있어서 모두 에렌페스트의 디터를 주목할 테니 정신을 바짝 차리고 훈련하세요."

"……그건 한때의 영광이었다고 람프레히트 형님에게 들었습니다. 그리고 지금은 속도 경쟁 디터가 주류라 당시와 상황이 다릅니다."

코르넬리우스의 자신감 없는 말에 나는 눈썹을 확 찌푸렸다. 보물 뺏기 디터는 다른 영지 기사가 뒤섞이는 상황에서 능숙하게 병사를 움직여야 하는 어려운 경기다. 하지만 속도만 다툰다면 머리를 굴릴 일도 많이 없을 테니 승산이 있을 터였다.

"그럼 조금이라도 빨리 쓰러뜨릴 수 있게 적 분석쯤은 끝났어요? 선생님들이 만든 마수를 쓰러뜨리는 디터면 종류는 많지 않겠죠."

"꽤 많은데요……."

"루펜 선생님이 '기합을 넣어 출동해라', '힘을 합쳐 파고들어라' 이런 말을 한다고 곧이곧대로 듣고 우르르 몰려가서 공격하면 안 돼요."

견습 기사들이 놀란 표정으로 서로의 얼굴을 보았다. 그 반응에 내가 더 놀랐다. 정말 전원이 전면 공격을 강행했었단 말인가.

"어떤 마물이 등장해도 대응할 수 있게 모든 마물의 약점과 공격 방법을 파악해야 해요. 또 누구는 어떻게 공격하고, 누구는 어떻게 막을지 역할 분담쯤은 되어 있죠? 이것도 정기적으로 역할을 바꿔 보면서 정말 적성에 맞는지 확인은 하고 있어요?"

"……아, 아뇨……."

"다 같이 덤비는 것이 아니라 상공에서 넓은 범위로 적의 동향을 살피는 역할도 필요하고, 주력이 회복 시간을 벌려는데 전력을 아껴 둔 사람이 없어서 교대도 못 한다면 낭패잖아요."

내 말에 트라우고트가 눈살을 찌푸렸다.

"로제마인 님은 영주 후보생이시니 견습 기사에 관해서 모르시겠지요. 회복이 필요할 만큼 긴 싸움도 아니니까 어떤 마물이 오든 전력으로 쓰러뜨리면 그만이고, 약점을 조사할 여유가 있다면 공격력을 올리는 훈련을 하는 편이 유리합니다."

조사하고 외우기 싫어하는 안게리카가 트라우고트의 의견에 고개를 끄덕이며 찬성했다.

"기사단은 며칠에 걸친 장기전으로 겨울의 주인을 토벌해야 하죠. 만약 온 힘을 다해 상대한다고 해도 겨울의 주인은 쉽게 쓰러지지 않고, 회복도 못한 채 며칠 내내 싸울 수 있는 사람은 없어요. 또 매년 어떤 마물이 겨울의 주인이 되는지 아무도 몰라요. 하지만 그런 이유로 마물을 연구하지 말자고 주장하는 기사는 없어요.”

견습 기사는 겨울의 주인 토벌 작전에 투입되지 않는다. 하지만 그 가혹한 과정은 들었을 터였다. 어떻게 아느냐는 눈으로 모든 견습 기사가 내게 주목했다.

“기사단 상층부야말로 얼마나 빨리 겨울의 주인을 쓰러뜨릴지 매년 고민하고, 마물의 약점을 철저하게 조사하는 것도 모자라 어떤 마물이 나타나도 쓰러뜨릴 수 있게 훈련해요. 귀족원에서도 강적을 조금이라도 빨리 쓰러뜨릴 방법을 고민하면서 싸우는 데 의미가 있어요. 각자 역할을 명확하게 나누고, 항상 머리를 쓰면서 훈련하세요.”

머리를 쓰고 싶지 않은지 권태로운 표정을 짓는 안게리카를 보며 씁쓸하게 웃은 나는 코르넬리우스를 쳐다보았다.

“매년 디터에 어떤 마물이 등장하고, 어떻게 쓰러뜨렸고, 시간은 얼마나 걸렸나요? 1년 치라도 모든 영지의 정보가 있으면 스무 마리가 넘는 마물 정보를 모을 수 있어요. 그것이 몇 년치 쌓이면 같은 마물을 쓰러뜨린 영지도 있을 테고, 훨씬 정확한 약점과 유리한 전술을 알게 될 거예요. 견습 기사들 사이에서 모아 두는 정보는 없어요?”

“거의가 입으로 전해 들은 정보이고, 딱히 기록은 하지 않습니다.”

훈련 중에 구두로 전해 듣고 각자 경험으로 남길 뿐, 자료로 남기지 않는다고 했다. 믿을 수 없었다.

“그럼 올해부터 기록하세요. 기억나는 과거에 등장한 마물과 그 약점을 전원이 글로 남기세요. 지식을 축적하고 전달하라고 책이 있는 거예요. 그렇게 엮어 후배에게 남겨서 전해 내려가면 에렌페스트는 해를 거듭할수록 유리해질 거예요.”

내 말에 견습 기사들보다 먼저 견습 시종이 고개를 들었다.

"견습 기사가 그런 정보를 남긴다면 저희도 선생님이 좋아하는 차나 디저트 종류, 다과회를 열 때 반드시 필요한 정보를 글로 남겨서 공유하겠습니다. 그러면 새로 조사해야 할 정보가 눈에 보이니까요."

"자료로 남기는 작업은 저희 일입니다. 견습 문관도 구전을 정리할까요?"

아무래도 견습 문관들도 구전으로 전해 내려오는 정보가 다양한 모양이다. 구전 정리와 정보를 공유하자는 말에 모두의 의견이 일치했다.

"그럼 다목적 홀에 책장을 둘까요? 작성한 자료를 모두 관람할 수 있게요."

"……로제마인 님, 기숙사 안에까지 도서실을 만드시게요?"

필린느의 질문에 "책장 정도는 필요하잖아요."라고 웃으면서 고개를 끄덕였다.

"다른 영지에는 못 보여줘도 에렌페스트 사람들끼리만 공유하고 싶은 자료는 있으니까요."

내가 머릿속으로 도서 공간을 만들 계획을 세우는데 빌프리트가 어깨를 으쓱했다.

"로제마인, 말이 나온 김에 내게도 조언해 주겠어?"

"뭔데요?"

"디트린데 님의 다과회 말이야. 네가 빠진 이상, 지금부터 대책을 강구해야 해."

빌프리트의 딱딱한 표정을 보아하니 사촌끼리의 다과회가 편안하게 흘러가리란 기대는 애초에 없는 듯했다.

"아렌스바흐도 프뢰벨타크도 순위가 떨어진 영지지요? 누구 좋은 정보 가진 사람 없나요? 내가 살게요."

견습 문관들이 지금까지 수집한 정보로는 에렌페스트로부터 마력 보조가 끊긴 탓에 프뢰벨타크의 마력 궁핍이 더욱 악화되었다고 한다.

"어쩌면 마력 보조를 다시 부탁할지도 모르겠네요."

"마력 보조? 프뢰벨타크에 마력을 대 주고 있었던 거냐?"

"네. 신전에서 저와 페르디난드 님이 작은 성배에 마력을 채워서 넘겼었어요."

직할지에 마력을 채우며 순회한 적이 있는 빌프리트는 "에렌페스트에 그런 여유가 없을 텐데." 하고 중얼거렸다. 제발 그 말을 부모님 앞에서 말해 줬으면 했다.

"프뢰벨타크는 상황을 지켜보세요. 만약 부탁할 것 같은 낌새를 풍기면 에렌페스트에서도 영주 후보생이 직할지를 돌며 마력을 쏟을 정도로 마력이 궁핍하다고 말해 보세요."

"그래서?"

"자기들도 노력해 보자고 생각하는 상대라면 조언해 주거나 보조해 줘도 되겠죠. 하지만 신관의 업무를 영주 후보생이 하냐며 비웃는 상대라면 전 앞으로도 절대 돕지 않을 거예요."

빌프리트가 고개를 끄덕였다.

"아렌스바흐에 관해서는 뭐가 있을까요? 아우브 에렌페스트가 귀족 간의 교류를 금해서 정보가 별로 없어요."

"아우브 에렌페스트에게 찍힐 순 없어서 저희도 적극적으로 모으고 있지 않아 잘 모릅니다."

견습 문관들에게 앞으로는 수집해 달라고 부탁하고, 나는 빌프리트를 보았다.

"일단 아렌스바흐를 경계하세요. 옛 생각에 그립더라도 현혹되시면 안 돼요. 동행할 시종들도 잘 보고 경계하도록 하세요."

빌프리트의 측근은 2년 전 사냥 대회에서 벌어진 일로 빌프리트가 차기 영주 후보에서 제외된 상황을 안다. 그런데도 모시기로 결심했다면 충성심이 각별할 터였다. "저희들이 반드시 지키겠습니다." 라고 말한 측근에게 빌프리트가 쓸쓸하게 웃었다.

"······로제마인 님."

굳게 결심한 표정으로 로데리히가 입을 열었다.

"왜 아렌스바흐를 그렇게까지 경계하시나요?"

떨리는 목소리로 꺼낸 질문에 온 시선이 그에게 집중되었다. 빌프리트와 나의 시종들은 이제 와서 무슨 소리냐는 시선이었지만, 구 베로니카 파 아이들은 그 발언에 동의하는 듯한 시선이었다. 모두의 시선을 한 몸에 받은 로데리히가 떨리는 손을 꼭 쥐었다.

"아렌스바흐는 대영지이고, 첫째 부인이신 게오르기네 님은 아우브 에렌페스트의 누이시잖아요. 왜 그렇게까지 경계하는지 이해가 안 가요. 형제이신 빌프리트 님과 로제마인 님과 샤를로테 님처럼 아렌스바흐와도 좋은 관계를 쌓을 수 있지 않을까요? 제 아버님은 아렌스바흐와 협력 체제를 쌓아 에렌페스트를 아렌스바흐보다 더 좋은 영지로 만들고 싶다고 하셨어요."

로데리히는 그렇게 말하며 고개를 푹 숙였다. 빌프리트가 함정에 빠졌던 사냥대회 사건 때도 로데리히는 자세한 얘기를 듣지 못한 채하얀 탑으로 유도하는 역할을 맡았고, 그 결과로 빌프리트에게 배척당했다고 들었다. 주변 어른들이 아이들을 좌지우지한 것이리라. 그러나

이 사건은 강자에게 빌붙으려는 힘이 약한 중급, 하급 귀족에게는 치명적인 실태였다. 로데리히는 세례를 받은 다음 해에 실태를 범하고 만 셈이다.

'기숙사 내에서만이라도 뭉치게 하고 싶었는데 생각보다 어렵네.'

부모가 시켜서 아렌스바흐의 편에 붙으려고 우리 정보를 흘리는 아이가 있을지도 모른다. 하지만 모든 사정을 모르고서는 납득하지 않으리라는 생각에 나는 입을 열었다.

"로데리히, 당신은 세례 전이었으니 모를지도 몰라요. 하지만 신전에서 남들 모르게 키워진 나는 마력의 양이 많은 청색 무녀라는 이유로 아렌스바흐 귀족에게 납치당할 뻔했어요. 내가 독을 마시고 잠든 2년 전, 겨울 습격을 일으킨 사람들도 아렌스바흐 귀족이 소유한 사병이었고요."

어려서 몰랐던 저학년들이 깜짝 놀란 표정으로 나를 보았다.

"……전 죠이소타크 자작이 샤를로테 님을 해치려 한 범인이었다고 들었는데, 로제마인 님께 그런 일이 있은 줄은 몰랐어요."

"그리고 샤를로테를 납치해서 처형당한 범인과 내게 독을 먹인 범인은 다른 사람이에요. 양쪽을 가까이서 접촉했기 때문에 나는 다른 사람이라고 확신해요. 또 다른 범인은 아직도 잡지 못했어요. 그자가 아렌스바흐와 내통하지 않는다고 단언할 수 있나요? 습격당했던 우리가 약간의 위험이라도 경계하는 게 당연하다고 생각하지 않아요?"

"그렇게 생각합니다."

아이들의 굳어진 안색을 보면 스스로 판단할 수 있는 약간의 정보조차 듣지 못했음을 알 수 있었다.

"나도 가능하다면 바다가 있는 아렌스바흐와 사이좋게 지내고 싶어요. 하지만 여러 불미스러운 사건으로 아우브 에렌페스트가 경계하는 지금 상황에서는 아렌스바흐와 협력 체제를 구축하기 어렵다는 말밖에 못 하겠네요."

그 주장에 납득했는지, 구 베로니카 파 아이들도 푹 숙인 고개를 끄덕거렸다.

"사실을 모르면 이해할 수 없는 일들이 세상에는 수두룩해요. 그러니까 로데리히. 당신은 견습 문관으로서 다양한 곳에서 다양한 정보를 얻을 수 있게 자신을 갈고닦으세요. 다행히 귀족원에는 든든한 상급생이 많이 있잖아요."

로데리히가 깜짝 놀란 듯 고개를 확 들고, 천천히 주변을 둘러보았다.

"각 영지의 정보를 모은 후에 아렌스바흐와 친교를 맺으면 이점이 얼마나 있는지, 그보다 이점이 있을 영지가 있는지 꼼꼼히 조사하세요."

안색이 좋아진 로데리히의 "해 보겠습니다."라는 시원시원한 대답과 함께 구 베로니카 파 아이들도 아무 말 없이 고개를 끄덕였다.

모두가 해산하고, 나는 내 방으로 돌아가려고 했다. 그때 빌프리트에게 잡혀서 둘만 얘기할 수 있는 작은 방으로 이동했다. 작다고 해도 측근이 전부 들어갈 만한 넓이다.

"로제마인, 넌 너무 물러. 구 베로니카 파 녀석들은 활동을 억제해야 해."

"물러 터졌다는 소리는 자주 들어서 저도 알아요. 하지만 전 빌프리트 오라버니에게 속죄와 성장의 기회를 줬듯이 그들에게도 기회를 주고 싶어요.”

윽, 하고 빌프리트와 주변 측근들이 입을 닫았다.

“막 세례를 받은 어린아이가 부모가 하는 말을 들은 게 뭐가 이상하죠? 저 애들도 오라버니와 마찬가지예요. 모르고 죄를 지어 버린 그들의 마음을 이해 못 하시겠어요?”

“그건······.”

“이해하죠? 아니면 2년이나 지나서 까먹으셨어요? 빌프리트 오라버니에게는 2년 전이겠지만, 제 감각으로는 한 계절도 지나지 않았어요. 전 그때 오라버니의 억울해하던 표정과 반성한다는 말까지 똑똑히 기억나요.”

두 손 들었다, 라듯이 빌프리트가 고개를 푹 떨구었다.

“지금 당장 구 베로니카 파 아이들 전부를 신용하기는 어렵겠죠. 하지만 부모의 영향이 차단된 귀족원에서 다양한 의견을 듣고, 자기 나름 생각하고, 정보망을 구축한다면 조금은 관계가 달라질 수도 있지 않을까요? 구 베로니카 파를 통째로 배제하면 앞날에도 도움이 안 돼요. ······사실 음흉한 속내를 털어놓자면 부모와 연을 끊더라도 아이들은 우리 진영에 끌어들여서 조금이라도 미래의 우리 파벌을 키우고 싶어요.”

부모 세대를 구슬리기는 어렵다. 나이를 먹은 자의 사고를 쉽게 바꿀 수 있다고 생각지 않는다. 하지만 아이는 끌어들일 여지가 있다.

“경계하면서 흡수할 건 흡수하자는 말이군. 어렵네.”

“네. 어렵겠죠. 하지만 자신과 영지를 지탱해 줄 신하를 키우는 건 차기 영주의 임무예요. 적어도 차기 영주가 되지 않을 제 역할은 아니랍니다.”

나는 빌프리트와 내 측근을 향해 '차기 영주가 되지 않을 거다'라고 딱 잘라 선언해 두었다. 최근에 주변이 멋대로 의기투합하는 것 같으니 이렇게 견제하는 방법이 최고다.

"그럼 영주가 되지 않을 네 임무는 뭐냐?"

"지금 저는 신전장이니까 제사를 순조롭게 치르고, 신전을 운영하는 일이 제일 중요한 임무예요. 성인이 되면 신전을 나와서 영지에 도움이 되는 정략결혼을 하는 것이 임무가 되겠고요. 영지에 남는다면 차기 영주를 보좌하기 위해 성의 도서실을 정리하고 있겠죠?"

"……영주를 보좌하는 일과 도서실 정리는 다른 임무 같은데."

어깨를 으쓱거리는 빌프리트의 말에 주위에서 동의하는 웃음이 새어 나왔다.

도서관에 가자

모든 수업에 합격하여 겨우 자유롭게 도서관에 갈 수 있게 되었다. 오늘은 도서관 첫 자유 행동이다. 너무 기대한 나머지 리카르다가 방에 들어오는 시간보다 훨씬 이른 시간에 침대에서 벌떡 일어났다. 한껏 들뜬 나는 어두컴컴한 방 안에서 "오늘은 도서관! 신에게 기도를!" 하고 소리치다가 축복을 날려 버렸고, 후다닥 침대로 돌아가서 자는 척했다.

그러나 나의 시종들은 측근이 모이는 방에서 이미 사전 회의를 열고 있었던 모양이었다. 내 방에 들어온 리카르다가 쓴웃음을 머금은 어이없는 얼굴로 "공주님, 자는 척해서도 축복의 빛은 사라지지 않습니다."라며 깨웠고, 리젤레타는 흐뭇한 눈빛으로 나를 보았다.

"오늘은 도서관에 가는 첫날이라 허가하겠습니다만, 내일부터는 페슈필 연습이 끝나는 세 점 종까지 도서관 출입은 금지입니다."

아침식사 후에는 하루 일과를 상의하고, 상급생을 배웅해야 한다. 그리고 전날 보고받은 이론 합격 사항부터 성적향상 위원회의 활동결과를 빌프리트와 함께 정리한다. 그 뒤에는 페슈필 연습이다. 신전에서 지낼 때처럼 세 점 종이 울릴 때까지 연습해야 하며 그전까지 외출 금지라는 말을 들어 버렸다.

'수업을 통과해도 자유롭게 못 가다니 힘이 쭉 빠지네.'

아침식사 자리에서 도서관에 동행할 사람을 선별했다. 기본적으로 모든 수업을 마치고, 손이 빈 측근이 그 대상자다. 코르넬리우스가 아침을 먹으면서 모두에게 오늘 일정을 물었다.

얼마 전에 이론을 끝낸 브륀힐데는 음악 선생님이 개최하는 다과회를 준비하고 싶다고 했고, 리젤레타는 슈바르츠와 바이스의 치수 재기에 동행하기 위한 마지막 수업이 있다고 했다. 하르트무트도 오늘은 수업이 있는 모양이었고, 견습 기사 대부분 역시 수업이 있다고 했다.

"그렇군. 그럼 도서관에 동행할 사람은 리카르다와 필린느네. 일정이 없는 호위 기사는 레오노레뿐인가?"

"코르넬리우스, 로제마인 님께 호위 기사 한 명으로는 걱정되니 저는 수업보다 호위에 들어가도……."

"안게리카는 반드시 수업을 들으세요."

레오노레가 안게리카의 말을 끊으며 코르넬리우스를 돌아보았다.

"도서관에 간다는 기쁨에 아침부터 축복을 내리신 로제마인 님께 더 기다리시라는 말을 할 순 없는걸요. 저 혼자로 충분합니다."

"하긴 더 기다리라는 말은 나도 못 하겠다. 어쩔 수 없지. 레오노레, 부탁해."

"아직 수업을 끝낸 학생이 적으니까 괜찮아요, 코르넬리우스."

레오노레가 싱긋 웃자 코르넬리우스는 한 번 고개를 끄덕인 후, 나를 보며 어린애 달래듯 구슬리는 표정과 어투로 주의를 주었다.

"로제마인 님, 안전을 위해 오전 수업이 시작된 후에 도서관에 가겠다고 약속해 주십시오. 아시겠지요? 그 정도도 지키지 못하신다면 다음부터는 호위 기사의 일정이 빌 때까지 대기하셔야 할 겁니다."

"반드시 지킬게요."

'안게리카가 수업을 합격할 때까지 어떻게 기다려!'

모두를 수업에 보내고, 나는 수업이 시작되는 두 점 반 종이 울릴 때까지 기다렸다. 종이 울린 뒤에도 리카르다의 허락이 떨어질 때까지 현관문만 안절부절못하며 쳐다보았다.

"이제 슬슬 가도 되지 않나요?"

허락을 받고 기숙사를 나오니 이미 수업이 시작되어서 새하얀 복도에는 인기척이 전혀 없었다. 수업이 진행되고 있을 문 너머에서도 목소리가 새어 나오지 않았다. 고요한 복도에는 우리들의 발소리와 들뜬 노랫소리만 울렸다.

"도서관, 도서관, 행복한 장소, 룰루룰루, 랄라랄라."

"……로제마인 님, 그 노래는 악사가 다른 가사를 붙이지 않았었나요?"

"그건 그거고, 이건 이거예요."

필린느의 말을 가볍게 흘러 넘겼다. 귀족원 도서관은 에렌페스트의 성에 있는 도서관보다 규모가 훨씬 크고, 장서 수도 많아서 읽는 보람이 있을 터이다. 그 도서관에서 처음으로 책을 읽게 된 기쁨을 노래하는데 이보다 더 적절한 노래가 어디 있으랴. 덧붙이자면 내가 작곡한 이 노래에는 '신에게 기도를, 그리고 감사를'이라는 가사가 있다. 하지만 제멋대로 축복이 튀어나가면 위험하니까 알아서 가사를 빼고 '룰룰루'나 '랄랄라'로 대충 얼버무린 것이다.

"저기, 레오노레. 내가 보기엔 견습 기사는 독서를 싫어하는 사람만 있는 것 같은데 레오노레도 책을 싫어해요?"

나는 내 호위 기사 중에서 유일하게 지성으로 추천받은 레오노레를 올려다보았다. 견습 문관 같은 용모에 지적인 남색 눈동자가 반짝거린다. 기사들의 모습을 살펴보건대 책을 좋아하는 기사는 없을 것 같았다. 몸을 움직이길 좋아하는 사람이 기사 코스를 선택해서일까?

"로제마인 님 기준으로 좋아한다고 말씀드리기가 부끄럽지만, 다른 기사보다는 좋아합니다."

"그럼 정변 이전의 전략이나 전술 참고서, 마물 설명서를 도서관에서 찾아볼 테니까 레오노레가 그 책을 읽고 모두에게 가르쳐 줄래요? 지금 수업은 페르디난드 님이나 에크하르트가 만들어 준 자료보다도 전략이나 전술 내용이 약한 것 같아요. 도서관에 디터 관련 책이나 마물의 약점을 모아 놓은 책이 있을지도 몰라요. 난 견습 기사에게 도움이 될 만한 책을 찾아 볼게요."

"로제마인 님께서 번거롭게 직접 하지 않으셔도 다른 날 제가 찾아보겠습니다."

말도 안 된다며 레오노레가 손사래를 쳤지만, 나는 내가 찾고 싶다. 맛만 봐도 좋으니 사서가 된 기분에 흠뻑 젖고 싶었다.

"레오노레, 신경 쓰지 말아요. 도서관에서 책을 찾는 건 사서……아, 아니지, 도서위원의 일이에요."

내가 당당하게 그렇게 말하자, 레오노레를 비롯한 모두가 의아한 표정을 지었다.

"……로제마인 님, 도서위원이 뭔가요?"

"배움터인 도서관에서 사서를 돕는 학생을 말하는 거랍니다."

역시나 주위의 어리둥절한 표정은 여전했다. 필린느가 볼에 손을 대고 "……성에서 일하는 견습 문관 같은 사람인가요?" 하고 고개를 갸웃거렸다.

"그러네요. 난 3학년이 되었을 때 양쪽 수업을 다 이수해서 사서가 될 생각이니까 영주 후보생 겸 견습 문관이 되는 셈이겠네요."

내가 자신 있게 말하자, 모두가 눈을 질끈 감았다.

"그런 힘든 일을 할 수 있을 리가 없다고 분명히 말씀드렸을 텐데요……."

리카르다에 이어서 필린느가 딱 잘라 표현할 수 없는 모호한 미소를 지었다.

"도서관에 쏟는 로제마인 님의 정열을 알고 나니 뭐라 말씀드려야 할지 모르겠어요."

"1학년 전원 합격처럼 정말 실현해 버리시니 쉽게 못 할 거라는 말을 못 하겠네요."

레오노레가 억지로 동참해야 했던 필린느에게 동정 어린 시선을 보내며 씁쓸하게 웃었다.

"양쪽 수업을 다 이수할 수 있게 페르디난드 님께서 조언해 주신대요. 괜찮아요. 난 양쪽 다 딸 수 있어요."

"공주님, 왔다."

"공주님, 어서 와."

도서관 열람실에 들어가자 슈바르츠와 바이스가 귀를 팔딱거리며 업무 공간에서 나왔다. 그 목소리를 들었는지 눈을 동그랗게 뜬 솔랑쥬가 집무실에서 얼굴을 내밀었다.

"어머, 로제마인 님!?"

"안녕하세요, 솔랑쥬 선생님, 슈바르츠, 바이스."

이쪽으로 다가온 슈바르츠와 바이스가 "일했다.""칭찬해 줘, 공주님."하고 가볍게 눈을 감았다. 내가 이마를 어루만지며 마석에 마력을 살짝 흘려보내는데, 솔랑쥬도 업무 공간에서 나와 우리 쪽으로 걸어왔다.

"안녕하십니까, 로제마인 님. 수업을 통과하기 전까지 도서관에는 못 온다고 하지 않으셨어요?"

"어제 전부 합격했거든요. 도서관에서 책을 읽으려고 노력했습니다."

내가 당당하게 보고하자, 솔랑쥬가 믿을 수 없다는 표정으로 리카르다와 필린느에게 확인하듯 시선을 보냈다. 그 뒤 휴, 하고 숨을 내뱉었다.

"……설마 이렇게 단기간에 실기까지 통과하실 줄이야……. 상상을 뛰어넘는 우수함에 놀랐습니다. 그런 소질이 있으시니 슈바르츠와 바이스의 주인이 되신 거겠지요."

수업 중이라서 도서관에는 인기척이 없었다. 느긋하게 독서를 즐길 수 있을 것 같다. 나는 빙그레 웃으며 열람실을 둘러보고, 왼쪽 편에 있는 폭넓은 계단에 시선이 박혔다.

"저번에는 못 올라갔던 2층도 기대하면서 왔답니다."

"안내한다."

"2층이다, 공주님."

일을 해서 기쁜지 슈바르츠와 바이스가 머리를 좌우로 까닥이며 걷기 시작했다. 건물과 똑같은 흰 소재로 만들어진 계단은 어른 다섯 명이 나란히 올라가도 될 만큼 폭이 넓었다.

"이 도서관에 장서 수가 얼마나 되죠?"

"보관 창고로 옮긴 오래된 자료까지 포함하면 3~4만 정도일까요."

솔랑쥬의 말에 슈바르츠와 바이스가 고개를 끄덕이듯 흔들었다.

"일층은 많다. 2만 정도 있어."

"강의에 쓴다. 모두 읽는다."

"둘의 말대로 1층에 참고서로 정리해 둔 책이 더 많습니다. 전 과목을 옛날 자료까지 남겨 뒀기에 슈바르츠의 말대로 2만 권 정도는 있습니다."

그 2만 권 중에는 양피지로 엮인 책과 목패도 포함이다. 양피지로 엮인 것은 개인이 써서 도서관에 증정한 서적이므로 가끔 한 권 안에 몇 과목치가 섞여 있기도 하다고 솔랑쥬가 말했다.

"몇 과목이 섞여 있는 건 어떻게 하나요?"

"어떻게, 라니요? 그쪽은 제작본으로 비치해 둡니다. 우수한 분이 도서관에 책을 남겨 주는 경우는 많이 없지만요."

"한 권 안에 몇 과목치가 들어가 있으면 분류하기도 애매하고, 누군가가 빌려 가면 곤란한 사람이 많이 생기지 않을까요?"

내가 묻자 솔랑쥬는 빌린 사람에게 우선권이 있는걸요, 하고 점잖게 웃었다.

"최종 시험이 다가오면 이용자가 늘어서 개인 열람석도 책도 부족해집니다. 나눠서 보관하면 좋겠지만, 그럴 여유가 전혀 없어서요."

"전 모든 책을 읽을 생각인데 제가 수업별로 나눌까요?"

"어머나, 여기 있는 책을 전부 읽으시게요? 그거 참 힘들겠네요."

마치 농담이라는 것처럼, 허황된 꿈을 꾸는 손자에게 '그렇게 되면 좋겠구나'라고 말하는 할머니 같은 얼굴로 솔랑쥬가 웃었다. 그러나 나는 지극히 진심이다.

또각또각 구두 소리를 울리면서 계단을 올라갔다. 그 앞에 펼쳐진 광경에 감탄 섞인 한숨이 새어 나왔다. 2층도 1층과 마찬가지로 기둥과 창문이 균일한 간격으로 쭉 이어져 있다. 1층은 기둥과 기둥 사이의 움푹 들어간 창가 자리에 책상과 의자를 놓은 개인 열람석이 마련되어 있는데, 2층은 기둥 부분에 등을 맞댄 책장 두 개가 놓여 있었다. 라이팅 데스크처럼 글을 쓸 수 있는 책상이 책장에 붙어 있다. 그리고 창문으로 들어온 햇살이 책상 윗면을 비추었다.

책장은 성인이 앉아서 손을 뻗으면 닿는 선반과 일어나야 닿는 선반, 책상다리 밑에 있는 선반으로 나뉘어 있고 책이 잔뜩 쌓여 있었다. 그리고 그 책에 달려서 축 늘어진 쇠사슬이 보였다.

"어쩜 근사해라! '체인드 라이브러리'잖아요!"

"……로제마인 님, 뭐라고 하셨나요? 잘 못 들었어요."

"감개무량해서 튀어나온 말이에요. 신경 쓰지 마세요."

신전 도서실도 체인드 라이브러리였다. 책 수가 적어서 비스듬하게 기울인 열람 책상 윗면에 그대로 펼쳐서 읽을 수 있게 책상과 쇠사슬로 이어진 책이 놓여 있었다. 하지만 귀족원의 2층 열람실에서는 쇠사슬로 책장과 연결된 책들이 선반 속에 쌓여 있다. 쌓아 올릴 정도로 책이 많다는 사실에 감동했다.

'대단해, 대단해! 꼭 타임 슬립한 기분이야!'

책을 쌓아 놓은 이유는 가죽 표지에 금속 가공과 징이 박혀 있어서다. 세워 꽂으면 꺼낼 때 징이 옆에 꽂힌 책을 긁어서 가죽 표지에 흠집이 생길 위험이 있다. 위의 책을 들어 올려서 옆에 두고 책을 빼게 함으로써 흠집을 피하려는 의도인 듯했다. 또 양피지는 습기가 차면 부풀어 오른다. 그것을 막기 위해 책에 가죽 벨트를 채우기도 하고, 책을 쌓아서 부풀지 않게 한다는 얘기를 들은 적이 있다.

'지식으로는 알고 있었는데 눈으로는 처음 봤어! 덩실덩실 춤추고

싶을 정도로 흥분돼! 어떡해.'

　이곳에서 도서위원을 하게 된다면 책으로밖에 읽지 못했던 과거의 사서와 고민을 공유하거나 도서관 발전을 고안할 수 있음이 틀림없다.

　'책이 많아지면 쇠사슬끼리 엉키기도 하고, 햇볕 드는 곳을 두고 책이나 자리 쟁탈전을 벌이기도 하고, 같은 책을 읽으려는 사람끼리 싸움이 일어나기도 한다고!'

　지금 시간은 동쪽에서 남쪽에 놓인 책상이 책 읽기에 좋다고 하는데, 쇠사슬에 이어진 책은 들고 이동할 수가 없다. 밝고 편한 환경에서 책을 읽고 싶으면 스스로 알맞은 시간에 맞춰서 읽으러 오는 방법뿐이다. 하지만 인쇄 기술이 없어서 도서관에 같은 책이 여러 권 비치된 경우는 거의 없다.

　"동시에 같은 책을 읽고 싶은 사람끼리 싸움이 나면 어떻게 해요?"

　신나게 질문하는 내게 솔랑쥬가 매우 시원하게 대답해 주었다.

　"다툼은 일어나지 않습니다. 순서는 신분 순이고, 같은 계급이라면 순위가 높은 영지가 먼저니까요."

　'뭐라고요!?'

　이거 큰일이다. 나는 지금까지 영지 순위에 크게 관심이 없었다. 영주의 부탁도 있고, 자꾸 시끄럽게 구니까 분해서 올려 보이겠다고 생각하는 정도가 고작이었다. 그런데 책과 열람 자리를 영지의 순위로 뺏길 수 있다면 이야기는 다르다.

　"무슨 짓을 해서라도 에렌페스트의 순위를 올려야겠군요."

　내가 에렌페스트 기숙사생 전부를 끌어들이기로 작정하려는 순간, 리카르다가 내 어깨를 가볍게 두드렸다.

"공주님, 진정하세요. 영주 후보생인 공주님보다 우선권이 있는 사람은 거의 없고, 상급 귀족이나 영주 후보생은 대부분 책을 대여해서 자기 방에서 읽는답니다. 다른 사람과 겹칠 일은 거의 없어요."

"그런가요……."

열의와 의욕이 가라앉았다. 하지만 여차할 때를 대비해서 에렌페스트의 순위를 올려 두는 편이 좋을 것 같다.

체인드 라이브러리에 눈을 떼지 못한 채 2층 전체를 빙 둘러보니 책자 형태로 된 장서는 천 권 정도였다. 벽을 따라 설치된 책상 달린 책장에 차곡차곡 쌓인 분량만 보면 말이다. 중앙 부분에는 두루마리를 넣은 선반, 목패를 넣은 선반, 크기가 조금 커서 선반에서 삐져나오는 두루마리를 넣는 나무통 같은 용기가 늘어섰다. 또 두루마리를 읽도록 설치된 여러 독서대에는 잉크나 펜을 넣어 두는 찬장까지 있었다.

균일하게 정리된 1층 책장을 본 뒤라서 그런지 조금 인상이 너저분했다. 그 안을 걸으며 솔랑쥬가 설명해 주었다.

"이쪽에는 역대 선생들의 일부 연구 성과 자료를 보관해 둡니다. 책자로 엮지 않은 두루마리나 목패로 된 옛날 장서가 많지요."

대체로 선생들은 비밀주의라서 공개를 꺼리는데 선생이 사망하면 그 조수가 불필요한 자료를 기부할 때가 많다고 한다. 지금도 두루마리는 조금씩 늘고 있지만, 이는 자료를 책으로 만들기 귀찮아하는 선생이 있어서라고 한다. 책으로 만들려면 비용과 품과 시간이 든다. 그래서 책자 형태로 들어오는 자료가 거의 없는 셈이다. 왠지 힐쉬르는 대충 써서 돌돌 말아 보관하는 두루마리파일 것 같다.

'두루마리는 책자보다 제작하기는 쉬워도 다시 읽을 때가 귀찮단 말이지.'

페이지를 찾거나, 다 읽은 후에 다시 말아서 정리할 때 손이 많이 간다. 페이지를 파라락 넘기며 읽고, 탁 덮어서 벨트를 매면 끝인 책과 다르다.

"왕족에게 인정받은 연구 성과는 대부분 책자로 엮으려고는 하는데……."

"예산이 부족하겠죠. ……솔랑쥬 선생님, 이 석상은요? 신전에서 못 본 거네요."

내가 책장과 책장 사이에 세워진 석상을 올려다보자, 솔랑쥬가 활짝 웃었다. 건물처럼 하얀 여신상은 금과 마석으로 장식된 책을 소중하게 품에 안고 있다.

"이건 구르트리스하이트를 품에 안은 지혜의 여신 메스티오노라 석상입니다. 도서관에는 지혜의 여신께서 내려 주신 가호 덕분에 학생들이 만든 사본도 모이는 거랍니다."

귀족원 도서관과 마찬가지로 왕궁 도서관에도 메스티오노라 상이 있다고 했다. 에렌페스트 성의 도서실에는 없었다. 성 도서실에도 하루빨리 메스티오노라 상을 세워서 책이 늘어나길 매일 기도해야 하지 않을까?

"로제마인 님은 어떤 책부터 읽으시렵니까?"

"……글쎄요. 우선은 1층에 있는 책부터 시작할게요. 내용이 다들 비슷비슷하니까 분류하고 정리하기 쉽겠죠."

"분류와 정리요?"

솔랑쥬가 눈을 끔뻑거렸다. 나는 고개를 크게 끄덕였다.

"그래요. 이용하기 편하게 최대한 자료, 학년, 연대별로 정리하고 싶어요. 정변 후와 정변 전으로 강의 내용이 완전히 바뀐 자료도 있으니까 그건 책장을 따로 두거나……. 분류해도 상관없죠?"

"상관없긴 합니다만……."

끝에서부터 읽으면서 도서 목록을 정리하고, 분류법을 고민해 보고 싶었다.

'아. 분류할 때 쓰는 스티커가 있었으면 좋겠다.'

분류하면 분류 번호를 붙이고 싶다. 아교는 구입할 수 있지만, 재료가 돼지라서 혹여 곰팡이가 생기거나 썩을 가능성이 있다. 책에 좋은 소재가 필요하다.

'돌아가면 신관장님한테 물어봐야지.'

내년까지 스티커를 만들어서 로제마인 십진분류법으로 분류하자.

"로제마인 님. 도서관 정리에 굉장히 열의에 차 계신 듯한데 영주 후보생에게 그런 일을 시킬 수는 없습니다. 어떤 식으로 나누고 싶으신지 알려 주신다면 제 쪽에서 고려해 볼게요."

내가 하고 싶어서 분류하려는 거다. 그 작업을 솔랑쥬에게 맡길 수는 없다. 허락만 해 준다면 내가 나를 위해서 하련다.

"아뇨, 도서위원이 되고 싶어서 그러니 내게 분류 작업을 시켜 주세요."

"도서위원? 뭐야?"

"공주님, 모르겠다. 가르쳐 줘."

슈바르츠와 바이스가 내 소매를 살짝 잡아당겼다.

"귀족원의 사서를 돕는 학생을 도서위원이라고 불러요. 난 솔랑쥬 선생님을 도울 테니까요."

"공주님, 도서위원."

"일한다."

슈바르츠와 바이스의 말에 새파랗게 질린 사람은 솔랑쥬였다. 눈을 크게 뜨고, 당황하듯 고개를 가로저었다.

"안 됩니다. 로제마인 님께 일을 시킬 수는 없어요. 전 중급 귀족이고, 로제마인 님은 영주 후보생이지 않습니까. 어떻게 제 일을 시키겠습니까?"

"난 사서가 되려고 견습 문관 수업도 들을 거니까 견습 문관이기도 해요."

"……그래도 영주 후보생에게 그런 짓은 시킬 수 없어요."

고개를 세차게 젓는 솔랑쥬 앞으로 한숨을 내뱉으며 한 발짝 나온 리카르다가 나를 보았다.

"공주님, 고집부려서 솔랑쥬 선생님을 곤란하게 하시면 안 됩니다."

"……네. 솔랑쥬 선생님, 미안해요."

도서위원으로 돕겠다는 말을 이리도 강경하게 거부할 줄은 몰랐다. 혼자서 도서관을 관리해야 하는 솔랑쥬에게 도우미가 늘어나면 좋아해 줄 거라고 생각했는데, 그렇지 않은 듯했다.

"도와주고 싶으시다는 로제마인 님의 따뜻한 마음씨만 받겠습니다."

'따뜻한 마음씨가 아니라 도서관에 손대고 싶은 순수한 흑심인데.'

상대방이 거절하니 지금은 얌전히 물러나고, 책이나 읽기로 했다. 슈바르츠와 바이스에게 나와 필린느가 쓸 개인 열람석을 준비하게 하고, 리카르다에게 종이와 펜과 잉크를 준비하게 해서 책을 읽었다. 책이 많아서 읽는 보람이 있다.

귀족원 도서실의 1층에 있는 것은 수업 자료가 대부분이다. 같은 내용을 베껴 쓴 책이 많지만, 쓴 사람에 따라 정밀도나 글씨체, 그림의 정확성이 현저히 다르다. 사용 빈도가 높은 정밀한 책은 주석이나 메모가 달려 있는 것도 있어서 정보가 풍부하다.

도서 목록을 정리하면서 책을 읽는 사이에 책 페이지가 스테인드글라스 같은 빛에 빛나는 것을 보고 퍼뜩 정신이 들었다. 아무래도 점심때인 듯하다.

"공주님, 점심 식사하러 가시죠."

나는 슈바르츠와 바이스에게 책을 정리하게 하고, 개인 열람석 열쇠를 반납했다. 슈바르츠와 바이스의 이마에 박힌 마석을 쓰다듬어서 마력을 조금 보충한 뒤 기숙사로 돌아가기로 했다.

"오후에 다시 오겠습니다."

솔랑쥬에게도 인사하고 나는 기숙사를 향해 걸었다.

'어떻게 하면 도서위원이 될 수 있을까?'

비록 솔랑쥬에게 거절당했지만, 포기하긴 이르다. 음~, 하고 고민하는데 리카르다가 깊은 한숨을 쉬었다.

"공주님은 사교 공부가 정말 부족하신 것 같네요."

"……무슨 의미예요?"

"도서관에서 부탁하는 방식은 영주 후보생의 방식이 아닙니다."

'영주 후보생에게 어울리는 부탁 방식?'

2년간의 폐해가 이런 데서 나오는군요, 라고 말하는 리카르다 옆에서 나는 필사적으로 귀족다운 부탁 방식을 생각했다. 어떤 식으로 부탁해야 하는 걸까?

이것저것 고민한 나는 문득 생각이 떠올라 손뼉을 쳤다.

"리카르다, 솔랑쥬 선생님을 다과회에 초대합시다."

"……갑자기 왜 그러시죠?"

눈을 휘둥그레 뜬 리카르다에게 우후후훗, 하고 웃었다. 이탈리안 레스토랑을 세울 때를 떠올린 것이다. 의도한 바는 아니었지만, 질베스타와 페르디난드를 극진히 대접해서 자신이 유리한 입장에서 요구를 이루려고 한다, 라고 주변 사람들은 생각했었다. 이번에도 그 방법을 응용하면 된다.

'다과회를 열고, 맛있는 디저트로 솔랑쥬 선생님을 환대해서 반드시 도서위원이 될 테야!'

도서위원이 되고 싶어

나는 기숙사에 돌아오자마자 '다과회를 열어서 솔랑쥬를 환대하고, 도서위원이 되게 해 달라고 부탁하고 싶다'고 시종들에게 설명했다. 다과회에서 일해 줄 사람들은 시종들이니까.

"그래서 여러분의 협력이 필요해요."

"로제마인 님께서 다과회를 여신다면 당연히 협력해 드리겠지만……."

리젤레타와 브륀힐데가 난처한 표정으로 서로를 바라보고, 리카르다에게로 시선을 돌렸다. 평소라면 단박에 "알겠습니다."라고 대답하고, 바로 계획 짜기에 들어갈 두 사람의 반응이 영 탐탁지 않다. 왜 그런 반응을 보이는지 이해할 수 없었던 나는 리카르다의 표정을 살폈다. 벤노나 페르디난드에게 혼나기 직전의 분위기라고 할까, 불호령이 떨어질 전조를 느낀 나는 무심코 자세를 바로잡았다.

"무슨 생각으로 솔랑쥬 선생님을 대접하시겠다는 겁니까? 여태껏 제가 봐 온 공주님은 최대한 조용하고 원만하게 일을 처리해 오셨습니다. 이번처럼 권력으로 상대를 억지로 복종하게 하려는 게 공주님의 본심인가요? 거의 초면이라 잘 모르는 상대에게 그렇게 억지로 요구를 밀어붙이면 솔랑쥬 선생님의 마음이 어떨까요?"

요리 등을 대접해서 환대하는 것이 왜 권력으로 상대를 복종시키려한다는 뜻이 되는지 이해가 가지 않아서 나는 고개를 갸웃거렸다.

"……대접해서 자신의 요구를 밝히는 것이 귀족의 방식이잖아요.

예전에 내가 양아버님과 페르디난드 님께 요리를 대접했을 때는 귀족다운 방식이라고 했었는데 뭐가 잘못됐다는 거죠?"

리카르다가 눈을 질끈 감고, 천천히 한숨을 내쉬었다.

"전부 잘못됐다는 말은 아니지만, 지금은 완전히 잘못하셨습니다."

"미안한데 잘 모르겠어요."

내가 천천히 고개를 가로젓자, 리카르다는 나뿐만 아니라 리젤레타와 브륀힐데를 돌아보았다.

"공주님은 이런 앳된 모습과 달리 상당한 지식이 있고, 귀족원에서도 성적이 우수하시니 깜빡하기 쉽겠지만, 2년간 공백이 있어 사교 지식이 전무합니다. 지금 두 사람의 눈에도 그렇게 보이지요?"

리젤레타와 브륀힐데가 고개를 끄덕였다.

"로제마인 공주님, 페르디난드 도련님과 질베스타 님을 대접해서 자신의 요구를 수용하게 한 적이 있다고 하셨죠?"

"난 그런 의도가 전혀 아니었는데 결과가 그렇게 된 적은 있어요."

'귀족의 상식과 내 상식의 차이 때문에 엄청난 일이 있었지만.'

"그 경우는 두 분을 환대로 환심을 사서 요구하는 방법이 맞습니다. 요구하는 공주님께서 두 분보다 지위가 낮으시니 공주님이 환대하든 하지 않든 결정권은 윗사람에게 있으니까요. 하지만 신분이 위이신 공주님이 솔랑쥬 선생을 대접해서 요구를 제시하시면 솔랑쥬 선생께 절대 거역하지 못하는 명령을 내리는 셈입니다."

신분이 낮은 자가 환대하면 잘 부탁한다는 의미에 불과하지만, 신분이 높은 자가 다과회에 초대해서 요구하면 '윗사람인 내가 이렇게까지 마음 쓰며 대우해 주는데 어떻게 해야 할지 잘 알지?'라는 무언의 협박이랄까, '무조건 받아들여라. 지금 당장 알겠다고 대답해'라고 퇴로를 막아 말꼬투리를 잡으려는 행동으로 보인다고 한다.

"그럴 생각은 아니에요……."

맛있는 디저트로 회유해서 기분 좋게 받아들여 주면 좋겠다, 내가 얼마나 쓸모가 있는지 열심히 어필하자, 라는 생각은 해도 권력을 방패 삼아 협박할 생각은 없었다.

"공주님은 진심으로 책을 좋아하는 마음에 도서관에서 일하고 싶을 뿐, 솔랑쥬 선생을 협박할 생각은 없으시겠지요. ……저는 잘 압니다. 하지만 솔랑쥬 선생이나 주변 사람들은 공주님의 진짜 의도를 모릅니다. 리젤레타와 브륀힐데는 평소의 공주님을 잘 아니까 난처해했지만, 만약 주인의 명령을 곧이곧대로 따르는 시종이었다면 솔랑쥬 선생이 절대 도망치지 못할 다과회로 설정했겠지요."

리카르다의 말에 나는 침을 삼켰다. 그런 사태가 일어나지 않아 천만다행이다, 하고 안도하는 반면 어? 하고 뭔가가 마음에 걸렸다.

"……저기 리카르다. 귀족원에서는 학생보다 선생님의 위치가 높다고 들었는데 솔랑쥬 선생님에겐 그것이 적용되지 않나요?"

선생들의 위치가 위일 터이다. 그렇다면 내가 다과회에서 요구해도 문제없지 않은가. 내가 질문하자, 리카르다뿐만 아니라 리젤레타와 브륀힐데까지 고개를 저었다.

"원칙상은 로제마인 님 말씀이 맞습니다."

브륀힐데의 말에 리젤레타가 말을 덧붙였다.

"그렇습니다, 수업을 맡은 선생이라면 학생들도 배우는 입장이니까요……. 특히 다른 영지 출신 선생이라면 각각의 영지에서 어떤 지위와 입장이었는지 모르니 선생과 학생이라는 입장이 크게 작용하는지도 모릅니다."

"하지만 공주님. 곰곰이 생각해 보세요. 솔랑쥬 선생님은 학생들이 책 반납 요구마저 무시한다고 말씀하셨잖아요? 영주 후보생인 공주님께 환대까지 받은 솔랑쥬 선생님이 선생이라는 이유로 공주님의 요구를 딱 잘라 거절할 수 있을까요?"

그러고 보니 조금 전 도서관에서도 솔랑쥬는 매우 곤란한 얼굴로 내 제안을 거절했다. 내 언행을 보다 못한 리카르다가 제지해 준 상황을 떠올렸다.

"리카르다가 막아야 할 정도로 내가 솔랑쥬 선생님을 곤란하게 했군요."

"원래 그런 공식 자리에서 시종이 주제넘게 끼어들면 안 됩니다. 하지만 공주님이 솔랑쥬 선생을 더 곤란하게 하기 전에 얼른 둘러업고 돌아가야겠다 싶었어요."

사적 공간인 기숙사 방까지 리카르다는 조마조마하면서 돌아왔다고 한다.

"또 솔랑쥬 선생의 일을 돕고 싶다는 말씀도 좋지 않습니다."

"네? 어째서요?"

"신분이 높은 사람에게 자기 일을 시키기가 얼마나 어려운데요. 상상해 보세요. 질베스타 님께서 공주님의 일을 돕겠다며 시종일관 주변을 서성거리고 지금까지와 전혀 다른 방식을 강요하면 어떨 것 같으세요?"

질베스타가 신전과 공방에서 알짱거리고, 인쇄나 고아원 운영에 이래라저래라 참견하는 상황을 떠올렸다. 속으로 절규했다.

'부탁이니까 제발 오지 마!'

"으으, 잘 알겠어요. 솔랑쥬 선생님에겐 내가 귀찮기 짝이 없겠네요."

"전 그렇게까지 말하진 않았는데, 공주님께 질베스타 님은 그런 존재군요."

리카르다의 지적에 아우브 에렌페스트인 질베스타를 귀찮기 짝이 없다고 말해 버렸음을 깨닫고, 서둘러 둘러댔다.

"아뇨, 그렇지는 않아요. 양아버님껜 매우 감사하고 있어요. 도와주는 게 민폐다, 자기 일이나 하라는 생각은 전혀 하지 않았답니다. 호호호호……."

고개를 도리도리 저으며 말하자, 리카르다가 "솔랑쥬 선생님도 그런 심정일 겁니다."라며 키득키득 웃었다. 내가 그렇게 귀찮은 존재인가, 하고 풀이 죽었다.

"질베스타 님이 어떻게 행동하셔야 공주님께서 기분 좋게 일거리를 맡기실까요? 그 점을 생각하는 것이 중요합니다."

질베스타가 주변을 서성거리는데 기분 좋게 일이 될 턱이 없다. 절대.

"……나 도서위원을 포기할게요."

"그렇게 의기소침에 빠지지 마시고, 질베스타 님이 아니라 페르디난드 도련님이 되시면 됩니다. 도련님은 공주님의 신전장 업무를 도와주셨지요? 그 외에 이런저런 조언도 하시고, 신전장 업무를 본인이 처리하기 편하게 바꾸셨을지도 모르죠. 그랬다면 공주님은 어떤 생각이 드시나요?"

조금 전과 똑같이 공방에서 페르디난드가 알짱거리고, 회색 신관들에게 지시를 내리는 모습을 떠올려 보았다. 그러고 보니 2년간 유스톡스를 투입하고, 하르덴첼에 구텐베르크를 파견하는 등 다양한 변화가 있었다. 하지만 그것을 전혀 민폐라고 생각하지 않았다.

"오히려 페르디난드 님께서 도와주시지 않았다면 내가 매우 난처했을 거예요."

"네. 신분이 높은 사람이 도와준다고 해서 반드시 곤란해지지만은 않습니다. 하지만 돕고 싶다면 상대방을 먼저 생각해야 하지요. 공주님은 지금 본인 생각만 하고 계세요. 솔랑쥬 선생에게도 유익한 방법을 제안하신다면 일을 맡기고 싶어지지 않겠습니까?"

리카르다의 설득에 나는 "네." 하고 조그맣게 고개를 끄덕였다.

"알겠어요. 다과회는 그만둘게요."

"아니요. 다과회는 중요합니다, 로제마인 님. 저는 솔랑쥬 선생님과 다과회를 가지는 것 자체는 좋다고 생각합니다."

내가 눈을 끔뻑이자 브륀힐데가 싱긋 웃었다.

"잘 모르는 상대의 부탁보다 친한 상대가 더 받아들이기 편한걸요. 서로 알기 위해 다과회가 있답니다. 처음에는 친해지는 단계부터 시작하시면 어떨까요?"

"잠깐만요, 브륀힐데. 잘 생각해야 해요."

리젤레타가 살짝 손을 들며 브륀힐데와 나를 보았다.

"다과회를 열어서 관계를 돈독히 다지자는 의견에는 찬성하지만, 솔랑쥬 선생님께 부담이 되지 않을까요? 도서관을 관리하는 사람은 솔랑쥬 선생님 한 분이잖아요. 다과회를 여는 동안 도서관은 어떻게 하나요?"

리젤레타의 지적을 듣고, 도서관에 들떠서 흥분했던 내 머리가 차갑게 식었다. 지금까지 솔랑쥬의 정보를 몇 가지나 손에 넣었는데도 그 점은 전혀 고려하지 못했다. 독불장군이 따로 없다. 솔랑쥬는 혼자 도서관을 관리한다. 내가 다과회에 초대했다고 도서관을 슈바르츠와 바이스에게만 맡길 수 있을 턱이 없었다. 내 독선으로 도서관 문을 닫고, 다과회에 참석해야 하는 사태가 일어날 뻔했다.

"미안해요. 내 생각이 부족했어요."

"공주님, 그걸 아신다면 다음에 어떡해야 할지 잘 생각하십시오. 그리고 가장 중요한 건 그 생각을 저희에게 상담하시는 겁니다. 공주님이 왜 그렇게 하고 싶으신지, 무엇을 원해서 그러려는지 우리에게 알려주셨으면 합니다."

리카르다가 그렇게 말하며 내 앞에 무릎을 꿇고, 살짝 아래에서 나를 올려다보았다. 그리고 내 손을 잡고 곤란한 듯 눈을 내리깔았다.

"본디 시종은 주인이 전부 설명하지 않아도 주인의 의도를 파악하고 행동해야 합니다. 하지만 저희는 공주님을 모신 시간이 너무나도 짧습니다."

나는 영주의 양녀가 된 뒤에도 신전에서 지내는 날이 많았다. 더군다나 2년이나 공백 기간이 있다. 성에서 제일 먼저 소개받은 수석 시종 리카르다조차도 실제로는 함께한 시간이 짧았다.

"건강 관리는 페르디난드 도련님께 여러모로 주의를 들었고, 약도 받았습니다. 하지만 우리는 주인을 모실 때 가장 중요한 것을 아직 모르고 있습니다."

"리카르다는 잘 따라 주고 있다고 생각하는데요?"

내가 생활하기 불편하지 않도록 다방면에서 챙겨 준다. 내 말에 리카르다가 천천히 고개를 저었다.

"저는 공주님의 시종으로서 아직 삼류입니다."

도통 영문을 알 수 없는 말에 나는 눈을 끔뻑거렸다. 리카르다가 삼류라면 대체 누가 일류란 말인가. 리카르다가 매우 진지한 검은 눈동자로 나를 바라보았다.

"생활이 불편하지 않게 환경을 갖추는 일은 시종 임무에서 기본 중의 기본입니다. 주인의 의도를 살피지 못한 채 그저 명령에 따라 움직이면 삼류, 명령을 들은 즉시 의도를 파악할 줄 알면 이류, 의도를 파악해서 명령이 떨어지기 전에 움직이면 일류입니다."

"……그 기준으로 리카르다가 삼류라고요?"

나는 리카르다의 시종으로서의 마음가짐을 듣고 놀랐다. 하지만 그 말을 듣던 리젤레타와 브륀힐데의 표정은 더없이 진지했다.

"전 지금까지 주인을 몇 분이나 모셨습니다. 처음 모신 분은 그레첼 님, 그다음은 가브리엘 님이셨습니다. 베로니카 님을 모실 때도, 보니파티우스 님의 부탁에 칼스테드 님을 모신 적도 있습니다. 게오르기네 님도 모셨고, 질베스타 님도 모셨습니다."

리카르다가 거론한 사람 중에 몇 명은 이름도 처음 들었다. 그렇게 오랜 세월 동안 리카르다는 여러 귀족들을 지켜봐 왔다.

"성인이 되고부터 일류처럼 일했다고 자부합니다. 하지만 지금은 그랬던 자신감이 싹 사라졌습니다. 지금까지 신전에서 자란 공주님은 제가 여태껏 모시고 접해 온 어느 귀족 영애와도 행동 기준이 되는 사고방식이 전혀 다르십니다."

리카르다가 자신의 상식과 경험에 비춰 보며 내 의도를 파악하려고 해도, 내가 돌발 행동을 하는 경우 물어도 이해가 안 될 때가 있다고 했다.

"본인 몸보다 책을 아끼시는 정열, 성적 향상에 관한 생각, 다과회에 관한 행동……. 어느 하나 공주님의 생각을 모르겠습니다. 오랜 세

월 동안 수많은 분을 모셔 왔지만, 공주님을 모시는 지금이 가장 어렵습니다."

리카르다의 눈에 나는 매우 불안정하고 불가사의한 주인인 듯하다. 어른도 골머리를 앓는 문제를 뚝딱 해결하고 능숙하게 어른을 응대하는가 하면, 세례받은 아이라면 누구나 아는 기본상식도 몰라서 우왕좌왕하기도 한다.

"공주님께서 무엇을 알고 무엇을 모르는지, 무엇이 부족하고 어떻게 부족함을 메꿔야 하는지 저도 아직 찾는 단계입니다."

그렇게까지 리카르다에게 부담을 주고 있을 줄은 몰랐다. 나는 귀족원에 온 이후부터 내가 저지른 언행을 돌이켜 보며 잠시 반성했다. 여태까지는 책만 보면 돌진하는 내 모습을 아는 사람이 주위에 있었다. 루츠와 페르디난드는 내가 마인이 아닌 다른 인생을 살았던 사실을 알고 있고, 비상식적인 행동을 하면 곧바로 제지해 주었다. 그러나 이곳에는 내가 이상한 짓을 해도 고쳐 줄 사람이 없다. 그런 당연한 사실을 겨우 깨달았다. 동시에 핏기가 싹 가셨다. 상식의 오해로 일어날 언쟁이나 분쟁이 권력에 비례하여 커짐을 몸소 경험했었다.

"제가 가장 두려운 것은 공주님의 말씀대로 일을 행하다가 공주님의 의도와 완전히 다른 결과가 나타나는 것입니다. 주인이 편히 활동하실 수 있게 보좌하는 시종이 주인의 의도를 이해하지 못하면 훌륭한 시종이 아닙니다. 그러니 공주님, 꼭 상담해 주세요."

그러고 보니 이곳에서는 끈질기게 보고하라고 말하는 사람이 없어서 최근에는 보고, 연락, 상담을 제대로 한 적이 없었다.

"그럼 리카르다. 내가 도서위원이 되려면 어떻게 해야 하죠? 영주 후보생에게 걸맞은 요구 방법을 알려 주세요."

내 말에 리카르다가 난처한 표정을 지었다.

"우선은 공주님께서 솔랑쥬 선생에게 무엇을 요구할지를 명확하게 정하십시오. 도서위원이란 무엇인가요? 어떤 존재이며 도서위원이 되어서 무엇을 하고 싶으신가요? 도서관 업무라면 슈바르츠와 바이스로도 충분합니다."

귀족원의 도서관은 겨우내 신입생 등록, 대출 업무, 개인 열람석 관리가 업무의 대부분을 차지한다. 나머지 일은 다른 계절에 처리하므로 영주 후보생의 도움 따위 필요 없다.

"공주님, 저는 공주님과 솔랑쥬 선생의 대화를 들었습니다. 정말 그저 단순히 일을 돕고 싶으신 건가요? 책 위치를 이것저것 물으시던데……."

무엇을 하고 싶은 거냐는 리카르다의 질문에 나는 조금 고민했다. 대충 돌려 말해도 이해하지 못할 테니 내 희망을 솔직히 말할 수밖에.

"나는 도서관의 책을 제 위치도 없이 대충 비치하는 방식이 마음에 들지 않아요. 로제마인 십진분류법을 도입해서 찾기 쉽게 도서 목록을 만들고, 그에 따라 책장을 정리하고, 행방불명된 책을 회수하고 싶어요."

"……그건 완전히 돕는 영역을 벗어났네요. 공주님이 말씀하시는 건 도서관 운영입니다."

어이없다는 얼굴로 리카르다가 말했다. 그런 리카르다의 말에 동의하듯 리젤레타와 브륀힐데도 곤혹스러움과 놀라움이 섞인 복잡한 표정으로 나를 보았다.

"로제마인 님, 그런 일을 할 생각이시면서 도우미라고 하시면 솔랑쥬 선생님이 굉장히 곤란해질 거예요."

아무래도 매우 무모하고 터무니없는 생각이었던 모양이다.

"귀족원 도서관을 개혁하자는 것이 그렇게 어렵나요? 솔랑쥬 선생님과 친밀해지면 어떻게든 될 것 같은데……."

우라노 시절에는 도서위원이 되어 일을 도우면서 사서와 친한 관계로 승격하면 꽤 여러모로 편의를 봐줬다. 희망 도서는 내가 원하는 책을 제일 먼저 넣어 줬고, 반납된 책을 내가 빌릴 수 있게 확보해 주는 등 즐거운 시간을 보냈었는데 귀족원에서는 그렇게 안 되는 모양이다.

"그렇게까지 관여하고 싶으시다면 도서관을 관리하는 슈바르츠와 바이스의 주인으로서 도서관 운영을 맡고 싶다고 부탁하는 편이 솔랑쥬 선생에게는 마음이 편할 겁니다. 솔랑쥬 선생을 통해 중앙에서 허가받을 수 있게 협상하세요. 그러면 공주님이 도서관 운영에 참견하셔도 전혀 문제가 없습니다."

리카르다는 그렇게 쉽게 말했지만, 솔랑쥬의 상사에게 허가를 받고 도서관을 운영하는 일은 내가 생각하는 도서위원과는 현저히 다른 느낌이 든다.

"공주님은 명령이 아니라 호의와 관심으로 솔랑쥬 선생에게 협력하고 싶다는 생각이신 거지요?"

"맞아요. 어떤 식으로 책을 분류해야 귀족원 도서관에 최선일지, 어떤 식으로 책을 관리해야 좋은지, 솔랑쥬 선생님과 의논하면서 하나씩 해결하고 싶어요. 명령을 내리고 싶다는 말이 아니에요."

그 대답에 리카르다가 납득한 듯 고개를 끄덕였다.

"그렇다면 솔랑쥬 선생에게 공주님의 생각을 설명하셔서 이해와 공감을 얻으시고, 중앙에 신청해도 괜찮다고 생각하도록 만들어야 합니다. 그러려면 사교를 하셔야죠."

우선은 솔랑쥬와 도서관 운영에 관해서 대화해야 한다. 나는 주먹을 불끈 쥐었다.

"그럼 솔랑쥬 선생님이 흔쾌히 다과회에 와 주실 수 있게 매일 빠짐없이 도서관에 다니는 단계부터 시작할게요!"

"……공주님, 책만 읽는다고 다과회가 열리는 게 아닙니다. 책 외에도 관심을 가져 주세요."

정식 도서위원이 되는 길은 멀고도 험한 여정인 듯하다.

'당분간은 자칭 도서위원으로 만족해야 하나?'

솔랑쥬와의 다과회를 목표로

리카르다에게 꾸지람을 들은 나는 점심을 먹고, 오후에도 도서관으로 향했다. 걸으면서 주의를 들은 여러 사항을 돌이켜 생각했다. 감정에 이끌려 솔랑쥬와 너무 친밀해지진 말기. 리카르다에게 합격한 화제만 꺼내기. 그리고 방에 돌아오면 리카르다가 마음에 걸렸던 점에 대해 주의를 줌으로써 귀족 간의 대화와 사교를 공부해 나가기로 정했다.

오늘 오후, 솔랑쥬에게 해도 되는 질문은 다과회에 참가할 시간이 있는지, 다른 사람의 다과회에 참석하고 있는지 여부를 확인하는 것이라고 했다. 오늘은 그 이상 거리를 좁히면 안 되는 듯하다.

"공주님, 왔다."

"어서 와, 공주님."

"아까 읽다 만 책을 읽으러 왔어요. 개인 열람석 열쇠를 내어 주겠어요?"

슈바르츠와 바이스의 환영을 받으며 나는 업무 공간에 있는 솔랑쥬에게도 인사했다.

"솔랑쥬 선생님, 안녕하세요. 조금 전에는 곤란하게 고집을 부려서 정말 미안해요. 오랜만에 도서관에 와서 너무 흥분했나 봐요."

"그렇게 신경 쓰지 않으셔도 됩니다. 로제마인 님께서 얼마나 도서관에 애착이 있으신지 알게 되어 감사할 따름입니다."

뭔가를 기록하던 솔랑쥬가 고개를 들며 방긋 웃었다. 마치 손녀를 보는 듯한 상냥한 눈빛으로 나를 보았다. 사과를 받아 준 그녀의 말에 나는 가슴을 쓸어내렸다.

"솔랑쥬 선생님은 혼자서 이 도서관을 관리하시죠? 다과회에 참가하거나 열지는 않으세요?"

"네. 지금은 이용자가 적어서 다소 시간은 있습니다. 하지만 일찍 수업을 통과한 학생들이 사교를 시작하면 이번에는 최종 시험을 대비해서 공부하는 학생이 늘어서 바빠지지요. 그러니 다과회 참가뿐만 아니라 제가 주최하지도 않습니다. 사서가 여럿 있었던 시절에는 교대로 참가하기도 했었지만요……."

그렇게 말하면서 슈바르츠와 바이스를 보는 솔랑쥬의 표정이 부드러워졌다.

"지금은 슈바르츠와 바이스가 도와주는 덕분에 작업도 편해졌고, 덜 쓸쓸하답니다. 로제마인 님께 정말 감사하고 있어요."

'다행이다. 민폐만 끼치고 있지 않아서.'

슈바르츠와 바이스가 작동한 건 흥분으로 튀어나간 축복 때문이지, 특별히 내가 도와준 적은 없다. 그래도 나쁜 인상만 남으면 어쩌나 걱정했던 터라 조금이라도 내가 솔랑쥬에게 도움이 되었다는 사실에 안도했다.

"한 번은 솔랑쥬 선생님과 찬찬히 대화를 나눠 보고 싶은데 시간 있으세요? 슈바르츠와 바이스 얘기라든지, 제가 만들려는 책에 관해서 하고 싶은 얘기가 있어요."

"책을 만드세요? ……정말 로제마인 님은 책을 사랑하시는군요."

파란 눈동자를 휘둥그레 뜬 솔랑쥬에게 나는 웃으며 고개를 끄덕였다.

"음유시인이 노래하는 기사 이야기나 에렌페스트에서 어머니가 자식에게 들려주는 이야기를 책으로 만드는 중이에요."

기사 이야기는 이미 인쇄해서 책으로 만들어 팔고 있지만, 현재도 이야기를 모으는 중이니 거짓말은 아니다. 일단은 내 다과회에 관심을 가지도록 귀족원 사서인 솔랑쥬가 흥미를 보일 만한 화제를 던져 보았다.

"어머나, 역시 로제마인 님은 참고서뿐만 아니라 소설도 좋아하시는군요? 이 도서관에도 많지는 않지만 이야기책이 있답니다. ……안내해 드릴까요?"

"부탁해요. 꼭 읽고 싶어요."

1층에 참고서가 쭉 진열된 책장 중에 잘 찾지 않는 옛 자료를 모아 놓은 한구석으로 솔랑쥬가 유유히 걸었다. 그녀는 안내하면서 최종 시험에 대비해 참고서를 읽거나 상급 귀족에게 참고서를 베껴 주고 돈을 벌려는 학생이 대부분이라 소설을 읽는 학생은 그리 많지 않다고 알려주었다. 겨울에만 여는 귀족원에서는 대부분 학생들이 커리큘럼과 사교로 예정이 빡빡한 탓에 느긋하게 취미로 독서를 즐길 여유가 없다고 한다.

"이 주변에 소설책이 있습니다. 성서를 옮겨 쓴 책도 있고요."

"알겠습니다. 슈바르츠, 나와 필린느에게 개인 열람석을 내주세요."

나는 슈바르츠에게 말을 걸고, 리카르다에게는 이야기책을 옮기게 해서 개인 열람석에 들어갔다. 그리고 책을 훑어보며 도서 목록과 줄거리를 정리했다.

기사 이야기로 마물을 퇴치하러 가는 줄거리는 같지만, 기사단의 우정을 그린 소설부터 대영지의 표적이 된 소영지 기사단이 필사적으로 대항하는 전기 소설까지 종류가 다양했다. 다만, 오래된 문장 표현이라 술술 읽히지 않았다. 글씨도 흘려 써서 판별이 어려운 부분도 있었다.

"로제마인 님, 저에겐 조금 어려운 책인 것 같아요. 공부가 부족한 모양입니다."

필린느도 마찬가지로 도서를 정리하려고 했지만, 본문을 좀처럼 읽지 못했다. 나는 기사 이야기보다 까다로운 표현이 많은 성전을 읽어서인지 그렇게 난해하지는 않았다. 하지만 이해하기 쉬운 말로 수정한 성경 그림책으로 글자 공부를 시작한 탓에 옛날 문장 표현이 가득한 책에 익숙지 않은 필린느에겐 분명 어려울 터였다.

"앞으로는 옛날 문장도 읽을 수 있게 필린느가 공부할 책이 있어야겠네요. 문관이 옛날 자료를 읽지 못하고서야 나중에 일하게 될 때 곤란해지잖아요."

"그러네요. 열심히 하겠습니다."

이날은 기사 이야기를 읽으니 하루가 끝났다. 나는 기사 소설을 한 권 빌려서 돌아가기로 했다. 가능하면 이 주제로 새로운 이야기를 만들고 싶었다.

"바이스, 이 책을 대출할게요."

"알았다. ……공주님, 보증금, 대금화 세 닢."

책값과 같다는 말은 예전에 들었었지만, 역시나 비싸다. 무료로 빌려줬던 우라노 시절의 도서관이 얼마나 훌륭한지 새삼 감동했다. 무료 원칙을 포함한 도서관학 5법칙을 제정하신 위대한 랑가나단에게 감사와 기도를 올리고 싶다.

'하지만 무료로 대출하려면 인쇄를 보급해야 한단 말이지. 갈 길이 멀다!'

그다음 날, 도서관 동행에 코르넬리우스와 하르트무트도 참여하게 되었다. 기사 이야기책이 도서관에 있다는 얘기를 했더니 두 사람이 놀라워했다. 아무래도 참고서와 선생의 연구 성과가 아닌 책도 도서관에 있는 줄 몰랐던 모양이다.

"에렌페스트 성에 있는 도서실에는 업무에 필요한 자료를 비치해 놨으니 귀족원 도서관에는 귀족원 자료가 모여 있지 않겠어요? 학생이 편하게 찾아볼 수 있게 자주 쓰이는 참고서를 1층의 편한 장소에 놓아둔 것뿐일 거예요. 실제로 이야기책은 1층 구석에 있었거든요."

내가 그렇게 말하자, 하르트무트가 영지대항전 자료가 있다면 읽어 보고 싶다는 말을 꺼냈다. 전적이나 마물 정보가 기록되어 있을지도 모른다는 하르트무트의 말을 듣고, 코르넬리우스와 레오노레의 눈이 번쩍거렸다. 페슈필 연습을 끝내고 세 점 종이 울린 뒤, 나는 도서관에 호기심이 생긴 학생들을 데리고 도서관으로 향했다.

"안녕, 공주님."

"안녕하세요, 슈바르츠와 바이스."

"공주님은 책이 좋아?"

"끔찍이 좋아하죠. 그러니까 최대한 매일 도서관에 올 거예요. 이 책을 반납할 테니 부탁해요. 슈바르츠와 바이스도 일 열심히 하세요."

내가 이마에 박힌 마석을 쓰다듬자, 그 광경을 처음 본 학생들이 깜짝 놀라며 소리쳤다.

"도서관에 커다란 스밀이 있다는 소문이 사실이었다니."

"어쩜 이리도 사랑스러울까. 새로운 의상 제작에 힘을 쏟아야겠네요."

조그맣게 속삭이는 대화를 흘러들으며 나는 슈바르츠와 리카르다에게 반납 절차를 맡기고, 솔랑쥬를 돌아보았다.

"솔랑쥬 선생님, 안녕하세요."

"안녕하십니까, 로제마인 님. 오늘은 많이들 오셨네요."

"찾는 자료가 있는데 어디에 있는지 선생님께 묻고 싶어서요."

고개를 갸웃거리며 "뭔가요?" 하고 묻는 솔랑쥬 앞에 하르트무트가 걸어 나왔다.

"영지대항전 디터에 관한 자료가 있습니까? 어느 영지가 어떤 마물을 쓰러뜨렸는지 기록한 자료를 찾는데요."

"모든 디터를 기록한 자료는 없습니다. 하지만 옛날 참고서라면 보물 뺏기 디터의 전략에 관한 내용이 조금 실려 있을 거예요. 또 매년 성적 우수자를 정리해 둔 자료에 영지대항전의 상위 입상지에 관한 서술도 있을 겁니다."

하르트무트와 코르넬리우스가 서로 얼굴을 마주 보며 눈을 반짝였다. 옛 참고서는 에크하르트나 페르디난드의 자료로 충분하다. 필요한 건 영지대항전 상위에 관한 내용이다.

"그 영지대항전 자료를 보여주세요. 어느 책장에 있나요?"

"로제마인 님은 참 이상한 자료를 읽고 싶어 하시네요. 보통은 돈을 벌려고 사본과 수업 때 쓰는 참고서만 읽으려고 하는데⋯⋯."

그렇게 웃으며 말한 솔랑쥬가 우리에게 등을 돌렸다.

"열람실은 학생이 자주 사용하는 참고서를 중심으로 비치해 둡니다. 그래서 기록과 보존이 목적인 자료는 다른 서고에 보관해 두지요.

잠시만 기다리십시오."

솔랑쥬는 열람실이 아닌 자료 창고에서 정성 들여 엮은 자료를 가져와 주었다. 누가 봐도 따로 관리하는 듯한 자료를 보고, 나는 솔랑쥬를 올려다보았다.

"……이건 설마 대출 금지 자료예요?"

"맞습니다. 대출은 금지예요. 반납하지 않으면 곤란하니까요. 하지만 열람실에서 본다면 별 문제없습니다."

내가 두툼하게 엮인 자료를 "잘 볼게요."라고 받으려고 할 때 하르트무트가 얼른 옆에서 튀어나와 대신 자료를 건네받았다.

"로제마인 님, 이 자료는 제가 옮겨 쓰겠습니다. 디터 외에도 필요한 정보가 있거든요. 필린느를 빌려도 되겠습니까?"

"네. 상관없어요. 그럼 하르트무트에게 맡길게요."

혼자서 전부 베껴 쓰려면 많은 시간이 걸리므로 분량을 나누고 싶은 모양이다. 도서관을 쭉 둘러본 하르트무트가 솔랑쥬에게 곤란한 표정을 지어 보였다.

"솔랑쥬 선생님, 여러 명이서 옮겨 써야 해서 조금 넓은 책상이 필요합니다. 개인 열람석 말고 다른 책상은 없습니까?"

"2층이라면 나란히 앉아 쓸 수 있어요. 하지만 이건 대출 금지 자료라 최대한 눈이 닿는 곳에 있었으면 하는군요. 신입생 등록 수속이 전부 끝났으니 제 집무실에 있는 등록용 테이블을 빌려드리죠."

"고맙습니다. 빨리 끝낼게요."

솔랑쥬의 안내를 받으며 하르트무트와 필린느, 그리고 다른 두 견습 문관이 집무실로 들어갔다. 하르트무트가 자료를 쭉 훑으면서 분담을 정하는 동안에 필린느와 다른 이들은 내가 지급한 종이와 잉크를 민첩하게 준비했다.

네 사람의 모습을 흐뭇하게 바라보면서 집무실을 나온 솔랑쥬가 아직 업무 공간 앞에 있는 우리를 눈치채고, 즐거운 미소로 둘러보았다.

"또 필요한 자료가 있나요?"

한 번 코르넬리우스와 얼굴을 마주 본 레오노레가 한 발짝 앞으로 나왔다.

"저기, 마물에 관한 자료가 있을까요? 이 근방에 있는 마물 사냥법과 약점 같은 내용이 실린 책이면 좋겠는데요……."

"참고서 외에는 2층에 있는 두루마리에 오래됐지만, 자세하게 실린 자료가 있습니다. 마술구 제작이 전공인 선생이 소재를 모으면서 정리한 자료라더군요."

솔랑쥬가 설명하면서 느긋하게 2층으로 올라갔다. 2층 자료를 보려는 학생이 정말 몇 없는지 솔랑쥬가 "선생 외에 이런 자료 안내를 부탁하는 경우가 거의 없어서 기분이 참 묘하네요."라며 웃었다.

훗날 귀족원에 조수로 남을 법한 학생은 재학 중일 때부터 교사가 조수로 부려먹으며 자료를 옮기게 하거나, 책 범위를 지정하여 미리 읽어 오라고 지시하기도 한다고 한다. 도서관에서 어떻게 움직이는지 지켜보면 졸업 후에 귀족원에 남을 학생인지 아닌지 솔랑쥬는 안다고 한다.

"참고서가 아닌 책이 있는지 궁금하지 않은 학생이 대부분입니다. 귀족원에서는 공부보다 사교를 중요시하는 경향이 있으니까요."

공부라면 각자의 영지에서도 할 수 있으나 다른 영지와의 교류는 오직 귀족원에서만 가능하다. 그래서 사교가 중요해지는 모양이다. 과거에는 졸업할 때 슈타프를 지급했으므로 지금보다 학구파가 훨씬 많았다고 한다.

"그나저나 귀족원이 시작되고 아직 한 달도 지나지 않았는데 이렇게 많은 학생이 도서관에 오다니, 에렌페스트는 정말 우수한 학생이 많군요."

솔랑쥬는 가려는 선반 쪽으로 서슴없이 걸음을 옮겼다. 선반에 쌓여 있는 두루마리는 마치 수예용품점에 돌돌 말아서 쌓아 놓는 천 두루마리 같았다. 천에 달린 가격표처럼 두루마리에도 작은 목패가 달려 있어서 더 그렇게 보인다. 목패에 도서 항목이 적혀 있어서 내용을 알 수 있게 되어 있었다.

어떤 선반 속 목패를 하나하나 확인하던 솔랑쥬가 두루마리 하나를 꺼냈다. 그리고 그것을 읽을 수 있게 독서대에 펼쳐 주었다. 돌돌 말린 두루마리를 옮겨 쓸 수 있게 독서대에 두루마리를 고정하는 핀이 달려 있었다.

"그림도 있어서 정말 이해하기 쉽네요."

과거에 재직한 선생이 기록한 두루마리에는 마술뿐만 아니라 마목에 관해서도 적혀 있고, 어설픈 그림까지 그려져 있었다. 이건 나중에 나도 읽고 싶었다.

두루마리를 펼치면 마물에 관한 두 가지 기록을 각각 양쪽으로 볼 수 있는 구조여서 독서대의 좌우에서 베껴 쓸 수 있게 되어 있었다. 마물 정보는 견습 기사에게 필요하므로 견습 기사 한 명이 종이와 잉크를 준비하기 시작했다.

"레오노레가 베껴 줄래? 나보다 그림 잘 그리잖아."

코르넬리우스가 그렇게 말하며 사본 작업을 레오노레에게 맡기려고 했다.

"상관은 없는데…… 코르넬리우스는 그림 그리기를 싫어합니까?"

"솔직히 말하면 잘 못 그려."

레오노레가 지그시 올려다보자 코르넬리우스는 쑥스러워하며 살짝 시선을 돌렸다. 그런 코르넬리우스를 보며 피식 웃는 레오노레의 표정이 아주 부드럽다.

'어? 설마 레오노레가 코르넬리우스 오라버니를 좋아하나?'

그때야 겨우 안게리카의 혼담 소문에 신경을 쓰던 레오노레의 말이 떠올랐고, 나는 손뼉을 쳤다.

'레오노레는 어머님처럼 귀부인이 되고 싶은 것이 아니라 코르넬리우스 오라버니의 첫째 부인이 되고 싶은 거였구나!'

나는 속으로 몰래 레오노레를 응원했다. 내가 할 말은 아니지만, 보니파티우스에서부터 시작된 일족은 마초의 피가 강하다. 머리보다 몸을 갈고닦는 혈통이라 부디 레오노레가 결혼을 쟁취해서 지적 활동에도 힘을 실어 줬으면 좋겠다.

모두가 찾던 책을 찾은 것 같기에 나는 1층으로 돌아가서 소설을 마저 읽으려고 했다.

오후부터는 필린느가 실기 수업을 받으러 가고, 호위 기사도 레오노레와 트라우고트가 교대한다. 마물 기록을 누가 옮겨 쓰느냐로 코르넬리우스와 트라우고트가 조금 실랑이를 벌였지만, 결국 코르넬리우스가 하게 되었다. 나중에 코르넬리우스가 그림을 어떻게 그렸는지 살짝 훔쳐봤는데 생각보다 나쁘지 않았다. 겸손이 아니라 저것이 못 그리는 수준이라면 내 그림 실력은 정말 최악일지도 모른다.

"로제마인 님, 저도 로제마인 님과 느긋하게 얘기를 나누고 싶어졌어요."

도서관을 나가려고 할 때 솔랑쥬가 나를 불러 세웠다. 책을 몇 권이나 읽고 만족했던 나는 무슨 얘기인지 몰라 고개를 갸웃거리려다가 순간 정신이 들었다. 그러고 보니 내가 '얘기를 나누고 싶다'고 말했었다.

"솔랑쥬 선생님은 도서관을 비울 수 없으니까 다과회를 집무실에서 열면 어떨까요? 싫지 않으시다면 부담스럽지 않을 정도로만 차와 과자를 준비해서 가져올게요……."

"……그래 주시면 저야 정말 감사한데 그래도 괜찮으시겠어요?"

솔랑쥬는 나보다 다과회로 바빠질 리카르다를 놀란 기색으로 쳐다보았다. 그 시선을 느낀 리카르다가 가볍게 고개를 끄덕였다.

"저희는 문제없습니다. 공주님께도 얘기를 들었답니다. 솔랑쥬 선생님의 부담을 덜어 드리려면 어떡하면 좋으냐고. 공주님 나름 고민하셨습니다. 이쪽 집무실에서 다과회를 하시려면 우선 솔랑쥬 선생님의 의향이 중요하지요."

"선생님은 혼자 도서관을 관리하느라 바쁘시죠? 그러니 소풍 준비하듯이 저희가 차와 과자를 준비해서 가져오면 어떨까 생각했어요."

처음에는 리카르다가 깜짝 놀라며 보통은 장소만 빌려서 차와 과자를 들고 가지 않는다고 했다. 그래도 솔랑쥬의 부담을 덜려면 어떻게 해야 할지 고민한 내용을 리카르다에게 차근차근 설명하자, 결국 이해해 주었다.

"어디까지나 바쁘신 솔랑쥬 선생님을 생각해서 한 말이라……."

"아니요, 감사합니다. 그럼 로제마인 님이 말씀하신 대로 해도 괜찮겠습니까? 휴일인 땅의 날은 이용자가 많으니 그 전날, 열매의 날이 좋겠는데요……."

"물론 상관없어요. 함께 다과회를 즐길 수 있게 되어 기뻐요."

솔랑쥬의 일정에 맞춰서 모레 오후, 집무실에서 다과회를 열게 되었다.

바로 기숙사로 돌아와서 시종들에게 다과회 예정을 전달하자, "음악 선생님보다 솔랑쥬 선생님의 다과회 예정이 먼저 들어갈 줄 몰랐네요."라며 브륀힐데가 눈을 동그랗게 떴다.

"솔랑쥬 선생님의 일정에 맞추다 보니 어쩔 수 없어요. 슈바르츠와 바이스가 걱정되는지, 예전보다 이용자도 늘어서 일찌감치 다과회를 하고 싶으시대요."

이번에는 도서위원이 되고 싶다고 억지로 조르지 말고, 친해지도록 하라며 리카르다가 지적해 줬다. 그리고 다과회 때 슈바르츠와 바이스의 치수를 언제 잴지 정해야 한다. 그 외에는 작업 중인 자필 원고를 가져가서 솔랑쥬의 고향과 그녀가 아는 이야기를 물어볼 생각이다.

"어쩌면 솔랑쥬 선생님과의 다과회가 먼저라서 잘됐는지도 모릅니다."

브륀힐데가 도서관 다과회를 긍정적으로 받아들이자, 나는 고개를 갸웃거렸다.

"솔랑쥬 선생님은 겨우내 도서관에서 지내셔서 다른 선생님과 교류가 거의 없대요. 다과회에서 유행을 퍼트리고 싶어 하는 브륀힐데에겐 전혀 의미 없는 행사 아닌가요?"

"겨우내 도서관에 머무셔도 다른 계절에는 선생님끼리 교류하지 않을까요? 실제로 솔랑쥬 선생님은 에렌페스트의 1학년 성적을 알고 계셨어요. 조금은 교류가 있다는 증거지요. 여러 선생님들 앞에서 긴장된 다과회를 치르기 전에 중앙 귀족의 반응을 볼 수 있고, 의상이나 머리 장식, 과자도 의견을 들을 수 있을지도 모릅니다."

중앙 귀족의 감각으로 에렌페스트의 문화를 느끼면 뭐라도 반응이 있을 터이고, 그 결과를 토대로 음악 교사와 있을 다과회도 조금은 대책을 세울 수 있을 것 같다고 브륀힐데가 말했다.

"난 슈바르츠와 바이스의 의상과 책 이야기를 나눌 생각인데요."

내 말에 브륀힐데가 꾸짖듯이 눈을 게슴츠레하게 떴다. 그리고 한번 리카르다를 쳐다보더니 살짝 몸을 굽혀서 달래듯이 나와 시선을 마주쳤다. 사교 지식도 경험도 없다는 얘기를 나눈 뒤부터 시종들은 이렇게 내게 주의를 주게 되었다.

"로제마인 님, 화제는 최대한 많이 준비해 두셔야 합니다. 그리고 의식적으로 화제를 준비해 두지 않으면 로제마인 님은 책 얘기만 하고 다과회를 끝내 버릴 것 같은데요. 책 외에도 해야 할 얘기를 잊지 말아 주십시오. 솔랑쥬 선생님은 중급 귀족이니 로제마인 님의 말씀에 웃으면서 경청해 주시겠지만, 그럴수록 상대의 반응에 더더욱 조심하셔야 합니다."

브륀힐데의 주의에 리젤레타도 걱정스러운 눈빛으로 고개를 끄덕였다.

"로제마인 님은 책 얘기만 나오면 주변을 못 보시는 경향이 있다고 빌프리트 님께서도 말씀하셨어요. 영주 후보생의 기품을 잊지 말고, 이성적으로 행동하실 줄 아셔야 합니다. ······걱정하지 마세요. 제 언니를 졸업까지 시키신 로제마인 님께 불가능이란 없습니다. 전 로제마인 님을 믿어요."

리젤레타의 기대와 신뢰에 찬 눈빛이 따갑다. 실수하지 않게 충분한 대책을 세우고, 다과회에 임하고 싶었다.

귀족원에서의 첫 다과회

다과회 당일. 나는 린샴으로 머리에 윤기를 주고, 브륀힐데의 도움으로 머리를 묶었다. 귀족원에서 유행하는 헤어스타일과 의상이지만, 꽃 장식은 눈에 띄도록 달았다. 차를 마시면서도 시선에 박히도록 머리와 가슴팍에 꽃 장식을 단 것이다.

다과회에 가져갈 디저트는 물론 카트르 카르다. 이번에는 솔랑쥬의 취향을 모르기 때문에 기본 맛을 준비했다. 시종인 브륀힐데와 리젤레타가 다과회 상대의 정보를 얻으려고 고군분투했지만, 에렌페스트 내는 물론이고, 다른 영지 견습 시종들도 솔랑쥬에 관한 정보가 거의 없었다고 한다.

"솔랑쥬 선생님의 정보가 거의 없어요. 다과회를 열지 않는다는 말이 사실이었던 모양입니다. 저 역시 로제마인 님께서 제안하시기 전까지 다과회 상대로 보고 있지 않았거든요. 시간만 주어진다면 도서관에 가서 직접 당사자에게 정보를 얻을 수도 있었는데……."

"브륀힐데의 말처럼 다들 교류 상대로 보지 않았다면 솔랑쥬 선생님 혼자 정말 쓸쓸하게 지내셨겠어요. 로제마인 님과 다과회를 하면서 위로가 되었으면 좋겠네요. 다과회에는 크림, 꿀, 루토레베 잼, 룸토프, 마음껏 좋아하는 맛으로 카트르 카르를 드실 수 있게 준비했습니다. 이제부터 조금씩 솔랑쥬 선생님의 정보를 알아 가시면 됩니다."

취향을 알면 다음부터 거기에 맞춰서 카트르 카르를 만들 수 있다. 이번에는 차도 카트르 카르에 어울리는 맛으로 준비하게 했다.

"대화하시면서 티 나지 않게 슬쩍 솔랑쥬 선생의 취향을 캐물으셔야 합니다. 매우 중요한 임무예요."

리카르다는 다과회 중에 내가 해야 할 일을 손가락으로 세며 확인하면서 나를 보았다.

"공주님, 꺼낼 화제는 머릿속에 정리하셨나요? 오늘은 서자판을 쓰시면 안 됩니다. 대화를 기록할 견습 문관이 함께하기로 했으니까요."

나보다 훨씬 긴장한 표정으로 서 있는 사람은 필린느다. 필린느에게 처음으로 서기관의 임무가 주어졌다. 이번에는 하르트무트가 옆에서 도와주지만, 앞으로 남자는 출입이 금지된 장소로 가게 될지도 모른다. 본래 다과회에는 문관을 옆에 두고 대화를 기록하지 않는다. 하지만 이번에는 치수 재기 일정을 정해야 하고, 솔랑쥬에게 내가 모은 기사 이야기 원고의 감상을 들을 예정이라 문관이 필요했다.

…라는 것은 명목이고, 진짜 목적은 필린느에게 견습 문관의 경험을 쌓게 하기 위해, 그리고 브륀힐데의 요청으로 솔랑쥬의 반응을 기록하기 위해서다.

"필린느, 힘들겠지만 잘 부탁해요."

"이렇게 비싼 종이를 한가득 들어 본 적이 처음이라 손이 떨립니다."

나는 필린느에게 메모 용지로 사용하는 공방 실패작을 건네주었다. 팔 수 없어서 메모지로 쓰는 종이인데 필린느의 눈에는 도무지 그렇게 보이지 않는 모양이다.

"익숙해져야죠. 기록하려면 종이와 잉크가 필수인걸요. 내 서자판을 빌려주고 싶지만, 서자판에 익숙지 않으면 글자 크기나 기록할 단어를 골라서 쓸 수도 없거든요."

한 손에 들고 메모할 때 사용하는 서자판에는 많은 내용을 적지 못한다. 종이 기록에 익숙해지는 편이 좋으리라.

"필린느의 책임이 막중해요. 이번 다과회 기록을 토대로 에렌페스트 학생들이 앞으로 어떻게 유행을 퍼트릴지, 어떻게 다른 영지 학생들의 눈길을 끌 수 있을지 고민해야 하거든요."

"그렇게 겁주지 말아 주세요, 브륀힐데."

종이를 꼭 껴안고 울먹이는 필린느의 모습에 키득키득 웃음이 나왔다. 첫 다과회라 은근히 긴장감이 감돌던 모두의 표정이 조금 누그러졌다.

오늘 다과회에는 나의 측근들 모두, 그리고 음악을 연주해 줄 로지나도 데리고 가기로 했다. 열람실과 붙어 있는 집무실에서 여는 다과회라서 정말 연주해도 괜찮은지는 솔랑쥬의 의견으로 결정되겠지만, 악사를 데리고 가지 않는 것도 무례한 행동이었다.

"……잊은 건 없겠지?"

나는 현관 앞에서 다시 한번 확인했다. 다과회에 필요한 디저트와 차 등이 리카르다가 미는 왜건에 실려 있다. 브륀힐데는 내 머리에 꽂힌 비녀와 의상이 흐트러지지 않았는지 나를 보며 확인했고, 필린느는 손에 든 문구용품에 빠진 물건이 없는지 다시 점검했다. 벌써 몇 번이나 확인한 호위 기사와 하르트무트는 서로 얼굴을 마주 보며 어깨를 으쓱했다. 손가락으로 세며 확인하는 나를 보고, 빌프리트가 가볍게 고개를 저었다.

"리카르다가 확인했으니 괜찮겠지. 난 잊은 물건보다 네가 제대로 사교 업무를 수행할 수 있을지가 더 걱정이다."

빌프리트가 초조한 기색으로 그렇게 말했다. 책만 엮이면 물불 가리지 않고, 2년간의 공백으로 사교 경험이 없는 것이 내 약점이다. 그렇게 리카르다에게 설명을 들은 빌프리트는 오늘 다과회도, 음악 선생과의 다과회에 대해서도 나보다 훨씬 긴장한 듯하다.

"빌프리트 오라버니, 얘기할 내용도 정해져 있으니까 걱정할 거 없어요."

"너라면 괜찮겠지만, 정말 방심하지 않도록 조심해."

"알아요. 리카르다도 있으니까 안심하세요."

디저트와 차 준비도 끝났다. 세 점 종이 울리면 출발이다.

"어서 오십시오, 로제마인 님."

"초대해 주셔서 감사하게 생각합니다, 솔랑쥬 선생님. 매우 고대하고 있었답니다."

솔랑쥬는 우리를 자신의 집무실로 안내했다. 신규 등록에 쓰는 테이블과 의자가 다과회 구도로 갖춰져 있었다. 그 자리에는 솔랑쥬와 또 한 사람, 솔랑쥬의 시종으로 보이는 여성이 있었다.

나와 솔랑쥬가 인사를 나누는 동안에 시종들은 민첩하게 다과회 준비를 시작했다. 필린느는 하르트무트와 잉크를 어디에 둘지, 어떻게 기록할지를 의논했다. 호위 기사는 문 쪽에 설 사람과 내 뒤에 설 사람으로 나뉘어 움직였다.

"공주님, 왔다."

"오늘은 책, 안 읽어?"

업무 공간으로 이어지는 문에서 슈바르츠와 바이스가 집무실로 들어왔다. 금색 눈동자가 내 쪽을 보며 고개를 갸웃거린다.

"네, 오늘은 솔랑쥬 선생님과 다과회를 할 거예요. 슈바르츠와 바이스가 입을 새 옷도 정해야 하니까 그동안 열심히 일하세요."

"열심히 한다."

"새 옷."

인사하러 다가온 슈바르츠와 바이스에게 마력을 주자, 둘은 머리를 흔들면서 열람실로 돌아갔다. 그 모습을 솔랑쥬가 상냥한 미소로 바라보았다.

"저기, 솔랑쥬 선생님. 열람실 상황이 걱정되시면 문을 열어 둬도……."

"아닙니다, 로제마인 님. 지금은 이용자가 몇 명뿐이라서요. 열람실에 디저트와 차 향기가 풍겨도 신경 쓰이고요."

키득키득 웃으며 솔랑쥬가 슈바르츠와 바이스를 내보내고, 문을 닫았다.

"음악은 어쩔까요? 열람실로 소리가 새어 나가지 않을까요?"

흰색 건물은 기본적으로 방음이 뛰어나지만, 평범한 목재 문은 소리가 새어 나간다. 로지나와 페슈필을 보며 잠깐 고민하던 솔랑쥬가 신난 듯이 파란 눈을 가늘게 떴다.

"로제마인 님이 작곡하신 특이한 곡을 연주하실 거죠? 전 다른 다과회에 참가하지 못하니 이번에 한 곡 들어 보고 싶네요. 오랜만에 가슴이 들떠요."

우아하고 조심스럽게 속삭이는 말에 나는 로지나를 힐끗 쳐다보았다.

"그럼 조만간 음악 선생님이 여시는 다과회에서 선보이려고 준비한 곡을 먼저 솔랑쥬 선생님께 들려드릴게요. 마침 지혜의 여신 메스티오노라에게 바치는 곡이거든요. 첫 연주는 도서관이 어울리겠어요."

눈을 동그랗게 뜨며 "어머. 괜찮으시겠어요?" 하고 측근들의 눈치를 보는 솔랑쥬에게 나는 웃으며 고개를 끄덕였다. 딱히 음악 선생에게 신곡을 공개하겠다고 약속한 것도 아니다.

'내가 처음에 붙인 가사는 도서관 찬가라고 하는 쪽이 맞는걸.'

도서관에 간다며 흥얼거린 가사를 들은 적이 있는 측근들은 단체로 웃음을 꾹 참는 표정을 지었다.

"그럼 차를 마신 뒤에 그 곡을 들려주세요."

솔랑쥬의 시종이 로지나에게 의자를 준비해 주었다. 로지나는 지시가 떨어지면 바로 연주할 수 있게 페슈필을 준비하기 시작했다.

리카르다가 차를 따라 주고, 브륀힐데가 카트르 카르와 함께 찍어 먹을 크림 등을 하나씩 접시에 담아 테이블 위에 차렸다. 자기 앞에 놓인 카트르 카르와 계속해서 차려지는 감미료들을 번갈아 보던 솔랑쥬가 의아한 듯이 눈을 끔뻑였다.

"로제마인 님, 이건 무엇이죠? 처음 보는 과자네요."

역시 카트르 카르 같은 디저트는 중앙에서도 드문 모양이다. 브륀힐데의 황갈색 눈동자가 번쩍거렸다. 반응을 놓치지 않으려는 모습을 시야 끝에 담으면서 나는 설명했다.

"카트르 카르라고 합니다. 에렌페스트에서 최근 유행하는 디저트예요. 선생님 입맛에 맞았으면 좋겠네요. 중앙의 디저트와는 조금 맛이 달라서……."

심각하게 달던 중앙의 디저트 맛에 길들여진 입맛이라면 카트르 카르가 심심하게 느껴질 수도 있다.

"이렇게 기호에 맞게 크림이나 잼을 곁들여 먹는답니다. 생크림, 루토레베 잼, 꿀, 룸토프를 준비해 봤어요."

"룸토프? 이것도 에렌페스트 특산물인가요?"

"과일 보존용으로 술에 절인 것이라서 비슷한 음식이 있을지도 모르겠네요. 에렌페스트에서는 룸토프라고 부른답니다."

잘게 자른 룸토프를 바라보며 솔랑쥬가 재차 고개를 끄덕였다. 솔랑쥬의 고향에서는 겨울 준비 때 레몬 같은 산미가 강한 과일을 꿀에 담근다고 했다.

"첫 입은 그냥 먹어 보시고, 좋아하는 맛을 곁들이면 됩니다."

나는 차와 디저트를 한입씩 먹어서 보여 주고, 솔랑쥬에게 권했다. 차를 한 모금 마신 솔랑쥬가 카트르 카르를 입에 넣었다. 중앙 귀족은 어떤 반응을 보일까? 하고 흥미진진하게 바라보는데 솔랑쥬가 싱긋 웃었다.

"맛이 산뜻하고 정말 먹기 편하네요."

카트르 카르는 버터를 듬뿍 사용한 파운드케이크라서 산뜻한 맛은 아니다. 하지만 카트르 카르가 산뜻하게 느껴질 정도로 중앙에서 먹는 디저트가 설탕 덩어리인 셈이다. 대신 중앙에서는 쓴 차를 마신다. 오늘 준비한 차는 카트르 카르에 맞춰서 은은한 맛으로 준비했다.

"단맛이 부족하다 싶으시면 잼이나 꿀을 곁들이면 맛있답니다."

일단 준비해 온 모든 감미료를 한입씩 먹어서 보여준 나는 시종에게 생크림과 룸토프를 덜게 했다.

"하나씩 다 맛보고 싶네요. 맛이 어떻게 바뀔지 정말 기대돼요."

솔랑쥬의 시종이 크림과 잼을 조금씩 곁들였다. 한입씩 먹은 솔랑쥬의 얼굴에 미소가 번졌다. 중앙의 디저트는 보기엔 화려하고 아름답지만, 한두 입 먹으면 그걸로 만족한다고 했다.

"몇 입이고 먹을 수 있겠어요."

솔랑쥬가 좋아한 건 꿀과 잼이었다. 역시 중앙 귀족에겐 단맛이 부족한 모양이다. 꿀을 넣은 카트르 카르가 입에 맞을지도 모르겠다.

"로제마인 님은 항상 독특한 머리 장식을 하고 계시네요. 그것도 요즘 에렌페스트에서 유행하는 상품인가요?"

지금까지 그런 장식을 단 에렌페스트 학생을 본 적이 없다고 솔랑쥬가 말했다. 나는 내 머리 장식을 손끝으로 살짝 만졌다.

"제 전속 재봉사가 만들어 줬어요. 에렌페스트 귀족에게는 제 세례식 때 처음 선보였고요. 요즘에야 귀족들 사이에서 머리 장식뿐만 아니라 의상 장식으로도 쓰이게 됐죠. 제작이 어려운지 팔린 숫자가 많지는 않나 봐요."

몇 년 전부터 유행하기 시작했지만, 길베르타 상회가 독점으로 판매하고 있어서 그렇게 많이 퍼졌다고 말할 수는 없는 상태다.

"정말 귀엽네요. 이곳에도 갖고 싶어 하는 영애가 많은 것 같더군요."

나는 머리 장식을 어필하고자 갖고 있는 모든 머리 장식을 귀족원에 가져왔다. 매일같이 머리 장식을 바꿔서 단 노력 덕분에 무사히 광고탑 구실을 한 모양이다.

"관심을 갖는 분이 많으면 영주 회의의 화제로 오른다고 양아버님께 들었어요."

상품 매매를 아이들이 멋대로 정하면 곤란하므로 학생인 우리가 할 수 있는 일은 새로운 상품의 광고탑 정도다. 다과회에서 실물을 보여 주거나 몇 개는 무료로 제공하며 어필할 뿐이다. 실제 구매는 영주 회의에서 영주끼리 말을 맞춘 뒤부터다.

"틀림없이 영주 회의에서 얘기가 나오겠지요. 이처럼 입체적인 꽃 장식은 처음 보는걸요. 모두 로제마인 님의 윤기 나는 머릿결과 꽃 장식에 시선을 뺏길 겁니다. 그 윤기 나는 머릿결에도 뭔가 비결이 있지요?"

"욕실에서 머리를 감을 때 린샴을 써요. 이건 미용에 관심이 많은 여성에게 순식간에 유행한 상품이라 설명할 것도 없는 에렌페스트의 특산품…… 이라고 생각해요. 아우브 에렌페스트는 과거와 다른 상품을 만들려고 분발하고 계세요. 저도 영주 후보생으로서 최선을 다해 유행을 선도하려고 합니다."

디저트를 먹으면서 대화가 일단락되었다. 나는 로지나에게 페슈필 연주를 부탁했다. '띠링' 하고 높고, 맑은 소리를 울리며 로지나가 지혜의 여신 메스티오노라에게 바치는 곡을 페슈필로 연주하였고, 아름다운 목소리로 노래했다.

'도서관 찬가가 평범한 신의 찬가가 되었네.'

로지나에게 작사를 맡겼더니 도서관이라는 단어는 완전히 빠져 버렸다. 하지만 도서관과 연이 깊은 메스티오노라에게 올리는 곡이라는 말에 솔랑쥬는 매우 감동에 젖어 귀를 기울여 주었다. 그녀가 감격에 글썽이는 파란 눈동자로 나를 바라보았다.

"훌륭해요, 로제마인 님. 지혜의 여신 메스티오노라에게 바치는 곡은 거의 없거든요. 너무 감동했습니다."

"솔랑쥬 선생님께서 기뻐해 주시니 저도 기쁘네요."

최고신과 다섯 대신에게 바치는 곡이나 예술의 여신에게 바치는 곡, 전투 때 사기를 올리는 군가는 몇 곡이나 있지만, 지혜의 여신에게 바치는 곡은 정말 없었던 모양이다. 솔랑쥬가 진심으로 기뻐해 주었다.

음악 연주를 끝내면 다음은 치수 재기 일정이다. 이건 얼른 정해 버리고 싶었다.

"솔랑쥬 선생님, 슈바르츠와 바이스의 의상을 만들기 전에 치수를 재야 하는데 선생님은 언제가 좋으세요? 최대한 빠른 편이 좋겠지요?"

"……제 일정을 고려해 주신다면 빠른 편이 낫지요. 요즘에는 슈바르츠와 바이스를 보려고 도서관을 찾아오는 영애들이 많으시거든요."

옛날에도 그랬습니다, 라고 솔랑쥬가 과거를 그리워하는 상냥한 미소를 띠었다. 슈바르츠와 바이스는 옛날부터 도서관의 스타였던 모양이다.

"어디에서 치수를 재면 좋을까요? 슈바르츠와 바이스가 이동하지 않는 편이 좋다면 이쪽 집무실에서 재는 방법도 생각했는데……."

"슈바르츠와 바이스에겐 값비싼 보석이 가득 붙어 있고, 가져가지 못하게 부적도 잔뜩 달려 있습니다. 이곳보다는 주인이신 로제마인 님께서 완벽하게 관리하실 수 있는 환경에서 치수를 재는 편이 좋겠지요."

나로서는 슈바르츠와 바이스를 데리고 귀족원을 서성거리는 쪽이 더 무섭지만, 주인으로서 완벽한 관리하에 하라는 말도 맞는 말이다.

"그럼 에렌페스트 기숙사에 데리고 가도 괜찮겠어요?"

"네, 물론입니다. 저 둘의 주인은 로제마인 님이신걸요. 둘에게 어울리는 새 의상을 만들어 주십시오."

"사실 의상안도 몇 가지나 있어요. 선생님은 어떤 의상이 이 둘에게 어울릴 것 같으세요? 슈바르츠에겐 남성복을, 바이스에겐 여성복을 입히려고요. 저처럼 꽃 장식을 달고, 완장을 채운다고는 정해졌는데……."

내가 리젤레타에게 시선을 보내자, 리젤레타가 의상안을 정리한 종이를 쏙 꺼내 주었다. 그것을 받아 든 솔랑쥬가 의상안을 보면서 "전부 귀엽네요."라며 입꼬리를 올렸다.

"두 사람이 일하기 편하게 지나친 장식만 피해 주세요."

솔랑쥬가 신임일 무렵에 주인이 교체되면서 새롭게 바뀐 슈바르츠와 바이스의 의상을 처음 봤을 때, 모자나 브로치 등 의상이 상당히 화려했다고 한다. 귀엽다는 이유로 소매도 주인과 똑같이 길고 하늘하늘했다.

"하지만 슈바르츠와 바이스가 일을 하려고 움직일 때마다 모자가 떨어지고, 대출하려고 하면 소매에 보증금인 대금화가 쓸려서 없어지고 난리였답니다."

"어머나!"

"새로운 의상을 만들기 전까지 슈바르츠와 바이스는 주인에게 선물받은 의상을 좀처럼 벗으려고 하질 않아요. 서둘러 새로운 의상을 주문했는데 그동안 이 둘을 지켜볼 사서까지 필요했답니다. 그런 소동이 있은 뒤로 둘의 옷소매는 팔꿈치까지로 정해졌어요."

업무에 거치적거리지 않게 조심하라는 말에 나는 의상 디자인을 다시 검토했다. 귀여움에 중점을 둔 디자인이라 약간 수정해야 할 것 같다.

"그러고 보니 슈바르츠와 바이스를 주인 외에는 못 만지게 하라고 힐쉬르 선생님에게 들었는데 치수를 재도 괜찮을까요?"

"주인이 있는 곳에서 주인이 허가한 사람이라면 만져도 괜찮습니다. 하지만 허가할 상대를 잘 가리셔야 합니다. 슈바르츠와 바이스를 만질 수 있는 사람은 훔치거나 부술 수도 있는 셈이니까요."

"그러네요. 주의하겠습니다."

'특히 힐쉬르 선생님은!'

슈바르츠와 바이스의 치수를 사흘 후에 재기로 하고, 나는 화제를 바꾸고자 쓰다 만 기사 이야기 원고를 꺼냈다.

"이렇게 음유시인이 낭송한 이야기나 어머니가 자식에게 전하는 이야기를 모으고 있어요. 수많은 책을 봐 온 선생님의 의견을 꼭 들려주세요."

내가 몇십 장의 종이 더미를 건네자 솔랑쥬 선생은 깜짝 놀라며 "어떻게 이렇게나 모으셨나요."라고 말하면서도 눈빛만큼은 진지하게 글자를 좇았다.

"이렇게 많은 이야기를 모으려면 고생하셨을 텐데요. 대체 어떻게 하신 건가요?"

"모두의 도움을 받았어요. 어린이들은 이야기를 들으며 자라니까 각자가 아는 이야기를 들으면 이만큼 상당한 양이 모인답니다."

교재 대출을 미끼로 모았습니다, 라는 말은 죽어도 할 수 없다. 나는 웃으며 적당히 받아쳤다.

"이런 이야기가 팔릴까요?"

"……글쎄요. 어린아이가 좋아할 만한 이야기지만, 귀족원의 고학년이나 성인이 대상이면 다른 내용이 좋겠네요."

"하긴 슬슬 어른이 읽을 만한 이야기도 생각해야 할지 모르겠어요. 아우브 에렌페스트에게도 제안해 보죠."

지금까지는 카밀의 성장에 맞춰서 그림책을 제작해 왔다. 하지만 귀족원에서 '취미는 독서'라고 말하는 아이로 키우려면 이 연령대의 아이가 조금 어렵게 읽을 수 있는 어른용 책도 필요해진다. 기사 이야기도 얼마 전에 입수한 마물 정보를 토대로 싸움 장면을 더 세세히 묘사하거나, 디터 공략의 힌트가 될 만한 정보를 사이사이에 넣는다든지, 여자아이가 좋아하는 연애 관계를 중심으로 한 이야기를 써 보면 어떨까?

내가 머릿속으로 이리저리 궁리하는데 솔랑쥬가 원고를 다 읽고 돌려주었다. 퍼뜩 정신을 차린 나는 원고를 건네받고, 옆에서 대기하는 리젤레타에게 넘겼다.

"로제마인 님, 에렌페스트에는 꽤나 독특한 것들이 많군요."

"전 에렌페스트 밖으로 나온 것이 이번이 처음이라 잘 모르는데 중앙 귀족이신 솔랑쥬 선생님께서 그렇게 말씀하신다면 독특하겠지요. 어떤 물건이 독특했나요?"

앞으로 에렌페스트를 어필하기 위해 다른 영지 사람의 의견을 듣고 싶다며 내가 조르자, 솔랑쥬가 나를 머리부터 찬찬히 훑어보았다.

"윤기 나는 머릿결, 꽃 장식, 디저트…… 매우 다양하지만, 가장 제 눈길을 끈 것은 에렌페스트의 견습 문관들이 손에 든 종이입니다. 평범한 종이가 아니지요?"

"네, 동물 가죽을 써서 만드는 양피지와는 다른 제조법으로 만든 종이예요. 앞으로 에렌페스트를 책임질 새로운 산업으로 한창 발전시키는 중이죠. 양피지보다 대량 생산이 가능하다는 특징이 있어요. 올해는 모두에게 새로운 종이를 공개하려고 해요."

나의 임무는 양피지가 아닌 종이의 존재를 어필하는 것뿐이다. 매매 계약은 영주 회의에 떠넘긴다. 질베스타가 얼마나 반응이 있는지

알고 싶다고 했었다. 또 식물지와 잉크의 존재는 알려도 인쇄물의 존재는 아직 비공개다.

"새로운 종이는 양피지보다 싸게 대량으로 만들 수 있지만, 잉크도 따로 구입해야 해서 아직은 그렇게 저렴하지 않아요."

"어머나, 잉크도 다릅니까?"

"양피지에 쓰는 잉크를 써도 되지만, 오래 보존하려면 전용 잉크를 추천해요. 메모라면 어느 쪽 잉크를 써도 딱히 문제는 없어요."

그녀가 식물지에 흥미를 보이기에 제조법과 재료에 관해서는 입을 싹 닫고, 식물지를 도입해야 하는 장점과 결점을 설명하자, 솔랑쥬가 깜짝 놀라 눈을 크게 떴다.

"어머, 메모에도 종이를 씁니까!?"

"……저는 아우브 에렌페스트가 운영하는 공방에서 실패한 종이를 얻어서 다방면으로 이용하고 있어요."

프랑은 물론이고, 리카르다를 비롯한 시종들도 처음에는 아깝다며 굉장히 놀라워했다. 하지만 개의치 않고 쓰는 내 모습을 보고 주변도 익숙해진 모양이다. 오랜만에 굉장히 놀라는 반응을 보고 오히려 내가 놀랐다.

"정식 계약에는 기존의 양피지를 사용하고, 새로운 종이는 목패 대신 써요. 목패 대신 이 종이에 쓰면 책장 공간에 어마어마한 여유가 생긴답니다."

"그거 멋지네요. 책장 확보는 도서관에서 가장 큰 문제거든요."

"궁금하시면 선생님께도 몇 장 드릴게요. 수십 년 단위로 장기 보존할 기록이 아니라면 평범한 잉크로도 쓰는 데는 문제가 없어요."

나는 솔랑쥬에게 종이 몇 장을 건넸다. 호기심을 보이며 솔랑쥬가 종이를 만졌다. 디저트나 머리 장식보다 식물지에 더 흥미가 있나 보다, 하고 생각하며 지켜보는 사이에 네 점 종이 울렸다.

솔랑쥬가 고개를 들어 자기 시종을 쳐다보았다.

"네, 솔랑쥬 님. 다과회를 끝낼 시간입니다."

재빨리 정리해서 기숙사로 돌아가지 않으면 측근들이 오후 수업에 지각해 버린다. 시종들이 우아하게, 그러나 민첩하게 정리하는 동안, 나와 솔랑쥬는 헤어짐의 인사를 나누었다.

"벌써 네 점 종이 울리다니, 시간의 여신 드레팡아의 실잣기가 매우 원활하게 진행된 것 같군요. 아쉽지만 이만 돌아가겠습니다."

"이렇게 즐거운 시간은 오랜만이에요. 로제마인 님께 감사드립니다."

"저도 슈바르츠와 바이스에 관해서 귀중한 얘기를 들었어요. 얻은 바가 많은 시간이었습니다. 시간을 내기 어렵겠지만, 또 다과회를 했으면 좋겠어요."

"……내년에 또 로제마인 님께서 수업을 빨리 끝내시길 기대해야겠군요."

오랜만의 다과회가 매우 즐거웠다며 좋아해 줘서 나도 만족했다.

측근들도 에렌페스트의 유행이 어떻게 받아들여질지 각자 생각하는 바가 있는 모양이다. 그러나 느긋하게 얘기할 여유는 없다. 자세한 얘기는 다시 보고할 자리를 마련하기로 하고, 서둘러 기숙사로 돌아갔다.

음악 선생의 다과회

오후부터 나는 또 도서관에서 책을 읽을 계획이었는데 모두가 허락해 주지 않았다. 반성회와 모레 있을 다과회 대책이 먼저라는 것이다. 오늘 오후에 준비를 끝내면 내일은 하루 종일 도서관에 있어도 좋다는 말에 최대한 빨리 끝내 버리기로 했다.

"중앙 귀족은 설탕이 잔뜩 들어간 과자에 익숙한 것 같았습니다. 음악 선생님의 다과회에는 단맛이 강한 꿀 발린 카트르 카르를 준비하면 어떻겠습니까?"

"그럼 선생님의 정보를 토대로 차도 조금 바꾸는 편이 좋겠습니다."

우리는 기숙사의 다목적 홀에서 반성회를 열었고, 빌프리트와 그 측근, 정보를 모으고 싶은 자들도 참가했다.

"린샴과 꽃 장식도 반응이 조금 좋았습니다. 하지만 솔랑쥬 선생님이 가장 큰 관심을 보이신 건 식물지였습니다."

"식물지라. 로제마인만큼 막 쓰지는 못하겠지."

에렌페스트의 새로운 산업으로 광고해야 하는 줄은 알지만, 방법을 모르겠다며 빌프리트가 중얼거렸다.

"에렌페스트 학생이 도서관에서 책을 베낄 때 종이를 쓰면 그걸로 충분하다고 봐요. 솔랑쥬 선생님과 대화해 보니 선생님끼리도 연락을 하는 것 같으니 금세 소문이 퍼지겠지요."

내가 솔랑쥬와 어떤 얘기를 나눴는지, 필린느가 자신이 기록한 메모지를 토대로 설명하기 시작했다. 중요한 건 재료와 제조법이 들키지 않게 '식물지' 대신 '새로운 종이'라고 부를 것. 그리고 아직 인쇄 얘기는 꺼내지 말자는 내용도 포함해서 설명했다. 그때 하르트무트가 깨달은 사항을 몇 가지 덧붙였다.

"연구하는 선생님은 연구 성과의 일부를 의무적으로 도서관에 기부해야 한답니다. 제본하기 귀찮아서 두루마리 채로 내는 선생님도 계시다고 하니 저렴한 종이의 존재를 알리면 팔리지 않을까요?"

'그러고 보니 솔랑쥬 선생님도 그런 말을 했어. 그럼 연구 성과를 엮을 수 있게 파일이나 바인더 같은 표지를 미리 만들어 두면 어떨까? 책 높이를 통일하면 수납도 훨씬 쉽잖아.'

신상품 아이디어를 떠올린 나는 서자판을 꺼내어 얼른 메모했다.

"로제마인 님, 뭘 쓰고 계십니까? 대화 내용은 제가 다 기록했는데……."

"새로운 상품 아이디어니까 신경 쓰지 않아도 돼요, 하르트무트."

"……다과회를 반성하는 자리에서 왜 새로운 상품 아이디어를 적는 거냐?"

빌프리트가 중얼거렸다. 하지만 머리에 떠올랐을 때 메모해 두지 않으면 잊어버린다.

"언제 몇 시에 생각날지 모르니까 항상 서자판을 지참하고 다니는 거예요."

"로제마인 님이 쓰시는 서자판도 편리해 보이네요."

"돌아가면 플랑탱 상회를 소개해 줄까요? 나무판에 밀랍을 흘러 넣어 만든 물건이라서 조각을 넣지만 않는다면 상당히 싼값에 살 수 있답니다."

흥미가 있었는지, "저도 꼭 부탁드립니다."라며 몇몇 견습 문관이 얼른 달려들었다. 양피지보다는 저렴하지만 식물지도 아직 비싼 상품이라 메모에 쓸 엄두가 나지 않는 듯하다.

"이번 다과회에서 깨달은 점은 다음번에 활용하기로 하고, 치수 재는 날이 정해졌으니까 힐쉬르 선생님께 알려야 해요. 리카르다, 부탁해요."

리카르다가 방을 나가서 올도난츠로 연락을 보내는 동안 브륀힐데는 다음 다과회의 화젯거리를 놓고 회의를 진행했다.

"역시 음악 얘기겠지요. 작곡에 관해서 이것저것 질문하지 않을까요?"

"……괜찮을까? 난 과제곡으로 연주한 곡밖에 몰라요. 그리고 사교장에 참가한 적이 거의 없어서 어떤 음악을 많이 연주하는지 자세히 모르는데요."

"악사가 알고 있을 테니 음악 관련은 문제없습니다. 다만 음악 선생님뿐만 아니라 에그란티느 님까지 오신다고 들었습니다."

브륀힐데의 말에 나는 고개를 갸웃거렸다. 어디선가 들은 적 있는 이름인데 누구인지 딱 떠오르지 않았다.

"……누구였죠? 유력한 영지의 영주 후보생 이름이었던 것 같은데 아직 얼굴과 이름이 일치하지 않아서요."

"에그란티느 님은 대영지 클라센부르크의 영주 후보생이십니다. 최고학년의 성적 우수자이며 올해 봉납 가무에서 빛의 여신에게 기도를 올리는 역할을 맡았습니다. 그래서인지 빛의 여신으로 비유할 때도 있을 정도입니다."

그 설명으로 나는 봉납 가무 수업 때 혼자 월등하게 잘 추던 여성을 떠올렸다.

"춤을 정말 잘 추시는 분이죠? 봉납 가무 수업 때 함께였는데 감동했거든요."

그 사람이 온다니 조금 기대가 된다. 조금씩 흥분이 일려는 순간, 힐쉬르가 다목적 홀에 뛰어 들어왔다. 힐쉬르의 기대에 찬 보라색 눈동자가 번쩍였다.

"로제마인 님, 치수 재는 날이 정해졌다고요!?"

"솔랑쥬 선생님의 일정에 맞춰서 사흘 뒤에 하게 되었어요."

"사흘 뒤……. 그럼 오전에 갑시다. 오후에는 제가 수업이 있거든요."

힐쉬르의 번뜩이는 눈빛이 조금 무서웠던 나는 내 시종들 외에는 만지면 안 된다고 선언해 두었다.

"슈바르츠와 바이스가 이미 이목을 끌고 있어서 누군가가 훔쳐갈 위험이 있어요. 도둑맞거나 부서질 가능성이 있어서 제 시종 외에는 건드리면 안 됩니다."

"그건 어쩔 수 없네요. 보는 것으로 만족해야죠."

"호위 기사는 긴밀히 협동해서 다른 영지 사람이 접근하지 못하게 철저히 호위하세요."

나는 그렇게 말하면서 중앙으로 본적을 옮긴 힐쉬르를 쳐다보았다. 코르넬리우스는 그 눈빛의 의미를 이해했는지 "알겠습니다." 하고 가볍게 손을 들었다.

다과회를 한 번 경험해서인지 다소 긴장이 풀린 것 같다. 나는 오늘도 브륀힐데의 도움으로 머리와 의상을 갖추었다. 오늘 다과회에는 문관이 필요 없다고 들었지만, 분위기에 익숙해지기 위해서 필린느를 데려가기로 하고, 음악 선생에게 보이도록 악보를 드는 역할을 주었다. 이 악보는 새로 만든 지혜의 여신 메스티오노라의 곡을 로지나가 새로 옮겨 그린 것으로 인쇄물이 아니다.

"필린느, 악보와 함께 종이와 잉크도 준비하세요. 나의 측근은 그 어느 때도 필기도구를 잊으면 안 됩니다. 서자판 하나로 부족한 사태가 일어나면 곤란하잖아요?"

내 말에 필린느가 조그맣게 웃으며 필기도구를 챙기기 시작했다.

오늘 디저트는 꿀이 들어간 카트르 카르다. 기본 맛보다 단맛이 훨씬 강하다. 얼마 전과 마찬가지로 곁들일 감미료도 준비했다.

"슬슬 가 볼까요? 로지나, 그렇게 긴장하지 않아도 돼요."

로지나의 얼굴에 긴장감이 가득했다. 본인은 티를 내지 않으려고 하지만, 오래 알고 지낸 내 눈에는 평소보다 굳었음을 알 수 있다.

"수업에서 얼굴을 보는 우리도 선생님의 다과회는 긴장되는걸요. 악사도 긴장되겠지요, 로제마인 님."

특히 오늘은 음악 선생이 주최하는 다과회다. 내가 만든 곡에 흥미가 있다는 것은 즉 나의 전속 악사인 로지나가 가장 주목받는 셈이기도 하다. 회색 무녀 출신인 로지나가 귀족원의 선생 앞에서 연주해야 하니 부담감이 상당하리라.

준비를 끝낸 우리는 세 점 종이 울림과 동시에 출발하여 음악 선생의 방이 있는 시종 전문동으로 향했다. 전문동 3층에 선생들이 묵는 방이 있다고 한다.

"그럼 힐쉬르 선생님 방은 어디예요?"

"문관동 3층입니다. 힐쉬르 선생님은 사감이라 원래라면 에렌페스트 기숙사에서 묵으셔야 합니다. 하지만 연구에 푹 빠져 사시고, 조합으로 주변에 풍기는 고약한 냄새와 소음 때문에 학창 시절부터 조수의 방에서 묵으셨다고 합니다. 에크하르트 형님에게 그렇게 들었습니다."

에크하르트는 페르디난드에게 들었다고 한다. 기숙사에서 조합해서 주변에 민폐를 끼친다면 전문동에 방을 잡는 편이 안심될지도 모른다.

브륀힐데의 안내로 다과회가 열리는 방에 가니 음악 선생이 세 사람, 봉납 가무에서 빛의 여신에게 기도를 올리는 에그란티느, 그리고 어째서인지 아나스타지우스까지 있었다.

'왕자가 동석한다는 말은 못 들었는데요!'

내가 브륀힐데를 확 돌아보자, 브륀힐데도 놀라움에 황금색 동공이 확장되어 있었다. 브륀힐데도 몰랐던 모양이다. 선생 한 사람이 놀라는 우리를 눈치채고, 곤란한 표정을 지으며 나와 아나스타지우스를 번갈아 보았다.

"오늘 다과회가 열린다는 얘기를 에그란티느 님께 들으셨는지 아나스타지우스 왕자님도 동석하겠다고 하셨거든요. 갑작스러워서 저희도 당황스러웠는데, 로제마인 님은 괜찮으신가요?"

"네, 물론이지요. 아나스타지우스 왕자님과 함께할 수 있어서 영광입니다."

순간 얼굴도 굳었고, 속으로는 '초대도 안 받은 다과회에 나타나지 마!'라고 욕설을 퍼부었지만, 대답만큼은 합격점이다. 실수하면 무서우니까 왕족 따위 없는 편이 고맙지만.

"이쪽으로 오세요, 로제마인 님."

나의 음악 선생인 파울리네가 자기 옆자리를 가리켰다. 동그란 테이블에 선생과 학생이 교대로 앉아서 내 양옆에는 둘 다 선생이다. 왕자와 나 사이에 가림막이 있어서 솔직히 다행이다. 나는 왕자와 선생에게 인사하면서 내 자리로 향했다. 빛의 여신으로 비유된다는 말이 이해될 정도로 물결치는 금발을 복잡하게 땋아서 반올림한 에그란티느가 밝은 주황색 눈동자를 가늘게 뜨며 부드럽게 웃었다.

"친목회 때도 인사했지만, 이렇게 얘기하는 건 처음이네요, 로제마인 님. 당신의 음악을 정말 기대하고 있었답니다. 오늘 함께 할 수 있어 기뻐요."

에그란티느는 예술에 조예가 깊은 학생인데, 내가 음악 선생의 다과회에 초대받았다는 얘기를 듣고 자기도 동석하고 싶다고 부탁했다고 한다.

"저도 에그란티느 님의 봉납 가무를 본 날부터 얘기를 나누고 싶었습니다."

"3년 전에 졸업하신 크리스티네 님을 알고 계시죠? 그녀도 페슈필의 명수였는데 몇 번인가 다과회를 함께 한 적이 있답니다."

일부러 나도 알 만한 에렌페스트의 화제를 꺼내 주었는데 차마 크리스티네를 모른다는 말은 할 수 없었다.

"모두가 잘 아시듯이 저는 2년간 잠들었던 탓에 크리스티네와 직접 만난 적은 거의 없습니다. 하지만 제 전속 악사를 크리스티네가 참 마음에 들어했다더군요. 제 전속이 아니었다면 자기 전속으로 삼고 싶어 했다고 들은 적이 있습니다."

"어머나, 그 크리스티네 님께서 욕심낸 전속 악사라니 분명 훌륭한 실력자겠군요. 에렌페스트에는 음악 재능이 넘치는 사람이 많은 걸까요? 어서 듣게 해 주시겠어요?"

에그란티느의 재촉에 로지나가 준비된 의자로 걸어가면서 내게 시선을 보냈다. 나는 준비된 내 자리에 앉아서 로지나에게 싱긋 웃어 주었다.

모두의 시선을 한 몸에 받으며 로지나가 천천히 심호흡하고 페슈필을 들었다.

"지금부터 연주할 곡은 제가 작곡한 곡이지만 연주하기 쉽도록 페르디난드 님과 제 전속 악사인 로지나가 편곡했습니다. 로지나, 불의 신 라이덴샤프트에게 바치는 곡을 선보여 주세요."

"알겠습니다, 로제마인 님."

로지나가 연주하는 페슈필 음색에 에그란티느는 물론이고, 아나스타지우스도 푹 빠져 듣는 듯했다. 선생들도 흥미진진하게 로지나를 바라보았다.

'우리 로지나가 얼마나 대단한데.'

시선이 로지나에게 집중되는 동안 시종들은 디저트와 차를 척척 준비했다.

"대단히 훌륭해요. 크리스티네 님께서 좋아했다는 말도 이해가 가는 명수네요."

로지나의 실력에 절찬의 말들이 쏟아져 나왔다. 예전 주인과 함께 칭찬받은 로지나가 수줍게 웃었다.

"오늘 연주는 로지나에게 맡겨도 될까요? 다른 곡도 들어 보고 싶어요."

에그란티느의 제안에 아나스타지우스와 선생들이 고개를 끄덕였다. 브륀힐데와 리카르다에게 사전에 들은 얘기인데 이렇게 로지나에게 연주를 시켜서 자기 악사가 새로운 곡을 귀로 듣고 외우게 했다가 그린 다음, 돌아가서 악보를 쓰게 할 거라고 했다. 비공개 곡으로 묶어서 가치를 끌어올릴 수도 있었지만, 이미 에렌페스트 학생들도 실기 때 연주했다. 지금은 왕자도 있으니 친목을 다진다는 의미로라도 아까워하지 말라며 시종들이 말했다.

"로지나, 다들 기대하시는 것 같으니 다른 곡도 연주해 주세요. 다음은 지혜의 여신에게 바치는 곡으로 부탁해요."

내가 그렇게 말하자 한 곡을 끝내고 마음이 한결 편해진 로지나가 자연스러운 미소를 지으며 페슈필을 다시 집어 들었다. '띠링' 하고 높은 소리가 울렸다.

"어머, 어쩜. 차 마시는 걸 깜빡했네요."

선생이 부끄러워하듯 웃으며 차와 디저트를 한입씩 먹고, 모두에게 대접했다. 나도 가져온 카트르 카르를 한입 먹어 보이고, 모두에게 권했다.

"꿀을 넣은 카트르 카르입니다. 기호에 맞춰 이쪽도 곁들여 드세요."

"……참 초라해 보이는 디저트구나."

아나스타지우스가 카트르 카르를 보고 그런 평가를 내렸다. 그 말마따나 카트르 카르는 화려하지 않지만, 설탕 덩어리인 중앙 디저트보다 훨씬 맛있다고 자부한다.

"어머나, 겉은 소박해 보여도 정말 맛있어요. 적당하게 달면서 먹기도 매우 편하고요……. 전 좋아요."

"에그란티느가 그렇게 말하다니 웬일이냐?"

아나스타지우스도 딱 한 조각만 입에 넣고, 흐음, 하고 중얼거렸다. 그런데 그다음부터 포크질이 빨라졌다. 아무래도 좋아하는 맛 범주 안에 든 모양이다.

"난 오히려 이쪽이 마음에 든다."

아나스타지우스는 룸토프를 곁들여 먹는 게 맛있는 듯하다. 아마 술의 풍미가 단맛보다 강한 점이 마음에 들었는지도 모른다.

'중앙 귀족 중에도 남성은 룸토프가 들어간 카트르 카르가 더 반응이 좋을지도 몰라.'

룸토프에는 설탕이 제법 들어가고, 비싼 술이 필요하다. 그 점을 설명하면 꽤 쉽게 받아들여질 듯하다. 꿀이 들어간 카트르 카르는 선생들에게도 호평을 끌었다. 단맛이 적당했나 보다. 에렌페스트에서 꿀이 들어간 카트르 카르는 달달한 과자를 좋아하는 어린아이가 매우 좋아하지만, 어른은 잘게 썬 페리지네나 찻잎을 넣은 것을 좋아했다. 취향도 사람마다 꽤 다른 듯하다.

"그나저나 로제마인 님의 머릿결은 어쩜 그렇게 아름답나요? 마치 어둠의 신의 축복을 받은 것 같은 밤하늘 색깔 아닙니까?"

"에그란티느 님의 머릿결은 빛의 여신의 축복을 받은 것 같아요. 빛을 받으면 반짝거려서 너무나도 아름다워요."

"어머나, 말씀이 청산유수이셔라. 하지만 제게는 로제마인 님의 머릿결같이 윤기가 흐르지 않는걸요. 대체 뭘 쓰시나요?"

에그란티느가 던진 화제에 선생들도 이때다 싶어 달려들었다.

"진급식 때 에렌페스트 여학생들의 머리카락이 단체로 반짝거리더라니까요."

"에렌페스트에 뭔가 비밀이 있는 거죠?"

오늘 분위기는 솔랑쥬와의 다과회보다 엘비라 쪽과 비슷하다. 어머님들과 연령대가 비슷한 선생들이 나를 빤히 쳐다보며 대답을 기다리는 모습이 눈에 익다. 나는 솔랑쥬에게 말했듯이 린샴을 쓰고 있다는 것, 영지의 특산품으로 앞으로 팔 예정이라고 설명했다.

"그렇군요……. 팔려면 아직 기다려야 하는군요."

기대된다는 기대의 말이 아니라 아쉬워하며 에그란티느가 한숨을 쉬었다. 그러자 아나스타지우스가 "먼저 조금 팔아라."라며 나를 노려보았다.

'잠깐만. 이럴 때는 뭐라고 대답해야 되더라? 네, 라고 대답하기에도 그 조금이 어느 정도인지 모르겠고, 돈거래가 발생하면 곤란하다고!'

돈거래는 페르디난드가 엄격하게 체크하고 있다. 공짜로 몰래 준다고 해도 선생이 개최한 공식적인 다과회 자리에서 약속해 버리면 왕족에게 헌상하는 형태가 되리라. 응당 그 나름의 품질과 양이 필요하다. 내가 쓰던 것을 '이거라도 괜찮으시다면' 하고 건넬 수도 없다. 그런 짓을 하면 어떤 호통이 떨어질지 생각만 해도 끔찍하다.

"제, 제 생각만으로는 어떤 대답도 드릴 수가 없습니다. 돈거래를 하려면 적어도 아우브 에렌페스트의 허가를 받아야 해요."

"아나스타지우스 님, 신입생에게 억지를 쓰시면 되나요. 매매는 영주 회의를 통해서 정하는 것 아니겠습니까?"

신분이 위인 자가 억지로 사재기하거나 압수하지 못하도록 정한 규칙이다.

"하지만 에그란티느는 졸업식에 쓰고 싶은 거 아니냐. 영주 회의까지는 너무 늦어."

아나스타지우스의 말에 에그란티느가 살짝 머쓱한 표정을 지었다. 아무래도 정곡이었던 모양이다. 그녀를 위해 아나스타지우스가 손에 넣으려고 한 모양이다.

"……제가 쓰던 거라도 좋으시다면 에그란티느 님께 조금 나누어 드리겠습니다. 그, 많이 가져오지 못해서 정말 조금이지만요."

잠깐 고민한 뒤 그렇게 말하자, 에그란티느의 표정이 활짝 밝아졌다. 반대로 아나스타지우스는 대놓고 불쾌한 표정을 지었다.

"에렌페스트 꼬맹이. 내게 하는 대답과 에그란티느에게 하는 대답이 너무 다르지 않느냐."

"영주 후보생에게 쓰다 만 린샴을 한 번 쓸 양만 나눠 주는 것과 왕족의 요구로 린샴을 파는 것은 완전 별개이지 않습니까? 왕족에게 팔거나, 혹은 헌상하는 형태가 되면 그만큼 품질과 양을 갖춰야 하는걸요. 저 혼자서 결정할 수 없는 사항입니다."

"……꼴은 작은 것이 속도 쪼잔하구나."

대체 아나스타지우스는 나를 어떻게 평가하는 걸까?

"린샴을 준비하기 어렵다면 어쩔 수 없지. 로제마인, 졸업식 전까지 빛의 여신에게 바치는 곡을 만들어라. 그러면 내가 사들이겠다."

'뭐야, 이 억지는. 어이없네.'

린샴을 준비하지 못하는 것과 작곡이 대체 무슨 관계가 있는 걸까? 의아해하는 나를 본 선생이 안절부절못하며 곤란한 듯 나와 아나스타지우스를 번갈아 보았다.

"졸업식 전까지 새로운 곡을 만드는 건 어렵습니다, 아나스타지우스 왕자님."

"신에게 바치는 곡을 잘 만드는 에렌페스트의 성녀라면 그 정도야 식은 죽 먹기겠지."

하겠다고 해, 하고 아나스타지우스의 회색 눈동자가 나를 빤히 바라본다.

'빛의 여신에게 바치는 곡이라.'

걱정스럽게 나를 바라보는 에그란티느와 눈이 마주쳤다. 내 안에 빛의 여신의 모습은 현재로서 에그란티느로 고정되어 있다. 그녀에게 어울리는 찬미곡이라면 빛의 여신에게 바치는 곡에 어울릴지도 모른다.

"선생님, 저 테이블을 빌려도 될까요?"

"네, 상관은 없는데……."

"필린느, 종이와 잉크를 준비해 줘요. 로지나, 받아쓰세요."

내가 작곡하는 풍경을 본 적이 있는 시종들은 무엇을 할지 바로 알아챈 듯하다. 로지나의 의자를 이동하고, 준비하는 필린느를 도우며 금방 자리를 마련했다.

"이 자리에서 편곡하지 않아도 되니 주선율만 받아쓰세요."

"알겠습니다."

"라라라라라라~."

내가 주선율을 노래하자 로지나가 페슈필로 음을 잡으며 몇 소절씩 옮겨 썼다. 그렇게 길지 않으므로 편곡하지 않는다면 금방 끝난다.

"이런 주선율이면 어떨까요? 페슈필로 연주할 때는 화려한 음색으로 편곡해서 빛의 여신에게 어울리는 곡으로 만들겠습니다. 그러려면 조금 더 시간이 필요하지만요."

"로제마인, 너……."

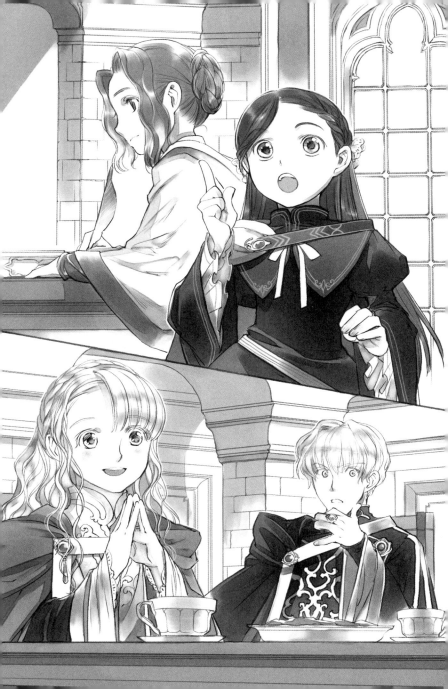

입을 쩍 벌리는 아나스타지우스와 달리 에그란티느는 눈을 반짝이며 "훌륭해요."라고 무조건 칭찬해 주었다.

"어쩜, 너무 아름다운 곡이에요. 마음이 맑아지면서 신들의 존재가 느껴지는 것 같아요."

"이 곡은 에그란티느 님을 떠올리면서 만들었습니다. 춤을 추시는 모습을 본 이후로 제 가슴속에 빛의 여신은 에그란티느 님이세요."

입 발린 칭찬에 조금 부끄러워하면서 내가 선곡 기준이 에그란티느라고 설명하자, 이번에는 에그란티느가 쑥스러워하며 뺨을 붉혔다.

"로제마인 님이 남성분이 아니라서 다행입니다. 이처럼 즉흥적으로 훌륭한 곡을 만들어 선물해 주면 마음을 뺏겨 버렸을 거예요."

키득키득 웃는 에그란티느의 말에 아나스타지우스가 조용히 자리에서 일어났다.

"로제마인, 나한테 그 곡은 필요 없으니 에그란티느에게 줘라. 흥이 깨졌다."

그 말만 남기고 아나스타지우스가 방을 나가 버렸다. 나는 순식간에 핏기가 가셨다. 만들라고 해서 곡을 만들었더니 '흥이 깨졌다'란 말을 들었으니 말이다.

'어쩌지? 사교를 완전히 실패했어!'

"어쩌죠? 제가 아나스타지우스 왕자님을 화나게 해 버렸어요."

내가 아나스타지우스가 나간 문을 멍하니 바라보면서 중얼거리자, 에그란티느가 곤란한 듯한 미소를 지었다.

"저건 조금 달라요. 제가 수습할 테니 로제마인 님은 안심하셔요. 선생님들, 대단히 죄송하지만 저도 이만 실례하겠습니다."

"네, 에그란티느 님. 뒷일을 잘 부탁드립니다."

에그란티느와 그 측근이 아나스타지우스의 뒤를 쫓듯이 퇴실했다. "골치 아픈 왕자님이네요."라며 차를 마시는 선생님들에게 나는 새파랗게 질린 얼굴로 사죄했다.

　"선생님들, 다과회를 엉망진창으로 만들어서 죄송합니다."

　"걱정할 필요 없습니다. 왕자님은 로제마인 님과 에그란티느 님이 친해져서 삐지신 것뿐이니까요."

　"그래요. 파울리네의 말이 맞습니다. 그것보다도 페슈필 연주를 들려주세요."

　"하지만……."

　문과 선생들을 번갈아 보자, 파울리네 선생이 가볍게 어깨를 으쓱했다.

　"에그란티느 님께서 따라가셨으니 괜찮습니다. 왕자님은 항상 에그란티느 님에게 관심을 받고 싶어서 안달이시거든요. 이제는 둘이서 얘기할 수 있을 테니 오히려 지금은 로제마인 님께 고마워하고 있지 않을까요?"

　"아직 로제마인 님은 어려서 이해하기 어려우시겠지만, 밀당을 하시는 거랍니다."

　이 자리에서만 하는 얘기로 선생들이 가르쳐 준 건 에그란티느가 정변으로 돌아가신 3왕자의 막내딸이며 대영지 클라센부르크의 영주인 조부와 양자 결연을 맺어서 영주 후보생이 된 전 왕녀라고 했다. 세 례 전에 조부의 양녀가 되었기에 왕녀였던 줄 모르는 사람도 많다고 한다. 지금의 왕이 정변에서 승리를 거머쥔 것은 클라센부르크가 뒤를 밀어 줬기 때문이다. 그 양녀이며 전 왕녀인 에그란티느를 자기 것으로 만드는 왕자는 왕좌에 앉을 확률이 높아진다. 그래서 아나스타지우스와 그의 형인 1왕자가 어떻게 해서든 에그란티느의 마음을 얻으려고 필사적이라고 한다.

"……아나스타지우스 왕자님의 저 필사적인 모습을 보면 꼭 왕좌를 가지고 싶어서 저러는 건 아니라고 봐요. 왕자를 보고 있으면 왠지 귀족원 시절의 아우브 에렌페스트가 떠오르거든요."

"질베스타 님은 노력가셨죠. 결실을 맺어서 천만다행이지요."

질베스타가 노력가라는 말은 난생처음 들었다. 내가 눈을 휘둥그레 뜨고 있으니 선생들은 그리운 과거를 떠올리듯이 눈을 가늘게 뜨고 즐겁게 웃었다.

"지금의 첫째 부인을 졸업식 때 에스코트하려고 물불 가리지 않았답니다."

"보면서 제가 다 흐뭇해지더라니까요. 귀족원 안에서 두 살 차이는 크거든요."

'그게 뭐야, 더 자세히 말해 봐!'

내가 몸을 내미는 것과 측근들이 흥미진진한 눈으로 선생들을 바라보는 것이 거의 동시였던 모양이다. 선생들이 서로의 얼굴을 바라본 뒤, 장난스럽게 웃었다.

"여기서 더 얘기하면 아우브가 앞으로 귀찮아질 테니 이쯤에서 그만해야겠군요. 에렌페스트의 이야기라면 페르디난드 님께 들으시는 편이 좋지 않을까요?"

"그러네요. 그만큼 변성기를 아쉽다고 느낀 분이 없었지요."

질베스타의 과거를 살짝 들은 뒤에는 페르디난드 전설로 화제가 넘어갔고, 그렇게 다과회가 끝났다.

슈바르츠와 바이스의 치수 재기

오늘은 슈바르츠와 바이스의 치수를 재는 날이다. 세 점 종에 도서관에 가서 둘을 기숙사로 데려올 예정이다. 오늘까지 이론을 끝내려고 필사적이었던 여학생들은 어찌어찌 전원 이론을 통과했다. 이날의 기대감과 이론 시험이 끝난 해방감이 합쳐져서 다들 미소가 멋졌다.

"슈바르츠와 바이스가 에렌페스트 기숙사에 오는 것만으로 가슴이 뛰어요."

보통 귀족 여성이라면 신부 수업으로 자수를 즐기고, 작은 장신구, 친척 아기나 애완동물에게 입힐 옷 등을 만든다고 했다. 그런 그녀들이 오늘 치수 재기 담당이다. 신부 수업을 변변하게 받지 않은 나는 바느질 쪽에 문외한이다.

'따, 딱히 자수 연습을 땡땡이친 건 아니야. 2년간 갔으니까 그런 걸. 신부 수업 같은 데 시간을 쓸 바에야 책을 읽고 싶지만.'

"로제마인 님, 마음이 들뜨시는 건 이해하지만, 조금 더 집중해 주십시오."

다목적 홀에서 페슈필을 연습하는 내 옆에서 리젤레타와 시종들이 들뜬 미소로 치수를 잴 준비를 하고 있다. 솔직히 말하면 나는 어디를 어떻게 재야 하는지 모른다. 인간이면 몰라도 상대가 커다란 스밀이면 더욱더.

같은 홀에서 필기도구를 준비하는 힐쉬르와 견습 문관들의 모습도 보인다. 슈바르츠와 바이스의 배 부분에 있다는 마법진을 조금이라도 기록하기 위해서다. 옛날 왕족이 만든, 심지어 제조법이 알려지지 않은 마술구에 로망과 비밀이 한가득 있나 보다. 마술구를 잘 만드는 견습 문관들에게는 상당히 가슴 설레는 이벤트다. 한눈에 봐도 흥미 있는 자들이 파벌 관계없이 들떠 있었다.

"그나저나 이런 종이가 있었다면 내게 조금 더 빨리 알려주지 그랬어요."

이번 슈바르츠와 바이스에서 알아낸 정보를 적으라고 식물지를 제공했더니 이리저리 뒤집고, 만지던 힐쉬르가 불만스러운 표정을 지었다. 다른 선생들과 학생들에게 에렌페스트 학생은 특이한 종이를 쓴다는 보고를 들은 모양이다.

"힐쉬르 선생님께서 사감으로 기숙사에 계셨다면 자연스레 아셨을 겁니다. 로제마인 님은 일상적으로 종이를 쓰시거든요."

내가 1학년의 한 방 합격을 위해 약점을 정리한 자료를 만들거나 뭔가 의논할 때마다 기록한다는 사실을 견습 문관들이 저마다 말했다.

"로제마인 님이 귀족원에 재적하시는 동안은 기숙사에서 묵어야 할지도 모르겠군요. 앞으로도 다양한 일들이 일어날 것 같으니까요."

"그래. 일주일에 한 번이 아니라 더 자주 아버님께 보고를 올려야겠어. 고작 일주일 사이에 로제마인이 벌인 일이 한두 가지여야 말이지. 매일 보고해도 좋을 정도다."

빌프리트가 힐쉬르에게 진지한 얼굴로 그렇게 말했다. 그렇게 많은 일을 벌인 기억은 없으니, 최대한 적게 보고를 올려 줬으면 좋겠다.

견습 기사들은 간이형 갑옷을 착용하고, 조금 떨어진 곳에서 진지한 얼굴로 호위에 관해 논의했다. 나를 호위하며 슈바르츠와 바이스를 가까이서 봤기 때문에 두 아이가 얼마나 가치 있는지 나보다 더 잘 알 터였다.

"조끼에 달린 마석만 해도 가치가 어마어마한데 심지어 왕족의 유물이다. 도서관을 나올 때를 노리는 자가 많지 않을까?"

"오늘 일정을 아는 사람은 없겠지만, 솔랑쥬 선생님께 슈바르츠와 바이스를 넘기라고 끈질기게 요구하는 영주 후보생의 존재도 확인되었습니다."

"로제마인 님은 슈바르츠와 바이스를 지키라고 분부하셨다. 신분이 높은 자도 예외는 아니다. 알겠나?"

처음에는 오버한다고 생각했다. 하지만 견습 문관들이 그들이 얼마나 희소한지 설명하고, 견습 기사에게 다른 영지 귀족이 노린다는 말을 듣다 보면, 아무리 위기감과 생각이 없다고 혼나는 나라도 슈바르츠와 바이스를 지키려면 만반의 준비가 필요하다고 다시 고쳐 생각하게 된다.

'나도 슈바르츠와 바이스를 위해 다 같이 머리를 싸매고 싶은데.'

축제를 준비하는 전날 밤 같은 흥분과 즐거운 분위기 속에 나도 섞이고 싶다. 내가 페슈필을 연습하면서 주변을 힐끗힐끗 쳐다보자, 로지나가 흠흠, 하고 헛기침했다.

"모처럼 다과회에서 음악 선생님들께 칭찬을 받으셨으니 로제마인 님께선 본인이 만든 곡을 연주할 수 있게 노력해 주십시오."

"……최선을 다할게요."

음악 선생의 다과회에서 페슈필 솜씨를 칭찬받은 로지나는 나의 작곡 능력을 키워 달라는 선생들의 부탁을 받고 의욕이 넘쳤다. 연습 시간을 더 늘리고 싶어 했지만, 나는 사양했다. 페슈필 연습 시간보다 독서 시간 확보가 제일 우선이다.

　로지나에게 주의를 들으며 연습하는 사이에 세 점 종이 울렸다. 나는 즉각 페슈필을 손에서 놓았다. 기가 막힌 듯 한숨을 내쉬는 로지나를 시야 끝으로 보면서 나는 기대에 찬 주변 시선을 받으며 일어났다.

　"세 점 종이 울렸어요! 도서관에 갑시다!"

　"로제마인 님과 도서관에 가는 사람, 이곳에서 준비하고 대기하는 사람, 전부 논의한 대로 하라. 슈바르츠와 바이스는 귀한 마술구이니 각별히 주의하도록."

　빌프리트의 호령에 모두가 정해진 대열에 서서 도서관을 향해 출발했다. 선두에는 사감인 힐쉬르, 나는 대열의 정중앙을 걸었다. 시종을 비롯한 여학생들이 내 주변을, 그 바깥을 견습 문관이 둘러싸고, 견습 기사가 주변을 호위했다.

　"솔랑쥬 선생님, 안녕하셔요."

　"안녕하십니까, 로제마인 님. 어머나, 오늘도 많이들 오셨네요."

　"슈바르츠와 바이스를 호위할 사람들이에요. 무슨 일이 생기면 안 되잖아요."

　도서관 열람실에서 눈이 휘둥그레진 솔랑쥬가 에렌페스트 일행을 맞아주었다.

　"공주님, 왔다."

　"안녕, 공주님."

　슈바르츠와 바이스가 아장아장 걸어왔다. 그 모습에 리젤레타가 "어쩜 저리도 귀여울 수가."라며 헤벌쭉 웃었다. 집에서 키우는 스밀과 만나지 못한 외로움을 두 마리의 귀여움으로 채우는 듯하다. 외로

움을 채우고 싶어서 대신할 뭔가가 필요한 마음은 나도 충분히 이해한다.

"슈바르츠, 바이스. 오늘은 새로운 의상을 만들기 전에 치수를 잴 거예요."

"알았다. 치수."

"여기저기 잰다."

몇 명이나 주인이 바뀌고, 그때마다 새로운 의상을 받았던 슈바르츠와 바이스는 치수가 무엇인지 이해하는 듯했다. 폴짝폴짝 뛰면서 내 곁에 다가왔다.

"로제마인 님, 슈바르츠와 바이스는 주인과 함께 행동하지 않으면 도서관을 나갈 수 없습니다. 이 둘과 손을 잡고 움직여 주세요."

나는 그런 솔랑쥬의 말에 왼손은 슈바르츠, 오른손은 바이스의 손을 잡았다.

"저것 보셔요. 저분 슈바르츠와 바이스랑 손을 잡고 있어요."

"도서관의 마술구는 만지면 안 되는 것 아니었나요?"

확실히 슈바르츠와 바이스를 목적으로 도서관에 온 여학생들이 많은지 다들 놀라움에 눈을 크게 뜨고 이쪽을 바라보았다. 주인의 허가 없이 만지면 파지직 하고 마력에 감전된다고 힐쉬르가 말했었다. 처음에는 따끔거리는 정도지만, 계속 건드리면 전력이 커진다고 한다. 나 혼자만의 상상이지만, 힐쉬르 본인이 상당히 아플 때까지 건드린 것이 분명하다.

"그럼 솔랑쥬 선생님. 치수를 다 재면 다시 데리고 올게요."

"알겠습니다. 잘 부탁드립니다."

올 때와 같은 대열로 기숙사로 돌아간다. 다른 사람 눈에는 주변이 둘러싸인 채 중심부를 걷는 나와 마술구들이 보이지 않을 터였다. 하지만 수업 외에는 거의 방에서 나오지 않기로 유명한 힐쉬르가 싱글벙글 앞장서고, 간이형 갑옷을 착용한 기사까지 주위를 둘러싼 삼엄한 분위기가 주변 사람들의 눈길을 끌었다. 주변에서 속닥이며 귓속말을 주고받는 대화가 들렸다.

"저건 도서관에 있는 스밀 아니야? 왜 에렌페스트가?"

"저 마술구가 도서관에서 나올 수 있어?"

"만지면 마력에 감전된다고 들었는데……."

무슨 일이 일어날까 조마조마하면서 나는 에렌페스트 기숙사로 돌아갔다. 돌아온 우리를 보고, 호위 기사를 절반이나 빌려준 빌프리트가 안도의 한숨을 쉬었다.

"아무 일도 없었던 모양이군. 그럼 치수를 재자. 준비는 다 됐나?"

다목적 홀에는 오전 수업이 없는 학생이 총집합했다. 모두 슈바르츠와 바이스에게 흥미가 있나 보다. 멀리서 보는 건 상관없지만, 만져도 되는 사람은 나의 시종들뿐이라고 말해 놓았다.

"그럼 일단 옷을 벗길게요. 슈바르츠와 바이스를 만져도 된다고 내가 허가한 사람은 리젤레타와 리카르다와 브륀힐데, 세 사람입니다."

"알았다. 세 사람만."

"만져도 돼."

리젤레타와 브륀힐데가 둘의 옷을 벗기고, 줄자로 착착 사이즈를 쟀다. 사이즈 기록은 조금이라도 슈바르츠와 바이스를 가까이서 보고 싶다고 지원한 여학생에게 맡겼다. 리카르다는 혹시나 누군가가 만지려고 하지 않는지 주변을 감시했다.

"로제마인 님. 이래서는 마술구가 보이지 않습니다."

힐쉬르가 슈바르츠와 바이스의 배 주변을 보려고 머리를 좌우로 까딱거리면서 불평했다. 둘을 최대한 가까이서 보려고 무리를 이룬 여학생들 때문에 조금 떨어진 책상에서는 잘 보이지 않는 모양이다. 나는 조끼와 원피스를 벗은 슈바르츠와 바이스를 보았다. 힐쉬르의 예상대로 배 부분에 복잡한 마법진이 있었다.

"……조금만 기다려 주세요. 치수를 다 재면 슈바르츠와 바이스를 그쪽으로 데리고 갈게요. 그것보다 힐쉬르 선생님은 이쪽을 봐주셨으면 해요."

나는 리젤레타와 브륀힐데가 벗긴 옷을 들고 힐쉬르에게로 가져갔다. 리카르다가 지켜보고 있고, 여학생들은 서로를 견제하며 거리를 지키고 있으니 둘에게서 잠시 눈을 떼도 문제없으리라.

"이 옷을 만져도 되는 사람은 힐쉬르 선생님과 하르트무트, 필린느뿐입니다. 다른 사람은 보기만 하세요."

견습 문관이 둘러싼 책상 위에 두 마리가 입었던 옷을 펼쳤다. 얼굴을 쑥 내미는 견습 문관들과 달리 힐쉬르는 얼른 손에 들어 찬찬히 살펴보기 시작했다.

"원피스의 옷단 무늬나 이 조끼 무늬가 마법진과 비슷한 것 같아요. 전 마법진을 많이 보지 않아서 어떤 효과가 있는지 잘 모르겠어요……."

형형색색으로 자수된 조끼도 같은 색실을 따라가 보면 마법진으로 보이는 부분이 몇 개나 있었다. 내가 보면 몰라도 힐쉬르라면 알지도 모른다.

"네, 확실히 이건 마법진이네요. 같은 색깔이라도 이건 같은 색실로 눈속임한 것이고, 이건 도중에 끊겨서 의미가 없는 가짜 마법진이에요. 완벽하게 이어져서 효력을 발휘하는 건…….”

힐쉬르가 외알 안경을 잡고, 마석 부분을 살짝 문질렀다. 그리고 시선으로 마법진을 찬찬히 훑었다. 동시에 종이 위에 글자와 모양을 잇따라 그리기 시작했다. 아무래도 조끼의 복잡한 자수 속에 마법진이 몇 개나 새겨져 있는 듯하다.

“힐쉬르 선생님, 무슨 마법진인지 알겠어요?”

“네, 슈바르츠와 바이스를 보호하는 마법진이에요. 이쪽 단추에 마석을 썼지요? 여기에 주인의 마력을 담아 두면 둘을 지킬 수가 있어요. 이렇게 복잡한 마법진을 자수로 수놓고, 필요시에 발동하게 하다니……. 이건 상당히 섬세하고 어려운 마술입니다. 어쩜 이리도 아름다울까요!”

흥분하며 조끼를 바라보는 힐쉬르의 말을 들은 나는 식은땀을 흘리며 슈바르츠와 바이스의 옷을 보았다.

“……저기 힐쉬르 선생님. 설마 새로 만들 의상에도 비슷한 마법진 자수와 마석 단추를 달아야 하나요?”

“만전을 기해 슈바르츠와 바이스를 보호하고 싶다면 물론 그러는 편이 좋지요.”

슬쩍 눈썹을 치켜올리며 무슨 당연한 소리냐는 듯이 힐쉬르가 간단하게 대답했다.

“전 제 전속 재봉사에게 의상 제작을 주문할 생각이었어요. 그런데 이런 마법진 자수를 평민 재봉사들이 다루지 못할 것 같네요. 어떻게 수놓으면 되나요? 전혀 모르겠어요…….”

“마법진 자수는 평민이 아니라 귀족이 해야 하는 겁니다. 제가 여기서 더 마법진을 개량해 보죠. 손이 근질근질하네요. 선인들에게 질 수 없지요."

주변에 있는 견습 문관들이 기대에 찬 눈으로 힐쉬르를 보았다. 그 시선을 받은 힐쉬르가 보라색 눈을 번쩍이며 후후후후…… 하고 웃었다.

"하르트무트, 이 옷단에 그려진 도안을 그대로 기록하세요. 실 하나라도 대충 그리면 안 됩니다."

하르트무트에게 지시를 내리면서 힐쉬르 자신은 조끼 도안을 그리기 시작했다. 슈바르츠의 원피스 끝단을 손가락으로 더듬으면서 자수 도안을 그리는 하르트무트의 옆에서 필린느도 바이스의 원피스를 손에 쥐고 심각한 얼굴로 도안을 베껴 그렸다. 하지만 마법진을 전혀 배우지 못한 필린느에겐 조금 어려웠던 모양이다.

"아니, 그게 아니지. 거긴 틀리기 쉬워."

주변에서 지켜보던 한 견습 문관이 "차라리 나한테 그리게 하시지……."라며 답답한 목소리를 냈다. 주위에 짜증에 찬 분위기가 풍기기 시작한 것을 감지한 나는 필린느에게 작업하던 손을 멈추라고 말했다.

"필린느, 다른 견습 문관들에게 잘 보이도록 의상을 펼치세요. 자신 있는 견습 문관은 필린느 대신 그려 보겠어요?"

"맡겨 주십시오!"

일거리를 뺏긴 필린느는 어깨를 축 늘어뜨리면서 견습 문관들에게 보이도록 의상을 정성 들여 펼쳤다. 나는 풀 죽은 필린느의 어깨를 가볍게 두드리며 달래 주었다.

"필린느, 나도 마법진은 아직 배우지 않아서 빤히 쳐다봐도 전혀 몰라요. 이번에 옷을 만들면서 나와 같이 배워요."

"네, 로제마인 님."

견습 문관들은 "이렇게 조합해서 정말 발동하나?"라며 일일이 놀라움에 가득찬 소리를 지르며 베꼈다. 힐쉬르는 학생들의 모습을 힐끔거리면서 의상을 뒤집기도 하고, 자수 부분을 손가락으로 꼼꼼히 쓸면서 소재도 확인했다.

"이 마법진을 사용하고 싶으면 마력으로 물들인 실도 준비해야 하고, 조합해야 할 물건도 많겠어요. 아직 마법진을 잘 모르시는 로제마인 님 혼자서는 수놓기 어렵겠지요. 2년간 잠든 공백이 있으니 신부 수업도 제대로 못 받으셨겠고요."

힐쉬르의 말을 듣고, 나는 머리가 멍해졌다. 웬걸, 이런 마법진을 망토나 의상에 수놓기 위해 귀족 여성의 신부 수업에 자수가 필수였던 것이다.

'지금까지 신부 수업을 얕잡아 봤는데 그런 뜻이 있었다니! 나 이런 데는 소질이 빵인데 어쩌지!?'

"이 의상 제작은 에렌페스트 모두가 덤벼서 착수해야 하는 과제가 될 듯하네요. 마법진이나 마술구를 배울 좋은 기회가 될 겁니다."

슈바르츠와 바이스는 왕족이 만든 마술구다. 둘을 지키려고 역대 주인은 자신이 마련한 의상에 고도의 기술은 물론이고, 비싸고 희귀한 소재를 아끼지 않고 잔뜩 사용했다.

"소재 수집 단계부터 시작해야…… 한다고 말하고 싶지만, 그건 페르디난드 님께 맡기면 되겠네요. 양질의 소재를 한가득 소지하고 있으시니까요. 그가 로제마인 님의 후견인이라 다행이군요. 처음부터 소재를 모으려면 과정이 만만치 않았을 거예요."

피후견인인 내가 부탁하면 허락할 거다, 라며 힐쉬르는 쉽게도 말했지만, 페르디난드는 아무 이득도 없이 움직여 줄 사람이 아니다.

"……페르디난드 님께서 흔쾌히 건네줄 것 같지 않은데요."

"어머, 슈바르츠와 바이스의 옷을 만든다고 하면 마법진을 넘기는 조건으로 얼마든지 요구를 들어줄 거예요. 자기가 모르는 마술구를 위해서라면 소재나 돈을 아끼지 않는 분이거든요. 스승인 제가 하는 말이니 틀림없어요."

'우와, 엄청난 설득력이야. 교환 조건을 내고 요구하는 구석이 특히나.'

"로제마인 님, 슈바르츠와 바이스의 치수를 전부 쟀습니다."

리젤레타의 목소리에 정신이 번쩍 든 나는 슈바르츠와 바이스를 둘러싼 여학생 집단으로 시선을 보냈다.

"힐쉬르 선생님, 끝났대요."

"마법진을 그리는 장소가 없으면 곤란하니 이쪽으로 불러 주시겠어요?"

내가 슈바르츠와 바이스를 부르자, 두 마리가 머리를 까딱까딱 움직이면서 다가왔다. 옷을 입고 있으면 살아있는 스밀 그 자체였다. 그런데 옷을 벗기면 인형처럼 머리와 팔다리, 동체 부분으로 나뉘어 있는 것이 보였다. 그 동체 부분에 금색 실 자수가 빽빽하게 수놓아 있었다.

"정말 배 부분이 마법진으로 빽빽하네요."

"슈바르츠와 바이스를 책상 위에 앉혀 주십시오. 이대로는 베낄 수가 없어요."

리카르다가 슈바르츠를, 리젤레타와 브륀힐데가 바이스를 들어 올려서 책상 위에 앉혔다. 그 순간 힐쉬르가 달려들 기세로 얼굴을 들이 밀었다. 번뜩이는 눈이 조금 섬뜩하다. 배는 물론이고 등과 엉덩이에도 모양이 굉장히 복잡한 마법진이 있었다. 두 마리를 세우거나 양팔을 올리면서 힐쉬르와 견습 문관들이 자수 무늬를 옮기는 사이에 네 점 종이 울렸다.

"네 점 종이 울렸습니다. 일단 휴식하고 점심을 먹도록 합시다."

리카르다가 손뼉을 치며 작업을 중단시켰다. 슈바르츠와 바이스에게서 절대 눈을 떼지 말라고 신신당부를 들었던 나는 옷을 입힌 두 마리의 손을 잡고 식당으로 이동했다. 오늘은 힐쉬르도 함께다. 그녀에겐 내 옆자리를 마련해 주었다.

"원래라면 중앙의 상급 귀족이 이 둘의 의상을 만들었답니다. 영지 전체가 힘을 합쳐 착수해야 할 정도로 어려운 과제예요. 아우브 에렌페스트께도 협력을 구하는 편이 좋을 겁니다. 학생들끼리는 감당하기 어려워요."

힐쉬르의 말에 빌프리트가 심각한 얼굴로 "알겠다. 아버님께 연락해 두지."라고 고개를 끄덕였다. 대화가 끊기자, 힐쉬르가 나이프와 포크를 손에 들었다.

"……로제마인 님. 이 음식들은 뭐죠?"

"크림 스튜예요. 추운 겨울에 딱 좋은 음식이죠?"

나는 푸고와 엘라를 비롯한 요리사들이 만들어 준 음식을 보았다. 모락모락 피어오르는 김만 봐도 몸이 따뜻해지는 느낌이다. 채소가 잔뜩 들어간 크림 스튜는 맛과 영양이 듬뿍 담긴 영양만점 메뉴다.

"음식이 아니라 맛 말이에요. 에렌페스트가 대체 언제 이런 맛을 내게 된 거죠? 제가 아는 스튜가 아니군요."

"2, 3년 전부터요. 힐쉬르 선생님이 벌써 몇 년이나 기숙사에서 식사를 하지 않으니까 모르시는 거죠. 학생들은 다 알고 있어서 매번 기숙사 식사를 기대한답니다."

잠시 묵묵히 스튜를 먹던 힐쉬르가 갑자기 고개를 확 들었다.

"앞으로 되도록 에렌페스트 기숙사에서 묵어야겠군요."

사감이 기숙사에서 생활한다는, 다른 영지에서는 지극히 당연한 말을 힐쉬르가 선언하여 주변을 깜짝 놀라게 하면서 점심시간이 끝났다.

오후에도 마법진을 베끼는 작업이 이어졌다. 다시 슈바르츠와 바이스의 옷을 벗겨서 그려 갔지만, 배 주변 마법진이 상당히 난해한 듯했다. 의상 마법진을 해석한 고학년 견습 문관들도 배 주변은 반쯤 포기 상태였다. 힐쉬르만 눈을 반짝이며 종이와 잉크를 아낌없이 소비해 갔다.

"특이한 선생님이라고만 생각했는데, 유능하다는 소문이 진짜였군요. 이래 봬도 성적이 좋은 편인데 이건 전혀 해독이 불가능합니다."

하르트무트가 어깨를 가볍게 으쓱하며 그렇게 말했다. 상당히 오래전 마법진이라서 기호를 해독하기 어려운 모양이다.

"도서관의 마술구가 빛과 어둠의 속성과 관련된 마법진으로 움직인다는 점은 간신히 알아냈습니다. 아마 양쪽 속성을 모두 가진 사람이 아니면 작동시키지 못하는 것 아닐까요?"

가령 마법진을 이해했다고 해도 하르트무트는 속성이 부족하므로 슈바르츠와 바이스를 만들거나 주인이 될 수 없다고 했다.

"로제마인 님은 양쪽 속성을 다 가지고 계시는군요."

"슈바르츠와 바이스의 주인이 된 것을 보면 아마 그렇겠죠."

몸 전체에 새겨진 마법진을 전부 베낀 힐쉬르가 미간을 찌푸리며 마법진을 찬찬히 비교했다.

"……이거로는 부족합니다. 구멍투성이에요."

"역시 누군가 볼지도 모르니까, 표면에만 새기지는 않은 것 아닐까요?"

"아마 그렇겠지요. 저 역시 연구 성과를 숨기니까요."

시종들에게 명령해서 슈바르츠와 바이스에게 옷을 입히는 사이 힐쉬르와 견습 문관들은 머리를 맞대듯 종이를 들여다보며 조금이라도 구멍을 메꾸려고 의논했다.

"역시 분해해 보지 않으면 모르는 곳이 가득 있을 것 같네요……."

"힐쉬르 선생님은 더 이상 슈바르츠와 바이스에게 접근하지 말아 주세요."

분해라는 위험한 단어에 여학생들의 눈빛이 날카로워졌다. 일제히 노려보는 날카로운 눈빛을 한 몸에 받은 힐쉬르는 순간 귀찮은 듯한 표정을 짓더니 가볍게 어깨를 으쓱하며 일어났다.

"전 보호 마법진을 더 개량할 수 있을지의 여부를 연구해 보죠. 여러분들이 슈바르츠와 바이스를 도서관에 돌려보내세요."

힐쉬르는 그런 말을 남기더니 뛰쳐나가듯 문관동에 있는 자신의 방으로 돌아갔다.

'어쩐지 힐쉬르 선생님이 기숙사 안에서 생활하긴 어렵겠어.'

"슈바르츠, 바이스, 수고했어요. 그럼 도서실로 돌아가요."

"수고 안 했다."

"괜찮다, 공주님."

나는 이마에 있는 마석을 쓰다듬어서 마력을 흘려보내고 손을 잡았다. 그 순간 현관문이 거세게 열렸다. 수업을 끝낸 안게리카가 뛰어 들어왔다. 언제든지 칼을 빼들 수 있게 마검 슈팅루크에 손을 가져간 상태다. 안게리카는 험악한 표정으로 현관홀에 모인 사람들을 둘러보았다.

"로제마인 님, 최대한 경계하십시오. 힐쉬르 선생님이 뛰쳐나간 걸 보고 주변에서 치수 재기가 끝났다는 소문이 퍼져 버렸습니다. 벼르고 있는 다른 영지의 모습도 확인했습니다. 무턱대고 몰려올 가능성이 높으니 언제든 싸울 수 있게 만반의 준비와 각오를 하십시오!"

안게리카의 보고에 홀에는 순식간에 긴장감이 돌았다. 빌프리트가 자신의 호위 기사를 둘러보았다.

"로제마인, 내 호위 기사도 데려가라! 너희들은 로제마인과 일행을 지켜라! 나는 방해가 되지 않게 여기서 대기하겠다!"

주인의 지시로 빌프리트의 호위 기사를 한 사람만 남기고, 나머지는 모두 일행에 가담했다.

"전투 능력이 없는 문관과 여학생은 기숙사로 돌아가. 호위에 방해된다. 대신 고학년 견습 기사는 일행에 합류하라."

"저학년 견습 기사는 기숙사를 지켜. 다른 영지 사람은 출입 불가지만, 철저히 경계해라."

"슈바르츠와 바이스를 만질 수 있고, 조금이나마 전투 능력이 있는 시종은……."

도서관에 갈 멤버를 다시 추려서 호위 대상을 최대한 줄였다. 평상복 차림의 견습 기사들이 간이형 갑옷을 착용했다. 시종은 나와 두 마리를 업고 달릴 수 있는 리카르다만 동행을 허락하고, 나머지는 기숙사에 남기로 했다.

"그럼 가자!"

기숙사를 나가려던 코르넬리우스를 "잠깐만요!" 하고 내가 서둘러 멈춰 세웠다. 왜? 하고 쳐다보는 모두를 나는 쭉 둘러보았다.

"모두 무릎을 꿇어 주세요. 무용의 신 앙리프의 가호를 내릴게요."

기사단은 몇 차례 가호를 받은 적이 있지만, 견습생들은 내 말의 의미를 이해하지 못한 듯했다. 미간을 찌푸린 채 의아하다는 표정으로 고개를 갸웃거렸다. 그때 대열의 선두에 있던 안게리카가 얼른 내가 있는 중심부로 다가와서 무릎을 꿇고 가만히 머리를 숙였다.

"잘 부탁드립니다, 로제마인 님."

안게리카의 모습을 보고 코르넬리우스, 나의 호위 기사들, 빌프리트의 호위 기사들, 고학년 견습 기사들이 차례차례 무릎을 꿇었다. 나를 중심으로 대열을 짠 탓에 나는 무릎을 꿇은 견습 기사들에게 둘러싸였다. 오른손에 마력을 담고, 마력을 가장 다루기 쉬운 슈타프를 꺼냈다. 오른손을 들어서 평소처럼 마력을 모았다.

"불의 신 라이덴샤프트의 권속, 무용의 신 앙리프의 가호가 모두에게 있기를."

슈타프에서 튀어나온 파란빛이 모두의 머리 위로 쏟아져 내렸다. 마치 축복을 처음 본 사람처럼 견습 기사들이 나를 올려다보며 눈을 깜빡거렸다.

슈바르츠와 바이스 쟁탈전

"축복을 내렸으니 평소보다 싸우기 편할 거예요. 하지만 절대 우리 쪽에서 공격하지 말 것. 방어전으로 부탁해요. 우리는 솔랑쥬 선생님이 맡기신 슈바르츠와 바이스를 지키면 됩니다. 에렌페스트는 맡은 물건을 지킬 뿐이지 싸우고 싶어서 싸우는 것이 아니에요. 그 자세를 명심하세요. 아셨죠?"

나중에 변명하기 전에 이쪽에서는 손대지 않았다는 사실이 중요하다. 내 말에 주변 사람들이 끄덕이는 가운데, 당장 뛰쳐나가려고 하던 안게리카와 트라우고트의 어깨가 축 처졌다.

"로제마인 님, 상대편에서 공격해 오면 반격해도 됩니까?"

"개인행동은 금지예요. 슈바르츠와 바이스를 지키고, 도서관에 무사히 돌려보내는 것이 첫 번째 목적입니다. 그러지 못한다면 호위 기사 실격이에요. 지켜야 할 것을 지키지 못한 무능력자라고 보니파티우스 님께 혼쭐난다고 생각하면서 행동하도록 하세요."

"윽…… 알겠습니다."

내가 잠든 2년간, 보니파티우스는 호위 대상을 끝까지 지켜내지 못한 호위 기사를 쥐 잡듯이 잡았다고 들었다. 매일같이 불호령을 들었으리라. 보니파티우스의 이름이 나온 순간, 안게리카와 트라우고트의 표정이 굳어졌다.

"공주님, 마력 부족해, 마력 필요해."

"……네? 아까 줬잖아요."

내가 내 행동을 다시 돌이켜 보는데 슈바르츠와 바이스가 자기 옷을 쓰다듬었다.

"아니. 옷. 지킨다. 싸운다."

나는 그들이 말하는 대로 조끼 단추를 쓰다듬어서 마력을 흘려보냈다. 조끼에 수놓은 마법진이 점차 공중에 떠올랐다가 사라졌다.

"강해졌다. 공주님, 지킨다."

나를 지키겠다는 말을 들으니 상당히 당혹스러웠다. 지켜야 하는 상대는 도서관의 보물인 슈바르츠와 바이스인데 말이다.

"일단 가자. 경계를 늦추지 마라."

모두가 언제든 슈타프를 꺼낼 자세로 기숙사를 나왔다. 적과 맞닥뜨렸을 때 협상할 수 있게 상급 귀족이며 다소 머리 회전이 빠른 코르넬리우스와 레오노레가 앞장섰다. 당장 뛰쳐나갈 것 같은 안게리카와 트라우고트는 중심부에 가까운 내 근처에서 경계했다. 긴장한 견습 기사들에게 둘러싸인 나는 슈바르츠와 바이스의 손을 잡고 걸었다.

"보물 뺏기 디터 같네요. 슈바르츠와 바이스를 지키면서 도서관에 들어가는 거요. 적을 소탕하는 것이 아니라 지킨다. 이 부분을 착각하지 마세요."

습격만 없으면 된다. 그렇게 생각하면서 강당이 있는 본관 중앙을 빠져나갔다. 남쪽으로 가다가 꺾고, 도서관과 이어지는 회랑에 접어들었다. 그 순간, 색색의 망토가 보였다.

'한 영지가 아니잖아!?'

네 가지 색상의 망토가 펄럭인다. 서른 명도 없는 에렌페스트에 비해 백 명은 있는 것 같았다. 제일 앞에 진을 친 망토 색깔은 파랑, 순위 2위 대영지인 단켈페르거다. 기다리는 상대가 한 무더기인 데다 경계

했던 아렌스바흐가 아닌 대영지의 등장에 나는 숨을 삼키고, 슈바르츠
와 바이스를 잡은 손에 힘을 꼭 주었다.

그들에게서 거리가 조금 떨어진 곳에 코르넬리우스가 걸음을 멈추
고, 한 발짝 앞으로 나갔다.

"레스티라우트 님, 대체 무슨 의도로 회랑을 막고 계신 겁니까?"

저 앞에서 당당하게 서 있는 사람은 영주 후보생인 레스티라우트.
영주 후보생이라기보다 견습 기사가 어울리는 체격을 한 사내다. 레스
티라우트는 우리를 깔보듯이 쳐다볼 뿐 아무 대답도 하지 않았고, 단
켈페르거의 뒤에 붙어 있는 중소영지 학생들이 제각기 소리쳤다.

"무슨 의도인지는 우리가 할 말이다!"

"과거의 왕족이 남긴 마술구를 가로채다니 왕족 모독이다!"

"에렌페스트에게서 저 커다란 스밀을 되찾아야 한다!"

우리에게는 그들이 슈바르츠와 바이스를 가로채려는 악당이지만,
그들에게는 우리가 왕족이 남긴 마술구를 뺏은 악당인 모양이다. 우렁
찬 목소리와 상대방의 발언에 살짝 동요한 에렌페스트 견습 기사들을
보며 레스티라우트가 입꼬리를 올렸다.

"저건 옛 왕족의 유물이며 귀족원 도서관의 사유물. 기껏해야 13위
인 영주 후보생이 도서관에서 빼앗아 나가도 되는 물건이 아니다! 왕
족의 마술구를 되찾아라!"

오오! 하고 소리를 지르는 무수한 적들 앞에 에렌페스트의 견습 기
사들의 기가 죽기 시작했다. 울컥한 나는 소리 질러 반론했다.

"이 무슨 무례입니까! 빼앗은 것이 아닙니다! 난 어쩌다가 이들의
주인이 되었지만, 오늘은 그 의무를 다하려고 기숙사에 데려간 겁니
다. 솔랑쥬 선생님께도 허가를 받았어요!"

내가 허가를 받고 데려 나왔다고 말한 순간, 상대방의 기세가 약해졌다.

"허가를 받았다고? 빼앗은 게 아니야?"

인원수는 많지만, 상대는 서로 정보 공유가 제대로 이뤄지지 않은 듯했다. 대영지인 단켈페르거의 대의명분에 휩쓸려 에렌페스트를 털어 버리자고 중소영지가 모인 것이리라. 자기편에 동요가 일자, 이를 무마하려는 듯 레스티라우트가 망토를 펼치며 손을 들었다.

"왕족의 소유물임에도 불구하고, 주인이 되다니 오만하기 짝이 없다. 심지어 에렌페스트 기숙사에 데려가!? 힐쉬르 선생이 우리 수업을 내팽개치면서까지 열중한 것만 봐도 그 마술구는 분해되거나 부서질 위험성이 상당히 컸다. 그런 위태로운 상황에 끌어들인 것 자체만으로도 주인으로서 실격 아닌가!"

'힐쉬르 선생님!'

아무래도 힐쉬르 선생이 오후 수업을 내팽개친 모양이다. 그것까지 포함해서 레스티라우트가 화난 것이리라. 우리로서는 완전히 날벼락을 맞은 꼴이다.

"13위인 에렌페스트가 주인이 되었다면 너희보다 더 훌륭한 단켈페르거가 주인으로서 적합하다. 순순히 주인 교대를 인정하고, 스밀을 내놔. 그러면 왕족의 마술구를 훔친 죄를 눈감아 주지. 반역죄로 처벌받고 싶진 않겠지?"

내 주변을 둘러싼 견습 기사들이 "반역죄."라며 조그맣게 중얼거렸다. 그 눈에 망설임이 보였다. 왕족의 반역죄로 잡혀 가면 귀족으로선 끝이다.

"그러네요. 반역죄로 처벌당하긴 싫어요. 그리고 슈바르츠와 바이스를 올바르게 다뤄 줄 상대라면 양도해도 딱히 상관없어요."

나는 대답하면서 레스티라우트를 보았다. 상급 귀족의 사서가 있었다면 내가 주인이 될 일도 없었다. 원래라면 도서관에서 일할 사서가 둘의 주인이 되는 쪽이 제일 좋다.

"로제마인 님."

안게리카가 비난하는 듯 이름을 부르자, 나는 살짝 고개를 저어 말을 막고, 레스티라우트를 바라보았다. 슈바르츠와 바이스는 도서관의 비품이며 일을 돕는 마술구다. 가령 주인이 되었다고 해도 마력만 줄 뿐, 개인적으로 쓰지는 못한다. 나보다 더 도서관을 위해 마력을 부여하고, 솔랑쥬를 도와줄 자칭 도서위원 동료가 있다면 그 사람에게 주인의 지위를 넘겨줘도 무방하다. 또 봉납식 때 에렌페스트에 돌아가야 하는데 뒤를 맡길 수 있는 사람이 있으면 마음도 든든하다. 하지만 눈앞에 서 있는 남자는 딱 봐도 근육질 체육계다. 도무지 자칭 도서위원이 되고 싶어 하는 타입으로 보이지 않았다.

"슈바르츠와 바이스를 양도하기 전에 질문이 있습니다. 당신은 주인이 되면 무엇을 하시렵니까?"

"무엇을…… 이라니?"

질문의 의도를 모르겠다는 듯이 레스티라우트가 팔짱을 꼈다.

"대답하기 어려우시다면 질문을 바꾸죠. 당신은 일주일에 도서관에 몇 번 가십니까? 지금까지 도서관에 간 빈도, 혹은 대여한 책 권수를 대답해 주세요."

"영주 후보생은 도서관에 갈 일 따위 없다. 책은 견습 문관을 시켜서 빌리는 것이다. 대체 무슨 말을 하는 거냐?"

도서관에 간 적이 없다. 그 시점에 슈바르츠와 바이스의 주인으로 실격이다. 레스티라우트에겐 맡길 수 없다. 나는 고개를 저으며 레스티라우트의 제안을 거절했다.

"당신은 슈바르츠와 바이스의 주인으로는 실격입니다. 둘에겐 주인의 마력이 필요해서 며칠에 한 번은 도서관에 마력을 공급하러 가야 하고, 솔랑쥬 선생님이 곤란하지 않게끔 많은 마력을 넣어 줘야 합니다. 도서관에 간 적도 없는 사람이 주인의 역할을 해낼 턱이 없어요."

"실격이라고? 네 녀석이 뭔데 멋대로······."

"우리는 빌린 슈바르츠와 바이스를 돌려주는 도중입니다. 내겐 주인으로서 둘을 지킬 의무가 있어요. 우리를 방해하고, 빼앗으려는 당신들이야말로 반역죄로 추궁할 겁니다!"

"건방진 것이!"

짐승처럼 울부짖는 레스티라우트의 노성에 나도 노성으로 되돌려 줬다.

"나는 슈바르츠와 바이스, 그리고 귀족원의 도서관을 지킬 겁니다! 건방지다고 하든, 상대가 대영지의 영주 후보생이든, 도서관에서 슈바르츠와 바이스를 빼앗으려고 드는 자는 용서하지 않겠어요!"

에렌페스트의 견습 기사들이 적을 포착한 눈빛으로 집단을 노려보았다. 인원수가 확연히 달라도, 순위 격차가 커도, 우리가 한 치도 양보하지 않자 적대하는 중소영지 학생들이 동요하며 눈치를 보기 시작했다.

"이래서는 어느 쪽 주장이 맞는지 모르잖아."

"나는 반역죄로 처벌당하는 건 사양이야. 왕자님께 결정을 부탁하는 편이 나아."

중소영지 학생들이 서로 짠 것처럼 우르르 자리를 떴다. 여전히 적

대시하며 도서관으로 가는 길을 막아선 건 파란 망토를 단 단겔페르거뿐이다.

"길을 비키세요. 난 도서관에 슈바르츠와 바이스를 돌려줘야 해요."

"여긴 못 지나간다. 그것의 주인이 될 사람은 나다. 아픈 꼴 당하기 전에 넘겨."

그렇게 말하며 레스티라우트가 슈타프를 꺼내어 검으로 변형했다. 그것을 본 에렌페스트의 견습 기사들도 일제히 슈타프를 꺼내 들었다.

"당신은 슈바르츠와 바이스의 주인이 될 수 없어요. 거절하겠습니다."

"건방진 꼬맹이가. 스밀을 잡아!"

레스티라우트가 검을 붕 휘두르자, 마력 덩어리가 날아왔다. 코르넬리우스가 "게티르트." 라고 외쳐 방패를 등장시켜서 얼른 공격을 튕겨냈다.

"안게리카, 트라우고트, 두 사람은 길을 트세요! 나머지는 방패로 공격을 막으면서 도서관으로 향합시다!"

"네!"

혈기왕성한 두 사람에게 길트기를 맡긴 순간, 안게리카가 마검 슈팅루크를 쥐고 뛰쳐나갔다. 트라우고트도 신난 표정으로 그 뒤를 이었다. 신체 강화를 쓴 안게리카가 가벼운 움직임으로 방패를 든 에렌페스트의 견습 기사들 위를 뛰어넘었다.

"몸이 가볍잖아!? 훌륭해! 갑시다, 슈팅루크!"

안게리카가 들뜬 목소리로 그렇게 소리치며 슈팅루크를 뽑아서 선두를 향해 뛰쳐나갔다. 길쭉한 검신을 드러낸 슈팅루크에 대량의 마력이 가득 차 있다. 안게리카가 마검 슈팅루크를 휘둘러 적을 재빠르게 하나둘 쓰러뜨렸다.

솔직히 말해서 잘 보이지 않았다. 안게리카가 슈팅루크를 들고 움직이는 건 알겠지만, 대체 뭘 하는지 움직임을 전혀 알아볼 수 없었다. 내가 알고 있던 안게리카와 다르게 신체강화를 완전히 몸에 익힌 듯하다. 그 움직임은 누가 봐도 주변의 적보다 빨랐다.

"공주님, 실례합니다."

내 앞에 무릎을 꿇은 리카르다가 나를 둘러업자, 나와 손을 잡은 슈바르츠와 바이스가 리카르다의 등 뒤에서 부딪치며 대롱대롱 매달렸다.

"공주님, 슈바르츠와 바이스의 손을 꼭 잡으십시오."

중앙 돌파를 시도하려는 리카르다를 중심으로 견습 기사들이 달리기 시작하자, 슈타프를 활로 바꾼 적이 일제히 우리를 향해 화살을 쏘았다. 빛의 화살이 쏟아져 내렸다. 기사들이 든 방패만으로는 도무지 막기 어려운 양이다.

나도 방패를, 하고 생각한 순간, 펑! 하고 무언가 터지는 소리가 났다. 동시에 화살을 쏜 적들이 그 자리에 쓰러졌다. 우리도 적도 무슨일이 일어났는지 어리둥절했다.

"뭐야, 무슨 일이야!?"

우왕좌왕하는 목소리가 울리는 가운데, 나는 리카르다의 등 뒤에 대롱 매달린 슈바르츠와 바이스의 금색 눈동자가 마력으로 빛나고 있는 것을 보았다. 옷에 달린 단추도 빛났다.

"공주님, 지킨다. 적의 힘, 적에게 돌려준다."

"대단하지? 공주님, 칭찬해 줘."

"칭찬하고 싶지만, 손을 놓을 순 없어요. 도서관까지 기다려요."

'슈바르츠와 바이스의 부적은 한 번에 수많은 적을 물리칠 수 있구나. 신관장님이 준 부적보다 대단할지도 몰라.'

페르디난드는 수많은 적에도 대응할 수 있게 반드시 여러 부적을 몸에 지녀야 한다고 당부했었다.

'아니, 슈바르츠와 바이스도 여러 부적을 몸에 지니고 있으니까 마찬가지인가.'

여럿 달려 있던 마력 단추를 떠올리고, 나는 고개를 끄덕였다.

"왕족의 유물을 지키는 부적이라고?"

"지금이다! 달려!"

혼전 속에서 우리는 도서관으로 내달렸다. 문이 눈앞에 보이기 시작한 그때, "멈춰라! 양쪽 모두 무기를 거둬라!"라는 우렁찬 목소리가 머리 위에서 들렸다.

기수에 탄 아나스타지우스와 그 측근, 그리고 이를 알린 듯한 중소영지 학생들이 보였다. 왕족의 등장에 모두가 일제히 무기를 거두고 무릎을 꿇었다. 도서관 문을 눈앞에 둔 나도 바닥에 내려서 그 자리에 무릎을 꿇었다.

"귀족원 내에서 소동이 일어났다고 들었다. 대체 이 무슨 소동이냐?"

아나스타지우스의 심기 불편한 목소리에 레스티라우트가 주장했다. 왕족의 유물인 도서관 마술구를 에렌페스트가 훔쳐서 그것을 되찾으려고 했다고.

"왕족의 유물? ……저 스밀이 말이냐? 에렌페스트, 이의는 없느냐?”

　“있습니다. 저희는 슈바르츠와 바이스의 주인으로서 임무를 다하고자 솔랑쥬 선생님께 허가를 받고 데리고 나왔습니다. 최대한 빨리 도서관에 돌려줘야 하는데 저자들이 나타나 빼앗으려 들었습니다. 저희는 왕족의 마술구를 지키려고 한 것뿐이에요.”

　레스티라우트와 내가 서로를 노려보며 한 치도 양보하지 않자 아나스타지우스가 귀찮은 듯 주변을 둘러보았다.

　“단켈페르거, 에렌페스트, 양쪽의 사감을 불러라! 자세한 얘기는 작은 홀에서 듣겠다.”

　“아나스타지우스 왕자님. 죄송합니다만, 작은 홀에 가기 전에 슈바르츠와 바이스를 도서관에 돌려줘도 괜찮겠습니까? 둘은 도서관의 마술구예요.”

　“도서관의 마술구는 도서관에 돌려줘야 마땅하지. 돌려주고 와도 좋다.”

　이 뒤의 이야기가 어찌 됐든 슈바르츠와 바이스를 도서관에 무사히 돌려주면 단켈페르거가 마음대로 데리고 나오지는 못한다. 둘을 끝까지 지킨 내 승리다.

　나는 리카르다와 호위 기사를 데리고 슈바르츠와 바이스와 함께 도서실로 들어갔다.

　“솔랑쥬 선생님. 슈바르츠와 바이스를 돌려드리러 왔어요.”

　“어머나, 로제마인 님. 일찍 끝났네요.”

　“다 같이 쟀거든요. 저는 아나스타지우스 왕자님의 호출이 있어 바로 가 봐야 해요. 서둘러서 죄송하지만, 이만 실례하겠습니다.”

슈바르츠와 바이스의 이마를 "지켜 줘서 고마워." 하고 쓰다듬으며 마력을 주었다. 오후에도 마력을 주었는데 양이 꽤 줄어 있다. 그만큼 방어에 마력을 사용한 것이리라.

무사히 슈바르츠와 바이스를 돌려주고 도서관을 나온 나는 한숨을 내쉬었다. 해야 할 임무가 끝나니 솔직히 이 뒤에 있을 대화의 장에 가고 싶지 않았다.

"공주님, 그렇게 피곤한 표정을 지으시면 안 됩니다. 상대는 대영지의 영주 후보생입니다. 정신 똑바로 차리고 상대하지 않으면 저쪽 뜻대로 될 겁니다."

"……그렇게 말해도 레스티라우트 님이 대체 무슨 생각으로 슈바르츠와 바이스를 원하는 건지 전혀 모르겠어요."

내가 그렇게 말하자, 리카르다를 비롯한 모두가 "왜 그걸 모르십니까!?"라며 놀란 표정을 지었다.

"주인의 인정과 허가가 없으면 건드리지도 못하고, 양도도 주인의 승인이 필요하고, 도서관에서 가지고 나올 수도 없는 마술구의 주인이 13위 신입 영주 후보생이 된 거잖아요."

"할 수 있다면 자신이 주인이 되고 싶은 게 당연하지 않겠습니까?"

"……도서관을 위해 협력하고 싶은 사람이 그렇게나 많아요? 그거 든든하네요."

협력하고 싶어 하는 사람에게 협력을 구하는 편이 솔랑쥬도 편하리라. 그렇게 생각했지만, 주변 모두가 "아닙니다!"라며 답답한 듯 고개를 저으며 부정했다.

"왕족이 남긴 마술구의 주인으로 인정받았다 함은 왕족의 유물 관리를 맡은 셈입니다. 명예로운 일이에요. 왕족의 신임을 받을 수 있다고 생각했겠지요."

그런 이유로 주인 자리를 넘겨줄 마음은 눈곱만큼도 없다.

"공주님, 주변과 본인의 인식에 깊은 골이 있다는 것을 염두에 두시고 발언하십시오."

"……네."

우리가 작은 홀에 도착했을 때 아나스타지우스 앞에 파란 망토가 쭉 늘어서 무릎을 꿇고 있었다. 그리고 아나스타지우스의 옆에는 루펜이 서 있었다. 아무래도 단켈페르거의 사감이 루펜이었던 모양이다. 나란히 보니 정말 잘 어울리는 조합이다.

우리도 마찬가지로 왕자 앞에 무릎을 꿇자, 올도난츠를 보내고 온 아나스타지우스의 측근이 곤란한 표정으로 홀에 들어왔다.

"힐쉬르 선생은 지금 연구가 바빠서 못 오신다고 합니다."

"흥, 에렌페스트는 사감에게도 버림받았나 보군."

레스티라우트가 콧방귀를 뀌며 그렇게 말했다. 업신여기는 발언에도 화는 나지 않았다. 사실이기 때문이다. 우리는 서로 얼굴을 마주 보고 어깨만 으쓱거렸다.

"연구를 시작하면 연락도 닿지 않고, 애초에 기숙사에서 힐쉬르 선생의 모습을 보기가 어려워요. 이것이 에렌페스트의 일상입니다. 우리도 다른 사감이었으면 좋겠어요."

더 성실한 사감이 있어 주는 편이 학생들에겐 도움이 될지도 모른다. 내가 그렇게 중얼거리자, 아나스타지우스가 어이없다는 표정으로 나를 째려보았다.

"사감을 바꾸고 싶다면 그에 걸맞은 인재를 중앙에 보내. 에렌페스트에 귀족원의 교사가 될 만한 인재가 없으니까 사감을 바꾸지 못하는 것이다."

"……그럼 당분간은 힐쉬르 선생님이 사감을 계속하셔야겠네요."

에렌페스트는 인재난이 심각하다. 귀족원의 선생이 되거나 중앙의 관리로 채용되는 실력자라면 오히려 에렌페스트 내에서 쓰고 싶은 심정이다.

"하지만 이 자리에 사감이 없으면 안 되지. 로제마인, 네가 불러올 순 없느냐?"

"부르라고 하시면 부를 수는 있습니다. 리카르다, 올도난츠를."

나는 리카르다가 내어 준 올도난츠를 향해 말을 걸었다.

"힐쉬르 선생님, 로제마인입니다. 시급히 작은 홀로 와 주세요. 사감이 없으면 슈바르츠와 바이스의 주인 자격을 다른 영지에 양도하게 되니 연구를 계속할 수 없게 되실 겁니다."

리카르다가 올도난츠를 날리는 것을 보고, "금방 답장이 날아올 거예요."라며 나는 아나스타지우스에게 싱긋 웃어 보였다.

얼마 안 가서 힐쉬르가 작은 홀에 모습을 드러냈다. 기수를 타고 날아온 것이리라. 예상보다 빠른 도착이었다. 천연덕스러운 얼굴로 힐쉬르가 아나스타지우스 앞에 무릎을 꿇었다.

"에렌페스트의 사감 힐쉬르, 도착하였습니다. 무슨 일 있으십니까?"

"그럼 이번 소동의 원인인 마술구에 관해 물어보겠다. 로제마인, 왜네가 주인이냐? 주인이 없으면 만질 수 없는 마술구라고 들었는데 어떻게 주인이 되었지?"

"도서관 등록에 기쁜 나머지 신에게 빌었더니 마력이 축복이 되어 뿜어져 나왔고, 두 마리가 움직였습니다."

"왕족을 희롱하는 거냐!? 농담하지 마라!"

레스티라우트가 고함쳤지만, 예상대로다. 처음부터 믿어 줄 거라는 기대도 없었다. 기숙사에서도 다들 "거짓말은 아니겠지만 이해가 안 된다."라는 말을 했었다.

"거짓말이 아닙니다. ……하지만 제 입으로는 그렇게 된 경위밖에 말씀드리지 못합니다. 자세한 얘기는 솔랑쥬 선생님께 물으세요. 제 말보다 믿음이 가잖아요."

"흠. 그렇긴 하지."

미심쩍게 나를 보고 있지만, 그래도 아나스타지우스는 납득하는 모습을 보였다. 그것이 불만이었으리라. 레스티라우트는 에렌페스트가 왕족의 마술구를 기숙사 내에 가져가서 사유물화하려 했다고 주장하며, 자신들은 그것을 막기 위해 움직였다고 주장했다.

아나스타지우스가 "단켈페르거는 이렇다 하는데?"라고 살짝 눈썹을 치켜올렸다. 회색 눈동자를 보아하니 레스티라우트의 주장을 전부 믿지는 않는 듯하다.

"저는 슈바르츠와 바이스를 사유화할 생각이 없습니다. 응당 걸맞은 사람이 있다면 주인 자리를 당장에라도 넘길 거예요."

"거짓말 마라!"

"레스티라우트, 조용히 해라. 나는 지금 로제마인에게 의견을 묻고 있어."

아나스타지우스가 살짝 손을 들어 레스티라우트의 입을 막았다. 왕족에게 도서관의 문제를 호소할 좋은 기회다. 나는 아나스타지우스에게 새로운 주인을 세워 달라고 부탁했다.

"아나스타지우스 왕자님, 슈바르츠와 바이스의 주인이 될 만한 상급 귀족을 사서로 돌려주십시오. 중급 귀족인 솔랑쥬 선생님은 둘의 주인이 될 수 없었습니다. 혼자 도서관의 업무를 처리하기가 힘들어 보여서 제가 임시 주인으로 협력한 것뿐입니다. 중앙에서 인원을 파견해 주세요. 그것이 가장 올바른 방법이라고 생각합니다."

"……오호라. 지당한 의견이다. 하지만 당장은 어렵다. 임시 주인으로 마술구가 부족함 없이 움직인다면 그거로 됐지 않으냐?"

사서를 당장 돌려주지 못하는 이유가 있나 보다. 아나스타지우스가 '지금 상태가 낫다'라고 말하자, 레스티라우트가 무릎걸음을 하며 앞으로 나왔다.

"아나스타지우스 왕자님, 그렇다면 부디 단켈페르거를 임시 주인으로 임명해 주십시오. 13위인 에렌페스트보다 제가 훨씬 주인으로 걸맞습니다."

"도서관에 가지도 않는 주인은 슈바르츠와 바이스에게 필요 없어요. 적어도 사흘에 한 번은 도서관에 가는 사람이어야 해요."

나와 레스티라우트가 서로를 노려보자, 루펜이 언뜻 보기에 싱그럽게 보이는 부담스러운 미소로 아나스타지우스에게 제안했다.

"아나스타지우스 왕자님, 디터로 주인을 결정하면 어떨까요?"

그러면서 디터로 주인을 결정해야 하는 이유를 열변을 토하며 설명하기 시작했다. 왕족의 유물인 마술구를 지킬 만한 힘이 없다면 주인 자리를 맡길 수 없다. 단켈페르거는 에렌페스트에 실력으로 이겨서 정정당당하게 주인 자리를 양도받으면 된다.

"그건 아무리 생각해도 영지대항전에서 번번이 우승하는 단켈페르거가 유리하지 않으냐?"

"그러니 에렌페스트는 우리를 공격할 것 없이 지키기만 하면 됩니다."

단켈페르거를 공격하지 않고, 오로지 지키기만 하면 된다, 라고 루펜이 말했다. 그것이 올바른 난이도 설정인지 나는 잘 모르겠다.

"하긴 에렌페스트에 마술구를 지킬 힘이 없으면 곤란하지. ……좋다. 지금부터 견습 기사의 전문동에 있는 경기장에서 디터를 열고, 그 승자에게 주인 자리를 주겠다."

아나스타지우스가 정하면 우리는 따를 수밖에 없다. 경기장으로 향하려고 몸을 일으켰다.

"흥, 아까는 마술구의 부적이 있었겠지만, 지금은 없어. 우리한테 이길 생각도 마라."

레스티라우트가 스쳐 지나가면서 조그맣게 중얼거렸다. 아래를 내려다보는 그 눈을 나는 가만히 되받아쳤다.

"로제마인 님, 절대 지시면 안 됩니다."

힐쉬르가 눈을 부릅뜨고, 필사적인 표정으로 내 어깨를 잡으며 그렇게 말했다. "내 소중한 연구 대상이…."라고 말하는 걸 보면 머릿속에 슈바르츠와 바이스의 마법진밖에 없음이 틀림없다.

"……안 져요. 전 도서관은 안중에도 없는 사람이 슈바르츠와 바이스의 주인이 되게 할 생각은 추호도 없어요."

'그리고 마술구 부적이라면 나도 슈바르츠와 바이스 못지않게 엄청 가지고 있거든요.'

슬쩍 내 가슴 언저리를 잡았다. 페르디난드가 준 부적은 여전히 거기에 있었다.

보물 뺏기 디터

"좋다, 이번에는 보물 뺏기 디터로 승부를 겨루자! 요즘에는 매번 속도 겨루기만 해서 보물 뺏기가 엄청 기대되는군. 내가 어릴 적엔……."

견습 기사 전문동으로 이동하는 동안에도 혼자서 뭔가 이것저것 생각하는 듯했던 루펜이 갑자기 고개를 확 들며 그렇게 말했다. 매우 의욕에 넘쳐 있는 것 같지만 단켈페르거를 이기게 하려는 속셈이 아니라, 단순히 디터가 하고 싶은 것 같다. 대영지의 사감이고, 언뜻 아무 생각이 없는 것처럼 보여도 사실은 용의주도한 사람인 걸까? 아니면 단켈페르거의 패배를 전혀 생각하지 않는 걸까?

내가 루펜을 보면서 생각하는데 힐쉬르가 가볍게 어깨를 으쓱했다.

"루펜은 아마 페르디난드 님이 아끼는 제자인 로제마인 님과 디터를 하고 싶어서 몸이 근질근질할 겁니다. 심층의 방에서는 너무 허약해 놀랐지만, 보물 뺏기 디터라면 용병술 실력을 볼 수 있으니까요. 올해 영지대항전에서 에렌페스트가 위협이 될지 아닐지 확인하고 싶어서일 겁니다."

루펜은 영지대항전의 디터 경기에 상당히 열의를 불태우고 있다고 했다. 그래서 페르디난드의 제자로 알려진 나를 경계하는 모양이다.

"루펜 선생님의 기대는 이번 일과 전혀 상관없이 들리는데요?"

"그러네요. 레스티라우트 님이 도서관 마술구의 주인이 되느냐 아니냐는 루펜에겐 중요하지도 않겠죠. 에렌페스트의, 그리고 로제마인 님의 힘을 알아보는 쪽이 중요할 거예요. ……마력 향상이 예사롭지 않은 학생도 몇 있고, 올해 이론 성적도 모든 선생이 깜짝 놀랐거든요."

나를 힐끗거리는 에렌페스트 견습 기사들의 시선이 따갑다. 미끼도 던지고, 등도 떠밀었지만, 이론 성적은 모두의 노력 끝에 얻은 것이지 나와는 크게 관계가 없다. 그것보다도 에렌페스트가 이겼을 때 부담스럽게 눈을 반짝이며 재대결을 제안할 루펜의 모습을 떠올리고 진저리를 쳤다.

"이 경기에서 이기면 루펜 선생님이 아주 귀찮게 굴 것 같은데 우리가 이겨도 괜찮겠죠?"

"무슨 말입니까, 로제마인 님!? 이기지 않으면 슈바르츠와 바이스를 레스티라우트 님께 빼겨 버리잖아요!"

'으아, 힐쉬르 선생님도 연구의 앞날이 걸리니까 불이 붙었어.'

승리를 노리는 건 좋지만, 내가 눈에 띄지 않는 방법으로 이기고 싶다. 축복 하나로 일이 잘 풀렸으면 좋겠다만, 아직 작전다운 작전을 세운 적 없는 기사들이다. 보물 뺏기 디터처럼 상대의 허를 찔러야 하는 게임에서 과연 이길 수 있을까?

'상대의 허를 찌르는 게임이라. 하긴 신관장님이 잘할 만한 게임이야.'

페르디난드의 용병술 관련 참고서에 뭔가 참고가 될 만한 기술이 없었는지 필사적으로 기억을 더듬었다. 그 사이에 경기장에 도착했다.

'넓다!'

기수를 타고 날아다니는 연습 목적으로 만들어진 타원형 훈련장이었다. 우라노 시절의 야구장만 해 보였다. 눈 내리는 회색 구름에 덮인 하늘이 탁 트여 보여서 마치 야외 경기장 같지만, 사실은 바람도 눈도 전혀 느껴지지 않았다. 꼭 투명한 지붕으로 덮인 것 같다.

본관에서 이어진 회랑에 바로 들어간 내가 지금 서 있는 곳은 관전하는 곳인 듯하다. 추측하는 이유는 주변을 에워싼 관전 자리가 계단형도 아니고, 그렇다고 경사진 형태도 아니어서다. 관전하기는 어려운 형태였다. 그래서 관전 자리라고 딱 잘라 판단하지 못했다. 경기 장소는 지금 내가 걷고 있는 관전 위치보다 훨씬 낮은 곳에 있었다. 그 안에 커다란 원이 몇 개나 그려져 있는 것이 보인다.

그때 루펜이 일어나 생기 넘치는 표정으로 돌아보았다. 단켈페르거와 에렌페스트 견습 기사들을 쭉 둘러보고, 입을 열었다.

"보물 뺏기 디터의 규칙을 설명하겠다. 평소에 훈련하는 디터와 다르니까 주의하도록."

그때부터 보물 뺏기 디터의 규칙 설명을 시작했다.

우선 보물로 쓸 마물을 스스로 잡아온다. 마물은 자신들이 당하지 않을 정도로만 지치게 하고, 상대방에게 뺏기지 않을 정도의 힘은 남겨 둬야 한다. 경기 중 자기 진영에서 마물이 죽으면 패배이므로 마물을 어떻게 다루느냐가 보물 뺏기 디터에서 승패의 큰 요인이 된다. 보물이 된 마물은 진영 내의 정해진 범위에 둔다. 그리고 보물을 노리고 오는 적을 요격하여 보물을 지키면서 동시에 적지로 돌격하여 적의 마물을 쓰러뜨리거나 빼앗아 와야 한다.

"참가 인원을 정하겠다. 적은 쪽에 맞춰야 하는데 에렌페스트는 몇 명이지?"

"스물다섯 명입니다."

코르넬리우스가 즉각 대답했다. 루펜이 고개를 끄덕이고, 단켈페르거의 인원수를 스물다섯으로 맞추라고 지시했다.

"저희 쪽 참가 인원수에 맞추면 인원수가 많은 단켈페르거는 그에 맞춰서 사람을 선택할 수 있는데 저 시점에서 에렌페스트가 불리하잖아요."

내 중얼거림에 코르넬리우스가 어깨를 으쓱했다.

"인선 방법은 영지대항전에서도 마찬가지입니다. 그러니 사람이 적은 소영지는 이기기가 어렵지요. 하지만 인재를 모으는 것도 실력입니다. 다만, 대영지에서 선수로 발탁되지 못한 견습 기사는 귀족원 기간 내내 실력을 보일 기회가 없으니 어느 쪽이 좋다고 말할 순 없습니다."

평상시 성적은 물론이고, 영지대항전에서 보여주는 활약과 전적이 중앙 발탁과 성인이 된 후 배속 자리에 크나큰 영향을 끼친다. 실력을 보여줄 기회가 없으면 앞날도 불안해진다고 한다.

"지금부터 진지를 정하겠다. 원래는 각자 기숙사 주변으로 하지만, 이번에는 이 경기장 좌우로 나누면 되겠지. 마물을 등장시키는 2번과 4번 주위를 각자의 진지로 삼자. 보물로 설정한 마물도 그곳에 두도록."

경기장에는 평소 훈련할 때 마물을 등장시키는 커다란 원이 몇 개가 그려져 있다. 루펜이 경기장의 양 끝에 그려진 원을 가리키며 진지를 정했다. 잡은 마물을 그 진영에 놓으면 멋대로 도망치지 못하는 구조인 듯하다.

"이번 보물 뺏기 디터에는 제한 시간을 설정하겠다. 시간 내에 에렌페스트가 지키는 마물을 처치하든가 빼앗으면 단켈페르거의 승리. 반대로 시간 내에 끝까지 지켜 내거나, 단켈페르거의 마물을 처치하든가 빼앗으면 에렌페스트의 승리다. 다들 알겠지만 자기 쪽 마물을 쓰러뜨리면 패배다."

마물을 처치하면 마석이 된다. 그때 승패가 결정된다고 한다. 빼앗는다는 말은 마물을 살린 상태로 자기 진영에 데려오는 것인데 그런 귀찮은 짓을 하는 사람은 거의 없다고 한다.

"여기까지다. 질문 있나?"

루펜이 기사들을 둘러보았다. 나는 번쩍 손을 들었다.

"루펜 선생님, 디터 경기 중에 마석이나 마술구를 사용해도 되나요? 예를 들면 마석으로 결계를 친다든지……."

"상관없다. 실제로 귀족원의 터를 전부 경기장으로 썼던 옛날 보물 뺏기 디터에서는 마술구 사용이 당연했다. 연장전이 되거나, 다치면 회복약도 써야 하니까."

"알겠습니다. 감사하게 생각합니다."

'신관장님, 분명 엄청 숨겨 갖고 있었을 거야.'

나는 허리춤에 찬 가죽 주머니를 살짝 만졌다. 그 속에 있는 회복약과 마석을 촉감으로 확인하는데 뭔가를 깨달은 루펜이 고개를 확 들었다.

"……응? 잠깐만! 설마 참가할 셈이냐!? 견습 기사도 아닌 신입생 영주 후보생이!? 죽을 수도 있어!"

루펜을 비롯한 에렌페스트의 견습 기사들까지 내가 참가할 줄은 꿈에도 생각지 못했던 모양이다. 저마다 "위험하니까 참가하시면 안 됩니다!" "얌전히 견학해 주십시오!" "싸우는 건 저희 일입니다!"라고 말했다.

"슈바르츠와 바이스의 주인을 정하는 싸움이에요. 당연히 주인이 참가해야죠."

"호오, 좋은 마음가짐이다! 좋아! 레스티라우트 님도 참가하십시오!"

견학 모드였을 레스티라우트가 루펜의 목소리에 억지로 끌려 나왔다. 그리고 굉장히 짜증나는 얼굴로 나를 노려보았다.

"그럼 다음 종이 울리면 경기를 시작하겠다. 그때까지 각자 작전을 짜도록."

눈앞의 원이 에렌페스트의 진지. 끝 쪽에 있는 원이 단켈페르거의 진지로 정해졌다. 단켈페르거 기사들은 단체로 기수를 타고 자기 진영으로 날아갔다. 그것을 지켜본 뒤, 나는 코르넬리우스에게 무모하다고 혼쭐이 나면서 작전 회의를 시작하게 되었다.

마물 사냥부터 시작해야 하는 보물 뺏기 디터는 어떤 마물을 보물로 삼을지 선별하는 단계부터 시작한다. 약해빠진 마물이면 순식간에 상대에게 당한다. 하지만 강한 마물로 삼으면 포획부터 쉽지가 않고, 방어하지 않으면 아군이 공격을 당한다.

"이번에는 그렇게 강하지 않은 마물을 잡아오세요."

"그렇게 강하지 않은 마물이라면 어느 정도를 말합니까?"

레오노레가 고개를 갸웃거렸다. 그녀의 말마따나 강함을 정의하기란 어렵다. 나는 내가 필요한 마물을 최대한 자세히 설명했다.

"슈타프의 빛의 띠로 포박해 둬도 죽지 않을 정도의 마물이면 돼요. 크기가 크지 않은 마물로 잡아와 주세요."

"왜죠? 그러면 단켈페르거에 금방 당합니다!"

트라우고트가 반론하자, 나는 가볍게 손을 흔들어 부정했다.

"괜찮아요. 꽁꽁 묶어서 내 기수에 넣어 두면 간단히는 뺏기지 않아요."

내가 만든 기수 안은 내 마력으로 가득하므로 기수 안에만 있으면 안전하다는 말을 페르디난드가 한 적이 있다. 레서버스가 공격을 받아도 공격한 상대의 마력이 나의 마력을 뛰어넘지 않는 이상, 부서지지 않는 듯하다. 영주 후보생인 데다가 한계까지 압축한 내 마력의 양을 뛰어넘는 견습 귀족은 귀족원 내에 거의 없으리라.

그렇게 말했더니 견습 기사들이 경악하며 눈을 크게 떴다.

"그건 뭐라고 할까……."

"상대가 전혀 손대지 못하는 곳에 두면 비겁하지 않습니까."

"어째서죠? 자기 진영 내에 마물을 둬야 한다는 규칙은 들었지만, 자기 진영 안에서 기수를 쓰지 말라는 말은 없었어요."

"기수를 타고 싸우는 경기니까 당연하지 않습니까!"

그렇다. 디터에서 기수 사용은 당연하다. 기수에 보물을 넣어 둔다고 불평을 들을 이유는 없다.

"난 기수를 타고 우리 진영 안에만 있을게요. 마물을 태우고 우리 진영 밖으로만 나가지 않으면 문제없죠?"

말을 잇지 못하는 견습 기사들에게 나는 가볍게 한숨을 쉬었다.

"보물을 완벽하게 지키겠다는데 무슨 문제 있어요? 마물을 죽지 않게 지키면 되잖아요. 그리고 상대방도 같은 수를 쓸지 누가 알겠어요?"

"그런 일은 절대 없을 겁니다. 기수를 마물 창고로 쓰려는 생각은 못하죠, 보통은."

애당초 그들에겐 탑승하는 기수가 없어서 불가능하다.

"다들 전혀 손대지 못하는 방법이라고 했지만, 레서버스에 보물을 둔다고 해서 공략 방법이 전혀 없진 않아요. 평범한 수가 아니니까 얼른 떠오르지 않을 뿐이죠."

눈을 깜빡이는 견습 기사들을 둘러보며 나는 머리를 쓰라고 재촉했다. 그 약점을 고려하면서 완벽하게 지켜내야 한다. 그들에게 대답이 나오지 않기에 나는 힌트를 줬다.

"안게리카, 승리 조건을 기억하고 있나요?"

"시간 내에 끝까지 지킨다, 적의 마물을 처치한다……. 또 있습니까?"

그때 코르넬리우스가 고개를 확 들었다.

"빼앗는다. ……기수까지 통째로 빼앗길 가능성이 있다, 그 말씀입니까?"

"맞아요. 2년 전에 내가 유괴당했을 때처럼 기수째로 끌고 갈 가능성이 없진 않아요. 일반적인 방법이 아니니까 바로 생각해 낼지는 미지수지만."

"……만약 상대방이 그 방법을 생각해 낸다면 로제마인 님이 위험해지십니다."

코르넬리우스가 괴로워하며 그렇게 말했다.

"승패를 결정하는 것이니까 레서버스 안에 있으면 위험하지 않아요. 그때도 전복된 레서버스에서 빠져나오지만 않았다면 납치되지 않았을 거예요."

"그래도 로제마인 님을 또다시 위험에 빠뜨리고 싶지 않습니다."

꺼려하는 코르넬리우스에게 나는 가볍게 한숨을 쉬었다.

"상대의 허를 찔러야 그게 바로 전술이에요. 정공법만이 싸움이 아니랍니다. 우리는 단켈페르거가 사람을 고르는 단계 때부터 전력 차가 생겼어요. 계속해서 상대방의 허를 찔러서 그 차이를 메꿉시다. 쓸 수 있는 건 뭐든 총동원해서 상대의 뒤통수를 치고, 덫에 빠뜨려서 자신에게 최선의 결과를 얻어야 해요. 주먹구구식으로 정면 돌파만 하면 페르디난드 님처럼 계산적인 치밀함과 야비함을 익히지 못해요. ……잠깐만요. 그건 안 익혀도 될 것 같아요."

페르디난드 같은 인간이 주변에 늘어나면 내가 고생할 것 같다. 내가 서둘러 앞말을 취소하자, 코르넬리우스가 피식 웃으면서 "지금 그 계획을 들어 보니 로제마인 님이 가장 페르디난드 님의 영향을 받으신 것 같습니다."라고 말했다. 그 말에 주변 견습 기사들이 하나같이 고개를 끄덕였다.

'뭐? 내가 그렇게 야비해?'

"다시 말해 로제마인 님의 의견을 정리하면 보물을 최대한 안전한 곳에 옮겨서 철저히 방어하는 방향으로 이해하면 됩니까?"

"기본은 그거로 좋아요."

끝까지 방어해서 이길 수 있다면 철저한 방어가 기본 원칙이리라. 또 에렌페스트의 견습 기사는 모두가 무작위로 마물을 쓰러뜨리는 식으로만 해 온 것 같으니 이번 기회에 방어 연습이 되면 좋겠다.

"요즘 들어 속도 겨루기 디터만 해서 방어 위주의 훈련은 하지 않았죠? 하지만 호위 기사가 되면 방어를 중시한 싸움도 할 줄 알아야 해요."

공격이야말로 최고의 방어임을 몸소 보여주는 듯한 안게리카와 트라우고트를 쳐다보았다.

"과거의 전적을 알아보니 단켈페르거는 훌륭한 협동으로 정확하게 노려서 적을 쓰러뜨리는 전술에 능해요. 아마 속도와 공격 중심이겠죠. 이번에는 우리가 끝까지 지키기만 하면 이기는 경기니까 저쪽은 방어를 무너뜨리려고 필사적으로 공격해 올 거예요."

"그렇겠지요."

"남은 시각이 안 남았을 때 상대방이 공격에 집중한 나머지 방어가 허술해진 틈을 노릴 테니 그동안은 방어에 힘써 주세요."

대부분의 견습 기사들이 고개를 끄덕이는 가운데 참지 못한 트라우고트가 소리쳤다.

"방어 위주는 디터가 아닙니다. 전 전력을 다해 공격해서 싸우고 싶습니다!"

마물을 공격해서 쓰러뜨리는 속도 겨루기 디터만 해 왔던 트라우고트에게 방어 위주 싸움은 도무지 견디기 어려운 모양이다. 갑자기 방식을 바꾼 셈이니 힘을 발산할 기회를 마련해 주는 편이 좋을지도 모르겠다.

"……트라우고트, 잠시만 견뎌 주면 전력을 다해 싸울 수 있는 기회를 만들어 줄게요."

"로제마인 님, 저도 부탁드립니다! 저도 마물과 싸우고 싶습니다!"

트라우고트에게 허가한 순간, 안게리카가 눈을 반짝이며 자신도 실력 발휘를 하도록 배려해 달라고 말했다.

"알겠어요. 안게리카에게도 드리죠. 코르넬리우스는 둘을 보좌하세요."

"……알겠습니다."

불타오르는 두 사람을 본 코르넬리우스가 신물이 난다는 표정을 지었다. 한번 뛰쳐나가면 돌아올 생각을 않는 두 사람을 진영에 끌고 올 수 있는 사람은 코르넬리우스뿐이다.

"기회를 만들려면…… 던지기를 잘하는 사람이 필요해요. 돌이나 짧은 창 같은 걸 적진에 던질 수 있는 사람 없나요?"

"저요! 제가 잘합니다. 제게도 실력을 보일 기회를 주시면 안 될까요!?"

유디트가 씩씩하게 손을 들었다. 나는 가볍게 고개를 끄덕이고, 유디트를 채용하기로 했다.

"그럼 유디트에게 부탁할게요. 유디트는 나와 함께 기수에 타도록 하세요."

"네!"

"이번에는 보물을 지키기만 하면 이기니까 얼마 동안은 방어전이에요. 자제력도 중요합니다. 방어 연습이라고 생각하고, 상대의 공격을 어떻게 막을지 생각하면서 싸우세요. ……말은 이렇게 해도 방패만 든다고 방어가 아닙니다. 무기를 들고, 적을 줄이는 것도 상대의 공격을 막는 셈이죠. 요컨대 전열을 지킬 것, 혼자서 멋대로 적지로 달려가지 않을 것, 협동하면서 싸우세요."

"네!"

마물을 잡으러 가는 사람과 진지에 남는 사람을 나눌 때쯤에 다섯 점 종이 울렸다. 에렌페스트의 진지와 단켈페르거의 진지에서 마물을 사냥할 기사들이 기수를 타고 하늘로 날아올랐다. 나는 유디트와 레오노레와 함께 진지에 남았다.

"로제마인 님은 단켈페르거에 이길 수 있다고 생각하세요?"

하늘을 날아가는 기수를 불안하게 올려다보면서 레오노레가 중얼거렸다.

"난 이길 생각인데요? 레오노레는 질 것 같나요?"

"⋯⋯단켈페르거에 이긴 적이 없어서 자신이 없습니다."

"이기지 못한 건 속도 겨루기 디터예요. 이번에는 상대방도 서툰 보물 뺏기 디터니까 승산은 있어요."

최악의 경우에는 보물과 함께 기수에 탄 내가 슈첼리아의 방패로 시간을 벌어서라도 이길 생각이다. 나는 처음부터 질 생각이 없다. 최대한 내 힘이 아닌 기사들의 힘으로 승리한 것처럼 보이고 싶을 뿐이다.

"잡아 온 마물을 진지에 넣으면 경기 시작이죠? 마물을 잡는 데 시간이 얼마나 걸릴까요?"

내 질문에 유디트가 웃으면서 "아까 울린 종소리가 시작 신호예요. 이미 경기 중이랍니다." 하고 고개를 저었다. 그 대답에 깜짝 놀란 나는 경기장을 둘러보았다. 단켈페르거 진영에도 견습 기사 몇 명과 레스티라우트가 남아 있는 모습이 보였지만, 딱히 별다른 행동을 하는 듯 보이지는 않았다. 기사들이 마물을 잡아 올 때까지 기다릴 뿐이다.

"⋯⋯이미 디터가 시작되었다면 왜 상대방의 진영을 공격하지 않는 거죠?"

"보물이 없는데 상대방 진영을 공격해서 어쩌나요?"

"마물을 잡아서 돌아오는 적을 요격할 수 있잖아요."

위험한 마물을 잡아서 돌아오느라고 기사들의 힘이 빠졌을 수도 있다. 게다가 자기 진영으로 돌아온다고 방심할 때가 격파하기 쉽겠다는 생각이 들었다.

"로제마인 님, 그러면 경기다운 경기를 시작하기도 전에 끝나 버리잖아요!"

"유디트, 그게 무슨 말이에요. 이미 디터는 시작되었잖아요."

"로제마인 님의 말씀이 맞아요. 거기까지는 생각이 미치지 못했어요."

레오노레가 여러 번 눈을 깜빡였다. 지금까지는 선생이 마물을 준비할 때까지 기다렸다가 개시 신호가 나오면 마물을 공격하는 방식으로만 훈련해 왔다. 마물을 준비하는 단계까지 경기에 포함되는 보물 뺏기 디터는 견습 기사들도 경험이 없어서 몰랐다고 레오노레가 말했다.

"코르넬리우스에게 빌린 에크하르트 님의 디터 전술서에 마물 사냥을 하는 동안의 경계 방법이 나와 있었어요. 즉, 마물을 사냥하거나 진지로 가지고 돌아오는 시간에 방해하는 건 보물 뺏기 디터에서 흔한 전술인 셈이에요."

유디트가 고개를 갸웃거리는 가운데, 레오노레는 조금 전에 내가 말한 적진 돌입 방법을 고민하기 시작했다.

"로제마인 님, 작전을 다시 짭시다. 지금은 인원수가 적어서 공격은 어렵지만, 마물을 잡은 사람들이 돌아왔을 때 적진을 공격하면 어떨까요?"

"……웬만하면 먼저 적진을 공격하고 싶어요. 그런데 공격하는 동안에 마물을 잡으러 갔던 기사들이 돌아와서 협공을 당하면 낭패겠죠?"

"네. 전력은 우리가 낮고, 비록 적진에 남은 인원수가 적어도 모두 정예 기사니까요."

단켈페르거가 마물을 잡을 때까지 시간이 얼마나 걸리는지 파악이 안 되므로 모두가 돌아온 후에 적진을 습격하는 방법은 패배할 위험이 크다.

"적진을 공격하기보다 마물을 잡아서 돌아오는 적에게 총력을 기울여 기습하면 어떨까요? 그 자리에서 마물을 쓰러뜨리면 우리 승리예요."

위험을 안고 승리 조건인 보물도 없는 적의 진지를 공격하기보다 마물을 데리고 돌아오느라 힘 빠진 기사들을 기습하는 쪽이 성공률이 높으리라.

"실패하면 어떻게 되나요?"

불안해하는 유디트에게 레오노레가 싱긋 웃었다.

"아무 문제도 없을 거예요. 지금까지 정한 작전대로 철저한 방어전이 될 뿐이에요."

그렇게 강하지 않은 마물을 보물로 삼기로 정했으니 당연하겠지만, 에렌페스트 기사들의 도착이 더 빨랐다. 슈타프의 빛의 띠에 칭칭 감겨 온 것은 잔체에서 한 단계 높은 펠체라는 고양이 같은 마수였다.

"저렇게 작은 마물을 보물로 삼는다고? 마력 여파로도 픽 죽어 버릴 것 같은데?"

단켈페르거의 진지에 남아 낄낄거리는 견습 기사들을 힐끗 보면서 나는 기수를 꺼냈다. 가족형 사이즈인 레서버스의 뒷좌석에 온몸을 포박한 마물을 집어넣고, 문을 닫았다.

'이거로 됐어!'

"저, 저게 뭐야!? 저건 설마 그 소문의 기수!?"

술렁이는 적진을 힐끗 본 뒤, 나는 영 찬성하기 어려운 표정인 우리 기사들을 둘러보았다.

"작전 변경입니다. 적이 마물을 잡고 돌아올 때 전력으로 기습합시다."

내 말에 이어서 레오노레가 에크하르트의 참고서에 나온 내용을 설명했다.

"우리는 보물 뺏기 디터의 전술을 모르고 있었어요."

"전력을 다해도 됩니까?"

"마물을 처치해 버려도 괜찮아요. 다만 기습할 때 적들이 분산하지 않도록 여기서 상공으로 날아올라 적진을 향해 몰아내는 느낌으로 기습하세요. 우리 후방의 안전을 확보하고, 기습에 실패해도 바로 후퇴하기 위해서예요."

기습 중에 진지가 공격당할 가능성도 있으므로 기본적인 방어도 필요하다. 공격 멤버와 방어로 남을 멤버로 나눴다. 그리고 각자 슈타프를 무기로 바꿔서 기수를 타고 경계하는 척하며 공격 태세를 취했다.

"단켈페르거가 기습에 기가 꺾이지 않을 가능성도 있다. 절대 방심하지 말도록."

코르넬리우스가 들떠 있는 트라우고트에게 못을 박았다. "알고 있어."라고 말했지만, 정말 알고 있는지 얼굴만 봐서는 모르겠다.

"안게리카, 트라우고트, 반드시 코르넬리우스의 지시에 따르세요. 진지로 돌아가자고 하면 바로 돌아올 것. 그걸 지키지 않는 사람에게는 앞으로 활약할 기회가 없을 줄 아세요."

내가 둘을 못 미더운 눈으로 쳐다보며 그렇게 말하자, 두 사람은 서로의 얼굴을 바라보고 고개를 끄덕였다.

단켈페르거는 보물 뺏기 디터에서 흔하게 쓰이는 마물을 찾아서 잡아왔으리라. 커다란 마물이 빛나는 망 속에서 파닥파닥 몸부림치는 모습이 멀리서도 보였다.

"아직이에요.. 더 가까워지면."

보물을 들고 돌아가는 기사들이 점차 고도를 떨어뜨렸다. 그러자 적진에서 "슈니펠트잖아! 잘했다! 완벽해!"라며 잡아 온 마물의 크기에 기쁨의 환성을 질렀다. 슈니펠트는 보물 뺏기 디터에서 가장 다루기 쉬운 마물로 알려져 있다. 적의 공격을 버티는 딱딱한 피부에 비교적 순한 마수라고 한다. 물론 어디까지나 '비교적'이다. 내 눈에는 몸집이 작고 울퉁불퉁한 하마로 보인다.

"……괜찮습니다. 전부 있어요. 뒤를 칠 사람은 없습니다."

시력을 강화한 안게리카가 적의 수를 세고 나를 보았다. 나는 팔을 쓱 들었다.

"지금이에요!"

신체 강화한 안게리카와 코르넬리우스를 선두로 기습 부대가 공격을 개시했다. 둘은 기수를 꺼내는 마력을 아껴서 다른 기수를 마치 징검다리처럼 밟으며 공중으로 뛰어올랐다.

긴 몸체를 드러낸 슈팅루크를 손에 든 안게리카가 높이 도약했다. 그리고 포물선을 그리며 마물을 운반하는 단켈페르거 견습 기사 무리를 덮쳤다. 그 눈이 향한 곳은 바로 슈니펠트다.

"으악!? 뭐야!?"

단신으로 파고들어 온 안게리카의 공격에 기습을 예상치도 못한 적이 당황한 소리를 질렀다. 마검 슈팅루크가 빛나는 그물을 가르자, 적의 마수가 그물에서 떨어지려고 했다.

"떨어진다! 막아!"

적에 다소의 피해를 입힌 안게리카는 낙하하면서 기수를 소환하여 크게 방향을 틀었다. 예전과 달리 낙하하면서 기수 소환도 간단히 성공했다. 그대로 적의 위로 이동하여 거기서 다시 낙하하는 기세로 슈팅루크로 공격했다.

"야압!"

단켈페르거가 안게리카에게 놀란 틈을 타 코르넬리우스가 적의 무리에 쳐들어갔고, 그 뒤로 기수에 탄 견습 기사들이 잇따라 덮쳤다. 기습 성공이다.

"레오노레, 적진 확인!"

상공의 상황을 노려보면서 고함치는 내 목소리에 바로 레오노레가 대답했다.

"동요 중. 진지를 지키는 몇몇이 기수를 타고 지원하러 옵니다."

"유디트는 적진의 상황을 살펴. 레오노레는 활 준비!"

"네!"

퇴각 신호와 쫓아올 적의 발을 묶고, 위협을 가하기 위해 활을 쏘기로 했다. 레오노레가 슈타프를 활로 변화시켜서 마력의 활시위를 당기며 상공에서 펼쳐지는 전투를 노려보았다.

"퇴각할 타이밍이라고 생각되면 활을 쏴."

"해보겠습니다."

적진의 상황을 살피는 건 유디트에게 맡기고, 나도 전투 상황을 올려다보았다. 단켈페르거는 마수에 발이 묶여서 기동력이 떨어졌다. 마수를 지켜야 해서 공격을 맡을 인원도 적다. 그리고 에렌페스트에는 무용의 신 앙리프의 가호가 있다. 어딜 보나 에렌페스트가 유리하다.

"……에렌페스트가 이렇게 강하다고!?"

자신들보다 순위가 아래라서 쉽게 봤으리라. 기습에 응전하던 단켈페르거 견습 기사들이 경악에 찬 소리를 질렀다.

'어때? 어때?'

기세 좋게 공격하는 에렌페스트와 기습에 동요하여 일방적으로 당하는 단켈페르거의 모습을 보며 나는 작전이 성공했다고 만족했다.

그러나 에렌페스트에게 유리한 상황은 아주 짧았다.

"당황하지 마라! 방어 태세! 우선 보물을 지켜!"

매번 지휘를 맡았을 듯한 상급생의 호령과 함께 단켈페르거가 단숨에 태세를 고쳤다. 방패를 들고 공격을 막는 자, 슈니펠트를 옮길 그물을 고치는 자, 반격을 노리는 자……. 각자 자기 역할을 완벽히 숙지하고 있는지, 금세 동요가 사라졌다.

"절반은 슈니펠트를 지키면서 진지로 돌아가라! 나머지 절반은 반격하면서 진지와 합류하라!"

지휘자의 목소리에 "네!" 하고 시원시원하게 대답하며 단켈페르거가 지시받은 대로 진지를 향해 움직이기 시작했다. 결국 기습은 절반만 성공했다. 단켈페르거에 혼란을 일으키고, 진형을 무너뜨려 다소의 피해를 입혔다. 그러나 단결력이 강한 적은 지휘자의 호령 하나로 다시 태세를 갖추고 말았다.

'매년 영지대항전에서 우승할 만하네.'

단켈페르거의 훌륭한 팀워크에 나는 감탄의 한숨을 내쉬었다. 동시에 낙담의 한숨도 숨길 수 없었다. 내 눈에 보이는 에렌페스트의 단결력은 놀랄 정도로 허술하고 볼품없었다.

'수준 차이가 너무 많이 나.'

에렌페스트는 축복의 효과로 개별 능력은 올라도 협동다운 협동이 전혀 안 되었다. 순식간에 수비를 강화하기 시작한 단켈페르거에 변변한 타격을 주지 못하고 있었다. 신체 강화를 한 안게리카와 코르넬리우스가 고군분투하는 모습만 보일 뿐, 나머지는 그렇다 할 활약을 보이지 못했다. 우세해질 기회가 여러 차례 있었지만, 그것을 잘 살릴 만큼의 단결력이 없는 것이다.

"로제마인 님, 이쪽으로 돌진해 오는 적은 없지만, 보물이 진영에 도착하기 직전이고, 진영에서 지원군이 몰려오고 있습니다!"

적진을 감시하던 유디트가 소리쳤다. 보물이 짐이 된 지금도 제대로 된 타격을 입히지 못했는데 만약 보물이 진지에 들어가서 그들의 발목을 잡는 방해물이 없어지면 우리가 단번에 당하리라.

유디트의 목소리를 들은 레오노레가 하늘을 힐끗 보고, 퇴각 신호인 활을 쏘았다. 슝 하고 포물선을 그린 화살이 격전 중인 그들의 머리 위에서 펑! 하고 터졌다.

"퇴각 신호다!"

코르넬리우스의 목소리가 울리며 에렌페스트 기사들이 퇴각하기 시작했다.

"활을 쏴서 퇴각을 지원해라!"

몇 명이 활을 당겨서 마력의 화살을 쏘았다. 몇 번의 반격 끝에 서로 각자의 진영으로 기사들이 돌아갔다. 그런데 전열에서 벗어나 혼자서만 끈질기게 적을 공격하려는 사람이 있었다. 내가 미간을 확 찌푸림과 동시에 코르넬리우스의 "트라우고트, 돌아와!"라는 노성이 울렸다.

불만스러운 얼굴로 트라우고트가 돌아왔다.

다친 사람, 마력이 축난 사람은 회복제를 마셔서 회복에 힘썼다. 가능하다면 적 팀에 회복할 틈도 없이 추가 공격을 가하고 싶었다. 그러나 공격에 성공할 만한 단결력이 에렌페스트에는 없었다.

"……에렌페스트는 약하네요. 난 기사단의 전투를 본 적이 있어서 막연히 귀족원 견습 기사도 그만큼은 다들 할 줄 알았어요."

겨울의 주인을 무찌를 때의 팀워크와 토론베 토벌 때의 전투를 보자면 기사단의 단결력은 뛰어났다.

"설마 이렇게까지 단결이 최악일 줄 몰랐어요. 디터를 속도로만 겨뤄 봐서인가요? 그런데 단켈페르거는 제대로 단결이 되더란 말이죠. 이래서는 신입을 교육해야 하는 기사단장들도 고생이겠네요."

"보호받기만 하는 로제마인 님이 뭘 아십니까!?"

"밖에서 봐야 더 알 수 있는 것도 있답니다, 트라우고트. 예를 들어 퇴각 신호를 보내도 즉각 퇴각하지 않은 당신이 얼마나 팀의 단결을 해치는지……."

내 말에 트라우고트가 발끈했다.

"전 아직 싸울 수 있습니다."

"그거야 당연하죠. 아직 싸움이 끝나지 않았어요. 싸워 주지 않으면 곤란하다고요."

"그럼 싸우게 해 주십시오. 퇴각시키지 말고."

위험해 보이는 트라우고트의 모습에 나는 무심코 눈을 크게 떴다. 무엇에 이리도 초조하고, 무엇 때문에 이리도 무모하게 구는지 모르겠지만, 헛된 곳에 힘을 빼고 있다.

"무턱대고 적에게 돌진한다고 해서 전투가 아니에요. 주위를 잘 보고……."

"그건 저도 압니다!"

"……알고 있으면 됐어요. 이제부터 적은 총력을 기울일 거예요. 앞으로 우리는 방어로 태세를 전환해야 하는데 그렇게 반발할 만한 가치가 있는 단결력을 보여주세요."

우리가 회복을 완료했듯 상대도 회복이 끝났으리라. 서로의 진영을 노려보며 단켈페르거는 공격 태세를, 에렌페스트는 방어 태세를 취했다. 찌릿찌릿한 긴장감이 감돌며 서로가 서로의 움직임을 살핀다. 조금 전의 기습처럼 또 숨은 공격이 없을지 경계하는 단켈페르거에 허점이 없다. 우리편에는 결투가 시작되는 순간 뛰쳐나갈 기세인 트라우고트가 팀의 구멍이 될 것 같았다.

'큰일인데….'

무용의 신에게 축복을 받아도 순식간에 진형이 무너질 것 같다. 고전할지, 일방적으로 당할지 둘 중 하나가 될 듯하다. 조금은 에렌페스트의 방어 경험치를 올리고 싶지만, 기습 작전 2를 전개할 차례가 다가왔다.

"유디트, 레오노레. 이쪽으로."

나는 둘과 함께 내 기수 안으로 뛰어들고, 가죽 주머니에서 내 마력으로 물들인 마석을 꺼냈다. 크리스털 같았던 원형에서 조합용 나이프로 눈깔사탕 크기로 자른 연노랑색 마석이다. 거기에 페르디난드의 특제 지옥의 회복약을 몇 방울 떨어뜨렸다.

"유디트, 내가 신호하면 이걸 슈니펠트에게 던지세요."

나는 쭈뼛거리며 레서버스의 조수석에 탄 유디트에게 연노랑색 마석을 건넸다. 그것을 건네받은 유디트가 "이게 뭔가요?"라며 고개를 갸웃거렸다.

"기습 작전 2예요. 우리 쪽 방어가 무너질락 말락할 때 신호할 테니까 부탁해요."

방어가 무너지기 시작하면 레서버스로 우리 진영의 경계선까지 날아간다. 거기에서 유디트가 자기 기수로 갈아타고, 마석을 던진다. 레서버스 조수석 문을 몇 차례 여닫으며 기수를 갈아탈 수 있는지 물으면서 순서를 설명했다.

"알겠습니다. ……그런데 이걸 지금 던지면 쉽게 이길 수 있지 않나요?"

유디트의 질문에 레오노레도 고개를 끄덕였다.

"아마 이기겠죠. 하지만 내가 생각한 기습 방법으로 큰 고생도 없이 이런 오합지졸 상태에서 이기는 건 에렌페스트에도 최악의 승리 방법이에요."

"……최악의 승리 방법이 뭔가요? 이기면 그만 아닌가요?"

사실은 제 실력대로 지는 편이 낫다. 우리에게 어디가 잘못되었는지 냉정하게 분석하는 계기가 되어 줄 테니까 말이다. 단결력 부족과 허술한 방어력을 스스로 깨달아야 앞으로의 성장에 도움이 되리라. 솔직히 말해서 슈바르츠와 바이스만 걸지 않았다면 나는 두 손 놓고 방관했을 터이다. 나는 기사들에게 실력의 차이를 느끼게 해 주고 경기만 이기고 싶다.

"유디트도 레오노레도 아까의 기습을 밖에서 봤죠? 지금부터 공수가 바뀐 결투도 기수 안에서 보게 될 거예요. 단켈페르거와 에렌페스트의 방어 방법이 얼마나 다른지 잘 보고 생각하세요. 강해지고 싶다면 어떻게 해야 강해질지 항상 고민하면서 싸우세요."

"해보겠습니다."

두 사람이 고개를 끄덕일 때 팟 하는 소리를 내며 기수가 움직이기 시작했다. 단켈페르거의 움직임에 맞춰 에렌페스트의 견습 기사들도 움직였다. 상공에서 노려보던 단켈페르거 무리 중에서 기수 하나가 튀어나와 하늘 높이 날아올랐다. 그러자 거기에 낚인 에렌페스트의 기수가 몇 마리나 그 뒤를 따랐다.

"아이고, 고작 기사 하나에 저렇게나 붙으면 안 되죠!"

유디트가 당황하며 소리쳤다. 단켈페르거는 진지를 지킬 인원도 따로 나뉘어 있어서 단체로 방어하는 에렌페스트가 수적으로는 다소 유리하다. 하지만 한 명에게 몇 사람이나 붙을 정도로 많지는 않다. 당연히 가장 숫자가 많은 방어가 허술해지고, 격투 초반부터 고전하기 시작했다.

"주 공격은 그쪽이 아니에요. 코르넬리우스에게로 돌아가요!"

기수 안에서 동료들의 전투를 지켜볼 수밖에 없는 레오노레가 허술한 방어와 허점투성이 협동에 머리를 싸맸다. 방어 연습 부족이 눈에 띄는 에렌페스트는 협동 공격이 뛰어난 단켈페르거에게 일방적으로 밀렸다. 축복의 효과로 겨우겨우 버티는 상태다. 안간힘을 쓰며 방어하지만, 역시나 협동력이 부족했다. 그나마 협동이 되는 사람은 호위 기사로 훈련을 받은 코르넬리우스와 안게리카, 빌프리트의 호위 기사 정도다.

나를 호위하는 유디트와 레오노레를 제외한 스물세 명 중 일곱 명밖에 협동할 줄 모르니 단켈페르거에 고전하는 것도 당연했다.

"아아, 트라우고트, 대체 어디 가는 거예요!?"

"······로제마인 님, 왠지 전체적으로 방어가 위로 향하는 것 같지 않아요?"

"네. 적은 바로 그걸 노리고 있어요. 이제 곧 단켈페르거의 정예 기사가 지상을 달려서 우리 진영으로 공격해 올 거예요."

나는 적진을 가리켰다. 기수를 타고 진영을 지키는 기사들이 보물과 레스티라우트를 지킬 몇 명만 남기고 공격 태세를 취했다.

"레오노레는 이 전법을 이론에서 배우지 않았어요? 난 책으로도 읽고, 게빈넨으로 이 전술의 움직임을 본 적이 있어요. 이게 성공하면 우리의 패배예요."

"배웠습니다. 배웠지만······."

레오노레는 이론과 실전이 처음으로 하나로 이어진 듯한 표정을 지었다. 이론으로 배운 지식이 실전과 전혀 이어지지 않았던 모양이다. 아직 전공 코스를 배우지 않은 유디트는 전법보다도 눈앞의 승부에 새파랗게 질렸다.

"로제마인 님, 무슨 느긋한 말씀이세요! 지금도 밀리는데 또 공격해 오면 져요!"

"그러네요. 그럼 슬슬 가 볼까요? 유디트, 부탁해요."

상공에서 펼쳐지는 전투 상황을 지켜보던 적의 기수들이 다음 공격을 가하려고 우리를 향해 달려왔다. 그들이 진영과 진영의 한가운데에 진입했을 때 나는 적과 마찬가지로 땅을 달려서 단켈페르거와 맞닿은 우리 진영의 경계 쪽으로 향했다.

"눈치챘구나!"

"뭘 할 속셈이지? 서둘러 진지로 퇴각하라!"

맞서 달려오는 레서버스를 본 적이 진지와 보물을 지키기 위해 시계방향으로 멋지게 방향을 틀며 퇴각했다.

"유디트, 슈니펠트의 머리 위로 던지는 게 중요해요. 어서!"

"알겠습니다."

우리 진영을 벗어나기 전에 레서버스의 조수석 문을 열자, 유디트가 적을 쫓듯이 기수에서 뛰어내렸다.

자기 기수에 올라탄 유디트는 슈타프를 변형한 새총으로 힘차게 마석을 날렸다. 진영으로 돌아가던 기수보다 날아가는 마석의 도착이 빨랐다. 마석이 큰 포물선을 그리며 내 지시대로 슈니펠트의 머리 위로 떨어졌다.

"뭐가 날아갔다! 막아!"

"뭐가가 뭐야!? 어디야!?"

고속으로 날아가는 눈깔사탕 크기의 마석이다. 뜬금없이 막으라고 해도 진영에 있는 기사들 눈에는 무엇이 날아오는지조차 보이지 않는 모양이다.

피용 하고 자기를 향해 날아오는 마석을 발견한 슈니펠트가 입을 쩍 벌렸다. 그 커다란 입속에 유디트가 날린 마석이 쏙 들어갔다.

"로제마인 님, 먹어 버렸어요!"

실패한 줄 알았는지 유디트가 울먹이며 돌아왔다. 나는 싱긋 웃으며 유디트를 달랬다.

"근처에 떨어지면 먹을 줄 알았으니까 제대로 된 거예요."

내가 그렇게 말한 순간, 슈니펠트가 갑자기 몇 배로 확 커졌다. 빛나는 그물에 잡혀 있던 작은 하마가 빛나는 그물을 두두둑 찢으며 볼수록 거대해지기 시작했다.

"쿠아아아아아아앙!"

결국 2층 건물 크기만큼 커진 슈니펠트는 지금까지 얌전했던 모습이 거짓말인 것처럼 괴로움에 몸부림쳤다.

"뭐예요, 뭐예요, 뭐예요!?"

울먹이는 유디트의 고함과 동시에 적진에서 경악하는 비명이 들렸다.

"슈니펠트가 거대해졌다!"

갑자기 거대해져서 날뛰는 슈니펠트에 놀란 단켈페르거 기사들이 공격을 멈추고 자기 진영으로 되돌아갔다. 이대로 계속 슈니펠트가 설치면 자신들의 영주 후보생인 레스티라우트도 위험하고, 진영을 지키는 기사가 막대한 피해를 입는다.

"로제마인 님, 저건 대체 뭡니까?"

"내 마력으로 물들인 류엘 열매예요. 마력 회복에도 좋고, 마수를 거대하게 만들죠."

슈첼리아의 밤에 채집한 보라색 류엘 열매에는 마력 증폭 효과가 있다. 내 마력으로 물들인 류엘 열매를 사탕처럼 입속에 넣고 있으면 마력이 회복된다. 나는 신체 강화 마술구에 많은 마력을 소비하기 때문에 여차할 때 부적 발동을 못하면 위험해지니 지참하고 다니라며 페르디난드가 준 물건이다.

"대체 왜 거대하게 만든 건가요?"

"단켈페르거에 여유를 없애려고요. 그나저나 역시 페르디난드 님. 특제 지옥의 회복약은 마물도 몸부림치게 하는 맛과 악취네요."

강하고 거대한 적은 디터의 보물로 부적합하다. 다루기 어려워서다. 거대해지고 난폭한 슈니펠트를 단켈페르거가 속도 겨루기 디터를 하는 요령으로 공격하기 시작했다. 일단 여유 부리지 못하게 거대하게 만들어 봤는데 상상 이상의 효과였다. 단켈페르거는 우리편에 신경 쓸 여유도 없는 듯했다.

"멍하니 있지 말고 회복해야죠. 안게리카와 코르넬리우스는 이 약을 마셔요."

갑작스러운 전개를 이해하지 못해 어리둥절한 표정으로 거대해진 슈니펠트를 바라보는 에렌페스트 견습 기사들에게 나는 지시를 내리고, 안게리카와 코르넬리우스에게 페르디난드의 개량 회복제를 건넸다.

"이젠 전력을 다해 공격해야 하니까 완벽하게 마력을 회복하세요."

"네!…… 윽, 이걸 먹어야 합니까?"

"페르디난드 님께서 조합한 회복약이에요. 맛도 효과도 굉장하답니다."

얼굴을 찌푸리면서 안게리카와 코르넬리우스는 페르디난드가 만든 회복약을 먹었다. "크읍!" 하고 신음하며 입을 틀어막은 두 사람은 눈을 질끈 감았다. 어떻게든 삼킨 모양이다. 코르넬리우스가 눈물을 머금고 "이건 뭡니까!?" 하고 내게 호통쳤다.

"페르디난드 님의 자비로 먹기 쉬워진 회복약이요."

"어디가 먹기 쉽단 말입니까!?"

"이보다 더 심한 원액을 먹어 보면 페르디난드 님께서 얼마나 자비로운지 이해가 될 텐데 코르넬리우스는 이해해 볼래요?"

나는 조금 전 마석에 몇 방울 떨어뜨리고 남은 지옥의 약을 보여주었다. 코르넬리우스는 머리를 붕붕 저으며 단호하게 사양하고, 거대해진 슈니펠트에게로 시선을 돌렸다.

"……정말 바로 회복하긴 했는데 대체 저희에게 뭘 시킬 생각이십니까?"

코르넬리우스가 경계하는 얼굴로 나를 내려다보았다. 나는 후후훗하고 웃었다.

"슈타프를 검으로 변형해서 불꽃이 탁탁 튈 정도까지 온 힘을 다해 마력을 끌어 모으세요. 그리고 적이 힘을 뺀 슈니펠트에 쏘아서 숨통을 끊는 겁니다. 아버님과 에크하르트 오라버니도 할 수 있는 일이에요. 코르넬리우스도 할 수 있죠?"

"못 하는 건 아니지만…… 해 본 적이 없습니다. 모든 마력을 총집중해서 공격하면 마력이 회복하기 전까지 힘을 못 쓰는데 그래도 괜찮습니까?"

"페르디난드 님의 약을 줄 테니까 뒷일은 걱정 말고 마력을 쏟아부으세요. 이때 일격을 가하지 않으면 에렌페스트에 승산이 없어요."

협동력이 얼마나 빈틈투성이인지 느꼈죠? 라고 내가 말하자, 코르넬리우스가 씁쓸한 얼굴로 고개를 끄덕였다.

"기사단장님과 견줄 정도로 성장했다는 코르넬리우스의 마력을 기대할게요. 그 공격을 할 때 기수로 높이 날아올라서 낙하하는 기세로 발사하면 좋대요. 페르디난드 님도 기사단장도 그렇게 했었어요."

"……로제마인 님은 대체 어디서 그런 공격을 봤습니까?"

"신전 임무로 기사단 토벌에 몇 번인가 동행한 적이 있어요."

청색 견습무녀 시절에 갔던 토론베 토벌이나 기원식의 습격도 지켜봤으니 거짓말은 아니다. 전부가 사실이 아닐 뿐이다.

"안게리카는 공격의 충격에서 진영을 지켜 주세요. 슈니펠트의 정면에서 코르넬리우스와 마찬가지로 마력을 발사하세요."

"알겠습니다."

독한 약에서 겨우 정신을 차린 안게리카가 슈팅루크를 쥐며 고개를 끄덕였다.

"로제마인 님, 저도 가겠습니다!"

"트라우고트는 안 됩니다."

"어째서입니까!? 제가 두 사람보다 약해서입니까!?"

그것도 있다, 라고 속으로 중얼거렸다. 안게리카와 코르넬리우스보다 트라우고트는 몇 단계나 약하다. 하지만 힘에 집착하는 트라우고트에게 지금 이 자리에서 할 말은 아니었다.

"아니에요. 주인의 지시도 따르지 않고, 심지어 주위와 협동이 안 되는 기사는 무슨 일을 벌일지 모르는 위험 요소라서요. 중요한 순간에는 필요 없습니다. 트라우고트는 대기하세요."

"무슨!?"

파란 눈을 부릅뜬 트라우고트에게 등을 돌린 나는 안게리카와 코르넬리우스를 배웅했다.

"두 사람이 공격 타이밍을 잘 맞춰야 해요. 서로의 움직임을 살피면서 공격하세요."

"알겠습니다."

코르넬리우스가 기수를 타고 상공 높이 달려갔다. 슈타프를 변형한 긴 검에 마력을 주입하는 것이 보였다. 안게리카도 이쪽에 등을 돌리고 마검을 쥐었다. 그러자 마검 슈팅루크가 페르디난드의 목소리로 지시를 내렸다.

"주인, 주인의 주인과 진영을 지키려면 이 위치다. 아니, 방향이 아니다. 오른발을 반보 내밀어. ……그렇지. 자세를 취하고 마력을 넣어

라. 남김없이."

"여러분도 방패를 들어서 충격에 대비하세요!"

에렌페스트의 견습 기사들이 슈타프를 방패로 바꾸었다. 나는 어떤 충격에도 견딜 수 있게 기수의 핸들을 힘껏 쥐었다. 뒷좌석에 탄 레오노레는 기도하는 눈빛으로 코르넬리우스를 바라보았다.

단켈페르거가 물 흐르는 듯한 협동으로 슈니펠트를 공격했다. 속도 겨루기 디터에서 어떻게 우승했는지 알 법한 실력이다. 다만, 평소와는 달랐다. 디터의 보물인 이 슈니펠트를 아예 쓰러뜨릴 수 없어서다. 날뛰는 마물을 약해지게만 만들어야 한다.

그렇게 힘 조절에 신경쓰며 공격하는 단켈페르거의 머리 위에 코르넬리우스가 다다랐다. 마력이 파직파직 튀는 장검을 쥔 코르넬리우스가 기수에서 곤두박질치듯이 돌진했다.

"꺼져라아아아아아아!"

거대해진 마물에 정신이 팔린 탓이리라. 단켈페르거는 이미 준비를 마치고 머리 위로 떨어지는 코르넬리우스를 보고 깜짝 놀라 움직임을 멈췄다.

"대피해라! 방어다. 레스티라우트 님을 지켜라!"

혼신의 힘을 쏟은 공격임을 눈치챈 단켈페르거가 서둘러 방어 태세를 갖추기 시작했다.

"이쪽도 갑니다!"

단켈페르거를 향해 그렇게 소리치면서 안게리카가 슈팅루크를 치켜들었다. 마력이 계속해서 주입되는 슈팅루크가 "아직 멀었다, 주인." 하고 페르디난드의 목소리로 공격을 발사할 타이밍을 쟀다.

"하아아아아아아아앗!"

코르넬리우스가 장검을 휘두르자, 몇 번 보았던 거대한 빛의 참격이 슈니펠트의 머리 위로 떨어졌다.

"지금이다, 주인!"

"야아아아아아아아압!"

안게리카가 마검을 크게 휘둘렀다. 검에서 발사된 빛의 참격이 슈니펠트를 향해 날아갔다. 슈팅루크의 계산은 완벽했다. 코르넬리우스가 발사한 참격으로 굉음과 함께 엄청난 충격이 주위에 퍼졌다. 그 충격을 가르듯 안게리카의 참격도 슈니펠트에 도달했다.

방어태세를 갖춘 단켈페르거가 그 충격에 안간힘을 쓰며 버텼고, 에렌페스트의 견습 기사도 몇 명이 데굴데굴 구르며 튕겨 나갔다.

나도 덮쳐 온 충격을 힘껏 견뎠다.

충격이 가셨을 때는 이미 슈니펠트의 모습이 어디에도 없었다.

"로제마인 님, 마석을 잡았습니다!"

명랑한 안게리카의 목소리가 울렸다. 그 손에는 반짝이는 마석이 쥐어져 있었다.

관전하던 루펜이 "오오옷!" 하고 포효했다.

"훌륭하다! 에렌페스트의 승리다!"

왕자의 호출

"잘했다! 예상외의 반전이 참으로 재밌었다!"

경기가 끝나자 흥분한 루펜이 달려왔다. "기습 하나하나가 페르디난드 님을 방불케 하는구나."라는 말에 나는 시선을 슬쩍 내리깔았다.

"감사합니다. 하지만 기책 없이는 못 이겼을 거예요. 전 단켈페르거의 숙련도에 매우 감탄했어요. 훌륭한 견습 기사들이 모였군요."

루펜이 단켈페르거의 견습 기사들을 쳐다보았다. 그들은 의외라는 표정을 짓고 있었다. 나는 전체를 지휘한 견습 기사를 올려다보며 싱긋 웃었다.

"마수 운반 중에 습격받는 비상사태가 일어나도 지휘관의 일갈 하나로 금세 태세를 갖추고, 각자의 역할에 맞게 정확하게 움직였어요. 게다가 거대해진 마수와 코르넬리우스가 기습으로 회심의 공격을 펼쳐도 즉시 영주 후보생을 지키려고 행동했고, 저 가까운 거리에서 지켜 냈어요. 모두 에렌페스트는 하지 못하는 일들이에요."

에렌페스트의 협동력이 단켈페르거만큼 다듬어져 있었더라면 첫 기습에 승부가 났을 터였다.

"정말 아름다운 협동력을 보여주셨습니다. 조금이라도 따라잡을 수 있게 우리 기사도 훈련 방식을 더 고민해야겠다고 반성했어요. 앞으로도 단켈페르거가 모두의 본보기가 되도록 그 실력과 숙련도를 유지해 주시길 바랄게요."

내 말에 단켈페르거 견습 기사가 활짝 웃으며 입을 열었다.

"다른 영지의 영주 후보생께서 그런 칭찬을 해 주시다니 더할 나위 없는 영광입니다. 저희도 마물만 상대하는 디터와 전혀 다른 디터로 배운 것이 많습니다. 로제마인 님께서 단련시킨 에렌페스트와 다시 경기할 날을 고대하겠습니다."

"······저는 기사단장에게 부탁만 할 뿐이지만, 이런 디터는 이번이 마지막일 테니 영지대항전에서 조금이라도 순위를 올릴 수 있도록 노력하겠습니다."

견습 기사의 훈련은 기사단에 통째로 맡길 예정이다. 나는 모호한 미소를 지으며 단켈페르거의 재경기 소망을 흘러 넘겼다.

"아, 끝났구나. 어느 쪽이 이겼나?"

"에렌페스트입니다. 아나스타지우스 왕자님."

수업이 있다며 관전하지 않은 아나스타지우스가 돌아왔다. 루펜이 상기된 목소리로 대전 내용을 설명하려는데 "결과가 나왔으면 됐다."라며 가볍게 손을 흔들어 말을 끊었다. 경기장에서 보이는 하늘이 어두컴컴했다. 시합 결과를 느긋하게 들을 여유가 없었으리라.

"단켈페르거가 제안한 승부로 결과가 나왔다. 이의 있느냐?"

"네. 승부로 결정되었으니 저는 손을 떼겠습니다."

아나스타지우스의 말에 레스티라우트가 무릎을 꿇고, 슈바르츠와 바이스를 포기하겠다고 선언했다. 그리고 안도의 한숨을 내쉬는 나를 날카롭게 노려보았다.

"그러나 기습에 이어 기습을 한 너의 악랄함만큼은 내 똑똑히 기억하겠다. 널 성녀로 절대 인정 못 해."

그런 말을 남기고 레스티라우트는 그 자리를 떠났다. 아나스타지우스가 얼굴을 찌푸리고 "……디터에서 악랄한 짓을 했느냐?"라며 나를 내려다보았다.

　"기책이라고 생각하는데 악랄한지 아닌지는 평가하는 사람 나름이겠지요."

　나는 레스티라우트가 무슨 말을 하든 개의치 않았다. 악랄하다 할지라도 도서관을 지키기 위해서 수단 방법을 가릴 때가 아니었다. 게다가 나는 내 입으로 성녀라고 한 적이 없다. '성녀로 인정하지 않겠다'라고 말해도 '그러십니까'라는 대답이 고작이다. 또 최근 들어 주변에서 의기투합하던 터라 조금 한시름 놓았다.

　"어쨌거나 분쟁이 해결됐으면 그거로 됐다. 로제마인, 넌 마술구의 주인으로 내일 세 점 종에 내 방에 와라. 솔랑쥬와 너에게 물어야 할 것이 있다."

　"알겠습니다."

　왕자의 호출을 끝으로 바로 해산하게 되었고, 힐쉬르는 기수를 타고 재빨리 자기 연구실로 돌아갔다. 탑승형 기수를 처음 봤는지 경악하며 눈을 크게 뜨는 아나스타지우스를 곁눈질로 보면서 우리도 기숙사로 돌아갔다.

　"어째서 디터로 승부를 겨루게 된 거야!? 설명해, 로제마인!"

　기숙사에 들어가서 현관문을 닫은 순간, 빌프리트가 울상을 지으며 버럭 호통쳤다.

　"도중에 리카르다가 보낸 올도난츠를 받았어. 호위 기사가 한 명밖에 없어서 기숙사에서 나가지도 못하고, 발만 동동 구르며 기다렸다!"

나는 일단 도서관 앞에서 벼르던 단켈페르거 얘기와 디터 승부를 하게 된 경위와 결과, 그 끝에 아나스타지우스에게 호출을 받았다고 설명했다.

　"왕자가 호출했다고? ……너 고작 하루 안에 치수, 습격, 디터, 호출, 아버님께 보고할 것이 태산이잖아!"

　"그러게요. 보고할 때 견습 기사의 훈련을 다시 검토하라고 기사단장님께……."

　"잠깐, 로제마인. 훈련 얘기는 나중에 해. 지금은 네 얘기 중이잖아. 아나스타지우스 왕자가 호출했다니 대체 무슨 일로?"

　견습 기사의 훈련을 전반적으로 수정하라는 메시지를 칼스테드에게 전달해 달라고 부탁하려 했더니 빌프리트가 말을 잘라 버렸다.

　"슈바르츠와 바이스에 관련된 얘기예요. 아나스타지우스 왕자님이 솔랑쥬 선생님과도 꼭 해 둘 얘기가 있다고 하셨으니까요."

　"……그렇군. 그럼 네가 왕족에게 심하게 깨질 일은 없겠지?"

　저녁식사 후에 오늘 디터에 참가한 견습 기사들에게 반성할 점을 물었다. 단순히 단켈페르거에 이겨서 신이 난 견습 기사도 있고, 평소의 디터와 확연히 달라서 당황한 견습 기사도 있었다. 그런 가운데 디터를 결투 중심이 아닌 바깥에서 지켜봤던 레오노레와 유디트의 말에 모두의 눈이 휘둥그레졌다.

　"이번 단켈페르거에 승리한 건 온전히 로제마인 님의 기발한 작전 덕분이에요. 우리 실력이 아닙니다."

　레오노레가 속도 겨루기 디터에도 개선점이 수두룩하다며 부족한 협동력과 지금까지 정리한 마물의 약점을 설명하기 시작했다.

　여기서부터는 견습 기사끼리 얘기를 나눠야 할 문제다. 레오노레와

3층 출입이 금지된 남자 견습 기사들만 남기고, 나는 안게리카와 유디트를 데리고 방으로 돌아가기로 했다. 오늘은 이런저런 일로 피곤한데 내일도 호출이 있다. 목욕하고 바로 자고 싶었다.

"……어? 리카르다는?"

목욕을 준비하는 리젤레타와 브륀힐데가 입욕을 도와주는데 그 자리에 리카르다의 모습이 없었다. 리카르다가 없다니 이상하다. 내가 고개를 갸웃거리자 리젤레타가 말을 얼버무리며 알려주었다.

"잠시 자리를 비웠습니다. 오늘은 하루 종일 로제마인 님과 함께 있으셔서……."

평소에는 수업 중이거나 내가 다른 시종과 도서관에서 책에 빠지는 동안 자질구레한 일거리를 처리한다고 했다. 하지만 오늘은 그 일들이 전부 밀려 버린 모양이다.

'덤덤한 얼굴로 일하지만, 시종은 준비가 많아서 힘들구나.'

흠흠, 하고 납득하며 나는 그대로 잠자리에 들었다.

다음 날은 왕자의 호출이 있다. 좋은 인상을 주기 위해 선물 하나는 챙겨가라는 리카르다의 조언에 나는 꼭두새벽부터 엘라와 푸고에게 룸토프를 반죽에 넣고 구운 카트르 카르와 꿀이 들어간 카트르 카르를 굽게 했다. 아나스타지우스는 룸토프를 마음에 들어했고, 꿀 들어간 카트르 카르를 에그란티느에게 나눠 주라고 따로 챙기는 내 나름의 배려였다.

두 점 반 종까지는 로지나와 페슈필을 연습하면서 빛의 여신에게 바치는 곡을 편곡하고, 그 뒤 세 점 종까지 브륀힐데의 도움으로 몸단장해서 아나스타지우스의 방에 가게 되었다.

"……그나저나 아나스타지우스 왕자님의 방은 어디예요?"

"들어간 적은 없지만 가는 길은 알고 있습니다."

브륀힐데가 그렇게 말하며 현관문을 나섰다. 강당으로 이어지는 복도가 나왔다. 그런데 강당 쪽이 아니라 하위 기숙사 문이 쭉 이어진 복도를 걸었다. 번호가 끊겼는데도 문은 균일한 간격으로 복도 끝까지 이어졌다. 복도 제일 끝에 다가가자 한층 더 커다란 문이 나타났고, 그 앞에 보초가 서 있었다.

"13번 에렌페스트입니다. 오늘 세 점 종에 아나스타지우스 왕자님께서 로제마인 님을 호출하셨습니다."

보초는 망토 색상과 브로치를 확인하고 문을 열어 주었다.

"기다리고 있었습니다, 로제마인 님."

그곳에서 기다리던 사람은 누가 봐도 집사 같은 할아버지였다. 이곳은 이미 아나스타지우스의 별궁으로 이 할아버지는 아나스타지우스의 수석 시종이랬다. 우리는 바로 응접실로 안내받았다.

응접실에는 이미 도착한 솔랑쥬가 포근하고 우아한 미소를 지으며 차를 마시는 모습이 보였다. 아나스타지우스는 그 맞은편에 앉아 있다.

나는 시종들에게 카트르 카르 준비를 부탁하고 인사한 후, 권해 주는 자리에 앉았다.

"다들 나가거라."

그러자 얼른 시종들이 방을 나갔고, 이 방에는 세 사람과 아나스타지우스의 측근만 남았다. 잠시 디저트 얘기를 나누다가 아나스타지우스의 표정이 갑자기 굳었다.

"도서관 마술구 말인데 쟁탈전에서 에렌페스트가 승리했으므로 귀족원 재학 중에는 로제마인을 주인으로 인정하기로 했다."

"쟁탈전이라니?……설마 아렌스바흐와!?"

솔랑쥬가 화들짝 놀라며 입가를 가렸다. 그 입에서 튀어나온 영지 이름에 내가 깜짝 놀랐다.

"아렌스바흐? 로제마인과 경쟁한 곳은 단켈페르거인데?"

"어머, 그랬군요. 슈바르츠와 바이스의 주인이 되려면 무엇이 필요한지 아렌스바흐의 영애들이 몇 차례나 물어서 그만 지레짐작했습니다."

솔랑쥬가 쑥스러워하며 그렇게 말했지만, 나는 가슴이 철렁했다. 설마 이런 데서 아렌스바흐의 이름을 듣게 될 줄 몰랐다.

"또 다른 영지까지 나타날지도 모른다는 건가. 성가시군. ……그런데 왜 로제마인이 주인이 되었지? 조금 조사해 봤다만, 지금까지 학생이 주인이 된 기록은 없었다."

"로제마인 님의 기도가 메스티오노라에 닿아서입니다."

솔랑쥬의 설명에 아나스타지우스가 미간을 찌푸리며 "무슨 의미냐?"라며 고개를 갸웃거렸다.

"로제마인 님께서 지혜의 여신 메스티오노라에게 기도했더니 슈바르츠와 바이스가 움직이기 시작했어요. 로제마인 님의 기도가 신들께 닿은 겁니다."

솔랑쥬의 설명만으로는 전혀 이해하지 못한 아나스타지우스가 나를 보았다. 더 자세히 설명하라는 뜻이겠지만, 나도 더 설명할 길이 없었다.

"자세하게 설명드릴 것이 없습니다……. 도서관에서 신규 등록할 때 열람실에 들어가게 된 흥분에 신께 기도를 드렸을 뿐이에요. 그, 마력이 축복이 되어 뿜어져 나왔고, 정신을 차렸더니 슈바르츠와 바이스의 주인이 되어 있었습니다."

"자세히 들어 봐도 모르겠군."

아나스타지우스가 다시 머리를 흔들고, 솔랑쥬를 째려보았다.

"솔랑쥬, 예전에는 주인을 어떻게 정했지?"

"전임자가 지명자에게 슈바르츠와 바이스에게 접촉할 허가를 내리고, 그 사람이 이마에 박힌 마석을 쓰다듬어 마력을 등록하면 주인이 되었습니다. 이마의 마석을 만지지도 않고, 축복만으로 로제마인 님께서 주인이 되신 건 지혜의 여신 메스티오노라의 인도가 있어서겠지요."

"……그렇군. 거기까지."

아무래도 이해하기를 포기한 듯하다. 아마 나의 비상식적인 짓으로 일어난 일이기에 현장을 보지 못한 사람은 이해하기 어려우리라.

"저도 전임자가 저를 지명해서 마력을 등록했었습니다. 하지만 슈바르츠와 바이스는 움직여 주지 않았지요. 지금까지도 둘을 만질 수도 있고, 마력도 공급해 왔습니다. 그래도 제 마력으로는 부적을 유지하는 게 고작이었던 모양입니다."

도서관의 중요한 마술구를 훔쳐가지 못하도록 솔랑쥬는 움직이지 않는 줄 알면서도 슈바르츠와 바이스에게 마력을 주며 둘을 지켜 왔다고 한다.

"혹시 솔랑쥬 선생님께 빛과 어둠의 속성이 없는 것 아닌가요? 제 문관이 주인이 되려면 양쪽 속성이 필요해 보인다고 했었어요."

"넌 그걸 어떻게 아느냐?"

깜짝 놀란 아나스타지우스가 나를 보았다.

"새로운 주인은 슈바르츠와 바이스에게 새로운 의상을 선물해야 합니다. 그래서 치수를 재려고 둘을 도서관에서 기숙사로 데리고 나온 거였어요."

"……도서관에서 치수를 재면 되었지 않느냐?"

"저도 그 생각을 했지만, 선생님이 허락하지 않으셔서요."

내가 솔랑쥬에게 시선을 보내자, 솔랑쥬가 천천히 고개를 끄덕였다.

"그 의상이 슈바르츠와 바이스를 지키는 마술구라서 옷을 벗기고 치수를 재면 무방비해집니다. 그래서 치수와 시침질처럼 철저하게 주의해야 할 때는 주인의 관리하에 하도록 되어 있습니다. 저도 웬만하면 도서관 내에서 할 수 있게 허락하고 싶었습니다만……."

솔랑쥬 선생의 표정이 슬픈 듯 어두워졌다.

"만약 도서관 안의 방 하나를 치수 재기로 빌려드린다면 중급 귀족인 제가 입실을 금지해도 무시하는 학생이 많았겠지요. 또 로제마인 님은 영주 후보생이시지만, 영지 순위가 13위입니다. 2위인 단켈페르거나 6위인 아렌스바흐가 억지로 침입할 가능성을 고려하면 도무지 도서관을 허락할 수 없었지요."

실제로 단켈페르거가 강압적으로 나왔으니 솔랑쥬의 예측이 맞아떨어진 셈이다. 아나스타지우스는 솔랑쥬의 주장에 고개를 끄덕였다.

"그렇군. 그런데 로제마인은 어떻게 속성을 아느냐?"

"치수를 잴 때 옷을 벗겨 보니 배 부분에 마법진이 가득 있었어요. 힐쉬르 선생님은 그 마법진 때문에 오후 수업을 내팽개쳤지요."

아나스타지우스가 언짢은 표정으로 "연구자로서는 일류지만 선생으로서는 최악이군." 하고 중얼거렸다. 그건 힐쉬르를 사감으로 둬야 하는 에렌페스트가 하고 싶은 말이다.

"둘에게 수놓아진 마법진은 상당히 옛날 거예요. 힐쉬르 선생님이나 견습 문관들의 얘기를 들어 보면 빛과 어둠, 양쪽의 속성이 없으면 움직이지 않는 구조 같댔어요."

구멍투성이의 불완전한 마법진이라 다른 조건이 또 있을지도 모른다던 힐쉬르의 말도 덧붙였다.

"그 얘기를 레스티라우트에게 미리 말했더라면 부질없는 싸움은 피했을 거다. 녀석에게는 어둠의 속성이 없을 테니까."

"싸움은 피했겠지만, 그건 슈바르츠와 바이스의 옷을 벗겨서 조사했을 때 얻은 정보예요. 도서관에서 숨기는 정보일지도 모르는데 공개적으로 밝힐 수가 없었어요."

쓸데없는 말은 하지 않는 것이 좋다. 귀족으로 살려면 이 방법이 무난하다.

"그리고 레스티라우트 님은 도서관에 가지 않는 분이셔서 슈바르츠와 바이스의 주인이 될 수 없어요. 사흘에 한 번은 마력을 공급해야 하는데, 도서관이 아니라 명예를 얻으려고 왕족의 유물을 원하는 사람으로는 절대 유지될 수 없는걸요."

"어머나, 로제마인 님. 그런 말씀 마시고, 속성이 맞는 또 다른 사람을 주인으로 삼으면 도움이 되었을 텐데요……. 과거에는 상급 귀족세 사람이 관리했어요. 로제마인 님 혼자서는 부담이 크지요? 아렌스바흐 분은 속성이 맞을까요?"

솔랑쥬가 걱정스럽게 나를 보면서 제안해 주었다. 그러나 왠지 모르게 골치 아픈 일에 엮일 것 같아서 아렌스바흐에는 속성이 맞는 사람이 없길 바랐다.

"어쩐지 보급이 자주 필요하다 싶었어요. 슈바르츠와 바이스를 1년이나 가동한 전임 사서 분들은 이직 전까지 굉장히 많은 마력을 소비했겠네요."

내가 그렇게 말하자 솔랑쥬가 슬픈 미소를 지으며 살짝 눈을 아래로 깔았다.

"세 사람이 이임되었을 때 목숨이 위험해질 정도로 마력을 담았었거든요."

"……목숨이 위험해질 정도요?"

뒤숭숭한 말에 내가 눈을 휘둥그레 뜨자, 아나스타지우스가 가볍게 한숨을 내쉬었다.

"전임 사서는 정변이 있었을 때 1왕자와 4왕자 쪽에 가세한 상급 귀족과 연관된 자들이었다. 그런고로 이젠 돌아올 수가 없다."

목숨이 위험해질 정도의 마력을 슈바르츠와 바이스에게 불어넣은 세 사람이 향한 곳이 단순한 이직이 아니라 멀고 높은 곳에 오른 것임을 깨닫고 나는 입술을 꾹 다물었다.

"아무리 인원 보충을 신청해도 허가가 떨어지지 않으니 슈바르츠와 바이스를 움직이려면 현재로서는 로제마인 님의 호의에 기댈 수밖에 없습니다."

"세상에……. 왕족의 유물인 마술구를 움직일 수 있다는 데도 왜 인원을 보충해 주지 않죠? 왕족의 유물이면 희소 가치가 있고, 중요한 물건 맞죠?"

내가 묻자, 아나스타지우스는 흥, 하고 고개를 확 돌렸다.

"정변을 계기로 작동이 멈춘 마술구가 얼마나 많은 줄 아느냐……. 귀족원 도서관만이 아니란 말이다. 더 중요한 마술구도 수두룩하다."

작동을 멈춘 마술구의 숫자가 그대로 줄어든 귀족의 숫자가 아닐까? 내게는 먼 과거인 정변이 이곳에서는 매우 가까운 과거였다.

"도서관 마술구를 작동시킬 인재를 파견할 여유는 없다. 마술구를 움직이고 싶다면 네가 선의로 마력을 줄 수밖에. 네가 영주 후보생이 아니었다면 이야기가 빨랐을 것을……."

아나스타지우스가 한숨을 쉬었다. 내가 영주 후보생이 아니었다면 3학년 때 견습 문관이 되어 견습 사서로 중앙에 본적을 옮기면 끝날 이야기였다고 한다. 그러나 영주 후보생은 각자의 영지에서 역할이 있으므로 왕족과 결혼하는 방법 외에는 중앙에 본적을 옮기지 못한다. 우수한 후계자가 중앙으로 빠지는 것을 막기 위해 옛날 옛적에 정한 규칙이라고 했다.

"로제마인은 영주 후보생이다. 고로 중앙에서는 정식 관리자로 인정할 수 없다."

나를 슈바르츠와 바이스의 정식 관리자로 삼으면 슈바르츠와 바이스의 관리를 에렌페스트에 위임한 셈이 되고, 지금보다 훨씬 더 시끄럽게 굴 영주 후보생이 나타날 거라고 아나스타지우스가 말했다.

"로제마인은 어디까지나 선의의 협력자다. 알겠나?"

"알겠습니다. 그럼 저는 도서관 운영에 힘껏 조력하겠습니다."

도서관에 바칠 선의라면 넘쳐날 정도로 있다. 마력 제공 정도야 별것도 아니다. 내가 협력을 약속하자, 솔랑쥬가 활짝 웃었다.

"감사하게 생각합니다, 로제마인 님."

"솔랑쥬는 이만 가도 좋다. 로제마인은 조금 더 남아라."

"그럼 먼저 퇴실하겠습니다."

솔랑쥬가 무릎을 꿇고 인사한 후, 방을 나갔다.

"무슨 이야기십니까?"

"……기다려."

잠시 단어를 찾으며 침묵하는 아나스타지우스를 바라보면서 나는 차를 마시고, 디저트를 먹었다. 할 말을 찾는 얼굴이 조금 전까지 보여 주던 왕족의 얼굴이 아니었다. 좋아하는 사람을 떠올리는 남자의 얼굴이다. 솔직히 말해서 아나스타지우스와 연애 얘기 따위는 하고 싶지 않았다. 이미 음악 선생의 다과회에서 한 번 그의 화를 돋우는 실수를 한 적이 있다. 수습해 줄 에그란티느도 없는 지금, 무엇이 빌미가 될지 어떻게 안단 말인가.

'틀림없이 에그란티느 님과 관련된 얘기야. 돌아가고 싶어라.'

잠시 무례한 생각을 하는데 아나스타지우스가 머뭇거리면서 입을 열었다.

"……로제마인, 조만간 에그란티느가 너를 다과회에 초대할 거다."

에그란티느는 빛의 여신처럼 절세미인이고, 분위기가 온화하며 춤 실력이 뛰어나고, 대화를 나누면 마음이 편안해진다. 다과회에 초대해 준다면 솔직히 기쁠 것 같다. 그리고 아렌스바흐보다 영향력이 큰 대영지 클라센부르크의 영주 후보생이다. 에렌페스트 입장에서도 이익이 많고, 깊게 사귀어도 보호자들이 꾸짖을 상대가 아니다. 요즘 들어 혼날 안건이 착착 쌓이는 중이라 이를 무마할 안건도 필요했던 참이다.

"에그란티느 님께서 초대해 주시면 기쁘게 받아들여야죠."

"그래서 말이다. 그, 에그란티느의 의향을 물어봐 주지 않겠나?"

좋아, 말했다. 나는 고개를 들어 아나스타지우스를 보고, 고개를 갸웃거렸다.

"무슨 의향 말씀인가요?"

"뭐, 뭐냐고?"

동요한 아나스타지우스의 시선이 흔들렸다. 당연한 것을 왜 모르냐고 호소하는 시선을 느꼈다. 하지만 명확하게 해 두지 않았다가 엉뚱한 대답을 가져오면 더 노하게 만들 것 같다.

"……부끄럽게도 전 2년간 잠들어 있어서 사교가 미숙하기 그지없습니다. 이 자리에는 제 측근도 없으니 나중에 따로 물어볼 수도 없고……."

"일체 누설 금지다! 측근도 모르게 하려고 사람을 물리지 않았느냐!"

"그러니까 어떤 의향을 물어야 하는지 알려주십시오. 하필이면 왕족님께 미숙함을 드러내게 된 저 역시 굉장히 창피스럽습니다."

못 한다는 말은 귀족이 해서는 안 되는 수치다. 부끄러운 건 피차일반이다.

이런 말을 꼭 입 밖에 내야 하는가, 하고 머리를 싸매던 아나스타지우스가 얼굴을 붉히며 나를 노려보았다.

"……어떤 미래상을 생각하는지 의향을 물어 달라. 특히 졸업식 에스코트 말이다."

그러고 보니 왕좌를 차지하기 위해 에그란티느의 마음을 사로잡고 싶은 두 왕자가 경쟁 중이라고 들은 것 같다.

'그런 막중한 선택을 하셔야 하다니 에그란티느 님도 참 힘들겠다.'

"저보다 더 눈치가 빠른 다른 분에게는 부탁하지 않으셨어요?"

그랬다면 내가 부끄럽지 않아도 됐는데, 하고 속으로 중얼거리자, 아나스타지우스가 나를 노려보았다.

"내가 안 했겠느냐? 지금까지 조금 생각할 시간을 달라는 대답밖에 못 들었다. 하지만 올해가 졸업인 데다 너라면 생긴 것도 어리고, 고작 다과회 한 번 만에 에그란티느의 마음에 들었으니 조금은 진심을 말하지 않겠느냐."

대영지 영주 후보생인 에그란티느가 생김새가 어리다고 해서 내게 진심을 털어놓을 턱이 없다. 사랑에 빠진 남자는 이렇게 자기 좋을 대로만 생각한다니까.

"……어떤 대답이 나와도 상관없으시다면 물어는 보겠습니다."

"음. 잘 부탁한다."

'왕자의 청을 거절할 수도 없지만, 귀찮은 일을 떠맡아 버렸네.'

리카르다의 분노

아나스타지우스에게 불려 간 날로부터 이틀이 지났다. 에그란티느가 다과회에 초대할 거라고 했지만, 아직 당장은 아닌지 딱히 연락은 없었다. 아마 수업이 종료하고, 사교 시즌에 돌입한 후의 얘기이리라.

나는 느긋하게 기다리며 도서관에 다녔고, 슈바르츠와 바이스에게 마력을 주면서 도서관 책을 차례차례 읽으며 시간을 보냈다. 오늘의 동행자는 브륀힐데, 필린느, 유디트, 레오노레, 코르넬리우스다.

보물 뺏기 디터로 보이게 된 견습 기사의 허술한 협동력을 재검토해서 조금이라도 쉽게 마물을 쓰러뜨리면 어떡해야 좋을지 레오노레와 코르넬리우스가 상의했다. 속도 겨루기뿐만 아니라 단켈페르거와 직접 겨뤘을 때 수준 차이를 뼈저리게 깨달은 모양이다. 그래서 인기척이 거의 없는 도서관에서 나의 호위는 유디트에게 맡기고, 레오노레와 코르넬리우스는 나와 가까운 개인 열람석에서 책을 베껴 쓰거나 상담하곤 했다. 옆에서 보면 도서관 데이트 분위기다. 속으로 남몰래 레오노레를 응원하면서 나는 속속 책을 읽었다. 옆 개인 열람석에서는 필린느가 사본 제작에 매진하고 있었다.

폐관을 알리는 빛이 번쩍이며, 펼쳐진 책 위로 알록달록한 색이 내리쬐었다. 브륀힐데가 "로제마인 님, 폐관 시간입니다." 하고 내 책을 덮자 나는 하아, 하고 가볍게 한숨을 내쉬었다.

"공주님, 오늘 끝."

"공주님, 책을 빌린다."

"알고 있어요. 슈바르츠, 브륀힐데, 이 책으로 대출 수속을 밟아 줘요. 바이스, 열람석 열쇠를 반납할게요."

폐관 시간 끝까지 책을 읽고, 이어서 읽기 위해 대출해서 기숙사에 돌아갔다. 수업을 전부 통과한 내가 손에 넣은 눈부시게 행복한 일상이다.

"로제마인 님, 오늘로 마물 관련 사본 작업이 끝났습니다."

생각지 못한 약점을 발견한 마물도 있다며 기숙사로 돌아가는 도중에 레오노레가 신난 미소로 가르쳐주었다. 코르넬리우스도 고개를 끄덕이며 입을 열었다.

"마물 관련 정보를 모았으니 협동력에 관해서는 에크하르트 형님에게 빌린 참고서를 찬찬히 읽어보려 합니다. 이후에 일단 에렌페스트로 돌아가서 기사단장님께 강한 마물을 쓰러뜨릴 때 어떤 협동을 펼쳐야 하는지 이야기를 들어 보려고 합니다."

"수업을 끝내면 돌아갈 수 있죠? 그러려면 어서 수업을 통과해야겠네요."

기사단장인 칼스테드는 영주의 사교 행사에 호위 기사로 동행해야 하고, 겨울의 주인을 토벌하는 중요 업무로 바쁠 터이다. 그래도 겨울 사교계에는 모든 귀족이 모인다. 보물 뺏기 디터를 했던 세대의 기사나 신입 교육으로 협동을 철저히 가르치는 교육 관계자에게 유익한 이야기를 들을 절호의 기회다.

내 말에 레오노레가 연신 고개를 끄덕였다.

"……어디에 쓰는지 일절 몰랐던 이론 수업이 이토록 실전과 직결해 있을 줄 몰랐어요. 옛날에 보물 뺏기 디터를 하던 시절에는 아마 모두가 필사적으로 전술을 배우고, 어떻게 적의 허를 찌를지 머리를 맞대고 고민했을 겁니다."

속도 겨루기 디터는 단체로 돌격해도 이길 수 있어서 딱히 협동이나 전술을 고민할 필요가 없었다고 코르넬리우스가 말했다. 지금은 이런저런 고민하는 것이 재미있다고 한다. 얼굴을 마주 보며 웃는 레오노레도 같은 마음인지 기뻐 보인다.

'응응, 제법 분위기가 좋은데?'

내가 코르넬리우스와 레오노레를 바라보며 히죽히죽 웃는데 브륀힐데가 그 모습을 눈치채고 내 귀에 살짝 귓속말했다.

"로제마인 님께서는 레오노레를 응원하고 계십니까?"

"아뇨, 나는 아무것도 안 해요. 인기가 제법 많은 코르넬리우스 오라버니한테 엮여서 쓸데없는 파문을 일으키고 싶지 않거든요."

영주 후보생이며 여동생인 내가 대놓고 레오노레를 응원하면 꼭 신붓감으로 결정된 것처럼 보인다. 안게리카가 오라버니들 중 누군가에게 시집간다는 소문도 아직 가족에게 확인하지 못했고, 코르넬리우스의 마음조차 모른다. 쓸데없는 짓은 하지 않는 편이 상책이다.

"그렇군요. 안심했어요. 주인이 측근 중 누군가를 편애하면 좋지 않거든요."

브륀힐데가 그렇게 말하며 조그맣게 웃었다. 그 말대로 편애는 좋지 않다. 가족에게 소문을 확인하면 레오노레를 응원할 생각이었는데 삼가는 편이 좋겠다.

"이제 적당히 하렴, 트라우고트!"

기숙사에 들어간 순간, 리카르다의 노성이 현관홀에까지 울렸다.

위층에서 들린 걸 보아 트라우고트의 방에서 설교라도 하는 모양이다. 그러나 리카르다가 이렇게까지 고성을 지르는 것을 처음 듣는 나는 브륀힐데와 서로 얼굴을 마주 보았다.

"……트라우고트가 무슨 짓을 저지른 걸까요?"

"잘 모르겠습니다. 일단 방에 올라가서 저녁 준비와 옷을 갈아입으셔요. 저녁식사 후에 하르트무트에게 사정을 아는지 물어보겠습니다."

남자 방이 쭉 이어진 2층에는 브륀힐데가 들어갈 수 없다. 아무리 오후 수업이 있어도 도서관의 폐관 시간보다는 일찍 마치는 하르트무트라면 뭔가 알고 있으리라.

"그러네요. 나중에 하르트무트에게 사정을 듣기로 하고, 코르넬리우스, 일단 상황을 살필 겸 리카르다에게 내가 돌아왔다고 보고해 줄래요?"

"……저보고 저 노성이 터지는 방에 들어가라는 겁니까?"

코르넬리우스가 싫은 얼굴로 2층을 가리켰다. 내용은 잘 들리지 않지만, 여전히 리카르다의 설교가 이어지고 있었다. 하긴 저 방에 돌입하려면 상당한 용기가 필요하다.

"억지로 들어갈 필요는 없지만, 식사 시간이라고 노크 정도는 할 수 있죠?"

"그 정도라면야……."

수업을 마치고 녹초가 된 안게리카가 저녁식사 자리에서 초대장을 내밀었다. 에그란티느의 다과회 초대장이라고 했다. 이론 시간에 그녀의 견습 시종이 가져왔다고 한다.

"감사하게 생각합니다, 안게리카. 답장은 브륀힐데에게 부탁하면 될까요?"

"물론입니다. 에그란티느 님의 다과회라면 선물은 무엇이 좋을까요?"

브륀힐데가 선물을 고민하기 시작하자, 코르넬리우스는 누구를 호위로 붙일지 고민했다. 이론 수업을 끝내지 못한 안게리카는 처음부터 배제되었다.

"로제마인 님, 저도 호위하고 싶습니다."

"나 역시 어서 빨리 안게리카를 호위 임무에 투입하고 싶어요. 그러기 위해서라도 보물 뺏기 디터 때처럼 훌륭한 활약을 이론에서도 보여 주길 바라요."

안게리카의 어깨가 축 처졌다. 그 모습을 본 코르넬리우스가 키득거렸다.

"이미 이론시험의 3분의 1은 합격했으니 건투하고 있습니다. 역시 주인이 지켜보느냐 아니냐로 효율이 상당히 다르나 봅니다."

내가 잠든 2년간에 비해 상당히 노력하는 모양이다. 예상외로 분발하는 모습에 기사 코스 일동이 가슴을 쓸어내린다고 했다.

"언니가 이론을 3분의 1이나 끝내다니 아버님과 어머님이 알면 정말 뛸 듯이 기뻐하시겠어요. 로제마인 님께 몇 번을 감사해도 모자랄 정도입니다."

리젤레타가 감동에 눈을 글썽거렸다. 하지만 아직 3분의 2가 남은 안게리카에겐 상당히 먼 여정이 남은 듯하다. 방심은 금물이다. 어쩌면 포상이 필요한지도 모르겠다.

"그럼 내가 봉납식이 끝나 에렌페스트에 돌아가기 전까지 안게리카가 수업을 전부 끝내면 마력을 압축하는 다음 단계를 알려줄까요?"

"다음 단계요!?"

안게리카와 코르넬리우스가 깜짝 놀라며 눈을 크게 떴다.

"마력 압축 수업에서 통틀어 4단계 압축에 성공했거든요."

"뭐라고!? 3단계까지 아니었어!? 다음 단계라니 듣도 보도 못했다!"

빌프리트는 물론이고, 식당 여기저기서 "말도 안 돼."라며 놀라움에 소리쳤다.

"왜 우리 부모님은 파벌이 다른 거야. ……대체 난 언제 파벌을 고를 수 있어?"

다른 파벌이라는 이유만으로 불리해짐을 피부로 느끼고, 지금보다 더 차이가 벌어지면 어쩌냐며 머리를 싸매는 견습 기사들이 있었다. 눈에 띄게 마력이 성장하는 멤버들을 보면 다른 사람들보다 뒤처지게 될 자기 처지가 눈에 보이니 당연하리라.

"몇 년 전까지는 구 베로니카 파가 주류였으니까 부모를 비난하고 한탄해도 소용없어요. 성인이 되기 전인 아이를 부모와 같은 파벌로 간주하는 건 지극히 당연하죠. 하지만 자기 의지로 파벌을 고르고 싶은 사람이 있다면 나는 최대한 협력하고 싶어요."

"로제마인 님, 그건 무슨 말씀이십니까!?"

휘둥그레진 눈으로 고개를 든 구 베로니카 파 아이들을 향해 나는 최대한 성녀 같은 미소를 지었다. 자식 세대를 우리 편으로 끌어들일 최고의 기회다.

"마력 압축을 가르쳐 주는 사람과는 계약 마술을 맺어요. 그 내용을 조금 변경해서라도 희망자에게 마력 압축을 가르칠 수 없는지를 아우브 에렌페스트와 상담해 보려고 해요. 당장은 어렵겠지만, 최대한 빨리 실현될 수 있게 나도 힘을 쓸 테니까 여러분도 낙담 말고 노력하세요."

"네!"

목표가 보여서일까. 구 베로니카 파 아이들의 얼굴이 밝아졌다. 시야 끝에서 만족스럽게 웃는 하르트무트의 표정이 매우 신경 쓰이지만 아무렴 어떠냐.

"빌프리트 오라버니와 측근들은 올해가 가장 중요해요. 지금까지 잘 해 왔으니까 사교가 시작되는 이제부터 주의하세요."

"음. 같은 실패는 없어."

"빌프리트 님도 저희도 노력하고 있습니다. 로제마인 님도 인정하실 겁니다."

결속력이 강한 빌프리트의 측근들이 웃으며 고개를 끄덕거렸다. 그때 안게리카가 고개를 들고, 가슴 앞에서 두 손을 꼭 쥐며 나를 보았다.

"로제마인 님! 저 하겠습니다! 도전하게 해 주십시오!"

공부가 싫다며 풀 죽어 있던 조금 전과 달리 파란 눈동자를 반짝이고, 흥분으로 뺨을 물들이며 안게리카가 황홀해했다. "마력이 늘어나면 그만큼 신체 강화도 향상되고, 슈팅루크도 강해집니다."라는 말이 없었다면 마치 사랑에 빠진 소녀의 표정이다. 아니, 슈팅루크를 위해 틈만 나면 손질하고, 싫어하는 공부에도 열중하며 부지런히 마력을 바쳤으니 오히려 마검 슈팅루크에 빠져 버린 소녀라고 말할 수 있으리라.

'음, 너무 아까워.'

"로제마인 님, 새로운 마력 압축 방법을 안게리카에게는 가르쳐 주시면서 왜 친오빠인 저에게는 가르쳐 주지 않으십니까?"

코르넬리우스의 불만스러운 표정에 나는 키득키득 웃었다.

"'봉납식에서 돌아오기 전까지 수업을 끝내면'이 전제예요. 장담하는데 못 할 걸요."

안게리카의 의욕에 자극을 주고자 꺼낸 말이지만, 봉납식을 끝내고 돌아오기까지 3주도 남지 않았다. 여태껏 3주 동안 3분의 1을 끝낸 안게리카에게는 상당히 억지스러운 조건이다.

그러나 코르넬리우스는 고개를 살짝 저었다.

"안게리카의 저 모습을 보시고도 정말 불가능하다고 생각하십니까? 도서관을 앞에 둔 로제마인 님과 판박인데요……."

나와 안게리카를 번갈아 보면서 "자기 목적을 달성하기 위해서라면 죽자 살자 돌진하는 구석이 주인과 부하가 쏙 빼닮았습니다."라고 말했다. 코르넬리우스는 안게리카가 반드시 목표를 달성할 것이라고 믿어 의심치 않는 모양이다.

"윽……. 그럼 봉납식까지 안게리카가 합격하고…… 작년에 15위였던 영지대항전 성적을 12위로 올린다면 다른 측근들에게도 가르쳐 줄게요."

아자! 하고 트라우고트가 환하게 웃으며 주먹을 불끈 쥐었고, 하르트무트의 눈썹이 씰룩거렸다.

"호위 기사가 아니라 측근이라고 말씀하시면 견습 문관인 저도 견습 기사가 성적을 올리는 데 협력해야겠군요. 코르넬리우스, 나중에 내 방에 오십시오. 지금까지 영지대항전에 등장한 마물과 공략 방법을 상위 영지의 자료뿐이지만 정리해 뒀습니다. 조금은 도움이 될 겁니다."

"고맙다, 하르트무트."

"견습 기사도 영지대항전을 목표로 지혜를 짜내야겠네요. 올해 영지대항전이 기대되어요."

브륀힐데가 황갈색 눈동자를 반짝였고, 그렇게 식사 시간이 끝났다.

"로제마인 공주님, 긴히 드릴 말씀이 있습니다. 식사 후에 시간을 내어 주시겠습니까?"

감정이 전혀 느껴지지 않는 표정으로 리카르다가 말했다. 기숙사로 돌아왔을 때 트라우고트를 호되게 꾸짖었기에 트리우고트가 동석하는 식사 자리에서 신경이 곤두서 있을 줄 알았는데 그렇지도 않았다. 리카르다는 감정 조절이 완벽했다. 그래서 나는 큰 의문도 없이 수긍했다.

"물론 그래야죠. 방에서 얘기할까요?"

"아니요, 1층 방을 확보해 뒀습니다. 웬만하면 공주님의 측근도 함께 들었으면 좋겠군요."

나는 같은 테이블에 앉아 있는 모두를 둘러보았다. 트라우고트를 제외한 모두가 고개를 끄덕였다. 트라우고트 혼자만 눈을 크게 뜬 채로 굳었다.

"할머님, 저는……."

"그럼 갑시다."

강압적인 시선으로 트라우고트를 응시하며 그렇게 말하고는 리카르다가 앞장서서 걷기 시작했다. 우르르 이동하는 동안 두 사람 사이에서 감도는 긴박감이 우리에게까지 전해져 왔다. 나는 대각선 앞을 걷는 하르트무트의 망토를 살짝 당겨서 속닥이며 물었다.

"하르트무트는 아는 거 있어요?"

"사흘 전부터 리카르다가 화났었으니 물론 압니다."

슬쩍 웃는 하르트무트의 표정에서도 왠지 모를 분노가 엿보였다. 둘을 바라보는 시선으로 보아 굳이 말하자면 하르트무트는 리카르다 편인 듯하다.

'트라우고트, 무슨 짓을 저지른 걸까?'

다목적 홀에서 조금 떨어진 곳에 있는 회의실 같은 작은 방은 이성이 묵는 층에 출입이 금지된 학생들이 모여서 이야기하는 곳이다. 원래 매년 파벌별로 방을 나눠서 쓰는데 올해는 모두가 다목적 홀에 모여서 활동할 때가 많은 탓에 대충 남는 빈 방을 쓰게 되었다고 한다.

방에 들어간 나는 리카르다가 권하는 의자에 앉았다. 좌우에 시종인 리젤레타와 브륀힐데가 서고, 그 양옆에는 호위 기사가 나란히 섰다. 회의록이라도 남길 생각인지 문관인 하르트무트가 목패와 잉크를 꺼내며 앉고, 자기 옆에 필린느를 앉혔다.

나의 정면에 호위 기사의 반열에 서지 못하고 리카르다에게 끌려온 트라우고트와 그의 팔을 꽉 잡고 있는 리카르다가 섰다. 측근 일동을 쭉 둘러본 리카르다가 엄격한 표정으로 입을 열었다.

"로제마인 공주님, 트라우고트를 측근에서 해임해 주십시오."

"네!?"

나와 양옆으로 선 시종이 갑작스러운 말에 눈을 동그랗게 떴다. 하지만 다른 호위 기사들은 다소 예상했다는 듯 언짢은 표정만 지을 뿐, 대부분 놀란 표정을 짓지 않았다. 정보를 꽉 쥐고 있는 듯했던 하르트무트는 표정 변화가 전혀 없다.

해임이라는 말에 시퍼렇게 질려 절망적인 표정을 지은 사람은 트라우고트였다. 설마 자기 할머니가 그런 말을 꺼낼 줄은 상상도 못 한 얼굴이었다.

그것도 그렇다. 측근으로 뽑힌 귀족에게 해임은 불명예스러운 일이다. 측근에서 해임된 자가 나오면 그 일족에도 씻지 못할 불명예다. 리카르다가 자신의 손자에게 그런 불명예스러운 낙인이 찍히길 바랄 리가 없었다.

"……리카르다, 대체 무슨 일이에요?"

"무슨 일이 있었느냐, 가 아닙니다. 제가 노발대발하며 해임을 제안하는 것이 전혀 이상하지 않는 상황에는 공주님도 계셨습니다. 조금 더 주의 깊게 주변을 보시고, 측근들의 언행에 신경을 곤두세우십시오."

"네! 앞으로 조심하겠습니다!"

리카르다의 분노가 내게 날아왔다. 나는 등을 쫙 펴고 즉답했다.

"트라우고트는 공주님의 측근으로 적합하지 않습니다. 즉시 해임해 주세요."

리카르다가 말하길 보물 뺏기 디터에서 보여준 트라우고트의 언행은 측근으로서 완전 실격이라고 한다. 나도 좋은 태도는 아니라고 생각했지만, 리카르다에게는 용서할 수 없는 폭거였던 모양이다.

"하지만 트라우고트는 리카르다가 추천한 자기 손자잖아요. 해임해 버리면……."

"네. 트라우고트가 원했고, 보니파티우스 님께서 상급 귀족 호위 기사를 늘리라는 말씀에 제가 추천했습니다. 조모로서 손자의 정은 있으나 저는 공주님의 수석 시종입니다. 주인께 도움이 되지 않는 측근은 불필요합니다."

할머니로서 정이 있기에 트라우고트에게 보물 뺏기 디터에서 보인 언행을 혼내고, 스스로 측근 자리를 사임하라고 타일렀다고 한다. 주인에게 측근 실격의 낙인이 찍혀 해임되는 것보다는 차라리 사임하는 쪽이 대외적으로 나아서다.

"누구를 모실지, 어떤 동기로 모실지는 개인마다 다릅니다. 그래서 저는 트라우고트가 마력의 압축 방법을 목적으로 공주님의 측근이 되기로 해도 참견하지 않았습니다. 중요한 것은 일에 임하는 자세이니까요."

브륀힐데는 유행을 퍼트리고 싶어서 나를 섬기고 싶다고 했다. 리젤레타는 언니인 안게리카를 낙제에서 구해서 일족의 평가 저하를 피하게 해 준 데다 호위 기사로 임명하여 명예를 하사해 준 내게 은혜를 갚고자 측근이 되었다. 하르트무트는 나의 성녀 전설을 가속화하기 위해, 필린느는 함께 이야기를 모으기 위해서다. 리카르다나 안게리카는 위에서 명령해서, 코르넬리우스는 가족이 영주 일족의 호위 기사니까 여동생인 나의 호위 기사를 희망했다고 들었다. 측근이 된 이유는 제각각이다. 섬기는 이유가 뭐든 상관없다. 주인을 존경하고, 주인을 위해 움직일 수 있으면 충분하다는 것이 리카르다의 지론이라고 했다.

"그런데 트라우고트에게는 주인을 모실 마음가짐이 없습니다. 종자로서 주인을 섬기는 태도가 안 되어 있어요. 그런 꼬락서니로 측근임을 자처하는 사람은 수석 시종인 제가 용납할 수 없습니다."

트라우고트는 나를 얕보고 있었다. 몸이 허약하고, 애초에 칼스테드의 딸인 상급 귀족이며 자신과 사촌 관계라는 이유가 가장 클 것이라고 리카르다가 말했다.

"남매 관계이면서도 공과 사를 구별하는 코르넬리우스를 앞에 두고도 우습게 보는 겁니다!"

트라우고트에게 측근의 마음가짐과 충성심이 전혀 느껴지지 않으니 여기서 더 사건을 일으켜서 해임되기 전에 스스로 그만두라고 리카르다가 설득한 지 사흘이 지났다. 하지만 트라우고트는 전혀 움직일 기세가 없었다. 오늘도 '로제마인 공주님께서 자르기 전에 스스로 그만둬라'라고 혼냈다고 한다. 돌아왔을 때 들렸던 리카르다의 노성이 그거였다.

그런데 직전까지 그만두라고 한 말에도 불구하고, 트라우고트는 오늘 저녁 자리에서 마력 압축의 4단계 이야기가 나왔을 때 당연하듯 측근으로서 혜택을 받으려고 했다. 그 태도에 리카르다가 격노했고, 이렇게 사임이 아닌 해임을 요청하기에 이르렀다.

"섬길 마음도 없으면서 자기 이익만 챙기려고 하다니 뻔뻔하기 짝이 없습니다. 아무리 제 손자지만 더 이상의 온정도 필요 없습니다. 에렌페스트의 귀족이라면 영주 일족을 섬기고, 에렌페스트를 지킬 의무가 있습니다. 네 부모가 지금까지 뭘 가르치고, 어떻게 키웠기에 이러는지 참으로 한심하구나!"

리카르다가 누차 해임을 입에 담아도 그것을 결정하는 사람은 나다. 나는 리카르다의 말에 새파랗게 질린 트라우고트를 바라보았다.

"트라우고트. 나를 섬길 마음이 있나요?"

"있습니다! 이대로 섬기게 해 주십시오!"

트라우고트가 필사적인 얼굴로 사정하자, 리카르다의 눈매가 더욱 매서워졌고, 하르트무트가 오렌지색 눈동자로 옅은 미소를 지었다.

"트라우고트는 마력 압축 방법을 배울 때까지만 로제마인 님을 섬기고, 그 뒤에는 얼른 사임할 거랍니다."

트라우고트가 움찔하며 굳은 얼굴로 하르트무트를 보았다. 리카르다는 그 말에 절규했다. 천천히 모든 측근들을 둘러본 하르트무트가 미소를 지은 채 말을 이었다.

"눈덩이 좀 맞았다고 쓰러지고, 바로 골골거릴 정도로 병약한 데다 주변에 민폐를 끼치면서까지 도서관에 돌진하는 괴짜 주인을 평생 섬기고 싶지는 않다고 하더군요. 마력 압축을 배울 수 있었다면 로제마인 님이 아니라 빌프리트 님의 측근이 되고 싶었답니다."

"하르트무트, 너! 쓸데없는 소리를! 비밀이라고 했잖아!"

트라우고트가 버럭 화냈지만 하르트무트는 차가운 눈으로 보며 흥, 하고 콧방귀를 뀌었다.

"이런, 계약 마술도 맺지 않은 비밀 얘기가 정말 지켜질 줄 알았습니까? 그리고 전 로제마인 님의 측근입니다. 판단의 근거가 될 정보를 주인께 드리는 건 당연한 의무지요."

두 사람이 노려보는 가운데 리카르다가 핏대를 세우며 분노를 표출했다.

"트라우고트, 넌 대체…… 이건 측근 이전의 문제입니다! 당장 무릎을 꿇어라!"

리카르다가 격분하는 모습을 지켜보면서 나는 팔짱을 끼고 생각했다. 모두가 트라우고트를 측근에서 자르고 싶어 하는 이유가 이해되었다. 하지만 트라우고트가 대체 무슨 생각으로 그렇게까지 마력 압축 방법에 집착하는지 모르겠다. 섬기고 싶지 않은 나를 억지로 섬기면서까지 손에 넣고 싶은 것이다. 이 자리에서 냉정하게 잘라 버리면 안 될

것 같았다.

"트라우고트와 얘기를 나누고 싶으니 다들 자리를 비켜 줄래요?"

주변에 사람이 있으면 말을 꺼내기 어렵겠다고 생각한 내 말을 리카르다가 즉각 거부했다.

"안 됩니다! 해임하시는 중에 호위를 곁에서 떼어내시면 안 돼요! 트라우고트가 이성을 잃으면 어쩌시려고요!? 상황을 잘 보고 판단하십시오."

주변을 둘러보니 호위 기사 모두가 리카르다의 말에 찬성하며 고개를 끄덕였다.

"하지만 사람이 있으면 못 할 말도 있지 않을까요?"

"이럴 때 쓰라고 도청방지 마술구가 있는 겁니다. 목소리는 들리지 않아도 이거면 호위를 곁에 둔 채 대화할 수 있지 않습니까."

리카르다가 "원래라면 사정 따위 무시하고 바로 해임하셔야 합니다."라며 나의 무른 대응을 충고했다. 그리고 도청방지 마술구를 나와 트라우고트 앞에 놓았다.

"난 트라우고트의 얘기를 듣고 싶어요. 나와 얘기할 생각이 있다면 그 마술구를 집으세요."

트라우고트가 험악한 표정으로 도청방지 마술구를 집었다.

트라우고트의 주장

"트라우고트는 왜 그렇게까지 마력 압축을 알고 싶은 거죠?"

내가 물어도 트라우고트는 입을 꾹 닫은 채 아무 말도 꺼내려 하지 않았다.

"주변에서는 항상 매사에 모든 사정을 소상히 밝힌 후 사물을 판단 하라고 해요. 그렇기 때문에 리카르다와 다른 이들의 의견만 듣고 해 임하지 않고, 당신의 의견을 듣기로 했습니다. 당신에게 의견이 없어 도 딱히 상관없어요. 주변 사람들의 의견을 채용하면 그만이니까."

내가 그렇게 말하자, 트라우고트가 고개를 들었다.

"제가 마력 압축 방법을 배우고 싶은 이유는 강해지고 싶어서입 니다."

트라우고트가 뭘 뻔한 걸 묻냐는 얼굴로 대답했다. 그런데 이 대화 가 들릴 턱이 없는 주변 시선이 험해졌다. 험악해진 분위기를 감지하 고, 나는 가볍게 한숨을 쉬었다.

"······트라우고트, 표정 관리하지 않으면 나중에 리카르다에게 된 통 혼날 거예요."

숨을 삼킨 트라우고트가 한 번 숨을 내쉬고, 진지한 표정을 지었다. 나도 표정을 잡고 그와 마주했다. 모두의 험악한 시선이 비단 그에게 만 쏟아지는 것이 아니었다. 나 역시 주인으로서 트라우고트를 어떻게 처리하는지 측근들이 지켜보았다.

'일단 얘기를 들어 보고 판단해야 하는데······.'

솔직히 말해서 트라우고트가 측근으로 남든 관두든 딱히 관심 없다. 남성 호위 기사와는 접촉할 시간도 적었고, 트라우고트보다 코르넬리우스가 더 익숙하고, 신용한다. 리카르다의 손자라며 추천해서 측근으로 받아들였지만, 딱히 접점이 있었던 것도 아니고, 어떻게든 붙잡아 두고 싶을 정도로 좋은 인상이 있는 것도 아니다. 리카르다와 보니파티우스의 손자니까 누를 끼치지 않게 조용히 처리하고 싶은 생각뿐이다. 트라우고트를 가족처럼 감싸 주고 싶은 마음도 없다.

'그렇다고 건성으로 듣지는 말아야 해.'

내가 트라우고트를 보자, 트라우고트도 탐색하는 눈으로 나를 빤히 쳐다보았다. 나는 다시 입을 열었다.

"다시 한번 물을게요. 당신이 강해지려고 하는 이유가 뭐죠?"

"로제마인 님께 마력 압축을 배운 코르넬리우스와 안게리카가 강해졌기 때문입니다."

생각해 보면 트라우고트는 줄곧 안게리카와 코르넬리우스를 의식했었다. 왜 그 둘에게 집착하는 걸까?

"왜 강해지고 싶은데요? 안게리카와 코르넬리우스는 나를 위험에 빠뜨린 실수를 후회했고, 나의 호위 기사에 걸맞은 실력을 갖추고자 강해지길 원했어요. 당신은 대체 무엇을 위해 강해지려고 하나요? 강해져서 뭘 하고 싶은 거죠? 하르트무트의 말처럼 빌프리트 오라버니를 섬기고 싶은 건가요?"

빌프리트의 측근은 빌프리트의 차기 영주 내정이 취소된 후에도 섬길 정도로 결속력이 대단하다. 새롭게 들어오는 자의 파벌도 꼼꼼하게 따진다. 나의 측근을 그만둔다고 해서 쉽게 들어가지는 못하리라.

내가 그렇게 말하자 트라우고트가 어금니를 빠드득 가는 소리가 들렸다.

"……저는 누군가를 섬기고 싶은 게 아닙니다. 할아버님 같은 기사 단장이 되고 싶은 겁니다."

"할아버님이라면 보니파티우스 님, 말이죠?"

칼스테드가 아니라 '보니파티우스 같은 기사단장'이라고 말하는 의미를 모르겠다. 트라우고트의 나이라면 조부가 기사단장으로 활약하는 모습을 본 적이 많이 없을 터였다.

'아니면 어릴 때 본 강렬한 인상이 점점 미화된 건가?'

일단 트라우고트의 목표가 보니파티우스라는 점은 알아냈다. 힘만 원하는 골수 체육파 혈통의 피가 진하게 농축되어 있을 것 같다.

"저는 할아버님처럼 기사단을 이끌어 위험한 마물을 사냥하고, 영지를 지키는 기사단장이 되고 싶습니다. 그러기 위해 영지의 그 누구보다도 강해지고 싶습니다."

"기사단장이 되고 싶다면 확실히 힘이 필요하죠."

나는 트라우고트의 말을 일단 긍정하면서도 어? 하고 고개를 갸웃거렸다. 에렌페스트의 기사단은 영주와 그 일족, 그리고 에렌페스트를 지키기 위해 존재한다. 그래서 기사단장은 기본적으로 영주의 호위 기사로 일해야 한다.

"트라우고트, 아무도 섬기지 않고는 기사단장이 될 수 없지 않나요? 기사단장은 영주의 호위 기사여야 합니다."

"할아버님은 누구도 섬기지 않고도 기사단장을 맡으셨습니다. 저도 그렇게 되고 싶습니다."

'할아버님이 주인을 섬기지 않고도 기사단장으로 군림했던 건 영주 일족이라서인데.'

믿기 어려운 보니파티우스의 과거 무용담은 내가 유레베에서 막 깨어났을 때 식사자리에서 들었다. 그 다양한 에피소드가 전부 사실이라면 페르디난드와는 또 다른 의미로 파란만장한 인생이다. 그런 보니파티우스의 힘을 충분히 발휘할 곳이 바로 기사단이었다. 선대 영주를 보좌하면서 기사단장으로 기사단에 소속되었다고 들었다.

기사단장이었지만 영주 보좌 업무도 맡았던 탓에 보니파티우스는 영주의 호위 기사로 일하지 않았다. 그건 페르디난드가 기사단에 소속했던 때도 마찬가지였다. 영주의 자제는 영주 일족의 측근이 될 수 없다. 당연히 그것이 상급 귀족인 트라우고트에게 적용될 리도 없다.

"저기, 트라우고트. 그건……."

"로제마인 님은 무리라고 생각할지 모르겠지만, 옛날에는 코르넬리우스보다 제가 더 강했습니다. 할아버님도 제게 소질이 있다고 말씀하셨고요. 마력의 압축 방법만 알았다면 제가 더 강했을 겁니다!"

그렇게 말하며 트라우고트가 분한 듯 주먹을 꽉 쥐었다. 하지만 나는 트라우고트의 말을 바로 믿지 않았다. 코르넬리우스와 트라우고트는 비슷한 나이지만 두 살이나 차이가 난다. 유년 시절에 2년은 크다. 게다가 내게 마력 압축을 배우기 전부터 코르넬리우스는 나의 견습 호위 기사로 선택될 정도로 강했다.

'설마 경쟁심을 부추기려고 "그래, 트라우고트가 소질은 있지."라는 느낌으로 격려한 할아버님의 말씀을 그대로 받아들인 건가?'

당시부터 트라우고트가 더 강했다고는 생각되지 않았다. 훈련할 때도 코르넬리우스가 맞춰 줬다고 생각하는 쪽이 맞을 것 같다.

'아, 이제 얘기는 여기서 적당히 끝내고, 도서관에서 대여한 책 읽고 싶어.'

나의 마음속에서 트라우고트를 향한 흥미가 점점 사라졌다. 얼른 이야기를 마무리하고 싶어진 나와 달리 트라우고트는 할 말을 다 해도 되는 환경에 말이 술술 나오는 모양이다.

"내가 더 강했는데 로제마인 님께 마력 압축 방법을 배운 순간, 그 사람들만 점점 강해지고, 할아버님은 영주 일족의 호위 기사를 단련하는 데만 고심하시느라 저는 봐 주시지도 않게 되었습니다."

그 말투에 원통함이 서려 있었다. 존경하는 조부의 관심을 뺏긴 트라우고트는 불쌍하지만, 상황을 생각하면 어쩔 수 없는 일이다. 우리 영지 귀족의 주도로 성에 침입한 역적이 샤를로테를 납치하고, 내게 독을 먹여서 잠들게 했다. 영주 일족의 호위 기사를 다시 훈련시키는 것이 급선무였다. 영주 일족 중 최연장자이며 기사단장 출신인 보니파티우스가 에렌페스트의 위기와 호위 기사도 아닌 손자 하나를 두고 고민했을 턱이 없다.

"손자 중에서는 줄곧 제가 할아버님과 가까웠는데 어느 샌가 안게리카가 아끼는 제자가 되고, 코르넬리우스가 손자 중에서 가장 마력이 많고 강한 사람이 되어 버렸습니다."

원래라면 자기가 그 자리에 있어야 마땅하다며 트라우고트가 중얼거렸다. 보니파티우스가 영주 일족의 호위 기사만 중점적으로 단련시키고, 나머지는 쳐다보지도 않게 되었다고 한다.

"그거야 그렇죠. 할아버님은 이미 기사단을 은퇴하신걸요. 다른 기사를 단련하는 건 기사단 상층부의 업무잖아요."

"그러니까 호위 기사가 되고 싶었던 겁니다!"

트라우고트의 머릿속에는 보니파티우스에게 인정받는 것밖에 없다. 그래서 차기 영주의 내정이 취소된 빌프리트의 측근이 되고 싶지는 않았다.

"나의 호위 기사가 되려고 한 이유는 뭐죠? 샤를로테의 호위 기사가 되었다면 내가 잠든 동안에 영주 일족의 호위 기사로서 할아버님이 돌아봐 주셨지 않을까요?"

"샤를로테 님은 여성이셔서 대부분 여자 호위 기사입니다. 아무래도 이성 호위 기사가 적고, 저와는 접점도 없었습니다."

비록 같은 파벌이라도 샤를로테의 측근이나 유모와 접점도 없다. 또 어린이 방에서는 빌프리트 그룹과 신나게 놀 때가 많은 탓에 샤를로테와는 맞지 않다고 판단한 모양이다. 하는 수 없이 트라우고트는 내 측근 자리를 노렸다. 수석 시종이 리카르다이며 보니파티우스 입장에서는 같은 손자라는 관계도 있다. 심지어 나의 호위 기사가 되면 마력 압축 방법을 제일 먼저 배우겠다는 계산도 있었다고 한다.

"예전에는 칭찬해 주셨던 아버님도 코르넬리우스가 강해지고부터 제게 엄한 말씀만 하시게 되었습니다. 저는 어서 제 마력을 키우고 싶습니다. 강해지고 싶어요."

"트라우고트의 아버님이라면 아버님, 아, 칼스테드의 아우이시죠?"

리카르다에게 들었던 정보로는 트라우고트의 부친은 보니파티우스의 둘째 부인의 아들이랬다. 그리고 리카르다의 딸과 결혼했다.

그 뒤 트라우고트가 하는 말을 듣자 하니 그의 부친은 칼스테드와 비교당하며 자랐다고 한다. 모친끼리 경쟁하는 부분도 있었으리라. 첫째 부인의 자식이며 기사단장이 된 칼스테드를 그의 부친이 어떤 감정으로 바라봤는지 자세히는 모른다.

하지만 코르넬리우스와 트라우고트의 훈련을 지켜본 보니파티우스가 "트라우고트에게 재능이 있다."라고 말했다. 그 말이 그의 부친에겐 유달리 기쁜 말이었던 모양이다. 환하게 웃으며 칭찬하는 부친에게 강해지라는 말을 들으며 자란 트라우고트는 보니파티우스의 눈에 들어가길 바랐다. 그 결과가 지금 상황으로 이어지는 듯하다.

'강해져서 아버님에게 칭찬받고 싶고, 할아버님에게 인정받고 싶은 거구나.'

인정해 주는 사람을 위해 노력하고 싶은 마음은 이해한다. 숙연한 마음으로 그렇게 생각한 순간, 다음에 나온 트라우고트의 한마디가 내 마음속에 싹튼 동정심을 박살냈다.

"로제마인 님의 마력 압축 방법만 알면 다무엘 같은 하급 기사조차도 그만큼 마력을 키울 수 있지 않습니까. 저라면 더 성장할 수 있습니다."

'뭐라고?'

다무엘의 노력을 무시하는 트라우고트의 발언에 발끈한 나는 팔짱을 끼며 짜증을 억눌렀다. 분명히 다무엘은 하급 기사이며 매번 자신의 약한 마력에 한탄했고, 그 탓에 좋아하는 상대에게는 혼인 상대로 제외된 상태였다. 하지만 성실한 노력으로 꾸준히 마력을 키웠고, 효율적으로 싸우는 방법을 끊임없이 강구했다. 마력 다루기는 보니파티우스가 극찬했을 정도다. 마력과 체력만 믿고 돌진하는 지금의 견습 기사들과 달리 다무엘은 머리를 써서 싸울 줄 안다.

'다무엘은 너보다 더 대단한 사람이야!'

내 안에 다무엘의 중요성은 트라우고트와 비교할 게 못 되었다. 가장 오래된 관계이며 가장 신뢰하는 나의 호위 기사다. 내가 평민임을 알고 나서도 시키코자에게서 나를 지키려고 했고, 호위로서 신전에 파견을 가게 된 이후에는 상급 귀족인 빈데발츠 백작에게서 목숨 걸고 지켜 주었다. 다무엘을 깔보는 사람은 내가 용서 못 한다.

"다무엘의 성장은 그가 노력해서입니다. 성장기이고 상급 귀족인 만큼 당신이 더 유리하겠지만, 그렇게 성실하게 노력하는 사람도 없어요."

"흥……. 하급 귀족이 성실하게 노력해 봤자 뻔할 뻔 자죠."

'흥? 아, 그래?'

다무엘의 진지한 노력에 콧방귀를 뀐 순간, 나는 트라우고트를 버리기로 결심했다. 호위 기사끼리 껄끄럽게 지내는 분위기는 싫다고 처음부터 말했고, 상대를 존중할 줄 모르는 사람은 필요 없다. 뛰어난 능력을 보지 않고, 다무엘이나 필린느 같은 하급 귀족을 무시하는 트라우고트를 내 측근으로 두고 싶지도 않았다.

'스스로 그만두게 하는 방법이 제일이겠지.'

해임하게 되면 본인뿐만 아니라 혈족에도 흠이 생길 우려가 있다. 트라우고트 같은 놈 때문에 리카르다와 보니파티우스가 불이익을 당하는 길은 피하고 싶다. 그리고 쓸데없는 원한을 사면 골치가 아파진다. 트라우고트가 스스로 그만두고 싶게 만들고 싶다.

"당신 주장은 잘 알겠어요. 할아버님처럼 되고 싶다. 아버님에게 칭찬받고 싶다. 코르넬리우스보다 강해지고 싶다. 그러기 위해 나의 마력 압축 방법을 알고 싶은 거군요."

나보다 덩치만 더 컸지 부모의 애정을 갈구하는 어린애다. 부모의 애정을 얻기 위해 너무 힘만 원한 나머지 미처 주변을 돌아보지 못한다. 그것을 알면서도 트라우고트가 성장하게끔 가족 같은 마음으로 도와주고 싶은 애정이 전혀 생기지 않았다.

"지금 당장 측근에서 사임하세요. 그 대신 마력 압축 방법을 가르쳐 드리죠."

기쁨에 활짝 웃으며 "정말이십니까!?" 하고 트라우고트가 눈을 크게 떴다.

"네. 겨울 막바지에 모두에게 가르칠 때 당신도 그 대상에 추가할게요. 하지만 자력으로 돈을 벌 것, 문제를 일으키지 않겠다고 반드시 약속하세요. 이건 측근이든 파벌이든 전혀 관계가 없는 기본적인 마음가짐이니까요."

나의 측근은 물론이고, 빌프리트의 측근도 지키는 사항이다. 트라우고트는 고개를 크게 끄덕였다. 자신이 바라던 대로 이루어진 기쁨에 몸을 떨었다.

"그럼 도청방지 마술구를 놓고, 모두의 앞에서 선언하세요."

내가 마술구를 손에서 놓자, 트라우고트도 마술구를 놓았다. 그리고 속 시원한 얼굴로 측근들을 둘러보며 소리 높여 선언했다.

"나, 트라우고트는 로제마인 님의 호위 기사를 사임합니다."

그렇게 해임하라고 했건만 사임하게 했다. 측근들이 내게 비난의 시선을 보냈다. 특히나 호위 기사들의 시선이 따갑다. 가장 차갑고 분노에 찬 건 리카르다의 시선이었지만. 그런 시선들을 모른 체하며 나는 고개를 갸웃거렸다.

"리카르다, 사임하려면 뭔가 절차가 있겠죠?"

"공주님, 잠시만 기다려 주십시오. 사임이라니……."

비난 섞인 목소리를 내는 리카르다의 옆에서 하르트무트가 목패와 잉크를 내밀었다.

"로제마인 님, 이 목패에 사임하는 뜻을 적으면 되지 않겠습니까?"

"감사하게 생각합니다, 하르트무트. 그럼 트라우고트. 여기에 나의 호위 기사를 자신의 의지로 그만두겠다고 쓰세요. 그거로 끝입니다."

트라우고트는 신나서 목패에 글을 썼다. 잉크로 써 가는 글자를 보며 나는 고개를 끄덕였다.

"지금부터 트라우고트는 나의 측근에서 나와, 한 사람의 견습 기사가 되었습니다. 트라우고트는 이제 방으로 돌아가도 됩니다. 나머지 설명은 내가 하죠."

내가 그렇게 말하자, 트라우고트는 리카르다의 찌르는 듯한 날카로운 시선에서 도망치듯 후다닥 방을 빠져나갔다. 문이 탁 하고 닫히는 순간, 리카르다의 분노가 폭발했다.

"공주님, 대체 무슨 생각이십니까!? 트라우고트에게 마력 압축을 가르쳐주겠다고 약속하신 거죠? 그렇지 않으면 저 애가 이렇게 쉽게 사임할 리가 없습니다!"

"맞아요."

내 대답에 측근들이 술렁거렸다. "어째서 마력 압축 방법을?" 하고 의문스러워하는 목소리가 높아지고, 리카르다의 눈은 더욱더 날카로워졌다.

"공주님, 실태를 범한 자에게 그런 식으로 무르게 대응하시면 다른 측근들이 불만을 가집니다!"

"……무른 걸까요? 전부 원만하게 해결할 최선의 방법이라고 생각하는데요."

"어디가 말입니까!?"

리카르다를 비롯한 모두가 이구동성으로 외치자, 나는 자세를 바로잡았다.

"우선 제일 먼저 해 둘 말이 있어요. 트라우고트의 사정을 들었지만, 도와주고 싶은 마음이 전혀 들지 않았어요. 성장해 줬으면 좋겠다든가, 어떻게든 갱생해 줬으면 좋겠다든가, 그런 마음이 전혀 생기지 않더군요."

"그렇다면 더 엄격하게……."

"그래서 더는 트라우고트의 일로 고민하고 싶지 않았어요."

내가 딱 잘라 말하자, 측근들이 눈을 깜빡거렸다. 하르트무트가 흥미진진하다는 표정으로 나를 본다. 나는 모두를 둘러보며 내 생각을 말했다.

"트라우고트를 해임하는 건 간단해요. 그만한 이유가 있으니까. 하지만 해임하면 리카르다나 보니파티우스 님의 명예에 금이 갈 수도 있어요. 트라우고트는 어찌 됐든 좋지만, 내 주변 사람에게 피해가 가는 건 싫습니다. 난 트라우고트가 아니라 리카르다에게 무른 거예요."

리카르다뿐만이 아니다. 견습 기사의 교육이 엉망이라고 시키코자 때처럼 기사단장인 칼스테드까지 벌을 받게 하기는 싫었다. 해임 처분이 어디서부터 어디까지 영향을 끼칠지 모르므로 처음부터 영향이 개인에게만 한정되는 사임으로 마무리하고 싶었다.

"그럼 어째서…… 마력 압축 방법을 가르쳐 주겠다고 하신 겁니까? 그건 신용하는 자에게만 공개하는 것 아니었습니까?"

코르넬리우스가 엘비라와 똑 닮은 칠흑 같은 눈으로 매섭게 쳐다보았다. 나는 그 눈을 똑바로 쳐다보며 되물었다.

"트라우고트가 사임하면 어떻게 될까요? 빌프리트 오라버니의 호위 기사가 될 수는 없겠죠. 내가 잠든 동안에도 되지 못했던 샤를로테의 호위 기사도 어려울 겁니다. 리카르다가 이번 일의 전말을 보고하면 멜키오르의 호위 기사도 될 수 없겠지요."

"그러네요. 해임되어도 마땅한 것을 사임으로 봐줬으니 그 정도는 당연하겠지요."

"지금은 눈앞의 마력 압축 방법밖에 보이지 않겠지만, 금방 현실을 깨닫게 될 겁니다. 장래의 전망이 어두워진 데다 앞으로의 삶도 정신적으로 암울해지겠죠?"

내 말에 하르트무트가 턱을 쓰다듬으며 천천히 고개를 끄덕였다.

"지금 상황을 봐도 사임한 트라우고트에게 저희가 살갑게 굴지 않을 테고, 빌프리트 님의 측근도, 구 베로니카 파도, 그 외에도 몇 주 사이에 이미 어느 정도 결속이 단단해졌습니다. 트라우고트가 그 틈을 파고들기는 어려울 겁니다."

그것은 다른 이들도 쉽게 상상되었던 모양이다. 앞으로 트라우고트의 생활이 결코 안락하지만은 않으리라는 것을. 그건 공통인식인 듯했다.

"그때 이 기회를 틈탄 아렌스바흐 같은 영지에서 접근해서 정보를 얻으려고 할 가능성도 없지 않아요. 트라우고트는 힘을 원한 나머지 내게 원한을 갖게 될지도 모르고요. 그래서 마력 압축 방법을 가르치려는 겁니다."

"잘 이해가 안 돼요. 그것이 마력 압축 방법을 가르치는 것과 무슨 관계가 있습니까?"

브륀힐데가 의아하다는 표정으로 뺨을 괴었다.

"그러니까 눈앞의 먹이가 필요한 거죠. 마력 압축 방법을 얻기 위해 귀족원이 끝날 때까지 행실을 고치려고 노력할 거예요. 배우고 싶으면 자기 손으로 돈을 벌 것, 문제를 일으키지 말 것이 기본 조건이니까요."

내가 키득키득 웃자, 하르트무트가 오렌지색 눈동자를 번쩍이며 나를 보았다.

"배운 다음에 돌변할 가능성이 높은데 그건 어떻게 생각하십니까?"

"난 내게 등을 돌릴 사람에게 마력 압축을 가르칠 생각은 눈곱만큼도 없어요. 그래서 적에게 붙지 않겠다는 항목이 있는 계약 마술을 모두와 맺고 있답니다."

그때 겨우 코르넬리우스가 내 의도를 눈치챈 듯했다.

"그 말은 트라우고트를 계약 마술로 묶어 두기 위해 마력 압축을 가르치겠다고 하신 겁니까?"

"정답이에요. 난 마력 압축 방법을 가르치고 싶은 게 아니에요. 트라우고트가 적으로 등을 돌리지 않게 계약 마술로 묶어 두고 싶은 겁니다."

사임을 하면 트라우고트 외에는 피해가 없다. 마력 압축을 가르쳐서 트라우고트의 원한이나 적대 행동을 제한한다. 마력이 커진 귀족이 늘어나면 영지 차원에서도 좋은 일이다. 적대할 위험이 없다면 금상첨화다. 트라우고트는 알고 싶었던 압축 방법을 알게 되고, 섬기고 싶지 않았던 내 측근에서 손을 떼게 되었다.

"전부 무난하게 잘 해결된 것 같지 않아요?"

"공주님, 그래서는 트라우고트에게는 아무런 처벌도 없지 않습니까!"

리카르다가 험악한 얼굴로 고개를 저었다. 하지만 지금은 트라우고트를 몰아세우지 않는 편이 좋다. 파벌을 뛰어넘어서 이제야 뭉치기 시작한 귀족원 분위기가 망가진다.

"마력 압축 방법으로 강해져서 기사단장이 되고 싶다는 트라우고 트의 소망은 피나는 노력을 해도 이루지 못해요. 그걸 벌로 볼 순 없을 까요? 자기 손으로 장래의 길을 막아 버린 걸 알게 됐을 때 그가 느낄 절망감을 생각하면 이보다 더 잔혹한 벌은 없을 거라고 생각해요."

트라우고트가 받게 될 벌은 지금이 아니라 장래에 짊어져야 하는 것이다. 내 말에 리카르다는 다른 사람 눈에도 보이는 처벌을 내려야 한다고 했다.

"귀족의 지위를 박탈하고, 신전에라도 넣어서 반성하게 하시는 편 이 좋을지도 모릅니다."

"……리카르다는 그렇게나 나에게 화가 났어요?"

내가 울고 싶은 마음으로 리카르다를 보자 리카르다는 깜짝 놀라 눈을 동그랗게 떴다.

"대응이 무르다는 생각은 해도 공주님께 화난 것이 아닙니다."

"그럼 신전행만큼은 봐주세요. 신전은 신전장인 내 영역입니다. 힘 들게 측근을 그만두게 했는데 청색 신관으로 들어온 트라우고트를 보 살펴 줘야 한다니, 생각하기도 끔찍해요."

내가 죽어도 싫다며 고개를 젓자, 코르넬리우스가 피식 웃었다. 웃 을 일이 아니다. 신전은 내 영역이다. 하급 귀족인 다무엘을 그토록 멸 시하는 트라우고트가 회색 신관과 회색 무녀를 상대로 어떤 태도를 보일지 모른다. 신전에 보내진 분을 엉뚱한 데에 풀기라도 하면 그의 시종이 될 회색 신관이 딱하지 않은가.

"그리고 청색 신관으로 교육하는 데 나와 페르디난드 님의 시간이 뺏기잖아요. 우리에겐 트라우고트에게 낭비할 시간이 없어요. 교육하 고 싶다면 업무에 지장이 없는 범위에서 리카르다나 할아버님이 하시면 되지 않나요? 나하고는 이제 관계없으니까 트라우고트를 제게 떠넘기지 말아 주세요."

내 말에 리카르다가 "그러시군요."라며 살짝 눈을 내리깔았다.

"대외적으로는 약한 처벌로 보이겠지만, 완전히 버리셨군요. 완벽하게 깔끔한 처사이십니다."

하르트무트가 신난 듯이 웃었다. 자기 생각대로 이뤄졌다는 만족스러운 미소다. 그 미소를 보니 가슴에 짜증이 일었다. 나는 하르트무트에게도 아예 불만이 없지 않았다.

"이렇게 된 판국에 한마디 할게요, 하르트무트."

여유만만하게 "무엇인지요?"라고 묻는 하르트무트를 응시하며 입을 열었다.

"내게 정보를 제공하는 것이 의무라면, 얻은 정보를 당신 멋대로 공개하기 전에 먼저 내게 알리러 오세요."

"로제마인 님?"

"어디에서 얻은 정보인지 묻진 않을게요. 그만한 정보를 얻은 실력은 훌륭하니까요. 하지만 내가 아는 어느 문관은 손에 넣은 정보를 전부 상사에게 보고하고, 그 정보를 어떻게 활용하는지는 상사에게 맡겼습니다."

모든 것을 페르디난드에게 맡기는 유스톡스의 자세와 비교하면 정보를 처리하는 하르트무트의 자세는 영 마음에 들지 않았다.

"나를 위해서 입수한 정보라면 정보를 어떻게 쓸지도, 공개 시기도 내가 정해요. 당신이 본인에게만 유리한 정보를 유리할 때 공개할 거라면 나를 위해서라든지, 측근의 의무라든지, 라는 말을 써서는 안 돼요."

정신을 차린 표정으로 벌떡 일어난 하르트무트는 그 자리에 무릎을 꿇고 머리를 숙였다.

"명심하겠습니다."

이리하여 측근 한 사람이 줄었고, 나의 식후 독서시간도 대폭 줄면서 이야기가 끝났다.

에그란티느의 다과회

　마력 압축 방법 4단계를 목표로 안게리카는 딴사람이 된 것처럼 공부에 매진하기 시작했다.

　"로제마인 님의 압축 방법은 정말 대단해요. 끊임없이 생각해 내시는 로제마인 님이 존경스럽습니다. 저도 배워서 마력을 더 키워 슈팅루크를 성장시킬 거예요."

　목표를 찾으면 사정없이 돌진하는 안게리카를 담당하는 사람은 코르넬리우스다. '안게리카 성적 올리기 부대'로 몇 년이나 안게리카를 가르친 실적이 있고, 안게리카에게 공부를 가르치려고 최상급생의 이론 과정까지 다무엘에게 배우고 있다. 적임자다.

　코르넬리우스는 나와 도서관에 동행하려고 자신의 이론 수업을 통과하고, 지금은 실기 수업만 다닌다. 현재 나의 도서관 동행 겸 아침식사와 저녁식사 후에 다목적 홀에서 안게리카와 견습 기사들의 선생 역할을 맡는다.

　"코르넬리우스, 안게리카에게 공부를 가르치기 힘들죠? 할 만해요?"

　"도서관 동행만 없다면 더 편할 겁니다. 도서관을 이틀에 한 번꼴로 가시는 게 어떻습니까?"

　씩 웃더니 청천벽력 같은 제안을 한다. 나는 씩 웃으며 고개를 가로젓고 코르넬리우스를 힘껏 격려하기로 했다.

　"내가 에렌페스트로 돌아가려면 3주나 남은걸요. 코르넬리우스라면 해낼 수 있다고 믿어요. 힘내세요."

"자중할 생각은 없으시군요?"

코르넬리우스가 포기했다는 듯이 가볍게 어깨를 으쓱했다. 무슨 말을 해도 소용없을 줄 안다는 얼굴이다. 자중이라는 말에 나는 뺨에 손을 대고, 고개를 갸웃거렸다.

"……자중이요? 아주 옛날에 버린 기억이 희미하게 나네요."

"자중은 버리는 것이 아닙니다! 주우십시오."

즉각 되돌아온 코르넬리우스의 말에 나는 벤노의 주먹을 떠올리고 살짝 그리운 기분이 들었다.

'아, 벤노 씨에게 연락해서 린샴이나 식물지가 대량으로 필요해질 것 같다고 해야 하는데. 제조법을 팔게 될지 어떨지 의논도 해야 하고.'

봉납식을 하러 돌아갔을 때 최대한 빨리 알려 주자, 라고 생각할 때였다. 갑자기 코르넬리우스가 양손으로 내 뺨을 감싸더니 꾸우욱 눌렀다.

"얘기 도중에 갑자기 망상에 빠지지 말고 남의 얘기는 마지막까지 들으십시오."

"느아즈세여."

코르넬리우스의 양팔을 잡아도 견습 기사인 코르넬리우스의 팔을 떼어낼 수 없었다. 이대로는 나의 귀여운 얼굴이 뭉개져 버린다. 내가 팔을 떼어내려고 발버둥치자, 처음에는 화나 보이던 코르넬리우스의 눈에 점차 장난기가 어렸다.

"코르넬리우스와 로제마인 님은 정말 우애가 좋으시네요."

레오노레가 키득키득 웃자, 깜짝 놀란 코르넬리우스가 숨을 삼키고 서둘러 손을 뗐다. 그리고 곤란한 듯 나와 레오노레를 번갈아 보았다.

"로제마인 님과 이런 식으로 지내게 된 건 귀족원에 온 이후부터다. 우리는 세례 전 교육기간 때에만 함께 살았으니까."

성에서는 지금보다 더 확실히 거리를 두지 않으면 주위에서 질책이 날아온다. 우리는 호위 기사와 영주의 양녀로 서로를 대해 왔었다. 거리가 가까워진 건 귀족원에 오고부터다. 그래도 완전한 남매 관계라고 말하긴 어렵지만.

레오노레가 흥미진진하게 살피기에 나는 코르넬리우스에게 연애 얘기를 살짝 던져 보기로 했다.

"그러고 보니 귀족원 졸업식에는 에스코트를 해야 하죠? 여성은 상대가 없으면 친족 중 누군가가 출석한다고 들었는데 남성은 어떻게 해요? 코르넬리우스 오라버니의 경우라면 역시 어머님인가요?"

우리 오라버니들에게 시집을 간다고 소문이 난 안게리카에게 시선을 보내면서 묻자, 레오노레의 남빛 눈동자가 반짝거렸다. 코르넬리우스는 갑작스러운 화제에 눈을 깜빡이면서도 고지식하게 대답해 주었다.

"……그렇습니다. 어머님이든 숙모님이든 누가 봐도 결혼 대상이 아닌 분을 에스코트하죠. 나이가 비슷한 여형제에게 부탁하면 주변에서 상대가 있는 줄로 착각하고 혼담이 끊길 테니까요."

"그렇군요. 친족에게 부탁하는 건 남녀 똑같네요. 그럼 코르넬리우스는 누구를 에스코트할 예정이에요?"

"네!? 갑자기 무슨 말씀을 꺼내는 겁니까!?"

코르넬리우스가 누가 봐도 당황한 기색으로 주변을 두리번거렸다.

"설마 아직 없어요? 1년 안에 찾을 수 있어요? 코르넬리우스는 인기가 많다고 들었는데 내 쪽에서 골라서 부탁해 줄까요?"

"로제마인 님께서 걱정하실 것 없습니다! 스스로 신청할 겁니다."

'신청할 상대는 있다는 말이군.'

호오, 하고 고개를 끄덕이는 내 옆에서 레오노레가 불안하게 눈을 내리깔았다.

바쁜 코르넬리우스를 끌고 도서관에 다니기 시작한 지 며칠 뒤, 에그란티느의 다과회 일정이 정해졌다.

"사흘 후 오후군요. 알겠습니다."

대영지 클라센부르크의 초대라서 측근들이 자부심에 싱글벙글 웃으며 즉시 준비를 시작했다. 브륀힐데와 리젤레타는 사흘 뒤 오후에 자기들 수업이 있는지 없는지 바로 확인했다. 여자들만의 다과회라 레오노레와 유디트가 호위하기로 했다. 안게리카는 마력을 획득하려고 공부하겠다고 했다. 한 번 정하면 오로지 그것에만 집중하는 모습이 당차고 대견스럽다. 필린느도 어린잎 같은 눈동자를 반짝이며 "클라센부르크에 관한 정보를 모아 오겠습니다."라며 기숙사를 뛰쳐나갔다.

그렇게 의욕을 불태우는 측근 중에서도 유행 전파에 힘을 쏟는 브륀힐데의 의욕이 가장 대단했다.

"로제마인 님, 린샴을 조금씩 나눠서 가져갈까요? 음악 선생님의 다과회에서 에그란티느 님과 그렇게 약속하셨지요?"

"그러네요, 시험 삼아 한번 갈 정도면 되려나요? 작은 병에 담아 줄래요?"

"알겠습니다."

작은 병 선정부터 시작해서 세 종류 중에 어느 린샴을 가져갈지, 에그란티느가 풍기는 향과 부딪히지 않는 향을 진지하게 골라서 정성들여 병에 담았다. 에그란티느에게 좋은 향이 나긴 했지만, 어떤 향이었는지 나는 전혀 기억이 없다.

"선물용 카트르 카르는 역시 꿀맛으로 할까요?"

리젤레타의 질문에 나는 잠시 고민했다. 선생과의 다과회, 아나스타지우스의 호출로 에그란티느는 이미 꿀맛 카트르 카르를 두 번 맛보았을 가능성이 있다.

"매번 같은 선물이면 성의가 없어 보이지 않을까요? 아니면 에렌페스트가 가장 추천하는 상품이라는 의미로 같은 물건을 가져가서 유행으로 만들까요? 중앙에선 어떻게 받아들일까요?"

내 말에 잠깐 고민에 빠진 브륀힐데가 좋은 생각이 났는지 고개를 확 들었다.

"꿀맛과 페리지네 맛 두 가지를 준비하면 어떨까요? 에그란티느 님께서 마음에 들어 하셨던 물건과 살짝 변화를 준 물건이 있으면 성의 없이 느껴지지는 않을 겁니다."

솔랑쥬에게 가져갔던 기본 맛도, 아나스타지우스에게 가져간 룸토프도 아닌 다른 맛을 가져가면 카트르 카르의 다양성도 전해지리라. 차와 향의 취향으로 보아 페리지네를 넣은 카트르 카르가 가장 적합하다며 브륀힐데가 제안해 주었다.

차나 향으로 상대방의 취향을 가늠할 수 없는 내겐 속수무책이다. 브륀힐데의 능력에 놀라면서 고개를 끄덕이며 허가를 내릴 수밖에 없다. 내가 승낙하자 "그럼 이렇게 준비하겠습니다." 하고 리젤레타가 싱긋 웃었다.

주방으로 향하는 리젤레타를 보낸 뒤, 브륀힐데가 로지나를 흘깃 쳐다보았다. 나의 전속 악사로 다과회에 동행해야 하는 로지나도 의논하는 자리에 동석하고 있었다.

"로지나, 빛의 여신에게 바치는 곡은 완성했나요?"

"조금만 더 시간을 주십시오. 모처럼 선물로 드리는 곡인데 조금이라도 좋은 곡으로 완성하고 싶어요. 그리고 이건 주제넘은 말인지도 모르겠지만, 의뢰자인 아나스타지우스 왕자님께 한 번 의견을 구하는 편이 좋지 않을까요?"

비록 '에그란티느에게 바쳐라'라고 충동적으로 말했지만, 그래도 애초에 의뢰한 사람은 아나스타지우스다. 그녀의 말대로 의견을 구하는 편이 좋을 듯하다. 다만, 아나스타지우스에게 '직접 작사하시겠어요?'라고 물어도 될지, 아니면 사랑이 폭주할 것 같으니 우리가 짓는 편이 나을지 고민되었다.

다과회 당일이 되었다. 나는 대영지 클라센부르크의 다과회실로 향했다. 다과회용 방에는 몇 개의 테이블과 그에 맞춘 의자가 준비되어 있지만, 오늘은 테이블을 하나만 사용할 생각인지 나머지는 구석에 치우고, 커다란 그림이 달린 가리개로 공간을 나누어 놓았다.

에렌페스트 건물은 대부분 흰 벽면에 태피스트리 같은 천으로 장식하고, 목제 가구를 많이 사용한다. 그런데 클라센부르크의 실내는 복잡한 문양으로 수놓은 천이 마치 벽지처럼 빽빽하게 붙어 있고, 그림이 부의 증표인 양 수두룩하게 걸려 있었다. 가구는 대리석 같은 마블 무늬가 들어간 돌을 사용한 것이 많았다. 영지마다 문화의 차이가 엿보였다.

"기다리고 있었어요, 로제마인 님."

에그란티느가 밝은 오렌지색 눈동자로 부드럽게 눈웃음치며 맞이해 주었다. 오늘 에그란티느는 물결치는 금발을 복잡하게 엮은 반올림 머리에 정교한 레이스로 꾸민 스타일이었다. 요즘 유행하는 복잡하게 엮은 레이스다. 머리를 장식하는 이 레이스는 신부 수업의 일환으로 만든 물건인데, 자신의 솜씨를 좋아하는 이에게 보여 주려고 장식한 것을 시작으로 그 장식을 단 소녀의 연애가 성취되자, 순식간에 귀족원에서 유행했다고 한다.

'나와 달리 에그란티느 님은 대단해. 재봉사인 투리 저리 가라야.'

덧붙이자면 나의 머리 장식은 투리에게 일임했다. 초기에는 나도 만들었지만, 이제는 실력 차이가 확 커져서 자작 머리 장식 따위 달 수도 없다.

"초대해 주셔서 감사하게 생각합니다, 에그란티느 님."

"사실은 내 친구도 초대해서 소개해야 마땅하지만, 오늘은 특별히 하고 싶은 말이 있어서요. 친구 소개는 다음에 다시 날을 잡을게요."

"감사할 따름입니다."

교류를 넓히는 것이 귀족원에서 다과회를 여는 이유지만, 나는 소수 인원이 편하니 전혀 문제없다.

에그란티느의 시종에게 브륀힐데가 선물을 건넸고, 테이블에 두 종류의 카트르 카르를 놓았다. 우리는 시종이 달인 차를 마시고, 디저트를 먹은 후, 서로에게 권했다.

"로제마인 님, 이 카트르 카르는 종류가 다양한가요? 저번에 아나스타지우스 왕자님께 받은 카트르 카르와 또 다른 맛이네요……."

아나스타지우스는 내 말대로 에그란티느에게 디저트를 나눠 준 모양이다. 조금은 점수를 얻었을까?

"그건 룸토프를 넣은 카트르 카르이고, 이건 페리지네를 넣었어요. 에그란티느 님 입맛에는 역시 꿀이 들어간 쪽이 맛있나요?"

"꿀맛도 좋아하지만, 이 페리지네를 넣은 것도 맛있네요. 입안에서 퍼지는 산뜻한 풍미가 훌륭해요."

페리지네를 넣은 카트르 카르도 마음에 든 듯하다. 페리지네를 선택한 브륀힐데가 기쁜 듯이 입꼬리로만 살짝 웃었다.

"그리고 이것이 머리에 윤기를 주는 린샴입니다. 사용법은 제 시종인 리젤레타가 가르쳐 드릴 거예요."

내가 시종을 통해 작은 병을 건네자, 에그란티느는 뚜껑을 열어 그 향기를 천천히 만끽했다. "향이 너무 향기로워요."라며 만족스럽게 웃으며 자기 시종에게 작은 병을 건넸다.

리젤레타가 에그란티느의 시종에게 사용법을 가르치러 방을 나갔다. 그 모습을 흐뭇하게 바라보던 에그란티느가 나에게 몸을 돌렸다.

"듣기로는 도서관 마술구의 주인 자리를 두고 단켈페르거와 디터 승부를 벌였다면서요? 아나스타지우스 왕자님께 들었습니다. 정말 우수한 분이시네요. 놀랐어요."

아나스타지우스가 에그란티느와의 대화 소재로 나를 마음껏 써먹고 있는 듯하다. 에그란티느는 슈바르츠와 바이스에 얽힌 얘기를 훤히 꿰고 있었다. 무시무시한 정보량이다.

"마술구에 관해서는 어쩌다 그렇게 되었고, 디터 승부도 꾀를 부린 거라 실력이 아닙니다. 실력대로 했다면 단켈페르거에겐 절대 이기지 못했을 거예요. 단켈페르거의 견습 기사들은 정말 뛰어났거든요."

"어머나, 루펜 선생님은 로제마인 님의 대전 실력을 입이 마르도록 칭찬하시던데요? 또 경기하고 싶으시다면서요."

'루펜 선생님한테는 가까이 가지 말도록 하자.'

"로제마인 님은 봉납 가무도 매우 훌륭하시고요."

"주변 사람보다 몸집이 작으니까 그렇게 보이는 것 아닐까요? 만약 정말로 제가 춤을 잘 췄다면 그건 에그란티느 님의 춤을 가까이서 봐서 그런 거예요. 에그란티느 님처럼 추고 싶다고 생각하면서 췄거든요."

"……로제마인 님이 남성이 아니라서 천만다행입니다. 이글이글 끓는 눈으로 제 춤을 뚫어져라 쳐다보시더니 이렇게 달콤한 칭찬까지 해 주고, 가슴이 설레네요."

에그란티느가 쑥스러워하며 그렇게 말했다. 잘 춘다며 칭찬받은 적은 많아도 '똑같이 추고 싶다'는 말은 처음 들었다고 한다.

'음, 이것도 아나스타지우스 왕자님에게 가르쳐 주는 편이 낫나? 왜 너만 좋아하냐며 또 화내려나?'

"그리고 로제마인 님은 이미 수업을 전부 통과하셨죠? 시종에게 다과회 일정을 상담할 때 들었는데 얼마나 깜짝 놀랐는지 모릅니다."

"저학년 수업은 어렵지 않아서 빨리 통과하는 사람이 많다고 제 후견인에게 들었는데요……."

'아무리 빨리 끝나도 시작부터 2주 만에 끝내 버리고, 도서관에 다니게 될 줄은 신관장님도 예상하지 못했겠지만.'

그렇게 생각하다 문득 봉납식이 다가오는 것을 떠올렸다. 온종일 도서관에서 살던 천국 같은 생활과 이별할 날이 다가오고 있다. 우울해진다.

"저는 도중에 에렌페스트에 돌아가야 하는 용건이 있어서 서둘러 수업을 끝내야 했어요."

"에렌페스트의 신전장으로 계셔서 그렇죠?"

"네, 맞아요. 봉납식이 있거든요."

보통은 신전을 드나드는 귀족을 혐오하는 경향이 있는데 에그란티느의 오렌지색 눈동자에는 혐오감이 느껴지지 않았다. 오히려 호기심이 엿보였다. 호기심이라기엔 조금 눈빛이 진지해 보이는 건 내 기분 탓일까.

"신전 봉납식에서는 뭘 하나요? 봉납 가무를 추나요?"

"춤은 추지 않습니다. 봄에 영지의 땅을 마력으로 채우듯이 작은 성배에 마력을 담는 의식이에요. 이 마력이 없으면 영지 수확량이 대폭 떨어지거든요. 영지를 최대한 많은 마력으로 채우는 데 중요한 의식이에요."

"영주의 자녀를 신전장으로 삼아 마력으로 토지를 채우는 것을 보면 에렌페스트에서는 오래된 방식이 대대로 이어져 내려오고 있군요. 감탄했습니다."

영주의 자제를 신전장에 앉힐 정도로 마력이 없느냐는 말을 들을 줄 알았는데 생각지도 못한 말에 내가 눈을 깜빡이자, 에그란티느가 눈을 내리깔았다.

"조금 전에 로제마인 님께 드릴 말씀이 있다고 했는데 이걸 써도 될까요? 복잡한 얘기라 시종에게도 알리고 싶지 않아서요."

"네, 저는 괜찮습니다."

에그란티느가 꺼낸 것은 도청방지 마술구였다. 나는 내 앞에 놓인 마술구를 집어 들었다. 살짝 웃음을 띠고 있지만, 에그란티느의 표정은 궁지에 몰린 사람처럼 보였다. 신전 행사 화제에 흥미를 보인 모습으로 보아 에그란티느는 신전과 관련된 얘기를 하고 싶어서 나를 다과회에 초대했음이 틀림없다.

"로제마인 님은 신전에서 어떤 일을 하고 계시나요?"

"아우브 에렌페스트께서 부족한 마력을 채우러 신전에 들어가길 명령하셨으니 대량의 마력이 필요한 의식을 거행하는 일이 제게는 중요한 임무예요. 솔직히 그 외에는 다른 분께 부탁하는 실정입니다."

굳이 고아원 원장과 공방장을 겸임한다는 얘기까지 솔직하게 대답할 필요는 없다. 그런 생각을 하면서 대답했더니 고개를 끄덕이며 듣고 있던 에그란티느의 오렌지색 눈동자가 반짝거린다.

"부족한 마력을 채우기 위해……. 그럼 저도 신전에 들어갈 수 있을까요?"

"에그란티느 님께서 신전에 들어오시겠다고요!?"

신전은 귀족들이 기피하는 곳이며 형편이 궁핍해서 마술구를 준비하지 못하거나, 집안에 걸맞은 마력이 없어서 쓸모없다고 판단하거나, 귀족 사회에서 격리해야 한다고 판단한 아이를 보내는 곳이다. 신전장을 맡은 내가 말하기도 이상하지만, 신전에 들어오고 싶어 하는 에그란티느도 보통 사람이 아니다.

"왜 신전에 들어오고 싶은 건가요? 신전이 어떤 곳인지 잘 아시잖아요."

"귀족들 사이에서 신전을 어떻게 취급하는지 저 역시 잘 알고 있어요."

그렇게 말하면서 에그란티느는 자신의 가슴 앞에 두 손을 꼭 쥐었다.

"로제마인 님도 알고 계시죠? 제 처지를……."

"음악 선생님께 짧게 듣긴 했어요."

"저는 권력 다툼으로 가족을 잃었습니다. 그런데 지금 저를 아내로 맞으면 왕위에 오를 수 있다고 생각하신 지기스발트 왕자님께서 제게 청혼하셨고, 이를 제지하려고 아나스타지우스 왕자님까지 청혼하셨습니다. 더는 권력 다툼을 보고 싶지 않은데 제 선택 때문에 또다시 과거와 같은 참사가 일어날지도 몰라요. 제가 다툼의 원인이 되는 상황을 피하고 싶습니다."

에그란티느는 정변 당시 3왕자의 딸이라고 들었다. 페르디난드의 역사 수업에서 들은 바에 의하면 3왕자는 1왕자에게 승리를 거머쥐었지만, 1왕자가 보낸 암살자에게 살해당했다. 이에 3왕자의 외가였던 클라센부르크가 격분하며 이번에는 5왕자를 왕좌에 앉히려 했고, 1왕자의 편에 섰던 자들이 4왕자에게 붙으면서 정변이 더욱 격렬해졌다.

"정변의 소용돌이 속에 있던 에그란티느 님이 권력 싸움을 피하고 싶어서 선택에 고민하시는 마음은 이해해요. 하지만 분쟁을 피하겠다고 신전행을 고려하시는 줄은 아우브 클라센부르크도 아세요?"

"……말씀드린 적은 있어요. 귀족이 신전에 들어가다니 말도 안 된다며 거부하셨지만요."

그래서 신전장인 내 이야기가 듣고 싶었던 모양이다. 뭔가 설득할 자료가 필요했다고 한다. 유감스럽게도 내게는 에그란티느가 원하는 설득 자료가 없다.

나는 현재 심각해진 마력 부족 현상을 보완하기 위해 신전에 들어갔다. 정변 승리파였던 대영지와는 사정이 다르다. 게다가 성인이 되면 결혼할 수 있게 신전을 나올 예정이다. 결혼을 피하려고 신전에 들어가고 싶은 에그란티느의 소망과 정반대인 셈이다. 귀족의 수가 감소한 지금, 마력이 큰 자녀를 낳을 가능성이 높은 에그란티느의 신전행을 누가 과연 인정해 줄까?

"아우브 클라센부르크께서 반대하시는 건 당연해요. 귀족들이 얼마나 신전을 멸시하는지 저 역시 잘 알고 있거든요. 그리고 결혼 자체를 피하고 싶어서 신전에 들어가겠다고 하시는 거죠? 하지만 저도 성인이 되면 신전장을 사임하고 결혼해야 합니다. 제가 참고가 되지는 않을 거예요."

"……그렇군요. 영지를 위해 마력을 쓰고, 권력 다툼에서도 피할 수 있는 좋은 방안이라고 생각했는데."

에그란티느가 슬픈 표정으로 눈을 내리깔고, 살짝 한숨을 쉬었다.

"신전에 들어가는 방법 외에 왕족과 결혼을 피할 방법이 전혀 없나요?"

에그란티느는 신전에 들어가고 싶은 것이 아니라 권력 다툼의 불씨가 되고 싶지 않은 것뿐이다. 그렇다면 신전행이 아닌 방법을 찾는 편이 좋으리라.

"제가 아우브 클라센부르크가 되면 피할 수 있겠지만, 이미 사촌…… 아니, 관계상 조카가 잇기로 했어요."

다른 영지에 시집을 가는 방법도 생각했지만, 왕족의 청혼을 걷어차고 다른 영지에 시집을 가면 왕족의 심기를 해치게 되고, 아우브 클라센부르크에게도 피해가 간다.

"할아버님, 아니, 양아버님은 저를 지키려고 양녀로 들인 것을 조금 후회하고 계시는 것 같아요. 제 왕족의 지위를 뺏었다면서요. 그래서 저를 왕족에 시집을 보내 원래 신분을 되찾길 바라고 계세요."

하지만 본인은 지위보다 평온을 원한다고 중얼거렸다.

"그럼 에그란티느 님은 졸업식 에스코트를 친족에게 부탁하실 건가요? 지금 상태로는 누구도 선택하지 않으시겠죠?"

"……그러네요. 왕이나 아우브 클라센부르크의 명령이 없는 한, 친족에게 부탁할 생각이에요."

에그란티느가 쓸쓸하게 웃으며 말했다.

'아이고~, 아나스타지우스 왕자님, 안 되겠네.'

"로제마인 님, 제가 신전에 가고 싶어 한다는 얘기는 비밀이에요."

"말해도 아무도 안 믿을 거예요."

클라센부르크의 영주 후보생이 신전에 들어가고 싶다고 하면 나라도 못 믿으리라. 아나스타지우스라면 '그렇게까지 에그란티느를 깎아내리고 싶으냐'라며 방방 뛸 것 같다.

심각한 상담이 끝난 뒤에는 에렌페스트의 유행에 관한 얘기를 나눴다. 음악은 물론, 린샴과 머리 장식이 아주 마음에 드는지 에그란티느는 클라센부르크에도 유행시키고 싶다고 했다.

"봉납식이 끝나고 돌아올 때 아우브 에렌페스트에게 보고해 두겠습니다. 그때 몰래 린샴을 가져올까요? ……그건 상품이라 유료지만요."

"어머나, 로제마인 님도 참. 아나스타지우스 왕자님이 들으면 또 삐지시겠어요."

그렇게 즐겁게 웃으면서 에그란티느가 집게손가락을 세웠다.

"……몰래 가져오신다면 딱 하나만 부탁할게요. 앞으로도 친하게 지내요, 로제마인 님."

왕자에게 보고하다

에그란티느와 다과회를 끝낸 나는 다시 도서관을 다니며 행복한 나날을 보냈다. 이 행복한 날들도 이제 2주밖에 남지 않았다. 봉납식을 하러 돌아갈 때까지 의욕을 불태우며 책을 읽어야 한다.

누가 누군가를 "어이." 하고 부르는 소리가 희미하게 들렸다. 도서관에서 시끄럽게 누구야, 라고 생각하면서 나는 페이지를 넘겼다.

"어이, 에렌페스트 꼬맹이."

"로제마인 님, 아나스타지우스 왕자님께서 오셨습니다!"

옆에서 불쑥 튀어나와 책을 덮어 버리는 리젤레타 때문에 나는 고개를 확 들었다. 아까부터 시끄럽게 군 사람이 아나스타지우스였던 모양이다. 보통 영주 후보생과 왕족은 필요한 책이 있으면 시종을 시켜 가져오게 하고, 본인은 도서관에 발걸음을 하지 않는 법이라고 단켈페르거의 레스티라우트에게 들었다. 그런데 왜 아나스타지우스가 도서관에 있는 걸까? 설마 도서관이라는 공간을 좋아해서 찾아온 걸까?

'왕자에 대한 호감도가 살짝 올라갔어.'

"무슨 용무이십니까? 찾으시는 책은 솔랑주 선생님께 물으면 금방 찾아 주세요. 1층에 있는 책이나 자료는 슈바르츠와 바이스도 자세히 알아요."

내가 평소보다 3배는 더 환한 미소를 지으며 도서관을 안내하자, 도리어 아나스타지우스가 오만상을 지었다.

"무슨 용무냐가 아니다. 에그란티느의 다과회가 사흘 전에 끝났지 않느냐. 왜 보고하러 오지 않았지? 설마 면담 의뢰 편지가 행방불명이 되었다고 말하진 않겠지?"

'뭐야. 책벌레 왕자가 아니었어? 쳇.'

방금 올랐던 호감도가 단숨에 떨어졌다. 나는 낙담하며 한숨을 쉬었다. 면담 의뢰 편지가 행방불명이 되었다는 말은 '나는 분명히 보냈는데 문관이 처리를 소홀히 한 것 같다……'고 변명할 때 쓰는 상투 표현이다. 높은 사람이 나쁜 짓을 했을 때 '전부 비서가 독단적으로 한 짓입니다'라고 변명하는 것과 비슷하다.

나를 노려보는 짜증 난 회색 눈동자에 나는 재차 눈을 끔뻑이며 고개를 갸웃거렸다.

"제 쪽에서는 절대로 아나스타지우스 왕자님께 접근하지 않겠다고 약속했지 않습니까. 왕족과 한 약속을 어길 수도 없으니까 호출해 주시길 잠자코 기다리고 있었습니다."

'말이 그렇고요. 사실은 연락하려고 했는데 주변이 시끄러워질 것 같아서 약속을 핑계로 부를 때까지 방치했어요.'

"내가 직접 부르러 와도 모를 정도로 책에 빠져 있었던 거냐?"

흥 하고 아나스타지우스가 콧방귀를 뀌었지만, 나는 시치미를 뚝 떼고 "보고할 기회가 찾아와서 안심했습니다."라며 미소로 회답했다. 앞서 아나스타지우스와 대화할 때 사람을 물렸던 터라 측근은 그 누구도 에그란티느와의 다과회를 보고해야 하는 줄 몰랐다. 그래서 지금 모두가 새파랗게 질려 있다.

"그럼 지금 호출하겠다. 당장 보고해."

"선물이고 뭐고 아무것도 준비하지 못했는데요……."

다시 날을 잡아 줬으면 했지만, 아나스타지우스는 상당히 초조해 보였다. "없어도 된다. 서둘러라."라고 말하며 검은 망토를 펄럭이고 열람실 출구로 향했다.

나는 의자에서 내려와 책상 위의 책에 손을 뻗었다. 아나스타지우스에게 보고가 길어지면 다시 도서관에 못 돌아올 가능성도 있었다. 도서관을 나가기 전에 대출 절차를 해 둬야 했다.

"이 책을 대출⋯⋯."

"그건 제가 대신해 두겠습니다. 열람석 열쇠도 반납할 테니 로제마인 님은 먼저 아나스타지우스 왕자님께 보고를 끝내 주십시오."

즉각 리젤레타에게 책을 빼앗기고, 리카르다는 "공주님, 서두르십시오."라며 나를 재촉했다. 억지로 책과 떨어진 나는 머리채를 잡혀 끌려가는 심정으로 도서관을 나왔다.

'아, 실패했어.'

리카르다와 하르트무트와 코르넬리우스와 레오노레를 데리고 나는 아나스타지우스의 뒤를 걸었다. 왕자에게 소환되어 그 뒤꽁무니를 졸졸 따라가는 결과가 되어 버렸다. 수업이 끝나서 빈 시간이 생긴 학생들이 늘어나는 지금, 왕자에게 연행되어 가는 모습은 어마어마한 주목을 받았다.

'차라리 얌전하게 면담 의뢰를 낼 걸 그랬어. 난 진짜 바보야!'

내가 침울해진 기분으로, 그러나 겉으로는 당당하게 미소를 지으려고 노력하며 열심히 다리를 움직이자, 아나스타지우스가 걸음을 멈추고 뒤를 돌아보았다.

"느려. 너무 느리다, 로제마인."

"죄송합니다. 저는 신경 쓰지 마시고, 먼저 가 주십시오."

내 걸음이 느려도 어쩔 수가 없다. 아나스타지우스와는 체격 자체가 다르다. 나는 이미 숨이 넘어갈 정도로 노력하고 있었다. 여기서 더 노력하면 흉한 꼴을 보이게 된다. 건강해지긴 했어도 마술구에 의존할 뿐 아직 체력이 붙은 건 아니었다.

'계속 이 속도로 걷다가는 도착 전에 쓰러지겠어!'

요즘 들어 도서관 왕복 외에는 걷지 않아서 체력이 전혀 붙지 않은 듯하다. 생각해 보니 최근에는 라디오 체조도 하지 않았다. 페르디난드가 알면 버럭버럭 화낼지도 모른다.

'아무렴 어때. 안 그래도 혼날 거리가 많은데 또 하나 늘었다고 달라지는 것도 없지.'

그런 생각을 하면서도 발만은 열심히 움직였다. 호흡을 가다듬기도 괴로워지고, 숨을 헐떡이기 시작했다. 몸이 무겁다.

"공주님, 실례하겠습니다."

"……리카르다."

양해를 구한 리카르다가 나를 번쩍 들어 올렸다. 안도감에 나도 모르게 리카르다에게 체중을 실었다. 그 순간, 아나스타지우스의 시선을 느끼고 살짝 몸을 일으켰다. 걸음을 멈춘 그가 "뭐 하는 거냐?"라며 수상쩍은 시선을 보냈다.

"로제마인 공주님은 원래 몸이 약해서 체력이 없으십니다. 안색이 나쁘시고, 슬슬 의식을 잃기 직전이시니 이렇게 이동하도록 허락해 주십시오."

"의식을 잃는다고? 루펜에게 얘기는 들었다만 사실이었느냐?"

슈타프 취득 때 심층의 방에 간 내가 도중에 기절한 얘기를 들었는지 아나스타지우스가 눈을 휘둥그레 떴다. 그나저나 루펜의 입이 너무 가볍다. 어쩌면 왕족이나 상위 영주 후보생에게 정보를 건네는 역할이라도 있는 걸까? 나의 사정이 루펜을 통해 사방팔방에 새어 나가는 예감이 든다.

"이래 보이셔도 전보다는 건강해지셨습니다만, 공주님께 무리는 금물입니다."

리카르다가 나를 지키려는 듯이 안은 팔에 힘을 주었다. 그 모습을 본 아나스타지우스가 의아하다는 표정을 지으며 짜증스럽게 이쪽을 노려보았다.

"이 정도 거리도 못 걸으면 성 안을 이동할 수도 없지 않느냐?"

"공주님께서는 성이나 귀족원 기숙사 내에서 이동할 때는 아우브 에렌페스트의 허가로 기수를 타십니다. 아무래도 허가를 받지 않은 귀족원 내에서 타고 다닐 수는 없지요."

왕족의 허가 없이 실내에서 기수를 타고 돌아다니지는 못한다.

"그럼 그렇게 와라. 서둘러."

아나스타지우스는 한숨과 함께 그렇게 내뱉고, 얼른 다시 걷기 시작했다. 나도 리카르다에게 안긴 채 이동했다. 조금 전보다 더 집중되기 시작하는 시선을 느낀 나는 망토를 머리 위로 덮어서 주위 시선에서 도망치고 싶어졌다. 정말 그런 짓을 하면 더 눈길을 끌 테니 그러지도 못하지만.

"괜찮으십니까, 공주님? 안색이 상당히 안 좋으십니다."

똑바로 쭉 걸으면서 리카르다가 작은 목소리로 속닥이며 물었다. 힘을 너무 사용한 모양이다. 리카르다에게 안겨서 긴장이 풀린 순간, 속이 울렁이고, 머리가 어질어질해지기 시작했다.

"……페르디난드 님의 상냥함이 그리울 정도로 속이 거북해요."

내가 먼저 약을 먹고 싶다는 말을 꺼내는 경우는 드물다. 리카르다는 눈을 질끈 감고, 살짝 한숨을 쉬었다.

"이곳에 앉으십시오, 로제마인 님."

그렇게 말하며 자리를 권해 준 아나스타지우스의 수석 시종이 상태가 나쁜 나를 보더니 비난하는 듯한 눈초리로 아나스타지우스를 힐끗 보았다. 거의 만난 적이 없는 사람이 미간을 찌푸릴 정도로 내 안색이 나쁜 모양이다. 그러나 아나스타지우스는 가볍게 어깨를 으쓱할 뿐 무시하고 손을 저었다.

"로제마인, 주변을 물려라."

"도청방지 마술구를 쓰시면 안 되겠습니까? 에그란티느 님의 다과회에서도 그렇게 했어요."

지금은 약을 가지고 있는 리카르다를 곁에서 떨어뜨리고 싶지 않다고 생각하면서 제안해 봤지만, 즉시 거절당했다.

"안 돼. 견습 문관 중에는 독순술을 하는 자도 있어서 도청방지 마술구는 도움이 안 된다."

귀찮았지만 주변에 당연히 독순술자가 있고, 마술구가 소용이 없는 경우를 아나스타지우스는 알고 있으리라. 그리고 나 같은 어린애 상대로도 경계해야 할 정도로 왕족에게는 신중함과 치밀함이 필수임에 틀림없다.

나는 하는 수 없이 리카르다에게 약을 받아먹은 뒤, 측근들을 물렸다.

방에 남은 아나스타지우스의 측근이 내게 차와 디저트를 권했고, 나는 그것을 조금씩 입에 넣었다. 형식적인 절차가 끝나자마자 아나스타지우스가 본론에 들어갔다. 아무래도 보고를 목이 빠지게 기다렸던 모양이다.

"로제마인, 대답은 어떻더냐? 졸업식 에스코트를 누구에게 맡긴다더냐?"

"졸업식 에스코트는 친족에게 부탁하겠답니다."

"다른 자들이 가져온 대답과 똑같지 않으냐. 쓸모없는 녀석."

내 대답에 아나스타지우스는 고개를 절레절레 흔들고 "이렇게나 나를 기다리게 한 결과가 그 대답이냐."라며 회색 눈동자로 째려보았다. 하지만 그것 외에 할 대답이 없었다.

"아나스타지우스 왕자님께 도움이 되지 못해 죄송합니다. 하지만 에그란티느 님이 어느 쪽도 선택할 수 없다고 하신 건 사실이에요."

그럼 전 이만…… 하고 얘기를 마무리 지으려고 했다. 그때 아나스타지우스가 손을 쏙 들어서 나를 제지했다.

"잠깐, 로제마인. 어느 쪽도 고를 수 없다는 게 무슨 말이냐? 에그란티느에게 형님도 아니고, 나도 아닌 다른 사람이 있다는 말이야?"

'그게 왜 그렇게 되냐!?'

몹시 난처해하던 에그란티느의 말을 떠올리며 나는 머리를 싸매고 싶어졌다. 연애 생각으로 가득한 아나스타지우스의 머릿속과 달리 에그란티느는 과거의 정변을 비롯한 것들을 매우 심각하게 고민했다. 대영지의 영주 후보생이 신전의 청색 무녀가 되려고 할 정도로.

"에그란티느 님은 연인을 만들 상황이 아니세요. 그건 아나스타지우스 왕자님도 잘 아시죠?"

두 왕자가 구혼한 상태에서 "연모하는 사람이 있습니다."라는 말이라도 내뱉으면 상황이 복잡해진다. 내가 가볍게 한숨을 내쉬자 아나스타지우스의 눈빛이 진지해졌다. 부담스럽게 잘생긴 얼굴이 진지하니 더 무섭다. 나는 마른침을 꼴깍 삼키고 자세를 바로잡았다. 머리가 여전히 지끈거렸지만, 편하게 늘어질 만한 장소도 분위기도 아니다.

"넌 뭘 알고 있지? 에그란티느에게 무슨 말을 들은 거냐."

"아나스타지우스 왕자님이라면 알고 계실 거라고 생각하는데요……."

"알든 모르든 그건 내가 판단한다. 말해."

남들 위에 선 사람의 관록이라고 할까. 강압적인 분위기에 눌려 마지못해 입을 열었다. 신전행을 고려하고 있다는 얘기 외에는 말해도 문제없으리라.

"에그란티느 님은 원래 왕녀님이셨는데 정변 때 가족들을 잃으셨죠?"

"그렇다."

"그래서 고르고 싶지 않다고 하셨습니다. 왕이나 아우브 클라센부르크가 명령을 내린다면 따르겠지만, 자신은 누구도 선택하고 싶지 않다고요. 에그란티느 님께서 권력 싸움의 불씨가 되기를 기피하시는 것 정도는 다들 알고 있으시죠?"

내가 머뭇거리며 반응을 살피자, 아나스타지우스는 깜짝 놀란 표정을 지었다.

"에그란티느는 왕족으로 돌아가고 싶은 것 아니었나? 나는 그렇게 들었다만……."

아나스타지우스의 입에서 예상외의 말이 튀어나왔다. 나도 깜짝 놀라 눈을 깜빡였다.

"에그란티느 님을 왕족으로 돌려보내고 싶은 건 에그란티느 님을 양녀로 들여서 왕족의 지위를 빼앗아 버렸다며 후회하시는 할아버님

이라고 저는 들었는데요."

내가 그렇게 말하자, 아나스타지우스는 "선대인가."라며 중얼거리고, 천천히 숨을 내뱉었다.

"……그럼 에그란티느 자신은 왕족이 되길 원하더냐?"

"제가 듣기로 그분은 평온을 바라고 계세요."

번거롭게 돌려 말하는 귀족의 방식 때문인지, 이렇게 중간에 사람을 끼고 의견을 물어서 그런지, 고작 두 번 만난 내가 아는 사실을 그는 몰랐다. 여기서 이미 에그란티느와 아나스타지우스의 인식이 어긋나 있다.

"이건 제 혼잣말이니까 어린애의 헛소리라고 넘겨 주시면 감사하겠습니다. 에스코트 운운하기 전에 먼저 왕자님과 에그란티느 님이 서로가 바라는 것을 직접 마주 보고 얘기를 나눠 보시면 어떤가요? 제 눈에는 서로의 마음과 생각이 전혀 통하지 않은 것처럼 보입니다."

"통하지 않은 것 같다니 무슨 뜻이냐?"

울컥한 아나스타지우스가 인상을 찌푸렸지만, 지금 이 상태를 보고도 통한다고 생각하는 쪽이 오히려 이상하다.

"에그란티느 님은 두 왕자님이 구혼한 이유가 왕위에 오르기 위해서라고 하셨어요."

"아니야. 나는 에그란티느를……."

"그 뒷말은 제가 아니라 에그란티느 님께 직접 전달하십시오."

이렇게 몸이 안 좋은 상태로 남의 사랑 얘기 따위 듣고 싶지 않다. 오히려 어서 돌아가고 싶다.

"아나스타지우스 왕자님의 마음이 권력 싸움이라는 벽에 막혀서 상대방에게 오해를 사고 있어요. 직접 에그란티느 님의 생각을 들어

보는 단계부터 시작하심이 어떠신가요?"

　무슨 말을 해도 상대방에겐 왕좌를 얻기 위해서로 보인다는 사실이 충격이었는지 아나스타지우스의 어깨가 축 늘어졌다. 그 모습에 '이렇게나 서로 엇갈리는데 에그란티느의 행복을 빌어 주고, 그냥 얼른 포기하시지?' 라는 말은 할 수 없었다.

　"에그란티느 님은 권력 다툼에서 벗어나 왕족과 결혼하지 않을 방법을 찾고 계세요. 아우브 클라센부르크가 될 걸 그랬다는 말도 하셨는데 아우브가 되면 정말 왕족과 결혼하지 않아도 돼요?"

　"……적어도 다른 영지에 시집을 가지는 못하지. 솔직히 여성이 아우브가 되는 경우는 드물지만, 그런 경우에는 데릴사위를 들이게 된다."

　정혼한 사이라도 후계자가 사망하여 갑작스럽게 여성이 아우브가 되면 정혼을 파기하는 경우도 많다고 했다. 상대 남성을 데릴사위로 들여야 하는 영주 후보생이어야 해서다.

　반대로 아우브가 될 예정이었던 여성에게 후계자가 될 남동생이 생겨서 정혼을 파기하는 경우도 있다고 한다. 게오르기네와 질베스타의 관계가 그러하다.

　"에그란티느 님의 마음을 잡을지 왕위를 잡을지, 제게 반짝이는 묘안이 있을지 전혀 모르겠지만, 앞으로 선택해서 노력할 분은 아나스타지우스 왕자님이세요."

　왕족 사정을 전혀 모르는 나는 왕좌에 앉는 방법도, 포기하는 방법도, 사전 물색에 무엇이 필요한지도 전혀 모른다.

　"지금 에그란티느 님의 지위로는 어려울지도 모르겠지만, 저는 에그란티느 님이 조금이라도 마음 편하고, 평화로운 삶을 보내셨으면 좋겠어요."

아나스타지우스는 "나도 같은 마음이다."라고 중얼거렸다. 그때 뭔가가 생각났는지 입꼬리를 씩 올렸다.

"로제마인, 예상외로 좋은 정보였다."

의욕에 찬 아나스타지우스의 얼굴을 보아하니 애초에 에그란티느를 연모하는 마음을 포기할 생각 따위 없다는 것을 알았다. 어쩔 셈인지 모르겠지만, 결정적으로 차일 때까지 분발하면 된다. 그 결과로 에그란티느가 행복해진다면 그거로 충분하다.

"아나스타지우스 왕자님, 이건 덤으로 드리는 정보이고, 매우 무례할지도 모를 냉정한 의견인데 듣고 싶으세요?"

"해 봐라."

살짝 미간을 찌푸린 아나스타지우스가 재촉하듯 턱을 치켜들었다. 나는 점점 멍해지기 시작한 머리를 손으로 받치고 천천히 입을 열었다.

"춤추시는 모습을 보면 알 수 있지만, 에그란티느 님은 봉납 가무에 열정적으로 임하고 계세요. 두 분이 어울리려면 왕자님께서 더 진지하게 가무를 연습하셔야 할 것 같아요. 나란히 춤추면 실력이 뒤처져 보이세요."

아나스타지우스가 불쾌하게 인상을 찌푸리든 말든 나는 말을 이었다.

"또 에렌페스트에서 실신한 사람도 나왔던 사랑 노래를 가르쳐 드릴 테니 연습해 보시면 어떨까요? 먼저 페슈필에 자신이 있어야 하지만. ······에그란티느 님은 예술에 조예가 깊으시니 거기서부터 공략하면 어떨까요?"

칭찬할 때는 단순히 '잘한다'가 아니라 어디가 좋은지 구체적으로 콕 집어서 칭찬해 주면 좋다. '에그란티느의 목소리가 아름답다'보다는 '에그란티느의 목소리가 좋다'라고 말하는 편이 상대의 가슴을 뛰게 하리라. 내 말을 듣고 오만상을 짓던 아나스타지우스의 입가가 움찔했다.

"입에서 나오는 대로 지껄이는구나. 내 측근도 감히 그런 말 못 해."

"죄송합니다. 그럼 못 들은 것으로 해 주십시오."

제안하고 싶은 건 이미 다 알려줬다. 그것을 아나스타지우스가 실행할지 어떨지는 내 손에서 벗어난 일이다.

아나스타지우스는 짜증스럽게 손가락으로 의자 팔걸이를 톡톡 두드렸다.

"로제마인, 나도 충고 하나 하지. 너는 조금 더 감정을 숨기고, 정보를 아껴서 정보와 그것을 넘길 네 자신의 가치를 끌어올려라. 생각 없이 공개하고 있어. 약점을 잡히고, 만만하게 보일 거다."

짜증난 말투지만, 그건 틀림없이 본심에서 우러나온 충고이리라. 스스로 얼마나 사교를 못하는지 자각이 있는 나는 감사하게 그 충고를 받아들였다.

"감사합니다. 앞으로 정진하겠으니 퇴실을 허락해 주십시오. 조금 전부터 머리가 어지러워서 의식이⋯⋯."

약을 마셔서 거북함은 조금 가라앉았지만, 지끈지끈한 두통은 여전했고, 그 대신 졸음이 지독하게 쏟아졌다.

"오스빈! 로제마인의 측근을 불러라!"

"네!"

벌떡 일어나는 아나스타지우스와, 리카르다와 시종들이 기다리는 대기실로 빠르게 달려가는 수석 시종 오스빈의 모습을 마지막으로 나는 의자 팔걸이에 스르륵 기대며 의식을 잃었다.

　눈을 떴을 땐 몸 상태가 나쁜 줄 알면서 억지로 보고하게 한 아나스타지우스의 사과 편지가 도착해 있었다. 거기에 에그란티느의 문안 인사가 있는 것을 보면 아마도 에그란티느에게 혼나서 쓴 것이리라.

　'조금은 진전이 있었나? 그랬으면 좋겠는데.'

　사이좋게 붙어 있는 두 사람의 이름을 보고, 나는 피식 웃었다.

에렌페스트의 귀환 명령

겨우 컨디션이 돌아왔다. 나도 모르게 피로가 쌓였던 걸까? 아니면 체력이 완전히 바닥난 걸까? 이번에는 회복하는 데 사흘이나 걸렸다.

"열이 내려서 정말 안심했습니다. 사흘간 얼마나 힘들었는데요."

리카르다가 "오늘은 침대에서 나오시면 안 됩니다."라고 말하면서 사흘 동안의 소동을 알려주었다. 먼저 회담 중에 의식을 잃은 나 때문에 아나스타지우스와 측근들이 쩔쩔맸다고 한다. 허약한 줄 알면서 상태가 나쁜데도 억지로 보고해서 쓰러지게 만들었다며 오스빈이 상당히 죄송스러워한다고 했다.

더군다나 내가 눈앞에서 쓰러지는 사태를 거의 처음 본 신입 측근들도 안절부절못해서 전혀 도움이 안 되었다고 한다. 리카르다가 나를 둘러업고, 아나스타지우스의 방에서 나오는 것만도 힘들었다고 한다. 그리고 기숙사에 돌아온 뒤에도 내 의식이 돌아오지 않았다. 불러도 대답이 전혀 없고, 축 늘어진 모습이 잠든 2년 전을 떠올렸는지 코르넬리우스와 빌프리트도 새파랗게 질렸다고 한다.

"빌프리트 오라버니와 모두에게 사과해야겠네요."

"건강을 되찾는 것이 급선무입니다. 사과하시다가 또 속이 거북해져서 곤란해지게 하지 마시고요."

"네……."

나는 침대에 얌전히 누워있는 대신 도서관에서 빌려온 책을 읽어도 된다는 허락을 받고, 하루 종일 뒹굴뒹굴했다.

"리카르다, 오늘은 도서관에 가도 되죠?"

나의 안색과 상태를 확인한 리카르다에게 도서관 출입을 허락받은 나는 완전 복귀, 라고 기뻐하며 침대에서 내려왔다.

"로제마인 님이 얼마나 허약하신지는 익히 들었는데 실제로 정신을 잃으시는 순간을 보니 눈앞이 아찔하고, 머릿속이 하얘졌어요."

방 안쪽에 서서 호위하던 레오노레가 안도한 듯 가슴을 쓸어내리며 식당에 가기 위해 문을 열어 주었다. 훈련 중에 정신을 잃는 견습 기사는 종종 보지만, 멀쩡하던 사람이 갑자기 정신을 잃는 건 처음 봤다고 한다. 쓰러진 원인을 몰라서 어떻게 대처해야 하나 우왕좌왕했다고 한다.

"안녕하십니까, 로제마인 님."

2층으로 내려가자, 하르트무트와 코르넬리우스가 기다리고 있었다. 내 얼굴을 본 두 사람의 표정이 안심한 듯 부드러워졌다.

"하르트무트도 놀랐겠네요."

"간담이 서늘했습니다. 로제마인 님께서 사교에 데뷔하신 해에 어린이 방에서 함께 지낸 아이들에게 눈덩이를 맞고 쓰러지는 걸 본 적이 있다고 들었지만, 저는 처음 봐서……."

자신의 어머니인 오틸리에에게 이야기를 들었지만 놀랐다고 한다.

자리에 앉자, 빌프리트가 "정말 돌아다녀도 괜찮으냐?"라며 의심스러운 눈초리로 리카르다를 보았다.

"어제부터 열도 오르지 않고, 책을 읽고 계셨으니 몸 상태는 돌아오신 것 같습니다."

"그렇군. 그럼 넌 에렌페스트로 돌아가."

"네? 뜬금없이 무슨 말씀이세요?"

내가 고개를 갸웃거리자, 빌프리트가 천천히 숨을 내쉬면서 "식사하고 난 뒤 설명하겠다."라고 말했다. 나는 에렌페스트에 돌아가야 하는 이유를 모른 채 의아한 상태로 아침을 먹었다. 그 뒤 빌프리트와 그의 측근, 나와 나의 측근이 한 방에 모였다.

"이게 왔어. 너에게 보낸 귀환 명령서다."

빌프리트가 내민 것은 질베스타와 페르디난드가 보낸 서신이었다.

대략의 내용으로는 '이미 수업이 끝났으면 재깍재깍 돌아와라' '연달아 물의를 일으키는 로제마인은 일단 귀족원에서 데리고 나오는 편이 좋다' '돌아와서 설명해야 할 것도 태산이다. 보고서만으로는 통 모르겠다' ……라는 글이 적혀 있었다. 조만간 있을 귀족원 사교는 빌프리트에게 맡기고, 나는 에렌페스트에서 보호자들에게 심문을 받아야 하는 신세인 모양이다.

"시, 싫어요! 봉납식까지는 괜찮다고 했잖아요. 아직 열흘이나 남았다고요! 끝까지 도서관에 갈 거예요!"

가뜩이나 얼마 남지 않은 도서관 라이프를 쓰러지는 바람에 사흘이나 낭비해 버렸다. 이 이상의 낭비는 결단코 막고 싶다.

"로제마인, 이건 아우브 에렌페스트의 명령이야."

"저, 저는 봉납식까지 몸이 아파 에렌페스트에 귀환할 수 없어요. 정신 안정과 기력 회복을 하러 도서관에 틀어박히겠어요."

"혼란스러운 건 알겠지만, 대체 무슨 말을 하는 거냐?"

빌프리트가 어이없는 눈빛으로 나를 보면서 팔짱을 꼈다.

"이렇게 갑작스러운 게 어디 있어요!"

"맞아요! 너무 갑작스럽습니다!"

귀환을 싫어하는 나를 우렁찬 목소리로 지지해 준 사람은 안게리카다.

"로제마인 님은 못 돌아가세요! 제 마지막 시험이 사흘 후입니다! 시험에 합격해서 마력 압축 4단계를 가르쳐 주셔야 해요. 로제마인 님, 돌아가지 마세요! 적어도 사흘! 사흘 전엔 안 돼요!"

안 보내겠다며 나를 꽉 껴안는 안게리카를 나도 꼭 껴안았다. 하나뿐인 지지자는 내가 지킨다.

"그래요. 안게리카의 시험도 그렇고, 아나스타지우스 왕자님께 악보를 드리기로 약속도 했고, 에그란티느 님께 문안 편지의 답장도 드려야 해요. 장기간 돌아가야 한다면 슈바르츠와 바이스에게도 마력을 공급해야 하고요. 제게도 준비가 필요해요. 지금 당장은 못 가요."

내가 귀환하기 전에 끝내야 할 사항들을 열거하자, 리카르다가 "그 말씀이 맞습니다. 귀환하신다면 제대로 절차를 밟아야지요."라며 찬성했다.

"귀족원에 남는 빌프리트 도련님이 난처해지지 않게 공주님이 돌아가시게 된 사정을 아나스타지우스 왕자님과 에그란티느 님께 알려 드려야겠지요."

"하긴 왕족 관련은 알아서 끝내 줘야 나도 안심이다."

측근을 물리치고 나눈 대화 내용은 누설 금지다. 내가 돌아가면 빌프리트는 아무것도 모른 채 대응하게 된다. 빌프리트가 양보할 자세를 보이기 시작하자, 안게리카의 공부를 돕는 견습 기사와 안게리카의 합격에 마력 압축 4단계가 걸린 측근들이 이구동성으로 편을 들어 주었다.

"안게리카의 시험이 끝날 때까지만 기다려 주십시오."

"그녀가 졸업할지 아니면 에렌페스트에서 낙제자가 나올지 운명이 걸려 있습니다."

"사흘, 사흘이면 됩니다. 준비 기간을 주십시오."

마력 압축이라는 먹이가 없어지면 차마 눈뜨고 못 볼 정도로 안게리카가 의욕을 잃을 것이 분명하다. 마지막 한 과목을 넘기지 못하는 상황이 눈에 뻔히 보이는 듯했다. 작년 상태를 아는 견습 기사들은 이대로 안게리카의 이론을 끝내고 싶다며 똘똘 뭉쳤다.

"안게리카, 졸업이 걸릴 정도로 성적이 심각한가?"

"네! 이론은 전부 합격점 아슬아슬합니다."

'당당하게 할 말은 아니야, 안게리카.'

올해는 마력 압축을 위해 죽을힘을 다해 노력하고 있습니다, 라고 자랑스럽게 말했다. 그러나 그 득의양양한 표정이 안게리카를 한층 더 애석하게 보이게 했다.

"빌프리트 님, 안게리카의 시험이 끝나면 당장에라도 로제마인 님을 에렌페스트로 돌려보내겠습니다. 측근 일동이 책임지고, 책에서 떼어놓고 귀환시킬 테니 부디…… 부디 사흘의 유예를 주십시오."

"코르넬리우스, 왠지 나한테 너무 심한 것 같은데요!?"

모두의 필사적인 사정이 통한 모양이다. 고민에 빠진 빌프리트가 고개를 들었다.

"알겠다. 사흘간 준비 기간을 달라고 아버님께 말씀드릴 테니 그 사이에 전부 끝내. 다음 땅의 날 귀환한다. 로제마인, 알겠지?"

모두를 둘러보며 빌프리트가 그렇게 선언하자, 주변이 좋았어! 라는 기합이 들어간 얼굴로 고개를 끄덕였다. 일주일 정도 귀환이 빨라진 나는 불만이 산더미였지만, 이렇게 주위가 납득하는데 혼자서 반발하더라도 무슨 소용이 있으랴. 고개를 툭 떨구며 마지못해 고개를 끄덕였다.

"……알겠습니다."

물건을 옮기는 전이 마법진보다 사람을 이동하는 전이 마법진 작동에 더 많은 마력이 필요한 탓에 에렌페스트와는 기본적으로 목패와 편지로 보고를 주고받는다.

전이의 방에는 망을 서는 기사가 있고, 그들이 힐쉬르에게 올도난츠를 받으면 보고서를 써서 보내고 있었다. 최근 들어 빌프리트가 매일같이 내가 저지른 일을 써서 목패를 보냈던 모양이다. 그것이 귀환 명령이 떨어진 이유였다.

'빌프리트, 짜증나!'

나는 귀환 준비를 하며 에렌페스트에 '봉납식 때 엘라를 데리고 돌아갈 테니 대신 요리사를 내놓으세요'라는 편지를 써 보냈다. 봉납식 때 신전에 돌아가면 혼자 요리를 맡아야 하는 니콜라가 고생한다. 전속 요리사 중 누군가를 데리고 돌아가야 한다면 대답은 하나다. 지켜 줄 사람도 없는 귀족원에 엘라만 두고 갈 수 없었다.

"빌프리트 오라버니, 로지나를 데리고 가도 될까요?"

"가능하면 남겨 둬. 여기에 있는 악사 중에 로지나의 실력이 제일이고, 음악 선생도 칭찬했다지? 이곳 사교 활동에 로지나가 필요해."

다과회에 꼭 동행해야 하는 악사라고 빌프리트가 말했다. 에렌페스트에서 유행하는 새로운 곡을 몇 곡이나 연주할 줄 알고, 귀족원에 온 후로도 작곡하는 악사. 선생들과 에그란티느에게도 칭찬받은 실력이라면 사교에서 에렌페스트가 조금이라도 우위에 서게 해 줄 존재라고 했다.

"그럼 로지나는 빌프리트 오라버니에게 맡길게요. 로지나에게 불미스러운 일이 생기거나, 다른 이가 빼돌리려고 그녀에게 접근하지 않게 각별히 주의하세요."

"알아. 너의 소중한 악사니까. 함부로 손 못 대게 할게."

빌프리트에게 로지나를 맡기기로 했다. 함께 돌아가지 않는다면 로지나에게 부탁하고 싶은 일이 많다.

"……그런 고로 로지나는 사교에 대비해서 남도록 하세요. 서둘러 그려 줬으면 하는 악보가 있는데 괜찮죠? 빛의 여신에게 바치는 곡과 지혜의 여신에게 바치는 곡과 땅의 여신에게 바치는 곡이에요. 빛의 여신에게 바치는 곡은 페르디난드 님께 보이려고 해요."

"페르디난드 님이라면 어떤 편곡을 하실지 부디 의견을 듣고 돌아와 주십시오."

빛의 여신에게 바치는 곡과 지혜의 여신에게 바치는 곡은 페르디난드의 환심 사기용이다. 새로운 곡이 있으면 약간은 봐주면서 심문하지 않을까 하는 희미한 기대감에서였다. 땅의 여신에게 바치는 곡은 예의 실신하는 사람이 나왔던 러브송으로, 아나스타지우스에게 선물로 줘야 한다. 인쇄물은 아직 귀족원에서 풀지 않기로 정한 탓에 로지나에게 손수 악보를 그리게 하고, 문안 편지의 답장과 자리를 비운다는 연락과 악보를 아나스타지우스에게 보내기로 했다.

'가사는 어울릴 것 같은데.'

당신의 행복을 알고 싶다, 모른 채로 끝내고 싶지 않다, 라는 가사는 지금 아나스타지우스의 심정을 그대로 대변한다. 노래를 연습해서 잘 부르게 되면 실신까지는 아니더라도 에그란티느의 마음이 약간은 기울어지지 않을까?

아나스타지우스에겐 매우 실례되는 짓을 저질렀으므로 이거로 점수를 따 두고 싶었다. 나는 음, 하고 고민하며 부재 연락 편지에 추신을 덧붙였다. '제가 귀환하는 땅의 날까지 에그란티느 님이 좋아하시는 꽃과 색깔을 알려주시면 머리 장식을 주문할게요. 졸업식 때 머리 장식을 선물로 드리면 어떨까요?'라고. 동시에 에그란티느에게도 문안 편지의 답장 겸 자리를 비운다는 내용을 편지에 썼다. '린샴을 사오겠습니다'라고.

브륀힐데를 시켜 편지를 보낸 다음 날. 아나스타지우스의 흥분이 담긴 올도난츠가 날아왔다.

"훌륭하다, 로제마인. 실로 멋진 곡이다! 그리고 에그란티느가 입을 의상은 빨강이라고 들었다. 좋아하는 꽃은 코라레리에. 머리 장식은 그것에 맞춰서……."

원했던 정보는 에그란티느 님이 백합과 비슷한 코라레리에를 좋아하고, 빨간 의상을 입는다는 제일 첫 부분뿐이다. 그 뒤로는 에그란티느의 칭찬이 장황하게 이어졌고, 세 번째 들었을 땐 진심으로 질려 버렸다.

나는 아나스타지우스에게 "알겠습니다."라고 대답한 뒤 도서관으로 향했다. 독서도 중요하지만 가장 큰 목적은 슈바르츠와 바이스의 마력 공급이다. 봉납식이 끝나고 곧장 돌아올 수 있을 것 같지도 않았기에 최대한 한가득 주입해 두는 편이 좋으리라.

"어머나, 로제마인 님. 요즘 모습이 보이지 않으셔서 걱정했는데 건강해 보여서 안심했습니다."

아나스타지우스에게 연행되는 모습을 마지막으로 매일 개관 시간부터 폐관 시간까지 있던 내 발길이 뚝 끊겼으니 솔랑쥬가 매우 걱정했으리라.

"조금 몸이 안 좋았어요. 걱정 끼쳤나 보네요. 오늘은 잠시 귀족원을 떠나 있게 될 거라는 얘기와 슈바르츠와 바이스에게 마력을 주려고 왔어요."

"여기까지 직접 발걸음해 주셔서 감사하게 생각합니다."

솔랑쥬에게 불려 온 슈바르츠와 바이스가 동그란 금색 눈동자로 나를 올려다보았다.

"공주님, 돌아가?"

"공주님, 이제 안 와?"

"중요한 용무가 있어서 에렌페스트에 잠깐 돌아가지만, 영지대항전 전에는 다시 귀족원에 돌아올 거예요."

나는 그렇게 말하며 슈바르츠와 바이스의 이마에 박힌 마석에 손을 댔다. 최대한 많은 마력을 쏟아붓고, 한숨을 내쉬었다.

"이거로 당분간은 괜찮을 거예요."

"영주 후보생으로 하시는 일마다 마력이 많이 필요할 텐데 슈바르츠와 바이스를 위해 마력을 보급 해주셔서 감사하게 생각합니다, 로제마인 님."

나는 이대로 도서관에서 마지막 독서를 느긋하게 즐길 생각이었는데 힐쉬르가 보낸 올도난츠가 이를 방해했다.

"로제마인 님, 에렌페스트로 귀환하시면서 제게도 연락을 안 주시면 어쩝니까. 지금 당장 기숙사로 돌아오세요."

사감의 호출이다. 무시할 수도 없다. 무시하면 틀림없이 힐쉬르가 도서관에 들이닥칠 터였다. 주변에 민폐를 끼치기 전에 나는 하는 수 없이 책을 덮었다.

"……도서관에 민폐를 끼치기 전에 돌아갑시다. 그럼 슈바르츠, 바이스, 솔랑쥬 선생님을 열심히 돕고 있으세요."

"알겠다, 공주님."

"솔랑쥬 돕는다."

인사를 끝내고 기숙사로 돌아오자, 힐쉬르가 대량의 종이 더미와 목패를 안고 기다리고 있었다.

"에렌페스트로 돌아가시면 이것을 페르디난드 님께 전해 주십시오. 슈바르츠와 바이스가 입은 옷과 배에 수놓은 갖은 마법진과 제 의견을 정리한 겁니다. 다음에 이곳으로 돌아오기 전까지 페르디난드 님의 견해를 듣고 와주세요. 그리고 이건 예전에 페르디난드 님께서 제작하신 마술구입니다. 상태가 나쁘니까 고쳐 달라고 하세요."

몇 개나 쌓인 상자는 전부 페르디난드 전달품이다. 페르디난드가 신전에 들어간 이후로 연락이 끊긴 탓에 보낼 물건이 수두룩한 모양이다.

그 물건들 정리와 짐을 꾸리느라 측근들이 분주해진 탓에 동행자가 없어진 나는 도서관에도 가지 못했고, 귀환하기 바로 전날에 기운 없이 모두가 모은 정보 정리와 마련해 올 돈 계산, 그리고 보호자들의 심문 대책을 짰다.

안게리카의 합격에 자신들의 마력 압축이 걸린 나의 측근과 여태까지의 노력을 물거품으로 만들고 싶지 않은 견습 기사가 하나가 되어 안게리카에게 철저하게 공부를 가르쳤다. 안게리카는 반쯤 감긴 눈으로 무시무시한 분위기를 풍기며 마지막 시험공부에 열중했다. 모두의 기대와 자신의 목표를 이루기 위해 온 힘을 발휘한 시험에서 안게리카는 아슬아슬하게 합격을 거머쥐었다. 아직 기간이 남아 있으니까 한 번 더 치는 편이…… 라는 선생을 울며 설득했다며 자랑스러워했다.

"이것으로 모든 수업이 끝났습니다!"

실기는 이미 합격 레벨이지만, 항상 이론에 발목이 잡히던 안게리카가 환한 얼굴로 전 수업 종료를 선언했다.

"마력 압축 4단계를 배울 수 있게 되었고, 겨우 호위 임무에 서게 됐어요."

속 시원한 미소로 안게리카가 말했다. 함께 귀환할 사람은 수석 시종인 리카르다, 모든 수업을 끝낸 코르넬리우스와 안게리카, 레오노레다. 유디트와 브륀힐데와 리젤레타는 실기 수업이 아직 남아 있고, 문관은 정보 수집 때문에 귀족원에 남겨두고 싶었다.

"필린느, 하르트무트, 앞으로 본격적인 사교가 시작될 거예요. 별별 정보가 난무하겠죠. 정보를 잘 모아 주세요."

"알겠습니다."

"아직 수업이 덜 끝난 견습 기사가 나 하나라니……."

함께 돌아가고 싶었다며 유디트가 한탄했지만, 끝내지 못한 걸 어쩔 수 없다. 유디트는 실기든 이론이든 평균 성적이라서 시간이 조금 더 걸린다. 그러나 안게리카와 달리 공부를 지독하게 못 하는 아이는 아니다. 귀족원이 아직 사교 시즌에 들어가지 않은 걸 보면 이것이 일반적인 것이다.

"리젤레타와 브륀힐데는 빌프리트 오라버니가 다과회에 가는 일이 생기면 오라버니의 시종에게 조언해 주세요."

"알겠습니다."

측근과 인사하고, 나머지 일을 빌프리트에게 맡긴 나는 전이 마법진이 있는 방에 들어갔다.

"저쪽에서 모두 로제마인 님의 귀환을 기다리고 계신다고 합니다. 오늘만 해도 이미 아우브 에렌페스트께서 목패를 세 개나 보내셨습니다."

보초를 선 기사가 씁쓸하게 웃으며 '아직 멀었냐?'라고 간략하게 적힌 목패를 보여 주었다. 그 휘갈겨 쓴 글씨에서 형용할 수 없는 짜증을 느끼고, 목덜미가 오싹해졌다.

전이 마법진으로 이동하는 인원수는 최대 3명이다. 나와 리카르다와 코르넬리우스가 먼저 마법진에 들어갔다. 전이를 발동하는 마력이 차면서 마법진이 검정과 금색 빛을 발했다. 동시에 브로치에 박힌 마석이 빛났다. 눈앞의 공간이 출렁이며 일그러진 순간, 현기증 같은 감각에 휩싸였다.

눈을 끔뻑인 다음 순간, 눈앞에 반가운 얼굴들이 나란히 서 있었다. 제일 먼저 달려온 사람은 샤를로테다. 불안한 표정으로 눈물을 글썽이며 나를 빤히 바라보았다.

"어서 오세요, 언니. 쓰러져서 사흘이나 열이 펄펄 끓었다고 들었는데 몸은 이제 괜찮으세요?"

"잘 있었어요, 샤를로테? 네, 이젠 괜찮아요."

우리는 다음 차례에 돌아올 안게리카와 레오노레를 위해 자리를 비우려고 마법진에서 나와 대기실로 이동했다.

"로제마인, 건강해 보여서 다행이구나."

"할아버님."

"이것 봐라. 이렇게 다무엘도 단련시켜 뒀다."

왠지 생채기가 잔뜩 늘었지만 몸이 다부져지고, 괴롭힘 당하는 소년 같았던 얼굴이 조금 예리하고 강렬해진 것 같다.

"……고생을 많이 한 것 같지만 강해 보이네요."

"귀환하시길 기다렸습니다. ……정말로."

진심이 담긴 말에 피식 웃자, 칼스테드가 성큼성큼 걸어왔다.

"네가 보물 뺏기 디터에 참가했다고 들었을 땐 하늘이 무너지는 줄 알았다."

"아버님……."

걱정했다, 라고 말하면서도 칼스테드의 눈은 자세한 내용을 궁금해하는 것처럼 보였다. 이를 제지하듯 엘비라가 앞으로 나왔다.

"나도 그 얘기를 듣고, 놀라서 정신이 아찔했답니다. 견습 기사도 아닌 당신이 왜 디터에 참가하게 된 거죠? 코르넬리우스는 호위 기사면서 말리지도 않았나요?"

코르넬리우스를 째려보는 엘비라를 나는 허둥지둥 말렸다.

"어머님, 코르넬리우스 오라버니는 나쁘지 않아요. 제가 참가하겠다고 한 거예요."

"말렸지만 듣질 않았습니다. 루펜 선생님이 좋다고 참가를 인정하시는 바람에 손쓸 수도 없었습니다."

코르넬리우스의 말에 "루펜은 재미있어서 그랬겠지요."라며 플로렌치아가 가볍게 한숨을 쉬었다. 단켈페르거의 디터 실력이 강해진 건 루펜이 훈련시켜서라고 했다. 루펜이 학생이던 시절에 급속도로 강해지는 단켈페르거를 봐 왔던 플로렌치아의 말에 주위에서 체념 섞인 한숨이 새어 나왔다.

"단켈페르거에 이겼죠? 앞으로 루펜이 몇 번이고 재경기를 제안하겠네요."

"……그때 힘내야 할 사람은 견습 기사니까 전 이제 참가하지 않을 거예요. 걱정 마세요."

플로렌치아가 "그러면 좋으련만……." 하고 실로 앞날이 불안해지는 말을 해 주었다. 단켈페르거는 호적수라고 판단하면 찰거머리처럼 붙어서 떨어지지 않는 끈질긴 면이 있다고 한다.

'그런 정보는 못 들었어.'

축 떨군 내 오른쪽 어깨를 덥석 잡은 사람은 매우 멋진 미소를 짓는 질베스타였다. 진녹색 눈이 전혀 웃지 않는 미소를 본 순간, 내 얼굴이 싹 굳었다.

"굉장히 늦었구나, 로제마인. 네가 돌아오길 기다리고 있었다."

"……양아버님을 기다리게 할 만한 일이 있었나요?"

"그럼. 이젠 전대미문의 비상사태라고 해야겠지. 매년 딱히 보고 사항이 없다는 보고서를 일주일에 한 번 보내던 귀족원에서 보고서와 질문서가 쉴 새 없이 날아오고, 빌프리트가 매일같이 의미를 알 수 없는 보고서를 보내면 당사자에게 이야기를 듣는 편이 제일이라는 결론에 이르게 되지 않겠느냐."

빌프리트는 꽤 부지런하게 보고서를 보냈던 모양이다. 그런데 읽어도 이해가 안 되면 보고서의 의미가 없지 않은가.

"저를 호출하지 마시고, 빌프리트 오라버니에게 보고서 쓰는 방법을 다시 가르치셔야 하는 것 아닙니까?"

"빌프리트의 보고서가 잘못된 것이 아니다! 네 행동이 기괴하단 말이다! 네가 도서관에 등록하러 가서 왕족이 남긴 마술구의 주인이 되었다, 앞뒤가 쏙 빠진 이 말을 어느 누가 이해한단 말이냐. 지금 당장 내 집무실에 와서 전부 설명해."

'역시 빌프리트 오라버니가 보고서를 못 쓴 것 같은데.'

하나하나 꼼꼼하게 적었다면 이해 못 갈 행동은 아니다. 내가 생각에 잠기자, 질베스타가 잡은 쪽의 반대쪽 어깨를 누군가가 덥석 잡았다. 고개를 들자 그곳에는 섬뜩한 미소를 짓는 페르디난드의 얼굴이 있었다. 페르디난드도 금색 눈이 전혀 웃고 있지 않다.

"어서 와라, 로제마인. 굉장히 귀환이 늦어졌구나."

"안녕하세요, 페르디난드 님. 봉납식까지 아직 며칠 남았으니 제 예정보다 훨씬 이른 귀환인데요……."

도서관 생활을 빼앗긴 내 앙심은 깊다, 하고 페르디난드를 올려다보자 페르디난드는 주름이 지도록 미간을 찌푸렸다.

"내가 분명 최대한 빨리 시험을 끝내고, 쓸데없는 짓을 저지르기 전에 반드시 돌아오라고 말했을 텐데."

"그랬었나요? 수업이 전부 끝날 때까지 도서관 출입 금지라는 말은 기억하는데 그런 말은 제 기억에 없습니다."

후후후, 호호호, 하고 서로 웃은 뒤, 페르디난드는 희미한 미소를 유지한 채 눈을 가늘게 떴다.

"그대에게 물을 것들이 태산이다. 뭐가 어떻게 되어서 클라센부르크와 2왕자와 개인적인 다과회를 가지게 된 건가? 그 내용과 어떻게 교류했는지에 따라 에렌페스트가 2왕자의 파벌에 들어가는 셈이 된다. 설마 아무 생각도 없이 다과회를 가졌다는 말은 안 하겠지?"

'힉! 미안해요! 사람 귀찮게 하는 왕자다, 도서관에서 책 읽고 싶다는 생각밖에 안 했어요!'

"자, 가자. 봉납식 전까지 그대의 얘기를 들을 시간은 아직 많이 있어."

"……예에."

이리하여 나는 귀환하자마자 보호자 세 사람에게 영주의 집무실로 납치되었다.

심문회

이야기를 들어 보자, 라며 그들은 영주의 집무실 한가운데에 덩그러니 준비된 의자에 나를 앉혔다. 나는 식은땀이 줄줄 흐르는 기분으로 나를 둘러싼 세 보호자를 둘러보았다.

'히익, 무서운 얼굴에 둘러싸였네.'

"사람을 물려라. 이야기를 듣는 사람은 나와 칼스테드와 페르디난드면 된다."

"질베스타 님, 공주님이 쓰러졌을 때의 상황을 보충 설명할 사람이 필요하지 않겠습니까?"

"로제마인의 얘기를 들은 후에 필요하면 듣겠다. 지금은 물러나 있어라, 리카르다."

페르디난드 못지않게 미간을 잔뜩 찌푸린 질베스타가 나의 측근들에게 퇴실을 명령했다. 걱정스럽게 나를 바라보며 리카르다와 측근들이 방을 나갔다.

'안 돼, 날 두고 가지 마!'

무정하게도 굳게 닫히는 문을 보며 나는 벌써부터 울고 싶어졌다. 무자비한 압박 면접을 눈앞에 둔 지원자가 된 기분이다. 내가 도망칠 궁리를 찾으며 쭈뼛거리자, 페르디난드가 어깨를 으쓱거리며 고개를 가로저었다.

"소용없다. 그대는 측근들을 배제하고 왕자와 접촉했다. 왕족이 남의 귀에 들어가게 하고 싶지 않다고 판단한 거다. 가능하면 그 의견을 존중해야지.”

“그건 아나스타지우스 왕자님과 한 얘기를 전부 털어놓으라는 말인가요?”

“그렇다. 그 내용을 모르면 에렌페스트의 행동 방침을 못 정하지 않느냐.”

질베스타가 그렇게 말했지만, 상당히 개인적인 아나스타지우스의 사랑 얘기를 하자니 조금 마음에 걸렸고, 떠벌렸다는 게 알려졌을 때가 무섭다.

“정말 개인적인 얘기라서 아나스타지우스 왕자님이 싫어하실 거예요.”

“네가 평범한 귀족이라면 이렇게 심문하지도 않았어. 그런데 넌 항상 우리의 예상을 벗어난 짓을 하지 않느냐. 숨기지 말고 전부 털어놔. 그러지 않으면 앞으로 네가 어떻게 행동해야 할지 주의를 줄 수도 없지.”

하긴 앞으로 행동 시의 주의점이나 방침은 들어 둬야 할지도 모른다. 나도 모르는 새에 무의식적으로 상식 밖의 짓을 벌일 가능성이 높아서다. 내가 고개를 끄덕이자, 질베스타가 자리에 앉았다. 칼스테드는 질베스타의 뒤에 서고, 페르디난드는 평소 문관이 기록할 때 앉는 자리에 앉아서 집무 책상을 손끝으로 톡톡 두드렸다.

“그럼 재학 기간이 고작 1년밖에 겹치지 않는 왕족과 이렇게까지 깊은 관계가 된 사정을 들어 볼까? 왕자가 시종을 물리친 이상 상당히 심각한 얘기일 텐데.”

“……네? 깊은 관계요?”

나는 페르디난드의 입에서 나온 뜬금없는 말에 엥? 하고 고개를 갸웃거렸다. 내가 먼저는 접근하지 않겠다고 약속해서 아나스타지우스가 호출할 때밖에 만난 적이 없고, 기본적으로 에그란티느에 관한 사랑 얘기였다. 아나스타지우스와 관계가 깊어진 기억은 없다.

"불가항력인 사정이었어요. 왕족의 명령에 거역할 수 없다 보니 그렇게 되었어요."

"……뭐?"

지극히 진지하게 대답했는데 질베스타가 위협적인 태도를 보였다. 그래도 사실은 사실이다. 페르디난드가 도통 모르겠다며 자기 손 앞의 종이 몇 장을 넘겼다.

"처음 왕족과 접촉한 건 언제지? 여기로 온 보고서에는 봉납 가무라고 적혀 있는데 달리 짐작 가는 데가 있다면 솔직히 말하거라."

"……음, 친목회에서 인사할 때 처음 만났어요. 그런데 왕자가 먼저 시비를 걸었어요. 성녀라고 들었던 소문과 다르다고요."

내가 친목회에서 인사했던 상황을 설명하자, 세 사람이 동시에 머리를 싸맸다. 질베스타가 미간을 누르며 신음하는 듯한 소리를 냈다.

"나는 처음 듣는 얘기다, 로제마인. 네가 정말 왕족에게 그런 식으로 싸움을 걸었단 말이냐?"

"……왕자가 먼저 시비를 거니까 조금 짜증이 일었을 뿐이지, 싸움을 걸은 건 아닌데요……."

내가 불안하게 시선을 이리저리 굴리며 그렇게 말하자, 페르디난드가 목덜미를 섬뜩하게 하는 미소로 "그보다 더 비꼬고 빈정거린 대답도 없을 거다. 머리가 지끈거리는군." 하고 나직이 말했다. 등줄기가 오싹해지는 페르디난드의 화난 미소에 내가 숨을 삼키자, 칼스테드도 한숨과 함께 고개를 저었다.

"첫 만남에서 그런 말을 들었으니 천하의 왕자도 당황했겠어."

'아이고~, 처음부터 내가 실수했구나.'

"이제야 알겠어요. 제가 처음에 싸움을 걸었으니까 아나스타지우스 왕자님도 봉납 가무 때 제게 비꼬듯이 말한 거군요."

"자세히 말해 봐라. 내가 받은 보고와 굉장히 다른 것 같은데."

손 앞의 종이를 두드리는 페르디난드의 질문에 나는 봉납 가무 때 있었던 일을 설명했다. 아나스타지우스에게 접근하려는 계략이냐고 의심하기에 나는 접근하지 않기로 선언했다는 얘기도 보고했다. 질베스타가 손가락으로 미간을 풀면서 나를 노려보았다.

"왕자한테 동정심이 이는군. 지금까지 살면서 이처럼 상식이 없는 자를 만난 적도 없었겠지."

'제멋대로 살아 온 양아버님께 그런 말 듣고 싶지 않거든요.'

"귀찮은 일에 말려들기 싫었고, 아나스타지우스 왕자를 노린다고 주변 사람들에게 오해를 사기도 싫다고 생각한 결과, 그렇게 되었어요."

"에렌페스트처럼 약소한 영지는 왕족과 엮이면 골칫거리만 생기니 그 생각 자체는 틀리지 않으나, 넌 방법이 전부 잘못됐어."

조금 더 모나지 않게 돌려서 거절할 줄도 알아라, 라는 지적을 들었다. 봄이 되면 사교 특훈을 시킬 것 같았다. 생각만 해도 우울해진다.

"그런데 귀족으로서는 말도 안 될 정도로 딱 잘라 거절했는데 접촉은 왜 더 늘었지?"

"그러니까 어쩌다가요. 그다음 만남은 음악 선생님이 연 다과회에서였어요. 에그란티느 님을 따라 아나스타지우스 왕자님이 자기 마음대로 참석한 거예요. 왕자가 동석하겠다고 하니까 선생님들도 거절하기가 어려웠겠죠."

"음, 거절할 수야 없지."

질베스타가 위 주변을 꾹 누르며 고개를 끄덕였다. 그 다과회에서 아나스타지우스가 작곡하라고 해 놓고 역시 필요 없다며 왕족 아니랄까 제멋대로 굴었던 이야기와, 화내며 나가 버린 아나스타지우스를 에그란티느가 달래 줬다는 이야기를 했다.

"아, 그때 선생님이 양아버님의 귀족원 시절 얘기도 들려주셨어요. 플로렌치아 님께 구혼했던 양아버님과 아나스타지우스 왕자님이 똑 닮았대요."

"그 말 지금 당장 머리에서 지워라!"

아아아아아, 하고 지금까지와 또 다른 의미로 머리를 싸매는 질베스타에게 나는 고개를 가로저으며 "못 해요."라고 대답했다. 그 다과회에는 나의 측근도 있었다. 리카르다도 들었다.

"잊을 수는 없지만 빌프리트 오라버니와 샤를로테에게 비밀로 해 드릴 수는 있어요."

"에렌페스트에서 일정 연령 이상이면 다 아는 질베스타의 얘기와 달리 왕자 얘기는 상당히 유익한 정보군. 2왕자가 클라센부르크 아가씨에게 푹 빠져 있다, 라…."

페르디난드의 옅은 금색 눈동자가 반짝이며 나를 보았다. 아무래도 귀족원 안에서는 당연한 풍경도 보호자들에겐 당연하지 않은 모양이다. 귀족원의 정보로 돈이 움직이는 셈이다. 나는 음악 선생에게 들은 정보도 포함해서 공개했다.

"그럼 이것도 유익한 정보일까요? 에그란티느 님은 정변으로 돌아가신 3왕자의 딸이고, 아우브 클라센부르크였던 할아버님의 양녀가 되었다고 선생님께 들었어요."

세 사람이 숨을 삼키며 눈을 크게 떴다.

"에그란티느 님을 왕족 신분으로 되돌리려는 할아버님의 의향을 알고, 1왕자와 2왕자가 구혼했어요. 에그란티느 님께 선택받는 분이 왕좌에 앉을 가능성이 커진대요."

"……로제마인, 그대는 완전히 깊이 엮였구나. 그 얘기는 아마 왕족과 상당히 밀접한 귀족이 아니면 모르는 정보다. 질베스타, 어디에 붙을지 어서 정해라. 로제마인이 있는 이상 어쩔 수 없이 휘말리게 되어 있다."

페르디난드의 말에 계속 엄격한 표정을 짓는 질베스타를 보며 나는 어깨를 축 떨구었다. 에렌페스트는 중립이어서 과거의 정변을 피할 수 있었다. 하지만 이번에는 내가 아나스타지우스에게 깊이 엮인 탓에 휘말릴 확률이 높아진 것이다.

'나 때문에 영지가 혼란스러워지면 어떡하지?'

"로제마인, 왕자가 호출했다는 얘기는 아직 못 들었다. 왕자와 다과회에서만 접촉한 건 아니지 않으냐."

"그걸 설명하려면 슈바르츠와 바이스 얘기부터 시작해야 해요."

"도서관에 등록하러 갔다가 주인이 되었다는 사건 말이지? 보고서를 읽어 봐도 도통 알 수가 없더군."

질베스타의 재촉에 나는 고개를 끄덕이며 입을 열었다.

"빌프리트 오라버니가 1학년이 전원 이론에 합격하기 전까지 도서관 출입 금지라고 해서 저는 1학년들에게 필사적으로 공부시켰어요. 그날은 전원 합격과 도서관 출입 허가를 거머쥐게 된 기쁨에 감정 제어가 전혀 되지 않은 상태였고, 또 유레베로 녹인 이후로 마력을 잘 다루지 못해서 갑자기 마력이 흘러나간 게 원인일 거예요. 신에게 기도를 올렸더니 슈바르츠와 바이스의 주인이 되었어요."

"……대략 예상대로군. 하지만 슈바르츠와 바이스에겐 주인이 따로 있었을 것이다. 그대가 마력으로 억지로 뺏은 건가?"

페르디난드의 말에 나는 귀족원 도서관의 변화를 아는 사람이 정말 많이 없음을 깨달았다. 졸업해서 과거의 귀족원밖에 모르는 사람은 슈바르츠와 바이스가 당연하게 작동되는 줄로 알고 있고, 지금 학생은 슈바르츠와 바이스의 존재조차 모른다. 나는 페르디난드에게 정변으로 인한 중앙 숙청에 의해 상급 귀족 사서가 사라진 얘기와 중앙 귀족인 솔랑쥬는 주인으로서 마력을 쏟을 수 없었다는 사실을 보고했다.

"장서에 빠삭하고, 나도 신세를 많이 졌던 사서였는데……. 그렇군. 이제 없구나."

"숙청의 폐해가 사방팔방에서 나온다는 얘기는 들었다만, 귀족원 도서관에도 사람을 못 보낼 정도라니 중앙 사정이 정말 어려워졌나 보군."

질베스타가 책상에 몸을 실으며 깊은 한숨을 내쉬었다. 에렌페스트는 정변에서 중립이었기에 승리파끼리 형성된 중앙과 관계가 깊지 않다. 더군다나 지금까지 성적이 낮아서 상위 영지의 다과회에 초대받은 적도 거의 없었던 탓에 그런 정보를 손에 넣지 못했다고 한다.

"슈바르츠와 바이스가 없으면 솔랑쥬 선생님이 고생하세요. 제가 도와주겠다고 자처했지만, 영주 후보생이라서 중앙에 본적을 옮길 수 없어요. 그래서 재학 중에만 마력을 공급해 주기로 했어요. 왕자님도 개인적인 호의라는 범위 내에서는 마음대로 해도 좋다고 하셨고요."

"……로제마인을 영주의 양녀로 삼은 건 참으로 현명한 선택이었군. 상급 귀족인 내 딸이었다면 재학 중에 중앙에 뺏길 뻔했어.”

심오한 어조로 칼스테드가 그렇게 말했고, 질베스타가 자랑스럽게 “내 판단이다.”라며 가슴을 내밀었다. 솔직히 나는 중앙에 이적해서 귀족원의 도서관에 취직하고 싶었다.

“그나저나 손도 대지 않고 축복 하나로 주인이 되다니 그대는 정말 보통이 아니군. ……아무럼 어떤가. 힐쉬르의 보고서를 보아하니 그들의 치수를 재면서 많은 마법진을 발견했다더구나. 그건 나중에 찬찬히 들어 보도록 하겠다.”

“아, 힐쉬르 선생님에게 산더미 같은 선물을 받아 왔어요. 페르디난드 님이 옛날에 만든 마법구가 고장이 났다고 고쳐 달래요. 그리고 슈바르츠와 바이스의 일로 페르디난드 님의 협력이 필요하대요.”

페르디난드의 입꼬리가 기쁨으로 씩 올라갔다. 기분이 좋아진 것 같아 보이니까 이참에 또 다른 선물도 미리 말해 두자.

“그리고 선물로 로지나와 함께 작곡한 지혜의 여신에게 바치는 곡과 빛의 여신에게 바치는 곡을 그린 악보도 있어요. 나중에 어떻게 편곡하면 좋을지 생각해 주세요. 빛의 여신에게 바치는 곡은 아나스타지우스 왕자를 통해서 에그란티느 님께 보내려고 하거든요.”

“……로제마인, 그런 얘기는 못 들었는데.”

질베스타가 발끈하며 그렇게 말했지만, 나는 고개만 까딱 기울였다.

“아까 말씀드렸잖아요. 작곡을 의뢰해 놓고, 역시 필요 없다고 해서 아나스타지우스 왕자님의 심기를 건드렸다고……. 제멋대로 군 것도 사랑 때문에 한 행동이었고, 처음 의뢰한 사람도 아나스타지우스 왕자니까 왕자 경유로 선물하는 편이 좋다고 생각해요.”

아니면 직접 에그란티느에게 선물하는 편이 좋으냐고 묻자, 페르디난드가 미간을 꾹 눌렀다.

"우선 왕자의 의향을 확인해라. 그대의 독단으로 움직이지 말도록."

"네? 하지만 저는 먼저 연락하지 않겠다고 약속했으니까 그럴 순 없어요."

왕족과 한 약속은 거역할 수 없다며 나는 고개를 저었다.

"로제마인, 그대는 설마 그런 이유로 왕족의 의뢰를 방치할 셈인가!?"

"방치라니 누가 들으면 오해할 말씀 마세요. ……기다리고 있는 거예요. 저는 아나스타지우스 왕자님의 연락을 계속 기다릴 수밖에 없어요. 필요하면 왕자님이 알아서 찾아 줄 거예요."

"그대는 바보인가? 왕자가 올 턱이 없지 않은가."

"오던데요. 제가 도서관에서 신나게 책을 읽는데 왕자가 들이닥쳐서 저를 연행해 갔어요."

귀한 독서 시간을 낭비하고, 쓰러져 버린 탓에 며칠이나 도서관에 가지 못한 억울한 기억을 떠올리며 내가 화를 내자, 깜짝 놀란 세 사람이 휘둥그레 뜬 눈으로 나를 보았다.

"로제마인! 왕자에게 연행되었다면 도서관에 있을 때 호출받은 것이 아니라 왕자가 직접 찾아오게 만든 것이냐!? 몰상식해도 정도가 있지!"

"네? 하지만 저는 딱히 가까이하고 싶지도 않고, 연락하지 않겠다고 약속한걸요……."

"로제마인, 그 약속은 철회해라. 앞으로도 계속 왕자에게 연행될 수도 없지 않으냐. 왕자가 직접 마중을 나오는 사람이라는 소리를 듣게 할 작정이냐? 얼토당토않게 소문이 퍼질 거고, 쓸데없이 적만 늘어서 책 읽을 겨를도 없어질 거다."

올도난츠와 문서로 처리할 일로 일일이 불려 가면 독서 시간이 더 줄어들 것이라는 설명에 나는 양손으로 볼을 감싸며 "히이이이이익!" 하고 숨을 들이마셨다.

"귀족원에 돌아가면 당장 철회할게요. 여기서 독서 시간이 더 깎이면 안 돼요!"

"하아……. 가장 기본적인 사교만 하게 하고, 도서관에 틀어박혀 있는 편이 차라리 그대에게도 가장 안전하고 안심될 것 같군."

피곤에 절은 얼굴로 하는 진지한 말에 내 안에서 페르디난드의 호감도가 급상승했다. 최대한 도서관에서 지내도 좋다는 말을 하다니 오늘을 기념일로 삼고 싶을 정도다. 나는 기쁨에 몸을 맡겨 벌떡 일어나서 양손을 번쩍 들었다.

"아아, 정말 페르디난드 님이 신으로 보여요! 신에게……."

"기도는 필요 없다, 앉아라."

특별히 기도해 주려고 했는데 거절당했다. 아쉬워라.

"로제마인, 또 왕족에게 저지른 짓은 없냐? 부탁이니까 여기서 끝이라고 말해 줘!"

질베스타의 비통한 외침에 나는 내 행동을 돌이켜 생각해 보았다. 아나스타지우스에게 연행되고 나서 약을 먹고 의식이 몽롱해져서 쓰러졌다.

"왕자는 대체 무엇 때문에 널 연행한 거냐?"

"사랑이 폭주해서요. 에그란티느 님의 다과회에서 얻은 정보를 듣고 싶었대요."

싸움의 불씨가 되기를 두려워한 에그란티느가 졸업식 에스코트로 아무도 선택하지 않겠다고 한 말과 그래서 아나스타지우스가 뭔가를 생각하는 것 같더라는 얘기를 했다.

"그 외에는…… 아나스타지우스 왕자님께 땅의 여신에게 바치는 곡을 가르쳐 드렸어요. 그리고 상당히 무례한 말을 한 사과의 뜻으로 에그란티느 님께 머리 장식을 선물하라고 제안했더니 좋다고 의뢰해 주셨어요. 그 정도일까요?"

"잠깐만. 왜 왕자에게 머리 장식을 제안하기 전에 우리에게 상담하지 않았지?"

"네? ……아나스타지우스 왕자님에게 사과 편지의 답장과 귀환 보고를 할 때 기분을 풀어 주는 편이 좋겠다고 생각해서 한 건데요."

돌아올 채비를 하는 사흘 사이에 또 일을 벌였냐며 보호자들의 눈꼬리가 일제히 치켜 올라갔다. 벌떡 일어난 페르디난드가 섬뜩한 미소로 다가오더니 내 양 볼을 잡고 쭉 찢었다.

"로제마인, 생각나는 대로 바로 움직이지 말라고 내가 가르치지 않았나? 보고, 연락, 상담의 중요성을 누누이 가르친 거로 아는데 내 가르침이 부족했나? 아니면 2년간 자면서 마력과 함께 생각이란 걸 흘려보내 버렸나?"

"지성하니다!"

어떻게 할지 모를 때는 단독 행동 전에 질문서를 작성해서 보고하라며 혼이 났다. 빌프리트는 내 행동을 저지하려면 어떻게 해야 하는지 몇 번이나 질문서를 보냈다고 한다. 그런 방법이 있었구나, 하고 내가 손바닥에 주먹을 톡 치자, 귀족원에 보내기 전에 교육이 부족했었

나 보다며 보호자들이 동시에 머리를 싸맸다.

"하긴 2년간 잠들었으니. 다음 학년까지 사교 교육을 철저하게 시켜야겠군."

봉납식과 성적 등 우선순위를 매겨서 벼락치기로 교육한 결과가 지금의 나인 모양이다.

"원래라면 에렌페스트 1학년이 왕족과 엮일 일이 없다. 게다가 로제마인에게는 체력 문제도 있어서 이렇게 금방 수업을 끝낼 줄도 몰랐지. 수업을 끝내고 도서관을 짧게 즐길 무렵이 되면 본격적인 사교 시즌이 돌입하기 전에 불러와서 봉납식을 시키고, 영지대항전이 시작하기 직전에 귀족원으로 돌려보내면 형편없는 사교 능력도 약간은 속일 수 있을 줄 알았건만……."

"페르디난드의 예상을 뛰어넘었네."

질베스타가 재미있다는 듯이 씩 웃자, 페르디난드는 쌀쌀맞게 "예상을 뛰어넘으면 결국에 고생하는 사람은 영주회의에 가야 하는 아우브 에렌페스트다." 하고 질베스타를 보았다.

"로제마인, 넌 정말 단기간에 잘도 이런 짓들을 저질렀구나. 사교 시즌에 돌입하지도 않았는데 이 모양이라니."

"양아버님. 이미 지나간 일은 되돌릴 수 없어요. 우리 긍정적으로 생각해요."

"이 바보 녀석. 지나간 일이라니. 왕자와의 관계도, 대영지와의 관계도 앞으로 에렌페스트에는 중요한 문제다."

또 삑삑 울고 싶으냐며 노려보자, 나는 재빨리 화제를 피했다.

"그럼 에렌페스트가 조금이라도 유리해지도록 벤노 씨나 상업 길드의 길드장인 구스타프와 얘기를 나눠야겠네요. 린샴과 머리 장식과 카트르 카르도 귀족원에서 굉장히 주목을 끌고 있어요. 왕자가 마음에 둔 여성에게 선물한 머리 장식이라고 하면 어마어마한 선전 효과를 얻을 수 있을 거예요……."

"그건 그렇다만, 이 말은 해야겠다. 이 바보 녀석! 경솔한 것도 정도껏이지! 판매나 헌상품은 독단적으로 행동하지 말라고 분명 단단히 일렀다. 영주회의도 통하지 않았는데 무슨 짓이야!?"

질베스타에게 한소리 듣고서야 반성했다. 아나스타지우스에게 주문을 받은 건 경솔한 판단이었다.

"……죄송해요. 지금부터라도 거절하는 편이 좋을까요?"

"왕족을 상대로는 쉽게 거절할 수 없으니 이렇게 화내는 거다."

"질베스타, 이렇게 된 이상 영지에 이익이 되게 움직일 수밖에 없다. 클라센부르크가 졸업식에서 머리 장식을 달게 되면 엄청난 선전 효과가 될 것이 확실하다."

페르디난드가 힘없이 고개를 저었다.

"아, 그럼 차라리 머리 장식과 함께 두 사람의 연애 이야기를 인쇄해서 팔도록 해요. 그러면 인쇄물도 단숨에 퍼지지 않겠어요?"

참고서는 에렌페스트가 조금이라도 오래 유리하기 위해서라도 다른 영지에 팔고 싶지 않지만, 인쇄 자체는 어서 빨리 보급하고 싶었다. 왕족의 연애물이라니 이보다 더 훌륭한 소재가 어디 있겠는가. 가십이란 순식간에 퍼지는 법이다. 호외처럼 종이 한 장에 인쇄해서 팔면 단가를 낮출 수 있다. 이참에 바인더처럼 종이를 엮는 상품도 만들어서 새로운 정보가 나올 때마다 팔면 흥미를 끄는 부분만 사는 사람, 매호마다 모으는 사람으로 다양하게 즐길 수 있다.

"로제마인, 그러니까 그대는 앞으로 2왕자에게 붙겠다는 말이냐?"

"네? 아뇨. 저는 에그란티느 님 편이에요. 어느 왕자를 선택하든 선택하지 않든 짭짤한 소설 소재가 될 것 같고, 머리 장식과 린샴 선전 효과를 고려하면 신분이 높은 여성한테 팔기 시작하는 편이 최고니까요."

카트르 카르도 다과회를 자주 여는 여성들 사이에서 유행하기 쉬우리라. 에그란티느는 신분이 높고, 미인이며 린샴과 머리 장식에도 호기심을 보였다. 광고판으로는 최고 일품이다. 내가 조건을 쭉 나열하자, 질베스타가 고개를 저었다.

"로제마인, 그대는 장사치의 이익밖에 모르는구나."

"저는 아직 귀족 입장의 이익을 잘 모르겠어요. 에그란티느 님께 붙으면 안 되나요?"

나는 페르디난드에게 의견을 구했다. 가만히 고민하던 페르디난드는 한 번 눈을 내리깔고, 천천히 숨을 내쉬었다.

"그대의 선택도 나쁘지는 않다. 그대의 말을 믿는다면 다음 왕을 결정하는 데 클라센부르크의 입김이 가장 크겠지. 그렇다면 왕자가 아니라 클라센부르크에게 붙어 두면 큰 문제는 없다고 할 수 있다."

결단할 사람은 아우브 에렌페스트라고 하면서 질베스타로 시선을 돌렸다. 당장 대답하기 어려운 문제를 앞에 두고, 고민에 빠진 질베스타의 모습에 나는 미간을 찌푸렸다. 파벌이 어떻게 되든 관심도 없는 건 내가 아직 귀족답지 못해서다.

"누구에게 붙든 안 붙든 지금은 뒤로 미뤄도 좋지 않을까요?"

"뭐라고?"

"그것보다 영주회의에서 린샴과 머리 장식, 식물지, 카트르 카르의 거래를 요구했을 때 어떻게 할지를 고민해야죠. 아나스타지우스 왕자님과 에그란티느 님은 확실히 흥미를 보이셨으니까 파벌이고 뭐고 둘째 치고, 거래를 먼저 원할 거예요."

에그란티느가 선택할 생각이 없다면 당분간은 이대로 평행선이다. 왕좌는 그녀의 선택으로 바로 한쪽으로 결정된다. 그런 남의 선택으로 어떻게 될지 모르는 미래보다 눈앞에 닥친 문제를 정리하는 것이 현명하다.

"플랑탱 상회의 식물지 공방과 달리 길베르타 상회의 린샴 공방은 아직 한 군데밖에 없고, 머리 장식도 하나를 만드는 데 상당한 시간이 걸려요. 공방을 늘려서 사러 오는 상인을 늘릴지, 제조법을 팔지, 제가 벤노와 맺은 계약 마술 항목에 걸리지는 않는지, 해지할 수는 있는지, 방문자가 늘면 평민촌의 숙박 시설들은 어떻게 되는지, 치안 유지는 되는지, 이익 배분은 어떻게 할지……. 특산품을 팔려면 생각할 것들이 태산이에요."

사람을 모으고 싶다면 에렌페스트에 상인을 불러들이는 방법이 최고지만, 그때 상품이 없으면 손님의 마음을 놓치게 되고, 멀리서 온 상인은 화내리라. 늘어난 이방인이 상품을 두고 쟁탈전을 벌이기라도 하면 치안은 금방 무너진다. 귀족의 사고방식이 아니라고 하든 말든 실제로 고생하는 건 길베르타 상회와 플랑탱 상회, 문지기 등 모두 나의 관계자들이다. 미리 방지할 수 있는 부분은 손을 써 두고 싶었다.

"몇 년이나 뒤에 일어날 중앙 정세보다 봄이 되면 일어날 사태에 대응해야죠."

"그렇군. 벤노와 상업 길드의 구스타프를 불러라. 봄에 있을 영주회의 전까지 의논해야겠다."

봄의 영주회의 전까지 불러야 한다지만, 지금은 겨울의 주인도 토벌하지 않은 한겨울이다. 평민 상인을 부르고 싶어도 당장 부를 수 있는 상황이 아니었다.

"아우브 에렌페스트에게 초대장이 갈 거라는 걸 네가 미리 상인들에게 알려 둬라. 아무런 준비도 없이 끌고 올 순 없지 않은가?"

기베 하르덴첼에게 소환되었을 때 참 불쌍해 보였다며 페르디난드가 중얼거렸다. 그러고 보니 엘비라의 친가가 있는 하르덴첼에서 공방을 세우겠다는 상급 귀족들에 둘러싸여 거래하는 끔찍한 경험을 했다는 소리를 들은 기억이 있다. 페르디난드의 눈에도 벤노를 동정하지 않을 수 없는 상황이었던 모양이다.

"그렇다면 벤노와 성에 올 인원수를 조정해서 보고해라. 문관에게 그 인원수에 맞춰 초대장을 만들게 하겠다."

"알겠습니다. ……양아버님, 길베르타 상회의 대표도 전에 바뀌었는데 그쪽 대표도 부를까요?"

"음, 그쪽은 네가 알아서 조정해라. 네 손으로 하는 편이 안심할 수 있겠지?"

"알겠습니다."

"그럼 내일은 신전에 돌아가자, 로제마인. 겨울의 주인이 본격적으로 활개를 치기 전에 조정해야 하니까."

"알겠습니다."

신전으로 귀환

그날 보니파티우스와 페르디난드도 참여하여 영주 일가가 단란한 저녁식사를 가졌다. 샤를로테가 귀족원이 어떤 곳인지 묻기에 나는 도서관과 슈바르츠와 바이스 얘기를 열렬하게 설명했다.

"일을 도와주는 커다란 스밀처럼 생긴 마술구요? 정말 귀엽겠네요."

"그럼요. 여학생들에게 인기가 매우 높답니다. 새로운 주인은 새 옷을 선물해야 해서 다 함께 고안하는 중이에요. 남자애와 여자애 옷을 입힐 예정인데 도서위원 완장은 꼭 달기로 했어요. 나도 같은 완장을 달 예정이고요."

"똑같은 완장으로요? 주인인 언니와 함께 도서관을 걸어 다니는 모습을 보고 싶네요. 내년이 기대되어요."

샤를로테와 활발한 대화를 나눈 뒤, 흥분한 보니파티우스가 디터 승부 얘기를 물었다. 역시 기사라면 디터에 관심이 큰지, 질베스타 뒤에 서 있는 칼스테드의 눈빛도 조금 번쩍인 것 같다.

"네가 기책을 써서 단켈페르거에 승리했다지? 대체 어떤 기책을 쓴 게냐?"

"이번 한 번만 변칙적으로 열린 보물 뺏기 디터여서 먹힌 기책이에요. 먼저 보물로 쓸 마물은 슈타프로 단단히 묶어 두면 날뛰지 못하고 그대로 둬도 죽지 않는 정도이고, 그렇게 크지 않은 것을 잡도록 했어요."

"그럼 상대에게 공격을 받는 순간 죽을 텐데?"

으음, 하고 고개를 갸웃거리는 보니파티우스에게 나는 자랑스럽게 대답했다.

"그래서 죽이지 못하도록 제 기수 안에 실어서 지켰어요."

"기수 안에!?"

"맞아요. 제 마력을 뛰어넘는 사람이 아니면 기수를 파괴해서 뺏을 수 없으니까 제 기수를 타고 있는 한 쉽게 지지 않아요."

어이없어하는 칼스테드와 보니파티우스의 표정으로 보건대 역시 기사가 생각해 낼 기책은 아니었던 모양이다. "그 그뢴에 그런 사용방법이 있었을 줄이야……." 하고 감탄하며 고개를 끄덕이는 페르디난드가 보였다.

그리고 나는 보물을 잡고 돌아오는 적을 기습했다는 얘기를 시작했다. 가만히 듣고 있던 보니파티우스가 여전히 이해하지 못하겠다는 표정을 지었다.

"……네 얘기를 듣자 하니 기수를 잡아서 경기장으로 돌아온 상대를 공격했다는 말로 들리는데, 그건 딱히 기습이 아니지 않으냐?"

"요즘에는 귀족원에 속도 겨루기 디터가 주류라서 보물 뺏기 디터를 해 본 견습 기사가 양 팀에 없었어요. 그래서 보물을 옮기는 도중에 공격당할 줄은 아무도 예상하지 못했겠죠. 그래서 기습이라고 하는 거예요."

내가 설명하자 "약하다. ……너무 약해." 라며 보니파티우스의 표정이 점점 험악해졌다. 디터 승부라고 볼 수 없는 어린애 장난인 듯하다. 보물 뺏기 디터가 주류였던 무렵은 대체 어떤 상태였을까? 생각만으로도 살이 떨린다.

"하지만 그 미지근한 기습은 반은 성공하고, 반은 실패했어요. 에렌페스트의 견습 기사들이 전혀 협동하질 못했고, 단켈페르거가 즉시 태세를 다시 재정비했거든요."

짚이는 데가 있는지 칼스테드가 턱을 쓰다듬으며 고개를 끄덕였다. 나는 이 기회에 칼스테드에게 견습생의 훈련을 강화해 줄 것을 부탁했다.

"기사단장님, 이런 저녁자리에서 말하긴 그렇지만, 견습 기사의 훈련을 재검토하셔야 할 것 같아요. 요 몇 년 사이에 보물 뺏기 디터에서 속도 겨루기 디터로 바뀌는 바람에 귀족원에서 협동과 역할 분담을 이론으로만 배워 실제 상황에서 전혀 쓰지를 못했어요."

"최근 들어 수준이 떨어진다 싶었더니 그런 이유가 있었군. 나도 영주 일족의 호위 기사 단련에 힘을 쏟느라 견습생 교육을 뒷전으로 미뤘었는데, 즉시 재검토하마."

기사단의 상층부는 기본적으로 영주 일족의 호위 기사다. 그들이 교대로 보니파티우스의 맹훈련에 억지로 동원되다 보면 다소 교육에 손을 놓게 되는 것도 이해가 된다. 성에서 습격이 생긴 이상, 견습생의 훈련보다 호위 기사의 훈련에 더 중점을 두기 마련이니까.

"단켈페르거는 영지에서 교육을 철저하게 시킨 건지, 아니면 사감인 루펜 선생님이 온 힘을 쏟아 훈련시킨 건지, 에렌페스트와는 비교할 수 없을 정도로 협동이 훌륭했어요. 이대로는 개인 마력은 올라가도 에렌페스트가 디터에서 이기기는 어려울 거예요."

제대로 협동할 줄 아는 건 영주 일족의 호위 기사들뿐이었거든요, 라고 내가 말하자 그들을 훈련한 보니파티우스의 파란 눈이 날카롭게 번쩍였다.

"흠. 로제마인이 그렇게까지 걱정한다면 영주 일족의 호위 기사 교육은 어느 정도 틀이 잡혔으니 앞으로는 견습생을 단련시켜야겠군."

"안게리카와 코르넬리우스를 정말 훌륭하게 훈련시키셨는걸요. 기대하겠습니다."

"음? 흠, 이 할아버지에게 맡겨라!"

보니파티우스가 믿음직스러운 미소로 내 부탁을 들어주었다. 보니파티우스의 훈련이 일단락되어 기사단도 아랫사람들의 교육에 힘쓸 수 있게 되었으니, 아마 앞으로는 견습생들도 한층 더 강해지리라 믿었다.

"로제마인, 결국 기습엔 실패했단 거지? 그 뒤에는 어떻게 되었지?"

질베스타가 다음 이야기를 재촉했고, 모두의 시선이 내게 집중되었다.

"기습 2탄을 결행했어요. 보물인 마수를 날뛰게 하면 단켈페르거의 공격이 느슨해질 테고, 강한 마수를 상대로 적당히 상대할 수도 없으니 마수를 처치하지 않을까 하는 생각에 적의 보물을 거대하게 만들었어요."

"뭐!?"

눈이 휘둥그레진 주변 사람들에게 나는 내가 한 일을 설명했다.

"제 마력을 담은 류엘 열매 조각에 페르디난드 님의 지옥의…… 아니, 가장 효과 좋은 회복약을 몇 방울 떨어뜨려서 유디트에게 던지게 했어요. 주변에 떨어뜨리면 마력에 굶주린 마수가 알아서 먹어 줄 거라고 생각했는데 유디트가 입속에 정확하게 던져 넣는 데 성공한 거예요. 대단하죠?"

내가 유디트의 실력을 자랑하자, 질베스타가 뭐라고 대답해야 할지 굉장히 곤란한 얼굴로 입을 열었다.

"……아~. 다시 말해서 마수를 회복시키고, 동시에 거대하게 만들어서 날뛰게 했다는 말인가?"

"맞아요. 갑자기 거대해진 보물에 단켈페르거가 대응하는 기회를 타서 코르넬리우스와 안게리카의 마력을 회복하고, 온 힘을 실은 마력을 마수에 쏟아서 승리했어요."

입도 뻥긋하지 못하고 침묵하는 일동 중에서 페르디난드 혼자만 흥미진진하게 연신 고개를 끄덕였다.

"보물 뺏기 디터를 처음 하면서도 제법 재미있는 수를 썼군. 정말 그대의 발상은 사람을 놀라게 하는구나."

"루펜 선생님도 페르디난드 님을 방불케 하는 기책이라고 하셨어요."

옛날에 어떤 수단을 썼던 거예요? 라고 물었더니 다음에 디터 작전 자료를 보여주겠다고 했다

"음, 흥미로운 기책이다만, 겨울의 주인 토벌에는 못 쓰겠군."

칼스테드의 말에 나는 어깨를 으쓱했다. 도움이 안 돼 안타까울 뿐이다.

저녁식사를 마치고 내 방으로 돌아오니 벌써 목욕 준비가 끝나 있었다. 나는 시종들의 도움으로 옷을 벗고, 욕실에 들어갔다.

"공주님, 오늘은 마술구도 벗기겠습니다."

리카르다가 그렇게 말하며 마술구를 벗기자, 온몸이 갑자기 무거워지면서 움직일 수가 없었다. 완전히 간호를 받으며 손가락도 꿈틀거리

지 못했던 때를 생각하면 70% 정도는 회복한 것 같다. 다리가 바들바들 떨려도 전과 달리 스스로 서 있을 수는 있었다.

리카르다와 오틸리에가 나를 안아 들어서 그대로 욕탕에 담갔다.

"로제마인 님, 하르트무트를 측근으로 삼아 주셔서 감사하게 생각합니다. 다만, 제 아들이 로제마인 님께 부담을 드리고 있지는 않을지 걱정이 되어 못 참겠습니다. 녀석이 도움이 되고 있나요?"

오틸리에는 하르트무트의 어머니다. 자세히 보면 생김새가 언뜻 비슷해 보인다. 나는 '성녀 전설 가속화를 부추기고 있어요'라는 말을 목구멍에 삼키고, 하르트무트가 영주대항전의 결과를 정리하고, 필린느를 비롯한 견습 문관들에게 정보 수집 방법을 가르치고, 견습 문관 상급생으로서 노력하고 있다고 전해 뒀다.

"정말 로제마인 님께 푹 빠진 아이라 혹시나 설친다 싶으시면 바로 제지해 주십시오. 로제마인 님을 위해서라며 물불 안 가리는 모습이 눈에 아른거리니 불안해서 참을 수 없습니다."

오틸리에에게 들은 바에 의하면 하르트무트는 나를 자애롭고 겸손하며 주위에 축복을 아낌없이 주는, 진짜 나와 천지차이인 성녀로 보고 있었다. 얼른 그 환상을 깨야겠다며 굳게 결심한 순간, 나는 하르트무트의 언행을 떠올리고 고개를 갸웃거렸다.

'아무리 그래도 귀족원에서 생활하는 내 실태를 봤으면 환상이 깨질 텐데 왜 깨진 것 같지가 않지? 알 수가 없네.'

부력으로 몸을 움직인 목욕을 끝내자, 리카르다가 얼른 나를 침대로 몰아넣었다. 정확하게 말하면 마술구도 채워 주지 않은 채 나를 그대로 침대에 눕혔다.

"귀족원에서는 주변 눈이 많아서 마술구를 빼지 않았습니다. 오늘

밤은 마술구 없이 지내시고, 자신의 몸 상태가 어떤지 몸소 깨달으셔야 합니다. 그런 몸으로 무모한 행동만 하시니 보고 있는 저희가 조마조마합니다."

리카르다에게 주의를 들으니 할 말이 없다. 귀족원에서는 계속 마술구를 차고 다녀서 내 몸이 아직 덜 회복됐다는 의식이 없었다. 하지만 이렇게 마술구를 빼고 보니 잠에서 깬 지 두 달이 되어 가는데도 아직도 크게 달라지지 않은 것을 잘 알 수 있었다.

"오늘은 느긋하게 쉬십시오. 내일부터 신전에 돌아가시면 또 계속 바빠지겠지요?"

"그렇겠죠."

벤노와 상인들에게 보낼 편지를 썼다. 가능하면 면담해서 직접 얘기해야 할 거리가 수두룩하다. 고아원과 공방 상태도 보고 싶고, 봉납식도 바로 코앞이고, 페르디난드를 도울 일도 분명 산처럼 쌓였으리라.

"저는 신전으로 돌아가시는 공주님을 배웅하고 난 뒤부터는 휴가를 받았지만, 계속 바쁘게 지내실 공주님이 걱정되어 잠을 못 이룰 것 같습니다."

"지금껏 귀족원에서 내 곁을 지키느라 고생했어요. 느긋하게 푹 쉬세요."

"감사하게 생각합니다. 그러나 공주님. 부디 몸조심하십시오. 귀족원과 달리 에렌페스트에서는 공주님의 몸 상태가 최우선이니까요."

그런 말과 함께 불이 꺼졌고, 나는 조금 일찍 잠들게 되었다.

다음 날, '눈보라가 잠잠해질 때 신전으로 이동한다'고 들은 나는 언제든 출발할 수 있게 준비를 마친 상태에서 벤노에게 보낼 편지를 썼다.

귀족원에서 유행을 퍼트려야 하니 린샴, 머리 장식, 카트르 카르, 식물지가 영주회의에서 화두에 오를 것 같다는 것, 이 안건에 관해서 눈보라가 잦아들면 곧이어 영주가 상업 길드와 길베르타 상회, 플랑탱 상회를 소환할 것이라는 내용을 적었다. 다음 땅의 날부터 봉납식이 있으므로 그때까지는 신전에 있을 것이라는 내 일정과 눈이 멈춘 날은 직접 이야기하고 싶다는 글도 적었다.

오토와 구스타프에게도 비슷한 내용의 편지를 썼다. 길베르타 상회에는 머리 장식의 발주서도 동봉해 두었다. 성인식에 쓰려고 하니 최고급 실을 써서 빨강을 기본으로 한 코라레리에 꽃 머리 장식을 만들어 달라고 썼다.

나는 편지를 겉옷 주머니에 넣고, "이걸로 됐어." 하고 고개를 끄덕였다.

아직 시간이 남은 듯하다. 뭘 읽을까 생각하는데 내 생각을 읽었는지 리카르다가 책궤 열쇠를 집어 들었다. 오틸리에가 "이쪽을 여십시오." 하고 리카르다에게 한 책궤를 열게 했다.

"로제마인 님, 엘비라 님께서 책 두 권을 보내셨습니다. 하르덴첼에서 인쇄한 책이라고 합니다."

새로운 책이 생겼다는 사실에 신이 나서 들여다보니 식물지로 만든 기사 이야기집 두 권이 들어있었다. 심플한 표지에 '엄선한 기사 이야기집'과 '귀족원 이야기'라고만 쓰여 있다. 그리고 책에 편지가 동봉되어 있었다. 영주의 허가 없이 페르디난드가 출입하지 못하는 성 내의 방에서만 읽을 것, 방 밖으로 가지고 나가지 말 것이라는 엘비라의 주의사항이 적혀 있었다.

대충 파라락 넘기며 읽어 보았다. 한 권은 엘비라 자신이 마음에 든 기사 이야기를 모은 것으로 삽화만 페르디난드를 모델로 삼은 책이었다. 빌마가 아닌 다른 화가가 그린 삽화인데 누가 봐도 페르디난드가 모델임을 알 수 있는 그림이었다. 빌마가 화구를 선물해 준 답례로 보낸 그림을 토대로 그렸는지, 아니면 엘비라가 지시한 건지는 모르지만, 빌마가 그린 페르디난드보다 3배는 더 아름다웠다.

'엄선한 기사 이야기'는 틀림없는 기사 이야기지만, 연애 비중이 높은 이야기들로만 구성되어 있었다. 오틸리에가 말하길 그 책을 같은 파벌끼리 모인 다과회에서 비밀리에 팔았는데, 반응이 폭발적이어서 후속권으로 '귀족원 이야기'를 제작했다고 한다. 엘비라와 부인들이 아는 귀족원 안에서의 연애 소문이 가득 담긴 학원 연애물 단편집이다. 집필은 엘비라와 지인들이라고 한다.

"……어머님께 이런 재능이 있으신 줄 몰랐어요."

"엘비라 님은 견습 문관 시절부터 글을 참 잘 쓰셨어요. 최근에 재미있는 취미를 발견했다면서 정말 생기가 넘치세요."

"오틸리에도 이 책을 읽었어요?"

"네, 재밌게 읽었답니다."

페르디난드의 책을 만들려고 친가의 땅에 식물지 공방부터 인쇄 공방까지 세워 버린 열정에 압도되면서 나는 책장을 파라락 넘겼다.

'귀족원의 학원 연애물이라면 남주인공 삽화까지 전부 신관장님으로 안 해도 된다고 봐요, 어머님.'

기사 이야기 하나를 다 읽었을 때쯤에 올도난츠가 날아와서 "신전에 가자."라고 전했고, 나는 책을 덮었다. 나를 배웅할 측근들과 함께 이동했다. 페르디난드와 에크하르트와 유스톡스가 기다리는 곳으로 내가 다가가자, 다무엘과 안게리카도 함께 따라왔다.

"안게리카도 신전에 가게요? 아직 성인도 아닌데 성이 아닌 곳에서 호위해도 괜찮아요?"

내가 페르디난드와 안게리카를 번갈아 보자, 페르디난드가 의욕에 가득 찬 안게리카를 내려다보며 가볍게 고개를 끄덕였다.

"성인식은 아직이지만, 이미 열다섯이다. 다들 걱정했던 수업도 끝났다고 하고, 본인이 하고 싶다더군. 무엇보다 여기사가 한 사람도 없으면 곤란해."

세례식에서 부모가 골라 줬을 때와 달리 이제 나는 측근을 스스로 고를 나이다. 성인 여기사는 봉납식 후에 고르고 싶다면 골라도 된다고 했다.

"저 겨우 호위 임무에 종사할 수 있게 되었어요. 시켜 주십시오."

"기사단장과 양아버님께서 허가를 내리셨다면 전 상관없어요."

내가 레서버스를 소환하자, 제일 먼저 레서버스에 익숙한 엘라가 뒷좌석에 올라타고, 안게리카는 예전의 브리기테처럼 조수석에 탔다. 안전띠를 매는 방법을 가르치는 사이에 시종들이 페르디난드의 업무용 도구를 끊임없이 뒷좌석에 채워 갔다.

'저기요, 누가 봐도 내 짐보다 많은데요.'

"로제마인 님, 준비 다 되셨습니까?"

다무엘의 말에 내가 고개를 끄덕이자, 다무엘이 손을 번쩍 들었다. 페르디난드가 그 모습을 보고, 문 옆에 대기하는 노르베르트를 쳐다보았다.

"문을 여시오."

노르베르트의 호령으로 거대한 문이 열렸다. 비록 눈보라가 잠잠해지긴 했지만, 눈은 여전히 내렸다. 그 속으로 파란 망토와 밝은 황토색 망토가 뛰어들었다. 나는 그들을 놓치지 않게 액셀을 꾹 밟았다. 등 뒤에서 "다녀오십시오."라는 목소리가 들렸다.

"로제마인 님의 기수는 정말 쾌적하네요. 놀라워요."

"우후후후. 그렇죠? 사랑스럽고 편리한 내 훌륭한 기수랍니다."

나는 엘리와 조리 도구와 내 짐과 페르디난드의 업무 도구로 가득 찬 뒷좌석을 힐끔 보면서 신전을 향해 눈 속을 날았다.

"안게리카, 신전 시종들은 모두 회색 신관과 회색 무녀예요. 하지만 다무엘이나 안게리카와 마찬가지로 나를 성심성의껏 보필해 주죠."

귀족은 신전을 혐오하고 멸시한다. 다무엘은 자신의 과오를 씻고자 하는 뜻으로 신전에 왔고, 일크너를 위해서 뭐든지 참겠다는 마음가짐으로 호위 기사가 된 브리기테도 대놓고 시종들에게 엄격한 태도를 보인 적이 없다.

그래서 새로운 호위를 신전에 데려갈 때는 나도 모르게 신중해졌다.

"……잘 모르겠습니다. 제가 어떻게 하길 원하십니까?"

"나를 섬기는 사람들끼리니까 평민이라고 노골적으로 혐오하지 말아 줬으면 좋겠어요."

"아, 혐오요? 노골적으로? ……대충 알 것 같습니다."

'전혀 모르는 것 같은데!'

"안게리카가 신전의 신관과 무녀 시종과도 사이좋게 일해 줬으면 좋겠다는 뜻이에요."

내가 간결하게 말하며 안게리카의 표정을 힐끗 보자, 우수에 찬 미소녀였던 안게리카의 표정이 확 밝아졌다.

"알겠습니다. 맡겨 주십시오."

"어서 오십시오, 로제마인 님."

신전에 돌아가자 프랑을 비롯한 모든 시종들이 나를 마중나와 있었다. 레서버스에서 짐을 내리는 페르디난드의 시종들과 함께 나의 시종들도 빠릿빠릿 움직였다. 엘라가 요리 도구를 옮기는 것을 빌마가 돕고, 내 짐은 모니카가 옮기기 시작했다.

"로제마인 님, 저들을 도와도 괜찮겠습니까?"

잠이 페르디난드의 시종을 돕겠다고 지원하기에, 나는 가볍게 고개를 끄덕였다. 양이 상당해서 빨리 짐을 꺼내지 않으면 기수를 정리할 수가 없다. 프랑과 프리츠도 일단 신전 안으로 짐을 옮기기 시작했다.

"그럼 저도 돕겠습니다."

"길은 기다리세요."

잠과 마찬가지로 움직이려는 길을 제지한 나는 주머니에 넣어 둔 편지를 건넸다.

"지금 눈보라가 잠잠해졌을 때를 틈타 서둘러 이것을 플랑탱 상회에 전해 주고 오세요. 그리고 이건 길베르타 상회에, 이건 길드장 앞으로 주는 편지라고 전하세요. 영주님의 호출이 있을 거라고 하면 얼마나 중대한 사항인지 바로 알아챌 거예요."

"알겠습니다. 바로 출발하겠습니다."

일크너와 하르덴첼에도 동행했던 길은 시종 중에서 가장 플랑탱 상회, 길베르타 상회와 관계가 밀접하다. 그들의 고생을 바로 옆에서 보앉고, 공방 대표로서 별스러운 귀족들에게 이리저리 휘둘렸다. 그래서인지 길은 세 통의 편지를 받자마자 안색을 바꾸며 쏜살같이 달려갔다.

모두가 협력한 덕분에 짐 옮기기 작업은 금방 끝났다. 나머지는 페르디난드의 시종에게 맡기고, 나는 내 시종을 데리고 내 방으로 돌아가기로 했다.

"로제마인."

시종에게 목제 상자를 옮기는 방법을 지시하던 페르디난드의 부름에 나는 뒤돌아보았다.

"그대가 눈을 뜨고 성으로 이동하기까지 시간이 촉박해서 평민촌과의 소통과 고아원, 공방의 상황 파악도 제대로 못했다고 들었다. 내일은 내 일보다 그쪽을 먼저 처리하고, 다른 영지와 거래를 맺을 때 질문을 받아도 대답할 수 있게 준비해 둬라."

평민촌의 모두와 공방에서 일하는 회색 신관들이 불이익을 당하지 않게 지키는 건 내 역할이다.

"알겠습니다."

신전장실에 들어가자, 먼저 돌아와 있던 니콜라가 차와 디저트를 준비해 두고 있었다. 나는 앞으로 브리기테 대신 신전에서 호위해 줄 기사라며 안게리카를 소개했다.

"로제마인 님을 모시는 사람끼리 서로 협력하며 지냈으면 좋겠습니다."

안게리카가 각오를 다진 얼굴로 그렇게 말하자, 프랑을 비롯한 시종들의 표정에 살짝 당혹감이 서렸다. 귀족답지 않은 안게리카의 태도에 놀랐는지, 그들의 시선이 허공을 헤맸다. 미간을 꾹 누르며 한숨을 내쉬는 다무엘을 보고, 평범한 사람이 아님을 깨달았는지 프랑이 어색하게 웃으며 말했다.

"신전 내의 수석 시종인 프랑입니다. 로제마인 님께 안게리카 님과 같은 호위 기사분이 계셔서 매우 기쁩니다. 앞으로 잘 부탁드립니다."

다무엘과 안게리카가 문 앞에 서서 신전 내의 호위 임무를 이것저것 확인하기 시작했다. 실제로 보고, 움직여 보지 않으면 설명만으로는 안게리카가 이해하지 못하는 일들이 많아서였다.

"프랑, 제가 없는 동안에 쌓인 보고를 들을게요."

"알겠습니다."

고아원에서 감기에 걸린 아이가 몇 명 있었지만, 별다른 문제 없이 회복했다고 한다. 공방에서 진행하던 겨울 수작업과 인쇄도 순조롭고, 딱히 문제가 없다고 했다.

"눈보라가 멎고 봄이 다가오면 성에서 플랑탱 상회와 길베르타 상회를 호출할 거예요. 봉납식 전까지 눈보라가 잠잠해질 때를 보고, 면담할 예정이에요. 언제 면담을 해도 문제없도록 고아원 원장실을 준비해 두세요."

모두의 보고를 다 들었을 때쯤 길이 눈을 한껏 뒤집어쓰고 돌아왔다. 바들바들 떠는 길이 조금이라도 몸을 녹일 수 있게 난로 옆에서 보고를 들었다.

"벤노 님은 어느 정도 예상하신 듯했습니다. 앞으로 길드장과 길베르타 상회에도 연락을 취해서 눈보라가 약해졌을 때 면담하고 싶답니다."

"아마 루츠가 미리 예고하러 오겠지만, 길도 고아원 원장실을 정비해 놓도록 해요. ……그럼 서둘러 옷을 갈아입고 오세요. 바빠질 텐데 감기에 걸리면 고생하잖아요."

"네. 알겠습니다."

페르디난드의 지시대로 다음날은 세 점 종부터 고아원을 시찰했다. 저번에는 대충 보기만 했지만, 이번에는 빌마와 로지나의 보고에 맞춰서 개인이 어떤 기술과 지식을 익혔는지, 잘하는 일은 무엇인지 자세히 들었다. 화가로서 기대가 되는 아이는 끊임없이 연습하라며 격려했고, 공방 업무를 책임지고 맡게 된 견습생들을 칭찬했다.

"델리아는 릴리와 빌마와 함께 어린아이들을 돌보고 있군요."

"릴리만으로는 손이 부족해서요. 그리고 디르크를 돌보면서 애보기도 익숙하고……."

디르크의 누나로 고아원에서 지내는 델리아는 새로 들어온 어린아이들을 능숙하게 잘 보는 모양이었다. 고아원 안에서 자기 역할을 찾았다는 말에 안심했다.

"델리아, 디르크의 상태는 어때요? 문제없어요?"

"요즘 들어 부쩍 떼를 많이 써서 제 말을 잘 듣지 않습니다."

잠시 고민하는 델리아가 등 뒤를 흘끗 보며 그렇게 말하자, 디르크가 얼굴을 빼꼼 내밀었다. 적갈색 머리카락이 사라락 흔들린다. 겉모습까지 델리아와 닮아 보이는 건 내 착각일까.

"델리아가 하는 말은 잘 듣고 있어요. 나는 착한 애거든요. 로제마인 님."

"정말! 디르크는 거짓말쟁이야!"

말투는 화나 있지만, 델리아의 얼굴은 웃고 있었다. 우애 좋은 남매

처럼 지내는 듯했다. 안도한 동시에 조금 쓸쓸해졌다. 이런 식으로 카밀과 지낼 시간을 갖고 싶었다는 생각이 밀려왔다.

고아원 보고가 끝나자, 다음은 프리츠에게 공방 보고를 듣게 되었다. 봄부터 가을까지는 신전을 비운 길을 대신해서 프리츠가 공방을 관리했다. 솜씨 좋은 자들이 길을 따라가는 바람에 공방에서도 육성에 힘쓰느라 고생이 만만치 않았다고 한다.

"다른 영지와 거래를 시작하면 영지 내에 더 많은 공방을 세우게 될 거예요. 그때 다른 지역에 파견할 수 있는 우수한 인재를 키워 주세요."

"벤노 님께 살짝 얘기는 들었습니다. 귀족 주도로 공방이 늘어날 때 대응할 수 있게 준비하라고요……. 귀족의 명령에 익숙한 회색 신관은 언제 파견해도 충분히 적응할 겁니다. 걱정인 것은 평민들 생활에 익숙해지는 것입니다."

다른 지역으로 파견된 적이 있는 회색 신관들이 조그맣게 웃었다.

"신전의 상식과 바깥 상식은 전혀 다릅니다. 하지만 같은 평민이라도 평민촌, 일크너, 하르덴첼에 따라 또 다르지요. 새로운 환경에 도전하는 의식이 강한 사람을 파견하시면 됩니다."

그 미소에는 자신감이 넘쳐흘렀다. 타지를 경험함으로써 그들이 더욱 늠름해져 가는 것을 깨달았다.

신관장과 힐쉬르의 선물

　고아원과 공방 시찰을 끝낸 뒤에는 오늘 들은 이야기를 정리했다. 봉납식이 끝나면 봄에 기베 하르덴첼과 면담하러 하르덴첼로 가야 하는데 그때 회색 신관들에게 들은 이야기를 활용해야 했다.

　"잠, 신관장님께 면담 의뢰를 제출해 줄래요? 그리고 올도난츠를 빌려 달라고 부탁해 주세요. 모니카는 오늘 들은 내용을 정리하세요. 2년 동안 회색 신관들이 노력해서 본인들의 가치도 전보다 훨씬 높아졌으니 새로운 자료가 필요할 거예요. 프랑은 길이 정리한 하르덴첼 자료를 가지고 와 주세요."

　시종들에게 업무를 분담한 나는 프랑이 준비해 준 하르덴첼 자료를 훑어보았다. 구텐베르크들이 어디까지 작업하고 어느 단계에서 막혔는지, 내가 해야 할 협상은 무엇인지 모조리 파악해 둬야 했다. 그나저나 기베 하르덴첼은 엘비라가 어떤 책을 만드는지 알고는 있을까? 엘비라가 아닌 다른 이가 제작한 책도 있을까? 굉장히 궁금해졌다.

　'하아, 어머님이 만든 책 읽고 싶다.'

　내 것인데 읽지 않은 책이 있는 상태가 불편해서 참을 수가 없다. 성보다 신전에 있는 쪽이 훨씬 마음이 편한데도 그 두 권의 책 때문에 성에 있는 내 방에 가고 싶었다. 그런 생각을 하는데 면담 의뢰 목패를 들고 신관장실로 갔던 잠이 조금 곤란한 얼굴로 돌아왔다.

　"잠, 무슨 일 있어요?"

　"어제 신전에 돌아온 후부터 신관장님께서 공방에서 나오질 않으신답니다. 슬슬 다섯 점 종이 울릴 시간인데 아직 식사도 하지 않으셨다고 시종이 그랬습니다."

내게는 오늘 고아원과 공방의 현재 상황을 파악하라고 지시하더니 전부 자기가 공방에 틀어박히고 싶어서였던 모양이다. 신전에 가져온 대량의 짐 속에 힐쉬르가 보낸 선물도 있었으니 분명 신나게 연구 중이리라.

"내가 잠든 동안 신관장님은 계속 일만 하느라 바쁘셨죠? 하루 정도는 좋아하는 일을 하도록 내버려둬도 되지 않을까요?"

"어제 신전에서 돌아온 이후로 계속 공방에 계셨으니 이미 꼬박 하루를 넘기셨습니다."

잠이 문 쪽을 보면서 걱정스럽게 어두운 표정을 짓자, 프랑도 "식사도 하지 않으셨다니 걱정이군요."라며 잠과 마찬가지로 곤란한 표정을 지었다. 항상 생각하는 건데 프랑도 그렇고, 잠도 그렇고, 페르디난드의 시종이었던 사람들은 페르디난드를 너무 좋아한다.

"한 번 상황을 보러 가야 할까요?"

"그렇게 해 주신다면 대단히 감사하겠습니다. 신전 내에서 신관장님께 명령할 수 있는 사람은 신전장이신 로제마인 님뿐이니까요."

'내가 명령한다고 들을 것 같지 않은데.'

일단은 프랑과 잠을 안심시키자는 생각에 나는 자리에서 일어났다. 부리나케 문을 열어 주는 잠과 프랑을 이끌고 신관장실로 향했다.

"로제마인, 잘 와 주었다."

미소로 맞아준 사람은 어째서인지 신관장의 집무용 책상에서 열심히 서류 업무 중인 에크하르트였다. 나는 그 서류를 보면서 방을 쭉 돌아보고, 유스톡스의 모습이 없음을 깨달았다.

"에크하르트 오라버니, 유스톡스는 어디 있죠? 설마 에크하르트 오라버니에게 일을 떠넘기고 신관장님과 둘이서 공방에 틀어박힌 거예요?"

"아니, 유스톡스도 힐쉬르의 선물을 기대했는데 페르디난드 님이 공방에 들여보내 주지 않아서 눈이 잠잠해졌을 때 성에 돌아갔다. 부탁하신 업무는 끝났다면서."

신전에 있는 페르디난드의 공방은 질베스타도 방해하지 못하도록 마력이 상당히 높은 사람이 아니면 출입하지 못하는 구조로 되어 있다. 그래서 유스톡스는 분한 듯이 공방을 노려보면서 부탁받은 업무만 끝내고 얼른 성으로 돌아가 버렸다고 한다.

"그리고 난 일거리를 떠맡은 것이 아니야. 페르디난드 님께서 조금이라도 오래 연구하실 수 있게 자발적으로 일하는 거다."

에크하르트는 자진해서 서류 작업을 돕고 있댔다. 그런데 그것도 슬슬 한계인 모양이다.

"너라면 페르디난드 님의 공방에도 들어갈 수 있지?"

"마력을 등록하지 않아서 신관장님이 열어 주시지 않으면 못 들어가요."

신전장실에 있는 공방에는 두 사람의 마력을 등록해서 페르디난드도 자유롭게 출입할 수 있다. 하지만 신관장실 공방에는 내 마력을 등록하지 않았다. 내 대답에 에크하르트는 실망감에 어깨를 축 떨구면서도 공방에 말을 전할 수 있는 마술구에 시선을 보냈다.

"네가 한 번 불러 보지 않겠어? 손님이 왔으니 페르디난드 님도 조금은 반응해 주시겠지. 내가 아무리 불러도 이젠 대답조차 안 하신다."

하는 수 없이 나는 공방과 연락을 주고받는 마술구에 살짝 손을 대고 말을 걸었다.

"신관장님, 로제마인이에요."

"그대로군. 지금은 바쁘다. 긴급한 용건이 아니면 나중에 하거라."

"긴급해요. 식사 좀 드세요. 시종과 에크하르트 오라버니가 걱정하고 있어요!"

"알겠다. 어느 정도 작업이 일단락되면 먹을 테니 걱정하지 말거라."

간결하게 대화를 끝내 버렸다. 이래서는 절대 나오지 않으리라. 가볍게 한숨을 내쉰 나는 마술구에서 손을 떼고, 에크하르트를 돌아보았다.

"하루 이틀 굶는다고 죽는 것도 아니고, 작업이 일단락되면 드시겠다네요. 봉납식 전까지만 나와 주면 되지 않을까요?"

지금처럼 우라노 시절에 책에 빠진 경험이 있는 나는 좀처럼 작업에 손을 떼지 못하는 페르디난드의 심정이 이해되었다. 안 하면 주변에 큰 지장이 생기는 봉납식만 소화해 준다면 그 외에는 딱히 뭘 하든 괜찮지 않을까? 만족할 때까지 내버려두자는 내 앞에 시종과 에크하르트가 무릎을 꿇었다.

"로제마인, 페르디난드 님은 오늘 아침부터 계속 같은 대답뿐이시다. 어떻게든 안 되겠어? 뭔가 흥미를 끌 만한 것이 없을까?"

이제 더는 매달릴 데도 없는 표정으로 에크하르트가 그렇게 말했고, 나는 숨을 삼켰다. 전설 속 여신이 숨어 버렸다는 동굴의 문처럼 아무도 열지 못하는 공방에 틀어박힌 페르디난드를 어떻게든 밖으로 끌고 나오지 않으면 에크하르트가 끈질기게 애원할 것 같다.

"……바로 나오게 하는 간단한 방법은 있는데 제가 혼날지도 몰라서 영 마음이 안 내키네요. 얼마 전에 야단맞았는데 당분간은 혼나고 싶지 않아요."

나의 중얼거림에 "그 방법을 쓰면 로제마인 님께서 신관장님께 혼나십니까?"라고 프랑이 슬픈 표정을 지었고, 잠이 "저도 함께 혼나겠습니다." 하고 북돋아 주기 시작했다.

'아무리 그래도 억지로 공방에서 끌려 나와서 저기압인 신관장님에게 내 입으로 굳이 혼날 만한 소재를 던지기가 참 그래.'

잠시 고민하던 에크하르트가 파란 눈동자를 날카롭게 번뜩이며 내 어깨에 손을 툭 올렸다. 그리고 내 귓가에 얼굴을 대고 비밀 얘기하듯 조그맣게 속삭였다.

"빨리 혼나는 편이 잔소리도 덜할 거다, 로제마인. 지금 마술구의 연구 성과를 화제로 던지면 다소 화가 가라앉을 테고, 화제를 돌릴 수도 있어."

"신관장님의 잔소리가 줄어든다면 이야기가 달라지죠. 알겠습니다. 해 보죠."

나는 얼굴을 확 들고, 다시 마술구를 향해 말을 걸었다.

"신관장님, 나와 주세요. 같이 저녁 먹어요."

"……아직 있었느냐? 거절한다."

"마력 압축 일로 드릴 말씀이 있어요. 4단계가 된 마력 압축에 흥미 없으세요? 이곳에는 신관장님과 제 호위 기사들…… 이미 마력 압축을 아는 사람밖에 없으니까 식사하면서 얘기해도 괜찮을 거라고 생각했는데."

페르디난드의 말이 끊겼다. 아마도 연구와 마력 압축 얘기를 양 손에 놓고 저울질하고 있음이 틀림없다. 내키진 않지만, 좀 더 강력한 한 방이 필요하다.

"그리고 상담할 게 있어요. 가능하면 구 베로니카 파 아이들에게 마력 압축을 가르쳐서 우리 파벌에 끌어들이고 싶은데……."

"대체 무슨 꿍꿍이인가!?"

내 말을 끊듯이 쾅! 하고 문이 열리며 페르디난드가 나왔다. 공방에서 끌고 나오는 데는 확실한 효과를 봤지만, 이마에 핏대가 서 있는 것이 한 눈에 들어왔다. 이건 분노에 맡긴 특대 벼락이 떨어지는 패턴일까? 수면 부족으로 얼굴은 퀭하지만, 자기가 좋아하는 일에 몰두해서인지 눈은 이글이글거렸다. 솔직히 어마어마하게 무서운 얼굴이다.

"보고, 연락, 상담이 중요하다고 혼내시니까 이렇게 상담하잖아요. 들어 주실 거죠?"

"……어떻게 안 들을 수 있겠나. 정말이지."

마지못한 표정을 감추지 않은 페르디난드가 손끝으로 관자놀이를 톡톡 두드렸다.

"그럼 여섯 점 종이 울리면 제……."

"그대가 이 방으로 오너라. 저녁식사 전까지는 절대 방해하지 말도록."

'틀림없이 저녁식사 직전까지 연구할 속셈인 거야.'

공방을 바라보는 눈만 봐도 페르디난드가 무슨 생각을 하는지 뻔하다. 이처럼 그의 사고 회로가 눈에 훤히 보인 적도 처음이다.

"알겠습니다. 그럼 여섯 점 종이 울리면 여기로 올게요."

내가 싱긋 웃자, 페르디난드는 뚱한 얼굴로 다시 공방으로 돌아갔다. 나는 닫힌 문에서 시선을 돌리고, 주변 시종들을 둘러보았다.

"그렇다고 하니 내가 먹을 식사도 준비하세요."

"알겠습니다, 신전장님. 신관장님께서 식사하러 나와 주신다니 안심했습니다."

일부 시종들이 내가 먹을 저녁도 준비하러 즉각 움직이기 시작했다.

"로제마인 님, 저희도 일단 방으로 돌아가시지요."

이 방으로 저녁을 먹으러 오려면 나의 시종도 식기니 뭐니 준비해야 하고, 여섯 점 종까지 시중을 들 시종이나 호위 기사는 얼른 저녁식사를 끝낼 사람과 우리의 식사가 끝난 늦은 시간대에 먹을 사람으로 나누는 등 절차가 필요하다.

"그럼 에크하르트 오라버니. 저는 여섯 점 종에 오겠습니다."

"기다리고 있으마. 아마 약속한 네가 말을 걸지 않으면 페르디난드 님은 또 나오지 않을 테니까. 페르디난드 님을 움직이게 하는 네가 내 여동생이라 정말 자랑스럽다."

에크하르트가 "잘했다."라며 칼스테드와 닮은 미소로 칭찬해 주었지만, 그런 거로 칭찬받아도 전혀 기쁘지 않았다.

여섯 점 종이 울리고, 다시 신관장실로 향하자 뚱한 얼굴을 한 페르디난드가 이미 공방에서 나와 기다리고 있었다. 시종들이 식기를 준비하는 동안 나는 혼자서 저기압인 페르디난드와 마주하고 있어야 했다. 대놓고 불쾌감을 드러내는 그의 뒤에 서서 후련한 표정을 짓는 에크하르트가 얄미웠다.

"신관장님, 감정이 다 드러나고 있어요. 귀족은 감정을 보이면 안 되잖아요?"

"다른 사람이면 몰라도 그대 상대로 감정을 억제하면 나의 불쾌한 감정을 전하지 못하지 않은가. 그대가 잘 느끼라고 배려하는 중이다."

내가 느끼도록 일부러 불쾌한 표정을 보여 주는 그런 배려는 필요 없다.

"그래서 구 베로니카 파에 마력 압축을 가르친다는 말이 대체 무슨 뜻이지? 자신을 적대하는 자에게는 가르쳐 주지 않겠다고 하지 않았나?"

"적에게 가르치지 않겠다는 생각은 변함없어요. 다만, 귀족원에서 구 베로니카 파 아이들과 지내기 전까지 그 파벌이 얼마나 큰지와 정보가 막혀 있는 줄은 몰랐었어요. 구 베로니카 파는 여태까지 최대 파벌이었던 만큼 구성원도 아직 많지요? 그들을 전부 배제할 수는 없잖아요. 그러니 우리 파벌로 거둬야 하지 않겠어요?"

내 말을 가만히 듣던 페르디난드가 다음 말을 재촉했다. 하지만 내의견에 찬성하는 눈빛은 아니었다. 조금 어처구니없어하는 눈빛이다.

"그리고 부모가 시키는 대로 움직였는데 빌프리트 오라버니를 함정에 빠뜨리는 결과가 되었다고 후회하는 아이가 있어요. 부모의 파벌에 자기 의지와 상관없이 속해져야 해서 고뇌하는 아이도 있었고요."

"스스로 파벌을 정할 수 있는 건 성인이 되고부터다."

"그러면 마력 성장이 가장 활발한 시기를 놓치게 되잖아요. 안게리카나 코르넬리우스 오라버니처럼 몇 년 만에 단숨에 성장하는 사람을 가까이서 보면 부모의 파벌과 다르다는 이유만으로 마력을 얻지 못하는 사태가 그 아이들에게는 절망적일 거예요."

페르디난드는 살짝 눈을 감으며 "하긴 귀족원에 재학 중일 때가 마력 성장이 제일 활발하지."라고 중얼거렸다.

"계약 마술의 계약 내용을 같은 파벌 구성원으로 바꿔서 자식 세대라도 우리 파벌로 끌어들일 수 없을까요?"

"계약 내용을 바꾼다고 해도 조건 설정이 어렵다."

"그건 실제로 파벌 관계를 꿰고 계시는 신관장님과 어머님께 맡기고 싶어요. 물론 경계도 필요하지만, 그 많은 사람을 전부 자를 수는 없어요."

흠, 하고 고민에 빠진 페르디난드는 옅은 금색 눈동자로 나를 날카롭게 쏘아보았다.

"노리는 것이 그거 하나는 아니겠지? 솔직히 털어놓아라."

"윽……. 그렇게 계약으로 묶어서 양아버님이 안심하신다면 구 베로니카 파의 아이를 제 측근으로 삼고 싶어요."

페르디난드가 눈을 부릅떴다. 그리고 난로 근처에 있어도 뼛속까지 차가워지는 미소로 나를 바라보고, 약간 낮은 목소리로 말했다.

"정말 어리석구나. 본인이 무슨 짓을 당했는지 잊었느냐? 우리에게는 2년 전이지만, 그대에게는 그 사건이 있은 지 한 계절도 지나지 않았을 텐데. 아닌가?"

"……제가 바보일 수도 있지만, 구 베로니카 파에도 유망한 인재는 있어요. 그 재능을 쓰지 않고 묵히면 아깝잖아요."

나는 로데리히의 이야기 수집 능력과 기억 속에서 잊은 이야기를 즉흥적으로 자아내는 능력을 높게 평가한다.

"그런 불만이나 실망감이 퍼지면 기숙사 내의 분위기도 험악해지고요."

"귀족원의 기숙사는 원래가 다 그렇다. 파벌 대립 정도야 흔하지 않은가?"

페르디난드가 바보를 보는 눈으로 콧방귀를 뀌었다.

"하지만 성적향상 위원회를 세워서 이론 합격을 목표로 전공 코스별로 팀을 나누고, 빨리 전원 합격한 학년이나 성적에 따라서 포상을 줄 때도 결국 파벌을 넘어서 다 함께 협력했었어요."

처음에는 역시나 원만하게 지내지 못했지만, 합격을 위해 활발하게 의견을 주고받고, 서로의 공부를 돕는 동안 모두가 모이는 다목적 홀 분위기가 화기애애하게 바뀌었다. 그렇게 보고하자, 페르디난드가 믿을 수 없다는 듯이 눈을 휘둥그레 뜨고 나를 보았다.

"……그대가 그런 일을 했다고?"

"네. 양아버님이 성적을 올리라고 명령하셨거든요. 겨울 어린이 방처럼 포상을 설정해 서로 경쟁하면서 전체 성적을 올리게 했어요. ……어? 빌프리트 오라버니가 그런 보고는 하지 않던가요?"

이미 아는 줄로만 알았던 나는 고개를 갸웃거렸다. 이렇게 중요한 사실을 보고하지 않다니 역시 빌프리트는 보고서 작성법을 처음부터 다시 배워야 할지도 모른다.

"내게 온 건 그대와 관련된 질문서였다. 빌프리트가 질문할 정도가 아니라고 판단한 정보에도 중요한 정보가 제법 숨어 있나 보군."

의심스럽게 나를 보는 페르디난드의 시선을 슬그머니 피했다. 왠지 혼나는 것 같은 이 분위기는 내 착각일까?

"어쨌거나 기숙사 내에서 구 베로니카 파 자제와도 의견을 교환할 만큼 교류한다는 건 알겠다. 계약 내용을 나눠서 조금이라도 파벌로 수용할 수 없을지 고민해 보마. 성인이 된 아이들을 파벌로 끌어들이는 데 성공하면 세력도가 크게 달라지긴 하지. ……물론 위험도 커지니 무엇보다 신중해야겠지만. 이 건에 관해서는 확실한 결론이 나오기 전까지는 멋대로 움직이지 말도록."

"네."

저녁을 먹으면서 힐쉬르의 선물에 관한 화제가 나왔다. 나는 힐쉬르가 수리해 달라고 맡긴 마술구가 어떤 물건인지 물어보았다.

"수업에 쓰는 마술구다. 설마 아직도 쓰고 있을 줄은 몰랐지. 10년 전쯤에 내가 만든 것이었다. 지금이면 새로운 마술구를 제작했을 줄 알았는데……."

페르디난드가 설명해 준 것을 내 나름 해석한 결과, 영사기 같은 마술구임을 알았다. 마석에 마력을 담아 두면 그동안 종이에 쓴 글자를 슬라이드 같은 흰색 천에 비출 수 있다고 한다.

"힐쉬르는 그대도 알다시피 연구 외에는 굉장히 귀찮아하는 성격이다. 수업에서 같은 설명을 여러 번 반복하면 짜증을 내지만, 학생도 이해가 안 되면 질문할 수밖에. 학년이 올라가고, 과정이 많아질수록 한 번에 전부 외우기가 점점 어려워지지. 그래서 조합 수업에서 과정을 여러 번 설명하지 않고 넘어가게끔 글자를 비추는 마술구를 만든 거다."

수업이 끝나고 돌아올 때마다 힐쉬르의 기분이 저조하면 페르디난드가 귀찮아졌던 탓에 만들었다고 한다. 한 번 과정을 써 두면 몇 년이든 쓸 수 있는 훌륭한 물건이라며 힐쉬르가 반색했다고 한다. 그것을 지금껏 계속 썼던 모양이다.

"그대의 얘기를 듣자 하니 힐쉬르는 여전한가 보군."

"……신관장님이 아직도 마력 압축을 하면 속이 거북해진다고 하면 힐쉬르 선생님도 분명 똑같은 말씀을 하실 거예요. 귀족원에 다니실 때도 엄청 무리하셨죠?"

"난 무리한 적 없다. 그래서 4단계 압축 방법이라니?"

구 베로니카 파의 얘기로 머리가 꽉 차서 중요한 마력 압축 얘기를 아직 듣지 못했다는 사실을 떠올린 듯하다. 페르디난드의 물음에 나는 마력 압축 실기시간에 한 행동을 설명했다. 더 압축해야겠다는 생각에 압축 방법을 다시 조정했다고.

"그대의 생각만큼은 정말 이해할 수가 없군. ……허나 놀랍기도 하다. 방법을 바꾸지 않고 조합한 거군. 한 번 마력을 해방한 후 다시 압축했다고 했는데 처음부터 꽉 찬 마력을 바짝 조리듯이 부피를 줄이면 문제없었을 거다. 왜 굳이 단계를 더 늘린 거지? 마지막에 추가만 하면 됐을 텐데."

"……저한테는 제일 상상하기 쉬웠거든요."

처음 3단계는 이불 압축 주머니였다. 주머니를 조린다는 상상을 할 수가 없었다. 조리는 것이 아니라 수분을 빠짝 빼는 상상이라면 쉬울지도 모른다. 살짝 눈을 감고, 압축되는지 도전하는데 프랑이 어이없다는 듯이 말했다.

"로제마인 님, 신관장님, 식사하는 손이 멈췄습니다. 복잡한 얼굴로 고민하시는 건 다 드시고 하시면 어떻습니까?"

나뿐만 아니라 페르디난드도, 등 뒤에 선 호위 기사들까지 모두가 마력 압축에 도전하고 있었던 모양이다. 시선을 마주치며 가볍게 어깨를 으쓱하고, 나는 식사를 이었다.

"압축 방법을 조합하려 하다니 그대다운 발상이다. 이 4단계를 모두에게 가르칠 건가?"

"……제 측근에게는 알려 주기로 했어요. 수뇌부에도 가르쳐도 되지만, 그 외에는…… 차차 알려 주면 되겠죠? 비장의 카드로 남기려고요."

　다시 식사를 시작하면서 슈바르츠와 바이스의 마법진에 관해서도 물어보았다. 둘의 부적에는 적의 공격을 반사하는 부적이 있다고 보고하자, 페르디난드가 여러 번 고개를 끄덕였다.

　"내가 그대에게 준 부적 마술구와 성능이 비슷한 물건이 있던데 복수의 공격을 반사하는 마법진은 처음 보았다. 다만, 마력의 소비량이 많아. 연구 가치는 있지만, 그대가 평소에 사용하기에는 맞지 않겠지."

　페르디난드는 슈바르츠와 바이스의 부적을 연구해서 내 부적도 강화해 주겠다고 했다. 아무래도 나로 실험할 속셈인 듯하다.

　"그대만큼 마력의 양이 여유롭지 않으면 수업을 들으면서 마술구에 마력을 흘려보낼 수 없지 않겠나? ……그런데 로제마인. 체력과 근력은 얼마나 회복했지?"

　'도서관에서 책 읽는 데 빠져서 별로 회복하지 못했어요.'

　화낼 요소가 가득한 질문이 날아왔다. 나는 싱긋 웃으며 에크하르트에게 배운 대로 화제를 딴 데로 돌렸다.

　"슈바르츠와 바이스에게 마력을 흘려보내느라 힘들겠다고 솔랑쥬 선생님도 말씀하셨어요. 저는 제 마력이 얼마나 있는지 잘 모르는데 상당히 많죠?"

　"……압축을 가뜬하게 해내고 점점 단계를 높였으니 그렇겠지. 또래와는 비교도 안 되지."

　페르디난드는 앞으로 몸이 성장하면 마력도 더 늘어날 것이라고 말했다.

　"슈바르츠와 바이스의 부적에도 마력이 필요한데, 그동안 솔랑쥬 선생님이 마력으로 둘을 지켜서 힐쉬르 선생님이 접근하지 못했대요. 치수를 잴 때 힐쉬르 선생님이 정말 좋아하면서 마법진을 그리시더라고요. 그런데 마법진에서 뭔가 알아냈나요? 신관장님도 새로운 발견이 있었나요?"

"그래, 실로 흥미로운 발견이 있었지."

화제를 돌리는 데는 성공한 듯하다. 페르디난드가 평소보다 빠른 말투로 배에 수놓은 마법진의 아름다움을 설명해 주었다. 상당히 복잡한 마법진이고, 몇몇 속성이 절묘한 균형으로 겹쳐져 있다고 했다.

"힐쉬르 선생님은 구멍투성이라고 하시던데 신관장님은 그 구멍을 메꿀 수 있어요?"

"아직 완벽하게는 어렵지만 해 봐야지. 이렇게 왕족의 개인 연구 성과를 볼 수 있는 기회는 에렌페스트에 머무른다면 흔치 않으니까."

중앙에 가면 접할 기회가 있겠지만, 하고 페르디난드가 중얼거렸다. 중앙에 가고 싶어도 영주 후보생이라는 지위 때문에 갈 수 없는 처지가 대충 이해가 되었다. 내가 중앙에 이적하지 못해서 귀족원 도서관에 취직할 수 없는 경우와 마찬가지다.

'그럼 이번 기회에 신관장님이 마음껏 실력 발휘하셨으면 좋겠네.'

"신관장님, 이번에 슈바르츠와 바이스의 주인으로서 새로운 의상을 만들어 줘야 해요. 힐쉬르 선생님은 귀족원에서 창피를 당하지 않으려면 에렌페스트 전체가 매달려야 할 거라고 하셨어요. 신관장님도 협력해 주실 수 있으세요?"

"……흠. 선인과 후세에 거는 도전인가. 재미있군. 우선은 마법진 개량부터다."

어디를 어떻게 개량해야 하는지 페르디난드가 자기 생각을 쏟아내

듯이 중얼거리기 시작했다. 페르디난드에게 맡겨 두면 굉장한 의상이 완성될지도 모르겠다.

'신관장님, 최고 만능이셔!'

내가 마음속으로 절찬하는데 프랑이 매우 곤란한 얼굴로 한숨을 쉬었다.

"두 분 모두 또 손이 멈췄습니다. 이러시면 고아원 아이들이 굶습니다."

'아앗, 미안합니다.'

식사가 끝나자마자 공방에 들어가려는 페르디난드를 에크하르트와 함께 붙잡았다.

"신관장님, 부르면 스스로 나오시든지, 제 마력을 등록해서 공방에 드나들게 해 주시든지, 둘 중에 하나 고르세요. 매일 이런 식으로 에크하르트 오라버니와 시종들이 신관장님을 불러 달라고 저한테 애걸복걸하게 하면 곤란해요."

"……하아, 그대를 자유롭게 드나들게 할 바에야 차라리 내 발로 걸어 나오는 것이 낫겠다. 그건 그렇고 그대는 강압적인 것이 꼭 리카르다를 닮아 가는군."

"귀족원에 있을 때 매일같이 도서관에서 억지로 끌려 나왔거든요."

버릇처럼 허리에 손을 올려서 리카르다의 설교 자세를 따라 하자, 페르디난드가 어처구니없다는 표정을 짓더니 깊은 한숨과 함께 고개를 천천히 저었다.

"로제마인, 너무 리카르다를 속 태우지 말거라."

"리카르다를 시종으로 바꿔서 그 말씀 그대로 신관장님께 돌려드릴게요. 시종들 속 좀 그만 태우십시오.”

그러자 다무엘이 입을 틀어막으며 웃음을 참고, 페르디난드의 눈총을 받았다.

오늘의 교훈, 불필요한 말을 삼가면 화를 면한다.

호출된 상인들

며칠 뒤 세 점 종 시간이 다가올 무렵, 바깥에 눈보라가 잠잠해진 것을 프랑이 보았다. 페르디난드의 업무를 도울 때 쓰려고 준비한 짐을 두고, 대신 책 한 권을 안았다.

"로제마인 님, 고아원 원장실로 이동하셔야겠습니다. 책을 읽으시는 동안에 도착할 겁니다."

신관장실의 연락은 잠에게 맡기고, 우리는 고아원 원장실로 향했다. 원장실에 도착하기도 전에 길이 "플랑탱 상회와 길드장이 지금부터 오겠답니다."라는 연락을 주었다. 나는 벤노와 모두가 언제 와도 괜찮도록 훈훈하게 불을 지핀 고아원 원장실에서 책을 읽었다.

"로제마인 님, 도착했습니다."

프랑의 목소리에 책을 덮자, 플랑탱 상회에서는 벤노, 마르크, 루츠. 길베르타 상회에서는 오토, 테오, 레온. 길드장인 구스타프와 그의 보좌관 두 명이 2층으로 올라왔다.

"오늘 이렇게 귀한 시간을 내주셔서 황공하여 몸 둘 바를 모르겠습니다."

대표로 인사한 구스타프의 얼굴이 실패해서는 안 되는 거사를 눈앞에 둔 사람처럼 긴장감에 굳어 있다. 나는 모두의 얼굴을 둘러보고 자리를 권했다.

"로제마인 님, 편지로 보내주신 내용을 자세히 알려 주시길 바랍니다."

나와 대화하는 역할은 가장 친밀한 벤노에게 맡겼는지, 벤노가 제일 먼저 입을 열었다. 구스타프와 그의 보좌도 자리에 있었기에 나는 최대한 예의 바르게 귀족의 사정을 설명했다.

"어느 영지든 열 살이 된 귀족의 자제는 겨울 동안 귀족원에서 공부하게 됩니다."

귀족원의 설명부터 시작하여 영지의 영향력으로 순위를 매긴다는 것, 귀족원의 성적도 영지 순위에 다소 영향을 미친다는 것, 앞으로 영주 후보생이 줄줄이 귀족원에 재적하게 되므로 에렌페스트의 유행을 선도하여 순위를 올리라고 영주가 명령했다는 것을 설명했다.

"에렌페스트에서 다른 영지에 퍼트리고자 하는 유행은 린샴, 머리 장식, 요리 레시피와 도구, 식물지, 잉크, 책 등입니다. 전부 내가 관련된 상품이라 내가 잠에서 깬 후에 공개하려고 아우브 에렌페스트께서 생각하신 모양입니다……."

"그래서 로제마인 님께서 이미 귀족원에 퍼트리고 왔다는 말씀이십니까……?"

벤노의 말에 나는 "그래요."라고 고개를 끄덕였다. 벤노의 눈이 '그런 건 출발 전에 말해라'라고 말하고 있지만, 그런 식으로 노려봐도 나 역시 난처하다.

"나도 귀족원으로 출발 직전에 그 명령을 들은 탓에 여러분께 연락을 취할 수가 없었어요. 문관에게 아무런 통달도 받지 못했나요?"

"당분간은 린샴과 머리 장식, 책을 영지 밖으로 가지고 나가지 말라는 통달은 있었습니다. ……조만간 금지령이 풀리면 단숨에 퍼지겠거니 예상하고, 다소 준비는 해 두고 있었습니다."

"역시 벤노네요. 뛰어난 혜안입니다."

영지 밖으로 가지고 나가지 말라는 통달만 받고, 퍼트리기 위한 사전 준비를 해 두다니 역시 벤노다.

"그럼 현재는 어떤 상황입니까? 로제마인 님께서 이곳에 돌아오셨다는 것은 이미 유행이 퍼진 것이라 봐도 됩니까?"

"우선은 1학년 때 모든 상품을 한꺼번에 퍼트리기보다 재학 중에 조금씩 퍼트리는 편이 좋다고 생각했습니다."

유행을 하나씩 오래 내놓음으로써 에렌페스트가 한탕주의가 아니라는 인상을 주기 위해서다.

"로제마인 님 말씀대로 방문할 때마다 매번 새로운 물건을 만들어 내는 장소에는 상인들의 발걸음이 끊이지 않게 되고, 직접 실물을 보러 다른 영지의 귀족이 방문하게 될 거라고 봅니다. 에렌페스트는 타 영지 여행객이 적은 편이니 아주 큰 변화가 일어나겠지요."

행상인으로 수많은 영지를 떠돌아다녔던 오토가 감탄하듯 고개를 끄덕이며 말했다. 옆 영지인 프뢰벨타크나 아렌스바흐에 비하면 에렌페스트는 여행객의 흥미를 끌 만한 매력이 부족해서 다른 영지 귀족의 방문이 적다고 한다. 하물며 현재는 영주의 명령으로 허가받은 자 외에는 출입할 수 없으니 더 심각하다.

'듣고 보니 다른 영지의 귀족을 본 적이 별로 없는 것 같은데?'

"올해 귀족원에서 유행을 퍼트리고자 하는 상품은 린샴, 머리 장식, 카트르 카르, 식물지, 이렇게 네 가지입니다. 평소에도 쓰는 물건이고, 다과회에서도 화제가 되기 쉽거든요."

"흠, 에렌페스트의 귀족 사이에서도 평판이 좋았던 물건이라고 봐도 되겠습니까?"

턱을 쓰다듬는 구스타프의 말에 나는 가볍게 고개를 끄덕였다.

"그리고 공방을 늘리는 것도 비교적 간단하다고 생각했어요. 제조법이 퍼지기 전까지 최대한 많이 벌어 두기 위한 '치고 빠지기 상품'이에요. 제조법이 알려지면 비슷한 상품들이 다른 영지에서도 우후죽순으로 나오게 될 거예요."

제작법만 알면 빈민 시절이던 나와 루츠도 만들어 냈던 물건이다. 흉내는 간단하다. 그렇기에 유행하기 시작했을 때 최대한 벌어 두고 싶었다. 린샴과 머리 장식을 맡은 길베르타 상회의 오토가 입술을 꾹 다물고 고개를 끄덕였다.

"다른 영지가 따라서 만들 법한 상품의 유행이 떨어질 때쯤에 인쇄물을 퍼트리는 거예요. 인쇄는 인쇄기 제작이 어려워서 에렌페스트에서도 아직 보급이 안 된 상황이잖아요? 다른 영지에 퍼지려면 제법 많은 시간이 걸릴 거예요."

인쇄기 제작법이 새어나가지만 않는다면 인쇄업은 당분간 에렌페스트가 독점할 거라고 말하자, 벤노가 입꼬리를 씩 올리며 고개를 끄덕였다.

"에렌페스트에 인쇄소를 늘려서 몇 년 후에는 다른 영지가 원고를 들고 인쇄를 의뢰하게 되는 것을 목표로 귀족원에 책을 보급하고 싶어요. 솔직히 최대한 빨리 퍼트리고 싶은 마음은 굴뚝같지만……."

"로제마인 님, 너무 성급하게 진행하면 일을 그르칠 수 있습니다. 천천히, 하지만 확실히 침투하게 해야 합니다."

서두르지 마라. 사전 교섭은 꼭 해라! 라는 벤노의 속마음이 들리는 것 같다. 가식적인 미소에 적갈색 눈이 웃지 않은 걸 보면 틀림없다.

"내가 참석한 다과회에서는 린샴, 머리 장식의 평판이 상당히 좋았습니다. 카트르 카르도 소박해 보이지만, 매우 먹기 쉽다는 평가가 많더군요. 클라센부르크와 귀족원 선생들이 내린 평가이니 앞으로 거래를 원하는 영지가 속속 나타날 겁니다."

"……클라센부르크? 그런 큰 거물을 또……."

내 말에 구스타프가 눈을 번쩍 떴다. 상거래를 총괄하는 사람답게 다른 영지의 이름과 영향력까지 빠삭한지도 모른다. 벤노와 오토는 구스타프와 달리 다른 쪽이 마음에 걸린 모양이다.

"로제마인 님, 앞으로 다른 영지가 나타날 거라는 말씀은 무슨 뜻입니까?"

"조만간 귀족원이 사교 시즌에 들어가는데 나는 봉납식 때문에 서둘러 수업을 끝내고 돌아왔어요. 그래서 아직 선생님과 클라센부르크의 영주 후보생과 2왕자와만 다과회를 가졌습니다. 내가 자리를 비우는 사이에 또 어떻게 얘기가 퍼질지 모른다는 뜻이에요."

"……로제마인 님, 지금 선생님과 대영지와 왕족과 다과회를 가졌다고 하셨습니까? 그럼 이번 머리 장식을 의뢰하신 분은……."

구스타프가 사색이 되어 오토와 다른 상인들을 쳐다보았다. 오랜 세월 동안 상업 길드장을 맡으며 귀족과 거래해 온 만큼 눈치가 빠른 모양이다.

"네. 길베르타 상회는 2왕자가 클라센부르크의 영주 후보생에게 성인 축하 선물로 보낼 머리 장식을 만들어 줬으면 합니다."

구스타프와 그 종자들이 "……그런, 말도 안 되는……."이라고 중얼거리며 오토에게 동정 어린 시선을 보냈다. 그러나 오토의 표정에는 변화가 없었다.

"그럼 그분의 머리카락 색깔과 의상 색깔을 조금 더 자세히 여쭤도 되겠습니까? 금발도 조금씩 색상이 다르거든요. 테오, 기록해."

내가 에그란티느의 용모를 설명하자, 오토를 보좌하는 테오가 그대로 받아 적었다.

"빛의 여신 같은 분인데 머리카락 색깔은 루츠와 제일 비슷해요. 린샴으로 윤기를 내면 더 색깔이 비슷해지겠네요. 의상은 땅의 여신 게두르리히의 귀색인 빨강이랍니다."

빨간 코라레리에 꽃 외에 곁들이고 싶은 색깔이 있는지, 크기는 어느 정도가 좋은지, 금액은 어떻게 할지 등을 의논하면서 정했다.

"……오토, 제대로 알고 있어? 왕족에게 바치는 물건이다."

구스타프가 미간을 찌푸리자, 오토는 가볍게 어깨를 으쓱했다.

"압니다. 그게 그렇게 당황할 일입니까? 왕족께서 로제마인 님이 단 머리 장식을 마음에 들어하신 겁니다. 현재 다른 영지에서 만들지 않으니 지금 길베르타 상회가 최고의 물건을 만들면 그보다 훌륭한 머리 장식은 없는 셈입니다. 그리고……."

오토가 지금 내 머리에 꽂힌 머리 장식을 보았다. 잠든 사이에 투리가 만들어 주었던 머리 장식이다.

"길베르타 상회의 장인은 머리 장식을 만들 때마다 새로운 방식과 새로운 꽃 장식을 늘려 가면서 항상 발전하고 있습니다. 저는 그것이 자랑스럽습니다. 최고급 실로, 가장 최고의 장인이 지금까지 했듯이 노력을 거듭해서 새로운 장식을 만들면 로제마인 님의 기대에, 나아가서는 왕족의 기대에 부응할 수 있을 겁니다."

"하지만 클라센부르크와 왕족……."

에렌페스트와 클라센부르크의 격차를 정확히 아는 사람은 구스타프뿐인 듯하다. 납득하지 못하는 구스타프에게 벤노가 가볍게 어깨를 으쓱했다.

"길드장, 넓게 보면 클라센부르크든 왕족이든 로제마인 님과 같은 영주 일족인 셈 아닙니까?"

"같다니 당치도 않다, 벤노!"

"실패할 수 없는 상대라는 관점으로 보면 에렌페스트의 귀족도, 다른 영지의 영주 일족도 크게 차이가 없습니다. 상대방은 우리를 손쉽게 뭉개 버릴 수 있는 귀족이니까요."

귀족이라는 이유만으로 평민 상인 상대로 버젓이 불합리하게 굴기도 한다. 그렇다면 에렌페스트의 하급 귀족이나 왕족이나 실수할 수 없는 손님이라는 의미로 보면 상인 입장에서는 별반 차이가 없다, 라고 벤노가 딱 잘라 말했다.

'저 두둑한 배짱이 믿음직스럽다니깐.'

"내가 바치는 헌상품이라는 형태로 낼 거니까 차라리 상대가 왕족이라 더 부담이 적을지도 모르겠네요."

내가 부탁하는 의뢰다. 내게 대응하는 것과 다른 상급 귀족에 대응하는 것을 비교하면 긴장도가 천지차이다. 심지어 왕족은 오토를 비롯한 다른 상인들이 직접 대응할 상대가 아니다. 속쓰림을 겪을 사람은 질베스타다.

"로제마인 님, 기한은 언제까지입니까? 성인식은 언제쯤 열립니까?"

"귀족원 성인식은 겨울 막바지에 열려요. 그전까지 부탁할게요."

"알겠습니다."

에그란티느에게 줄 머리 장식 주문을 끝낸 나는 어깨의 짐을 덜은 기분으로 화제를 바꾸었다.

"그리고 식물지 말인데요, 이 명칭으로는 원료가 금방 들통나요. 귀족원에서는 새로운 종이라고만 하고 있는데 이거로는 어떤 종이인지 얼른 이해가 안 되잖아요? 그래서 새로운 명칭이 필요해요."

"후보는 있습니까? 그, 구텐베르크 같은……."

또 이상한 이름을 붙일 생각은 아니겠지? 라는 벤노의 눈이 위험하게 번뜩였다.

"아뇨, 처음 만든 사람의 이름을 붙이는 편이 좋을 것 같아서 루츠지로 할까 하고……."

"그거라면 마인지가 더 어울린다고 생각합니다."

루츠가 즉시 그렇게 말했다. 얼굴에 그것만은 제발 봐달라고 쓰여 있다. 루츠지는 좋은 이름이라고 생각했는데 안 되는 모양이다.

'마인지? 안 돼, 안 돼. 굳이 내 이름을 남길 필요는 없어.'

루츠를 딱하게 쳐다보던 마르크가 부드러운 미소를 지으며 발언권을 구하고 입을 열었다.

"생산지 지명을 쓰면 어떻습니까? 일크너에서는 에렌페스트와 전혀 다른 종이를 생산하고 있습니다. 일크너지나 에렌페스트지로 이름을 붙이면 어떨까요?"

"그렇게 하면 중앙에서 종이와 에렌페스트의 이름이 함께 팔리겠군요."

마르크의 발언을 지지하듯 벤노도 지명을 밀었다. 하긴 채집한 소재에 따라 종이의 질도 다르다. 인명보다 지명이 더 정착하기도 쉽고, 홍보도 된다.

"……그러네요. 그럼 에렌페스트지로 합시다."

루츠가 숨을 내쉬며 진심으로 안도하는 모습이 보였다.

"로제마인 님, 그 에렌페스트지는 팔릴 것 같습니까?"

"아직 모르겠어요. 나는 평소에도 도서관이나 수업, 회의록에 쓰는데 에렌페스트 사람들이 모두 종이를 쓰고 있지는 않으니까요. 현재로서는 자료에 파묻히는 선생의 주목은 모으고 있는데 학생의 관심은 낮아요."

내 말에 구스타프가 "그렇겠지요."라며 턱을 쓸었다.

"상급 귀족보다 높은 지위라면 굳이 새로운 종이를 사지 않아도 평상시처럼 양피지를 손쉽게 구입할 수 있으니까요. 하급 귀족의 입장에서는 다소 양피지보다 싸다고는 하나 일상생활에 편하게 쓸 만한 가격이 아니지요."

"최대한 부담 없이 쓸 수 있는 상품으로 보이려고 도서관에서 사본을 만드는 학생들에게 배부하고 있어요. 하지만 윗사람의 명령으로 사본을 만들 때면 쓸 종이도 함께 받으니까 일상생활에 편하게 소비하는 물건이라는 인상이 없을지도 몰라요."

"자료가 많으면 목패보다 부피가 훨씬 작으니 편리한 줄 알겠지만, 학생은 좀처럼 이해하기 어렵겠군요."

구스타프는 상업 길드에서 관리하는 자료를 목패에서 종이로 바꾸었다고 한다. 관리할 자료가 종이면 목패보다 훨씬 공간이 절약된다. 일크너와 하르덴첼로 대이동하여 업무를 보게 된 벤노도 이동할 때 짐의 양을 고려하면 목패보다 종이가 편하다는 결론에 도달했다고 한다.

"로제마인 님, 우선 종이를 팔 에렌페스트의 문관이 사용하도록 영주님께 부탁하는 편이 좋을지도 모르겠습니다. 자료 관리의 편리함을 문관 스스로가 깨달으면 다른 영지에 추천할 때 열의가 달라지지 않겠습니까?"

"······그러네요. 양아버님께 제안해 볼게요."

자기 영지의 특산품을 문관이 사용하지 않으면 곤란하다. 문관들이 마음껏 쓰도록 하자. 식물지의 최고 사용자가 나이고, 그다음이 신전과 상업 길드여서는 안 된다. 성에서 실컷 사용하게 하고, 문관을 통해서 귀족에 침투시키는 방향으로 가야 한다.

"아 참, 플랑탱 상회는 종이를 수납할 도구를 만들어 줬으면 해요. 조만간 구텐베르크를 모아서 이야기해 봅시다."

바인더나 파일, 종이를 보관할 상자 등, 갖고 싶은 사무용품이 몇 개나 있다. 내 말을 들은 구스타프가 먹잇감을 발견한 맹수의 눈으로 나를 보았다.

"로제마인 님, 플랑탱 상회뿐만 아니라 다른 상회에도 일거리를 맡겨 보시지 않겠습니까? 로제마인 님께 의뢰를 받고 싶어 하는 자가 참으로 많습니다."

구스타프의 말에 나는 천천히 고개를 저었다.

"난 내 전속인 플랑탱 상회를 이용할 겁니다. 벤노의 전속 목공방이 내 의뢰를 인고에게 맡겼듯이 플랑탱 상회에서 알아서 일거리를 분담하면 되지 않을까요? 그것이 이 마을 상인들의 방식이라면서요?"

"그건 그렇지만······ 큰 주문이 들어오면 업무량이 한쪽에만 집중됩니다."

그렇게 말해도 구텐베르크는 누구 하나 없이 바쁘기 때문에 분담해도 된다고 생각되는 일거리라면 다른 상회에도 맡기리라. 다만, 신뢰와 품질이 부족할 뿐이다.

"나는 벤노를 비롯한 구텐베르크를 신뢰합니다. 이들의 판단 하에 다른 곳에 일거리를 나눈다 해도 참견하지 않을 거예요. 그리고 결과적으로 내가 만족한다면 그자가 잘하는 업무를 우선적으로 줄 겁니다."

솔직히 말하면 구텐베르크는 나의 요구에 응하는 장인과 상인 집단이다. 요한도 인고도 하이디도 벤노가 소개한 사람들이다. 각자가 능력을 발휘한 작업으로 나를 만족시켰기 때문에 그 뒤로도 일거리를 나눠 주는 것뿐이다. 자신을 어필한 자크도 있다. 실력이 좋은 사람이 도와준다면 기본적으로 대환영이다.

"다만 영주의 의뢰가 마구 들어오는 지금, 골칫거리를 일으키는 상대는 안 돼요. 바빠서 누구든 일을 나누고 싶어 하는 벤노가 꺼리는 상대에게까지 일거리를 주고 싶지 않아요. 그 안건은 상인끼리 합의해서 정하세요."

나는 구스타프의 제안을 잘랐다. 상회끼리의 말썽에 관여할 생각은 추호도 없다.

"대강 어림짐작했을 텐데 벤노도 모든 일을 전부 혼자 독점하고 있지는 않죠?"

이 모든 일들을 혼자 떠맡을 리가 없다. 그렇게 생각하며 벤노를 보자, 벤노가 천천히 고개를 끄덕였다.

"종이는 새로운 공방을 세우려면 로제마인 님의 허가가 필요해서 멋대로 늘리지 않았습니다. 하지만 린샴은 에렌페스트의 귀족들 사이에서 유행이 돌기 시작할 때부터 다른 마을에 시집간 여동생이나 친척을 통해 제조법을 알려서 공방을 늘려 뒀습니다."

'와우, 내가 자는 동안 린샴 공방이 늘었구나.'

"그럼 식품 가공 공방에서 소재가 되는 기름을 매입하고, 길베르타 상회가 관리하는 공방에서 제조만 관리하면 대량 생산이 더 활발해질지도 모르겠네요. 중요한 건 스크럽 소재나 비율이니까요."

길베르타 상회의 테오와 레온이 눈을 크게 뜨며 내 말을 기록했다.

"머리 장식은 대량 생산할 수 있을 것 같나요?"

"재봉틀 협회를 통해 작년부터 겨울 수작업으로 몇몇 공방에 의뢰해서 평민을 타깃으로 한 가장 기본형 상품을 제작하고 있습니다. 그중에서 높은 품질의 장식을 만드는 자에게 다음 장식을 의뢰하면서 다루아 계약이 끝날 때쯤 스카우트하여 장인을 육성하고 있습니다."

의뢰 수준에 따라 장인을 나눈 덕분에 다소 대량 생산이 가능하게 되었다고 한다. 에렌페스트의 귀족들 사이에서 의상에 다는 꽃 장식이 유행한 탓에 대량 생산이 필요해져서다. 그리고 투리가 몇 년 사이에 영주의 양녀의 전속이 되었다는 이야기가 퍼지면서 여자아이들 사이에서 머리 장식을 잘 만드는 것이 출세의 지름길이라 받아들이게 되었다고 한다.

'이대로 왕족의 의뢰를 계속 받으면 투리는 전설이 되겠어. 우리 언니 굉장하다고 막 자랑하고 싶어.'

마음속에 일어나는 흥분을 숨기며 "뛰어난 수완입니다." 라고 고개를 끄덕였다.

"린샴과 머리 장식이 문제없다면 내년 봄부터는 종이 공방을 늘릴까요?"

"로제마인 님, 하르덴첼이 먼저입니다."

"그쪽은 봉납식이 끝난 뒤 사교계 때 어느 정도 정리해 둘게요. 길이 보고할 테니 부족한 부분이 있으면 자료를 제출하세요."

"알겠습니다."

어느 정도 얘기가 일단락된 듯하다. 굉장해, 벤노 씨, 하고 마음속으로 박수를 치는데 구스타프가 "카트르 카르는 어떻게 하실 생각이십니까?"라고 물었다.

"카트르 카르는 요청이 있다면 기본 레시피만 영주 회의에서 팔 예정이에요. 당분간은 연구에 투자를 많이 한 선구자가 유리하겠죠. 이건 덤으로 드리는 정보인데 중앙 사람들은 끔찍하게 단맛에 익숙해서 꿀이 잔뜩 들어간 카트르 카르가 가장 인기가 많았습니다."

"호오? 꿀맛이요?"

정보를 들을 줄은 꿈에도 몰랐는지 구스타프의 눈이 동그래졌다. 구스타프에게는 앞으로도 이래저래 움직여 줘야 하므로 정보로 선행 투자를 한 셈이다.

"영주 회의가 끝나면 다른 영지에서 상인이 몰려올 테니 참고하세요."

"알겠습니다."

"내가 부탁하고 싶은 건 상인과 행인의 수용 태세를 갖추는 거예요. 행인이 늘어나면 숙박시설이 부족해지지 않겠어요? 많은 상인을 수용하려면 마을 정비도 해야 할 겁니다. ……이건 귀족이 관심을 갖지 않을 부분이겠지요. 하지만 평민 상인이 실제로 보는 건 그 영지의 평민촌이에요."

사람을 모으고 싶다면 상인을 에렌페스트로 오게 만드는 방법이 제일인데 그때 상품이 부족하면 손님의 마음도 멀어져 버리고, 멀리서 힘들게 찾아온 상인은 분노가 치미리라. 타 지역 사람이 늘어서 몇 없는 상품을 두고 쟁탈전을 벌이면 치안도 무너지기 쉽다.

"치안을 유지하려면 병사와도 긴밀한 연락이 필요할 테고, 숙박소나 음식점 협회와도 연계해야 해요. 그 일을 상업 길드에 맡기고 싶어요.”

깜짝 놀란 구스타프의 눈이 휘둥그레졌지만, 나는 씩 웃었다.

“의뢰를 달라는 상회에 마음껏 일거리를 주세요.”

벤노가 웃음을 참는 얼굴로 구스타프를 보았다. 꼴좋다, 라는 표정으로 보인다.

“로제마인 님과 어떻게든 엮이고 싶어 하는 자들이 뛸 듯이 좋아하겠군요.”

구스타프는 벤노를 노려보며 복잡한 얼굴로 “……알겠습니다.” 라고 목소리를 쥐어짰다.

“이 마을 출신의 눈에는 결점이 눈에 보이지 않을지도 몰라요. 오토는 행상인이었다고 들었습니다. 마을의 어디가 아름다운지, 치안은 어떤지, 그에게 의견을 들으면 새로운 발견이 있을지도 모르겠네요.”

어이없어하는 구스타프를 힐끗거리고 일이 늘어서 꼬시다며 비웃는 듯한 벤노에게, 마르크가 헛기침으로 눈치를 줬다. 벤노가 다시 진지한 표정으로 나를 보았다.

“로제마인 님, 영주회의는 대체 뭘 하는 행사입니까?”

벤노에게 질문을 받아도 영주회의에는 나도 출석한 적이 없어서 잘 모른다. 어쨌거나 유르겐슈미트의 모든 영주가 모여 회의를 한다는 것밖에 모른다.

“나는 영주가 아니라 참가한 적이 없습니다. 자세히는 모르겠지만, 유통이나 거래 관련으로 영주끼리 약속하는 회의라고 아우브 에렌페스트에게 들었어요.”

영주회의에 관해서는 나보다 구스타프가 더 잘 알았다.

“저는 문관에게 결과만 듣습니다만, 영주회의의 결과로 다른 영지의 상인을 파견하고, 행상인을 움직이기도 해서 조금은 압니다."

지금까지 영주회의의 결정으로 어떤 변화가 일어났는지 구스타프가 몇 가지를 설명해 주었다. 영지에 큰 변화를 일으키는 회의인 모양이다.

"이번 영주회의에서 에렌페스트가 어느 영지와 어떤 계약을 맺을지 정하기 전에 상인의 의견을 듣고 싶으시답니다. 그래서 눈보라가 잠잠해지면 아우브 에렌페스트께서 여러분을 호출하실 거예요."

"이거 정말……, 로제마인 님께서 세심히 손쓰셨겠지만, 대단히 감사드립니다."

나는 말의 의미를 잘 몰라서 고개를 기울였다. 구스타프가 말하길 보통 영주나 귀족은 평민 상인의 사정 따위 전혀 고려하지 않으므로 영주회의에서 정해진 사항이 문관을 통해 명령서로 내려온다고 한다. 평민을 같은 인간으로 보지 않는 귀족의 방식이라고 할 수 있겠지만, 도무지 성공하기 어려운 방법이다.

"일반적인 귀족은 로제마인 님처럼 저희와 의논하지 않습니다. 명령하고 끝입니다. 그리고 실패하면 모든 책임을 저희에게 돌리니 영주회의 전에 의논할 자리를 마련해 주시는 것만으로도 저희로서는 굉장히 감사한 이야기입니다."

'그게 일반적이라니 너무 불합리하잖아. 이리도 조잡하니까 에렌페스트의 영향력이 낮지.'

나의 제안에 질베스타와 페르디난드가 참견하지 않았던 이유는 지금까지 상인과 의논한 적이 없어서 '영주회의에 상인의 의견을 내라고?'라고 할 말을 잃어서 그랬나 보다.

"이탈리안 레스토랑 때 열었던 회합도 문관을 통하면 상인의 생생

한 의견을 들을 수 없다고 아우브 에렌페스트께서 생각하신 것이니, 앞으로 다음 영주로 교체되기 전까지는 저희도 조금은 일하기 편해지 겠군요."

'그렇게 들으니까 그냥 평민촌에 나가 보고 싶다고 하고, 새로운 요리가 먹고 싶었을 뿐인 양아버님이 굉장히 생각이 깊고, 아랫사람의 의견에도 귀를 기울이는 현명한 영주 같잖아.'

저렇게 좋은 방향으로 생각해 주는데 굳이 수정할 필요는 없으리라.

"아우브 에렌페스트와 회합 때 좋은 결과가 나오도록 최대한 내가 중개해 드리죠."

"황송합니다. 실로 든든합니다."

너무 끼어들진 말라고 말하는 듯한 표정으로 벤노가 나를 노려보았다.

"아우브 에렌페스트와의 회합에 데리고 갈 사람은 오늘 동행자들로 보면 되나요? 인원수를 정해서 초대장을 보내야 하거든요."

"성에 간다면 대표자와 수행원 한 사람이 일반적입니다."

"알겠습니다. 그렇게 초대장을 보내도록 문관에게 전해 두죠."

귀족과 가장 많이 소통하는 구스타프의 말을 참고로 나는 성에 갈 인원수를 정했다.

거기서 말을 끊고, 루츠를 쳐다보았다. 내 입으로 말하고 싶지 않지만, 반드시 해 둬야 하는 말이 있었다.

눈이 마주친 루츠가 무언가를 느꼈는지 굳은 표정으로 나를 보았다. 숨을 천천히 들이마신 나는 목소리가 떨리지 않도록 혼신의 힘을 다해 입을 열었다.

"……이번 회의 자리에서 계약 마술을 해지해야 할 수도 있습니다."

마인과 루츠가 맺은 계약을 끊게 되는 상황도 고려해야 한다. 귀족가에 가게 되더라도 가느다란 연결 고리가 있어야 한다며 벤노가 손써 준 계약 마술을 이번에 해지할 가능성이 컸다. 생산량을 늘려서 유행을 퍼트리고, 마음껏 상품을 유통하려면 어쩔 수 없다는 건 안다. 그래도 희미하게 남아 있던 연결 고리가 또 하나 사라지면 우리의 관계는 지금보다 더 얕아진다. 그 상황이 사무치게 쓸쓸했다.

"플랑탱 상회에는 세 사람 앞으로 초대장을 보낼게요. 루츠를 반드시 동반하세요."

제멋대로 떨리는 손을 꽉 쥐었다. 내가 살짝 시선을 피하면서 루츠의 동반을 명령하자, 벤노는 이미 예상했었는지 나를 걱정스럽게 바라보며 고개를 끄덕였다.

"분부대로 하겠습니다."

눈보라가 멎으면 성에서 회담을 열겠다는 것, 내가 동석한다는 것, 현재의 생산량과 그 여력에 관해 어느 정도 자료를 정리해 둘 것 등 세세한 사항을 정했다.

"눈보라가 점점 거세집니다."

창밖을 보던 길의 목소리에 모두가 입을 닫았다. 서둘러 돌아가지 않으면 앞으로 눈보라가 더 심해질 터였다.

아직 의논하고 싶은 사항이 몇 가지나 남았지만, 아무런 준비도 없이 호출하지 않아서 다행이라는 말을 벤노가 우회적으로 말하고, 서둘러 이날 회합을 마무리하게 되었다.

눈과 바람이 휘몰아치는 악천후 속을 헤치며 서둘러 돌아가는 모두를 창문으로 바라보면서 나는 가볍게 한숨을 내쉬었다. 창에 김이 서렸다. 오늘은 보는 사람이 많아서 루츠에게 어리광을 부리지 못했고, 앞으로 계약을 해지할 생각을 하니 우울한 기분이 덮쳐왔다.

'피할 수 없는 과정인 건 알지만…….'

우울한 기분과 한숨을 남은 차와 함께 목구멍으로 들이키고, 나는 신전장실로 돌아갔다.

에필로그

신전에서 나온 순간, 벤노는 저도 모르게 모자를 푹 눌러썼다. 올 때보다 눈보라가 더 거세졌다. 코트 옷깃을 세우고, 모자를 푹 눌러쓰면서 계단을 내려간 벤노는 마부가 열어 주는 문으로 마차에 올라탔다. 바로 마르크와 루츠도 뛰어들듯이 들어왔다. 세 사람이 탑승하자 문이 닫히고, 곧바로 마차가 움직이기 시작했다. 신전에서 나와서 마차에 탔을 뿐인데 온몸이 눈 범벅이다.

로제마인이 신전장이 된 이후부터는 면담 의뢰를 거쳐 정식으로 초대받으면 마차를 타고 신전에 출입한다. 이 날씨에 마차를 몰아야 하는 마부는 고생하겠지만, 오늘 같은 날은 마차라서 천만다행이다. 신전 바로 앞에 가게를 세운 오트마르 상회와 달리 이대로 플랑탱 상회까지 걸으면 완전히 눈사람이 되어 버릴 터이다.

눈 때문에 시야가 흐려서이리라. 마차가 평소보다 천천히 달렸다. 창밖에서는 시끄러울 정도로 바람이 불었지만, 마차 안은 무거운 침묵만이 가득했다. 평소라면 비밀의 방에서 만난 로제마인의 모습을 떠들리며 평민촌에 사는 가족들에게 어떻게 알릴지, 어디까지 이야기해도 괜찮은지 질문했을 루츠가 오늘은 고개를 푹 숙인 채 입을 닫고 있어서다. 걱정하며 루츠를 쳐다보는 마르크를 보고, 그냥 두라는 뜻으로 고개를 가로저은 벤노는 창밖으로 시선을 돌려 가벼운 한숨을 내쉬었다.

'아마 계약 마술 해지 때문에 이러는 거겠지만……과연 어찌 되려

는지.'

　이번 회의는 루츠에게도 생소했을 터였다. 평소라면 인사만 끝내고 바로 비밀의 방으로 안내한다. 중요한 얘기는 로제마인이 아니라 마인의 말투로 전했다. 하고 싶은 말이 있으면 루츠도 말할 수 있었고, 마인은 당연한 얼굴로 그 말을 들어 주었다.

　그런데 오늘은 길드장이 동석하는 회담이었다. 기본적으로 발언권이 있는 사람은 길드장, 벤노, 오토 세 사람뿐이었다. 로제마인에게 귀족 같은 미소로 아무렇지 않게 일방적인 계약 해지를 선고받은 사실이 루츠에게 충격이었으리라고 벤노는 추측했다. 루츠의 눈에는 보이지 않았을지도 모른다. 계약 마술 얘기를 꺼낸 로제마인은 비록 귀족스러운 미소를 짓고 있었지만, 책상 위에서 종이를 누르며 꽉 쥔 주먹이 미세하게 떨렸다.

　'지금 로제마인의 마음이 불안해지면 우리가 곤란해져.'

　플랑탱 상회도, 길베르타 상회도 아직 로제마인의 후원이 필요하다. 그리고 오늘 회의로 다른 영지에서 상인들이 밀어닥치게 된다는 것을 알았다. 막무가내에다 제멋대로인 귀족들을 중간에서 막아 줄 존재가 없으면 그들의 변덕이나 분풀이에 평민 상인들이 망할 가능성이 크다.

　구텐베르크 멤버들과 평민 상인들을 지키기 위해 로제마인을 정신적으로 안정시킬 사람은 투리를 길베르타 상회에, 루츠를 플랑탱 상회에 거두고, 길드장을 떼어 놓은 자신의 역할이라고 벤노는 생각했다.

　'로제마인을 안정시키기 위해서도 루츠가 정신을 똑바로 차려 줘야 해.'

"어서 오십시오, 주인님."

하인들의 마중을 받으며 건물로 들어갔다. 플랑탱 상회 안은 어두 침침하고, 인기척이 없다. 그도 그렇다. 밖에 눈보라가 휘몰아치는데 책이나 종이를 사러 올 별종은 없으니까. 그래서 오늘처럼 눈보라가 거센 날은 가게 문을 닫는다. 고용한 다루아들도 이런 날은 가게에 오지 않는다. 겨울 동안 플랑탱 상회에서 지내는 사람은 점주인 벤노, 다 프라인 마르크, 견습 다프라인 루츠. 그리고 겨울 동안만 이곳에서 묵으며 지내는 하인과 요리사뿐이다.

손님이 오지 않아서 영업하지 않는 겨울 동안에만 가게에서 지내 기를 희망하는 사람은 가족이나 친척이 없어서 겨울 준비를 할 수 없는 독신자, 가족과 사이가 나빠서 겨우내 집안 생활을 피하고 싶은 자, 겨울 준비에 드는 비용을 결혼 자금으로 모으고 싶은 자가 많다. 올해 겨울을 책임질 요리사는 결혼 자금을 모으고 싶은 이탈리안 레스토랑 요리사이므로 최근에는 나오는 식사마다 매우 만족스러웠다.

실내에 들어가서 모자와 코트에 묻은 눈을 탁탁 털어내면서 계단을 올라가면 벤노 가족이 사는 2층이 나온다. 공용 거실은 난롯불을 피워서 훈기가 있다. 살짝 숨을 내쉬었지만, 여기서 쉬고 있을 시간은 없다.

"마르크, 내 방에 차를 갖다 주게. 루츠, 겉옷을 입은 채로 내 방에 와라. 할 얘기가 있어."

코트를 입은 채 벤노는 자기 방에 들어가서 난로에 불을 피웠다. 평소에는 장작을 아끼려고 공용 거실에서 지내는 탓에 방이 꽁꽁 얼어 있었다. 도무지 코트를 벗을 온도가 아니다. 장작이 아깝지만, 하인들이 드나드는 곳에서 로제마인의 얘기를 할 수는 없으니 어쩔 수 없다.

"실례하겠습니다."

벤노의 뒤에서 루츠가 쭈뼛거리며 방에 들어왔다. 아직도 풀이 죽어 있고, 표정도 어둡다. 벤노는 난로 앞에 의자를 끌고 와서 앉았다. 난롯불을 바라보면서 루츠가 마찬가지로 의자를 가져오길 기다렸다가 입을 열었다.

"루츠, 네가 똑바로 하지 않으면 로제마인이 흔들려. 불평이든 죽는 소리든 여기서 다 뱉어 내라. 신전에서는 그런 얼굴을 보이지 마."

벤노는 그렇게 말하고 루츠의 표정을 살폈다. 조금씩 커져 가는 불을 바라보면서 루츠가 질끈 눈을 감았다.

"녀석은…… 더 이상 흔들리지 않을 겁니다."

"어째서?"

"그런 식으로 표정 하나 바꾸지 않고 계약 해지라는 단어를 뱉어 내는 걸 보면 이제 저와 한 약속은 필요 없는 것 같습니다……."

'비밀의 방을 너무 자주 사용한 폐해로군.'

벤노는 딱딱하게 굳은 앞머리를 엉망으로 망가뜨렸다. 루츠가 로제마인과 중요한 대화를 나눌 때면 항상 비밀의 방을 썼었다. 길이나 프리츠를 통해서 보고한 적은 있어도 귀족의 얼굴을 한 로제마인과 바깥에서 중요한 이야기를 하는 일이 루츠에게는 익숙지 않다.

"바보냐? 로제마인이 계약을 해지하고 싶을 리가 없잖아."

"하지만 주인님……."

"계약 마술이 가장 절실한 사람은 그 누구도 아닌 녀석이야. 평민촌과의 연결 고리를 필사적으로 붙잡고 있는 걸 모르겠어? 솔직히 사업을 확대하려면 우리에게 그 계약 마술이 필요 없어."

벤노의 말에 루츠가 고개를 확 치켜들었다. "필요 없다니……." 라며 떨리는 목소리로 중얼거렸다. 벤노는 저도 모르게 머리를 벅벅 긁었다. 루츠도 생각보다 계약 마술 의존도가 심각한 듯하다.

"플랑탱 상회의 견습 다프라 입장에서 잘 생각해 봐라. 녀석이 잠들어 있는 동안에 계약 마술 때문에 움직이지 못한 사업이 있었지? 허약한 그 녀석이라면 또 언제 쓰러질지 몰라. 영주 주도 아래 진행하는 새로운 사업에 걸림돌이 되는 계약이란 말이다."

로제마인에게 승낙을 받을 수 없었던 탓에 하르덴첼에 식물지 공방을 세우지 못했다. 책 판매나 인쇄업에 관련해서도 진행하지 못하는 부분이 있었다. 마인이 로제마인이 되었을 때 제지업과 인쇄업은 영지의 새로운 산업이 되었다. 그럼에도 불구하고 영주가 영지 귀족들에게 전파하려는 데 로제마인의 허가를 일일이 받아야 하면 불편하리라. 벤노의 지적에 루츠가 깜짝 놀란 듯이 눈을 크게 떴다.

"하지만 그 계약은……."

"그건 애초부터 보험이야. 신전에 들어갈 때 녀석을 어떤 귀족이 나꿔챌지 몰랐으니까 어떤 상황이 와도 접촉할 수 있게 하기 위한 계약이었어."

하지만 마인은 죽은 자가 되었고, 로제마인으로서 청색 견습무녀에서 영주의 양녀가 되었다. 그리고 길베르타 상회는 보잘것없는 신흥 상점에서 유행의 선두주자를 담당하는 영주 일족의 전속이 되었다. 벤노는 영주의 양녀에게 플랑탱 상회라는 이름을 부여받고 독립했다. 이제 거처가 불안해서 로제마인을 못 만나게 될 사태가 일어날 일은 없다.

"그때와 지금은 지위도 관계도 전혀 달라. 지금 우리에게 꼭 필요한 계약이 아닌 거야."

벤노의 말을 곱씹듯이 루츠가 "그때와 지위도 관계도 다르다."라고 중얼거렸다. 눈앞의 이익을 생각하면 계약이 있는 편이 유리하지만, 영주가 주도하는 사업에 참여가 확실해진 플랑탱 상회 입장에서는 꼭 필요한 계약이 아닌 셈이다.

"하지만 녀석에게는 그렇지 않지. 2년이란 수면에서 깨어난 지 아직 얼마 지나지도 않았고, 가족의 얼굴도 못 봤지 않느냐. 평민촌을 이어 주던 그 작은 연결고리가 사라지면 얼마 전처럼 로제마인의 상태가 불안정해질 수가 있어."

2년이란 잠에서 깨어나자마자 만났을 때 로제마인은 '울고 싶어도 울 수가 없었다'라며 대성통곡했다. 달랑 혼자서 귀족 사회에 뛰어 들어서 영주의 양녀로 사는 로제마인은 어떤 계기로 불안정해질지 모른다. 벤노조차 거래만으로 피폐하게 만드는 상급 귀족에 둘러싸여 생활하는 셈이다. 얼마나 부담이 클지 헤아릴 수도 없다. 어린 루츠에게는 몇 년이나 지난 추억일지라도 어른인 벤노에게는 바로 엊그제 얘기다.

"아무리 녀석이 태연해 보여도 그렇지 않다는 걸 네가 제일 잘 알 거다."

신식의 고열에 시달릴 때 마인은 루츠를 걱정하며 미소까지 지어 보였다. 하지만 그 열로 상당히 고통스러웠을 터였다. 당시 열세 살이었던 벤노의 연인 리제는 갑작스럽게 들끓는 열에 비명을 질렀으니까. 자신이 구하지 못한 연인을 떠올리며 벤노는 미간을 잔뜩 찌푸렸다.

"네 눈에는 보이지 않았겠지만, 계약 해지 얘기를 꺼냈을 때 녀석의 손이 떨리고 있었어. 귀족스러운 언행에 현혹되지 마."

벤노의 말에 루츠가 숨을 삼켰다. 그리고 분한 듯이 얼굴을 구겼다. 로제마인의 행동을 잘 보지 못한 스스로에게 짜증이 났으리라.

"루츠, 정신을 똑바로 잡아라. 그 계약이 있든 없든 우리가 할 일은 변하지 않아. 목표는 같다. 가족과 만날 수도 없는 상황에서 지금 녀석을 안심시킬 수 있는 건 너밖에 없어. 로제마인이 불안정해지면 넌 그때처럼 성이 찰 때까지 울게 해 주고, 아무것도 변하지 않는다고 말해 주면 돼."

당혹감에 흔들리던 루츠의 눈이 고정되었다. 짝 하고 자기 뺨을 때린 루츠가 "네, 주인님." 하고 각오에 찬 얼굴로 고개를 끄덕였다.

'이거면 괜찮겠지. 루츠가 버팀목이 되어 주면 로제마인은 이겨낼 거야.'

루츠가 진정된 것을 확인한 벤노는 안도의 한숨을 쉬었다.

"주인님, 차를 가져왔습니다."

마치 이야기가 끝나길 기다렸다는 듯이 마르크가 차를 가져왔다. 루츠의 상태를 힐끔 본 마르크가 고개를 끄덕였다.

"이야기가 끝나셨다면 거실로 이동하시겠습니까? 그쪽이 따뜻합니다."

"……아니, 이 방에 자료가 많아서 일하긴 여기가 편하다. 로제마인이 말했던 마을 정비 의견을 정리해 둬야지."

"성에서 영주님께 설명할 때 쓸 자료도 만들어 둬야겠지요?"

루츠가 즉시 목패와 잉크를 손에 들었다. 당당하게 웃는 얼굴을 보고, 벤노도 씩 웃었다. 눈 때문에 바깥에 나가지 못해도 할 일은 많다. 힘없이 어깨만 떨구고 있을 여유는 없다.

"의욕이 생겨서 다행입니다만, 모처럼 끓여온 차가 식겠습니다. 먼저 차를 마시지요."

버리게 할 셈은 아니지요? 라며 위협하듯 미소 짓는 마르크를 보고, 벤노와 루츠는 서로 얼굴을 마주 본 다음 서둘러 잔을 들었다.

직
접
구
혼

기다란 속눈썹이 그림자를 드리우고, 부드러워 보이는 입술이 살짝 열리며 차를 마신다.

'아아, 에그란티느는 오늘도 아름답구나.'

처음 그녀의 존재를 알게 된 건 내가 아직 어렸을 때다. 힘이 없다고 소외당하던 5왕자인 아버님이, 협력할 테니 정변에 참여하라는 선대 아우브 클라센부르크에게 설득당하던 시기였으리라.

에그란티느의 가족은 정변 중에 독살당했다. 아직 세례도 받기 전이라 어린이 방에서 식사를 해결하는 나이였던 그녀 혼자만 살아남았고, 외가인 클라센부르크가 그녀를 거두었다. 정변으로 가족과 왕족의 지위를 잃은 비극의 왕녀, 그것이 에그란티느다.

귀족원에서 처음 만난 그녀는 열 살이라는 어린 나이에도 이미 아름다운 소녀였다. 아름다울 뿐만 아니라 왕족인 나를 능가할 정도로 성적이 우수하고, 측근과 하위 영지 사람들에게도 사랑받을 정도로 인품이 뛰어났다. 지금은 고인인 3왕자의 딸은 언젠가 마력의 양이나 속성으로 친아버지를 뛰어넘을 거라고 다들 예상했지만, 지금 에그란티느는 5왕자였던 내 아버님도 뛰어넘었다.

그녀가 왕족의 지위를 되찾고 싶어 한다는 클라센부르크의 말을 들은 아버님은 그녀에게 선택권을 주었다. 형님이냐 나냐, 그녀가 선택한 자가 차기 왕이 될 것이라고 했다. 나는 그것을 알게 된 순간부터 왕좌가 탐내게 되었다.

'왕좌가 아니라 나는 에그란티느를 원했어.'

꼴깍 하고 차를 넘기는 에그란티느의 가느다란 목이 움직인다. 자그마한 소리와 함께 찻잔을 테이블 위에 놓고, 잘 익은 브라레 색상을 띠는 손가락이 하늘하늘 춤추듯이 잔에서 떨어졌다.

그 손가락의 궤도가 눈에 새겨질 정도로 바라보았지만, 상대방이 독을 확인하는 순서를 바라보는 건 왕족으로서 당연하다. 그렇게 정당화하면서 나는 에그란티느를 응시했다. 나의 시선을 눈치챘는지, 밝은 주황색 눈동자가 나를 바라보며 가늘어졌다.

"아나스타지우스 왕자님, 어서 드시지요."

부드러운 미소와 목소리가 권하는 차를 들었다. 예절에 맞춰 차를 마시면서 나는 고민했다. 뭐라고 말을 꺼내야 할까? 자신의 마음을 직접 본인에게 전한다. 고작 그것이 왜 이리도 어려울까. 잔을 쥔 손에 힘이 들어가자, 차가 파문을 그렸다. 저도 모르게 목구멍에서 소리가 났다.

'혹시 내 구혼을 명령처럼 받아들이지 않을까?'

왕족이 하는 말은 명령이 된다. 2왕자인 형님도 에그란티느에게 편지와 선물을 보내는 모양이지만, 직접 구애하지는 않은 듯했다.

'하지만 형님은 에그란티느에게 마음이 있는 것이 아니라 왕좌를 얻기 위해 에그란티느와 결혼하고 싶어 하는 거야.'

형님에게는 이미 중영지 출신의 부인이 있다. 대영지 부인이 들어오면 둘째 부인으로 밀려날 자신의 운명을 아는 부인이. 그렇게 생각한 순간, "에그란티느 님은 두 왕자님이 왕좌를 원해서 구혼하신 것으로 알고 계세요."라는 로제마인의 목소리가 뇌리를 스쳤다.

'설마 형님처럼 나도 왕좌가 목적이라고 생각하는 건……'

한숨을 숨길 수 없었다. 나는 이미 부인이 있는 형님에게 에그란티느가 시집가는 것을 눈뜨고 두고 볼 수 없었다. 이 아름다운 소녀를 내 손으로 행복하게 만들어 주고 싶다. 그래서 나는 형님을 적으로 돌리게 될 줄 알면서도 에그란티느의 남편에게 주어지는 왕좌를 노렸다.

"저기, 아나스타지우스 왕자님. 중요한 말씀이 있다고 하셨지요?"

내가 잔을 손에 든 채 고민에 빠지자, 에그란티느가 의아한 표정으로 고개를 갸웃거렸다. 서둘러 잔을 놓은 나는 제공된 디저트를 입에 넣었다. 입속에서 사르르 녹는 설탕 과자다. 중앙에서는 자주 나오는 과자지만, 최근에 에렌페스트의 디저트를 먹어서인지 평소보다 훨씬 달게 느껴졌다.

'어쩌면 좋을까?'

에그란티느와 둘이서 마주 앉아 있어도 뜬금없이 마음을 전할 수는 없다. 주머니 속에 있는 도청방지 마술구를 꺼내려다가 아직 이르다며 손을 뺐다. 뭔가 도입이 될 만한 화제를 찾느라 쩔쩔맸지만 내 머릿속에는 로제마인의 신랄한 말만 맴돌았다.

"……로제마인과 다과회를 했다지?"

"어머, 로제마인 님께서 무슨 말씀을 하셨나요?"

부드럽던 미소가 더욱 깊어졌지만, 에그란티느를 빤히 보고 있던 나는 그 미소가 살짝 굳어졌음을 눈치챘다. 내가 들으면 곤란한 이야기라도 한 걸까? 아니면 로제마인이 에그란티느에게도 얼굴이 굳을 만큼 불쾌한 발언을 내뱉은 걸까?

'설마 신나게 내 욕을 한 건 아니겠지.'

뇌리에 떠오르는 로제마인의 얄미운 미소에 주먹을 떨구고 마음을 진정시킨 나는 헛기침을 한 번 하고, 표정을 가다듬었다.

"그대는 에렌페스트를 어떻게 생각하나? 올해 굉장히 신기한 물건을 마구 내고 있지 않느냐. 영지 순위 1위인 클라센부르크의 입장에서는 어떻게 보이지? 선생들은 어떻게 판단하는지 왕족으로서 알아 두고 싶은데……"

완전 거짓말은 아니다. 에렌페스트는 새로운 디저트와 머리 장식, 머리에 윤기를 내는 약 등, 신기한 물건을 잇달아 선보였다. 여태껏 순위치고는 그저 그렇다는 평가를 받던 중영지가 갑자기 존재감을 발산하는 것이다. 다른 영지가 어떤 식으로 느끼는지 알아 두면 소동을 미연에 방지할 수 있으리라. 단켈페르거와의 사이에 일어난 소동은 아직 생생하게 기억난다. 전부 거절하고 있지만, 왕족이 남긴 유물의 주인이 되고 싶다는 요청이 아직도 몇 번이나 올라온다.

"……글쎄요. 중립을 지킨 것만으로 정변의 난을 피한 덕에 순위가 올라간 중영지라는 평가에서 이제야 순위에 걸맞은 실력을 기르기 시작했다, 라는 평가로 바뀌는 중이라고 할까요?"

흠, 하고 아나스타지우스는 일단 고개를 끄덕였지만, 도무지 납득할 수 없었다.

"에렌페스트를 너무 고평가하는 것 같은데? 여태껏 에렌페스트의 개인 성적과 업적은 훌륭했지만, 그뿐이다. 영지 전체를 끌어올리는 데까지는 미치지 못하고 개인 범주에 그쳤다. 이번에 로제마인도 그렇지 않다는 근거가 있느냐?"

내가 아는 사람만 해도 연구 능력에는 군돌프 선생도 혀를 내두르는 힐쉬르와 페슈필 천재였던 크리스티네 등, 에렌페스트는 개인의 능력이 뛰어난 천재를 이따금 배출했다. 하지만 그 영향이 에렌페스트에 퍼져서 영지의 이익이 되지는 않았다.

"이번에는 영지 전체에 다양한 영향이 퍼지는 것 같아요. 진급식에서는 모든 여학생이 린샴을 썼고, 새로운 곡도 몇 년 새에 퍼졌죠. 전학년이 수업 중에 새로운 곡을 연주할 줄 알더라고 하니까요. 그리고 저학년 이론 성적도 올랐어요."

"하지만 성적이 오르기 시작한 건 이삼 년 전부터 아니었나?"

로제마인이 세례를 받았는지 아닌지도 의심스럽고, 2년간 잠들었다고 했다. 성적 상승은 로제마인의 공적이 아닐 터였다.

"올해는 모든 학년에서 에렌페스트의 성적이 놀랄 정도로 올랐어요. 자세한 건 숨기는 것 같지만, 로제마인 님이 고안한 대책이 성공해서래요. 재미있게도 에렌페스트에서는 개인 성적에 멈추지 않고, 그 대책을 널리 공유해서 영지의 이익으로 삼을 방침이래요. 로제마인 님이 계신다면 에렌페스트는 성장할 거예요."

"흠. 또 하나의 영주 후보생은 어때?"

에그란티느가 로제마인을 너무 치켜세우자, 살짝 짜증이 일었다. 나는 에렌페스트의 또 다른 영주 후보생을 화제로 꺼냈다.

"프림베르 선생님 말씀으로는 빌프리트 님도 우수하시대요. 궁중 예법 실기는 한 번 만에 합격하셨다고 하고, 마력도 빼어나게 잘 다루신다고 들었어요. 다만 수업 중에도 로제마인 님께 조언을 듣는 모습을 몇 번이나 보셨다고 하고, 성적은 우수해도 평범한 영주 후보생이라는 평가였어요."

"흠. 수업 중에 조언이라……."

로제마인은 양녀다. 생각도 없이 내게 귀한 정보를 흘리던 못된 버릇은 영주의 친자식에게 하던 습관 때문에 생겼는지도 모른다. 자고로 영주 후보생은 아우브 자리를 두고 서로 적대 관계지만, 가까이서 아우브의 친자식을 보좌하라는 말을 들었을지도 모른다.

'그럼 나도 그 귀한 조언을 그냥 버릴 수야 없지.'

한 번 숨을 내쉰 나는 도청방지 마술구를 꺼냈다. 에그란티느에게 건네자, 에그란티느가 살짝 불안한 눈빛으로 시종을 힐끔 보았다.

"측근을 물리는 것보다는 낫겠지?"

둘만 남는 것보다는, 하고 에그란티느가 고개를 끄덕이며 도청방지 마술구를 손에 들었다. 그녀가 나와 둘만 남는 상황을 경계한 적이 한두 번이 아니지만, 매번 가슴이 아픈 건 어쩔 수 없었다. 마술구를 쥔 손에 힘이 들어갔다.

"로제마인과 얘기를 했는데…… 그대가 어느 쪽도 고를 수 없다고 했다고 들었다."

"……그날은 제가 말이 조금 많았나 봅니다. 로제마인 님이 너무 귀여우셔서일까요? 못 들은 것으로 해 주세요."

에그란티느는 곤란한 듯 살짝 웃으며 자세히 말하길 꺼려했다. 하지만 아무리 부탁해도 그냥 넘어갈 수는 없다.

"그대는 형님도 나도 선택하지 않겠다, 명령이라면 따르겠지만 자기 의사로는 어느 쪽도 고르지 않을 거라 했다고 로제마인에게 들었다. 그대의 바람은 평온이지, 왕족으로 돌아가는 것이 아니라고."

"대단히 죄송합니다. 제가 정말 입을 함부로 놀렸나 봅니다. 아나스타지우스 왕자님, 부디 그냥 넘어가 주십시오."

에그란티느가 눈물을 글썽거리면서 필사적으로 사정했다. 그 모습이 귀여웠지만, 들어줄 수는 없다. 여기서 멈출 거라면 로제마인의 귀 따가운 신랄한 충고를 듣지도 않았을 것이다.

"미안하다. 그대의 부탁을 최대한 들어주고 싶지만, 그냥 넘어갈 수는 없어. 나는 그대의 진심을 알고 싶다."

내가 에그란티느를 바라보면서 그렇게 말하자, 그녀는 망연자실한 표정을 지었다. 소망을 말해도 되는지, 말해 봤자 이뤄질 리 없다고 포기하는 표정인지는 잘 모르겠다.

"나는 지금까지 그대가 왕족으로 돌아가길 바라는 줄 알았고, 그대의 소망을 내가 이뤄 주고 싶었다. 그대가 선택한 사람이 왕이 된다. 다시 말해서 왕이 되지 못하면 그대의 남편이 될 수 없지. 그래서 나는 왕좌를 원했다. 그런데 그대의 소망이 평온이라더군."

에그란티느의 미소가 깊어졌다. 미소지만, 더는 깊이 파고들지 말아 달라고 부탁하는 표정임을 알았다. 하지만 여기서 물러나면 지금까지와 아무것도 바뀌지 않는다. 나는 도청방지 마술구를 양손으로 꼭 쥐었다. 내 진심이 조금이라도 닿도록 에그란티느를 바라보는 눈에 더욱 힘을 주었다.

"나는 선대 아우브가 아닌, 에그란티느, 그대의 희망을 이뤄 주고 싶다. 그걸 알려준 사람이 로제마인이라는 게 조금 짜증나지만, 앞으로는 누구를 통하지 않고, 직접 그대의 소망을 듣고 싶은 바이다. 그리고 나의 소망도 그대가 알아줬으면 좋겠다. 그대가 왕족의 지위를 원하지 않듯이 나 역시 딱히 차기 왕이 되고 싶은 것이 아니야. 형님이 되고 싶다면 형님이 되면 돼."

에그란티느가 평소처럼 미소를 띠려고 했지만, 입술 끝이 떨려서 실패한 듯한 표정을 지었다. 나는 정말 지금까지 몇 년이나 사교용으로 표정을 관리한 그녀의 얼굴밖에 못 봤던 모양이다. 그것이 분했지만, 감정을 절제하지 못하는 지금의 표정을 알게 되어 조금은 기뻤다.

'내 말이 조금은 마음에 닿았다고 생각해도 될까?'

온몸의 피가 용솟음치는 듯한 뜨거움을 느꼈다. 얼굴이 뜨겁고, 귀가 웅웅거린다. 시처럼 꾸민 말로 사랑을 속삭일 여유는 없었다. 그저 생각난 대로 말할 뿐이다. 아마 지금의 나는 왕족 입장에서 본다면 매우 볼썽사나우리라.

"내가 바라는 건 그대뿐이다. 나를 선택해 다오. 형님이 아니라, 그 누구도 아니라, 나의 빛의 여신이 되어 다오. 물론 이건 명령이 아니야. 그저 나의 소망이다."

하고 싶은 말은 전부 했다. 나는 숨을 고르면서 에그란티느를 가만히 바라보았다. 시선이 얽힌 순간, 그녀는 내 시선을 피하듯 아래를 바라보았다. 로제마인의 충고에 따라 봤지만, 진심을 직접 전해도 받아들여지지 않은 모양이다.

낙담과 함께 손에서 힘이 빠진 순간, 에그란티느가 "……너무 솔직한 말씀에 깜짝 놀랐습니다."라며 조그맣게 중얼거렸다. 어떤 작은 소리라도 놓치고 싶지 않아서 마술구를 잡은 손에 다시 힘이 들어갔다.

"역시 너무 솔직했나? 사실 로제마인이 그러더군. 권력 싸움이라는 벽에 막혀 진심이 오해가 된다고. 누군가를 통해서 말하면 절대 진심이 전해지지 않을 거라고."

"로제마인 님께서요?"

놀란 듯이 그렇게 말하며 고개를 든 에그란티느의 볼이 수줍음에 빨갛게 물들어 있었고, 내 심장이 경종 치듯 시끄럽게 울기 시작했다.

'이렇게 수줍어하는 표정을 보는 건 처음이야. 정말 로제마인의 조언이 맞아떨어진 건가?'

"그래. 그대가 왕족과 결혼하지 않아도 되는 방법을 물색 중이니 직접 뭘 원하는지 묻는 단계부터 시작하면 어떻겠냐고 쉽게도 말하더군. 참 불경하기 짝이 없는 녀석이지 않느냐?"

조금이라도 분위기를 풀려고 씁쓸하게 웃으며 로제마인의 말을 꺼내자 에그란티느의 밝은 주황색 눈동자가 동그래졌다.

"그런 솔직한 조언을 아나스타지우스 왕자님께서 들으실 줄은 몰랐어요."

"괘씸한 충고를 많이 하더군. 하지만 로제마인의 말이 사실이라면…… 그대가 내 마음을 오해한 채 곤란했을 테지. 적어도 왕좌가 목적이 아니라는 것만은 전하고 싶었다."

"……그 진심은 이해했습니다."

에그란티느가 눈을 내리깔았다. 그것이 수줍어서 하는 몸짓임을 알고 나니 자연스럽게 내 얼굴에 미소가 생겼다.

"훗……. 로제마인의 충고가 그대에게 통한다면 다른 충고도 시도해 보는 편이 좋겠군."

"……로제마인 님께서 또 어떤 충고를 하셨나요? 여기서 더 놀랄 일이 또 있나요?"

삐친 표정으로 살짝 노려보는 에그란티느의 사랑스러움에 나는 마음속으로 쾌재를 부르며 로제마인의 충고를 떠올렸다.

"왕족을 앞에 두고 말하기에 매우 무례하기 짝이 없는 충고다. 듣고 싶으냐?"

"꼭 들려주세요."

사교적인 미소로 돌아왔지만, 삐친 표정이 살짝 남아 있는 것 같기도 하다. 그런 에그란티느의 변화에 흐뭇해하며 나는 로제마인의 충고 중에서 가장 충격적인 것을 말했다.

"먼저 그대와 어울리고 싶다면 봉납 가무 연습을 더 진지하게 하라더군. 나란히 춤추면 내 실력이 형편없어 보인다며."

에그란티느가 믿을 수 없는 말을 들은 사람처럼 눈을 끔뻑이더니 고개를 갸웃거렸다.

"······정말 그런 말을 로제마인 님께서 하셨어요?"

"그래. 비록 내가 무례한 충고도 용서하겠다고 했다만, 아예 폭언을 퍼붓더군. 칭찬 방법이 잘못됐다고 하질 않나, 그대가 예술에 조예가 깊으니 페스퓔 연습을 하라고 하질 않나······."

손가락을 접으면서 세자, 에그란티느의 미소가 얼어붙었다. 그 심정은 심히 이해되었다. 도무지 13위인 에렌페스트의 영지 후보생이 왕족에게 할 말이 아니었다.

"로제마인은 그렇게 폭언을 퍼붓고, 그대로 그 자리에서 의식을 잃었지. 몸 상태가 나쁘다는 말은 했었지만, 설마 갑자기 쓰러질 정도로 심각한 줄 몰랐다. 나도 놀랐지만, 오스빈이 사색이 되는 모습은 정말 오랜만에 봤어."

에그란티느가 다양한 표정을 보여주면서 로제마인의 얘기를 듣고 있기에 흥이 난 나머지 눈앞에서 쓰러진 얘기까지 해 버렸다. 그 순간, 에그란티느의 안색이 바뀌었다.

"아나스타지우스 왕자님, 몸이 안 좋으시다는 로제마인 님을 억지로 끌고 가시다니 왜 그렇게까지 하셨어요. 문병 정도는 가셨겠지요?"

"내가 로제마인에게 문병을? 물론 용서할 생각이다만, 로제마인의 실태를 용서해야 한다면 로제마인이 먼저 내게 용서를 빌어야 마땅하지 않으냐?"

왕족과 대면 중에 의식을 잃다니 있을 수 없는 작태다. 원래라면 로제마인이 면담 의뢰를 해서 용서를 구하고, 내가 용서하는 흐름이어야 한다. 그런데 내가 먼저 문병이라니 말도 안 된다. 에그란티느가 나라면 다 팽개치고 문병을 갔겠지만.

"원래라면 그래야 하지만, 면담 의뢰가 아직 없지 않습니까. 로제마인 님께서 아직 회복하지 않으신 겁니다. 주변 측근들이나 소식을 들은 아우브 에렌페스트는 얼마나 가슴이 타겠어요. 로제마인 님 개인을 위해서가 아니라 에렌페스트 전체를 위해서 위로의 말이라도 전하셔요."

"……오호라. 귀족원에서는 보통 영지가 간섭하지 않는다고 들었는데 보고는 하는구나."

나는 영지와 기숙사가 어떻게 소식을 주고받는지 모르지만, 영주 후보생이 왕족에게 불려 갔다가 그 앞에서 의식을 잃어서 사죄도 못하는 상태라면 이 소식을 들은 아우브는 속이 타들어가는 기분이리라. 심층의 방에서 쓰러지고, 도서관 마술구의 주인이 되어 단켈페르거와 디터를 겨루게 된 사실을 보고받아도 관여할 수 없는 아우브 에렌페스트에게 동정심이 일었다.

'다만, 문병을 가라고 해도…….'

원칙을 어기면서까지 갈 필요는 없다. 섣불리 마음을 쓰면 주변 눈에는 내가 마음에 로제마인을 둔 것처럼 보이리라. 에그란티느가 그러길 바랐다는 사실을 주위에 알리지 못하는 상태에서 문병 따위 가고 싶지 않았다.

"에그란티느, 유감스럽게도 나는 지금까지 누군가의 문병을 간 적이 없다. 그대가 여기서 위로에 어울리는 문장을 함께 생각해 준다면…… 에렌페스트에 위로의 편지를 보낼 생각은 있다만."

"……정말 어쩔 수 없는 분이시네요."

에그란티느와 함께 위로의 말을 생각하고, 사과문을 보내게 되었다. 나는 부드러워진 에그란티느의 미소를 보고, 손을 뻗었다. 지금이라면 받아들여 줄 것 같았다.

"에그란티느, 다음에는 정자에서 얘기해 보지 않겠나? 그대의 소원을 이루려면 아우브 클라센부르크와 선대를 설득해야 하지 않을까?"

"할아버님을 설득하기는 쉽지 않을 거예요."

명확한 대답은 아니었지만, 연인이 함께 시간을 보내는 정자에서의 만남을 거부하지 않은 건 처음이다. 나는 무적이 된 느낌이었다. 에그란티느에게 내 마음을 솔직하게 고백하는 것에 비하면 귀족을 대하는 것이나 마찬가지인 아우브나 선대와의 협상 따위 별것도 아니다.

어떻게 설득해야 할까? 시간은 많이 없지만, 해 볼 가치는 있다. 나는 클라센부르크의 디저트를 입에 넣고, 아드득 씹었다.

주인이 자리를 비운 동안에

"로제마인 님은 정말 폭풍처럼 왔다가 가시네요."

설마 성에는 하룻밤만 묵고 바로 신전으로 출발하실 줄은 몰랐습니다. 신전으로 향하는 기수들을 배웅하면서 제가 그렇게 중얼거리자, 코르넬리우스와 리카르다가 몸을 확 돌리고, 씁쓸한 미소로 동의하며 고개를 끄덕입니다. 노르베르트와 성에 소속된 몇몇 시종은 얼른 마술 구로 문 주위에 쌓인 눈을 녹이며 정리합니다.

"그럼 일단 방으로 돌아갑시다. 앞으로의 일을 생각해야 하잖아요? 저는 휴가를 받아서 일단 집으로 돌아가는데, 여러분은 어떻게 하시나요? 어젯밤은 성에서 지내셨지만, 가족들께 연락은 넣었습니까?"

북쪽 별채로 돌아가자고 재촉하며 리카르다가 물었습니다. 리카르다는 이미 휴가 신청을 낸 모양이지만, 저는 로제마인 님이 에렌페스트에 계시는 동안 호위 신청을 낸 것이 답니다.

"호위 대상이 없는 성에 있어 봤자 할 것도 없지, 레오노레는 어쩌고 싶어?"

나와 코르넬리우스는 로제마인 님이 성에서 지내실 때 호위할 다무엘과 안게리카와 교대하려고 귀족원에서 돌아왔습니다. 하지만 미성년인 저는 신전에 함께할 수가 없습니다.

"나는 아버님께 기사들의 협동에 관해서 들어야 할 얘기가 있어. 지금쯤이면 한참 겨울의 주인 토벌 대책을 세우고 계시겠지. 옆에서 이야기만 들어도 가치가 있을 거야."

보물 뺏기 디터의 결과를 코르넬리우스가 진지하게 받아들인다는 사실에 내심 기뻤습니다. 제가 아무리 협동이 중요하고, 단켈페르거와 얼마나 다른지 설명해도 이해하지 못하는 견습 기사들이 많았거든요.

"레오노레는…… 귀족원에 돌아갈 거야? 로제마인 때문에 서둘러 수업을 끝내느라 친구와 지내지도 못했을 텐데. 또 도서관에서 조사할 게 있다고 했지? 그리고 올해 겨울은 사교계에서 친족에게 붙잡히면 고생하지 않아? 봉납식이 끝나기 전에 연락할 테니까 그때 성에 돌아와 주면 돼."

코르넬리우스의 말대로 지금 제가 집에 돌아가면 질문 공세를 받게 될 겁니다. 친족들은 모두 로제마인 님의 정보를 궁금해하거든요. 호위 업무가 없었다면 겨우내 외숙부님을 상대해 드려야 했을 겁니다.

"······그러네요. 가족들에게 질문 공세를 받는 건 싫으니 귀족원으로 피난해야겠어요. 코르넬리우스는 괜찮아요?"

"나는 괜찮아. 내가 보고해야 할 것도 있고."

로제마인의 친오빠인 코르넬리우스는 익숙하다는 표정으로 그렇게 말하며 가볍게 어깨를 으쓱했습니다. 기숙사에서 측근들에게 지시를 내리는 모습이나 로제마인 님과 우애 좋게 지내는 모습을 보면 친족에게 넣을 연락은 코르넬리우스에게 안심하고 맡기면 될 것 같습니다.

"그럼 코르넬리우스가 남고, 레오노레는 내일 귀족원으로 돌아가는 거죠? 전이 마법진을 작동해 달라고 질베스타 님께 전달해 두겠습니다. 저는 지금부터 일족을 모아서 친족 회의를 열어야 해요. 정말 트라우고트 녀석 때문에 머리가 지끈거린다니까요······."

로제마인 님의 방에 있는 측근 전용 방에 돌아가자, 리카르다가 오틸리에에게 뒤를 맡기고, 분주하게 채비해서 방을 나갔습니다. 일초도 아까운 듯한 움직임에 눈을 끔뻑이는 내게 오틸리에가 차를 내어 주었습니다.

"아무리 리카르다가 시종으로서 최고지만, 저 연세에 귀족원에서 시중을 들고, 손자인 트라우고트가 저지른 실태를 뒤처리까지 하느라 고생이 이만저만이 아니겠네요."

귀족원에서 트라우고트가 저지른 짓을 이미 오틸리에도 들은 모양입니다. 로제마인 님은 본인 나름의 생각으로 트라우고트에게 사임을 권하셨지만, 그건 해임했어야 하는 실책이었습니다. 자기가 모시는 주인을 주인으로 보지 않는 태도는 같은 측근인 저희들의 분노까지 치밀게 했고, 영주 일족을 경시하는 것이었습니다. 주인을 모시는 자의 마음가짐이 없다며 격노한 리카르다의 말이 옳습니다.

"트라우고트는 영주의 방계 핏줄이 짙고, 라이제강과는 관계가 옅으니 우리와 달리 영주의 양녀가 된 로제마인 님께 반발심이 컸겠지요."

트라우고트는 보니파티우스 님의 손자지만, 둘째 부인의 계보입니다. 둘째 부인은 라이제강 계통의 귀족은 아니었습니다. 그래서인지 어릴 때부터 적대심이 강한 트라우고트가 자주 시비를 걸어서 코르넬리우스가 굉장히 고생했다고 합니다.

"그렇다고 주인을 만만하게 보면 안 되지. 녀석이 평소에도 로제마인에 대한 불평불만을 퍼트리고 다녔는데 솔직히 로제마인의 측근을 그만둬서 난 안심했다."

"자기 손자인데도 리카르다가 해임을 요청할 정도인걸요. 저는 직접 보지는 못했지만, 얼마나 태도가 심했으면 그랬을까요."

휴, 하고 한숨을 내쉰 오틸리에가 매우 걱정스럽게 저희를 봅니다.

"코르넬리우스, 레오노레. 하르트무트는 괜찮을까요? 그 아이는 로제마인 님께 너무 푹 빠져서 폭주할 때가 있잖아요. 측근으로 발탁되었다며 감동에 젖은 편지를 받은 뒤부터 연락이 전혀 없어서……. 트라우고트와는 다른 의미로 로제마인 님의 눈 밖에 나면 어쩌나 걱정이 되어 잠이 안 와요."

저는 무심코 코르넬리우스와 서로 마주 보았습니다. 하르트무트의 폭주는 같은 라이제강 계열 귀족인 저희도 걱정되는 부분입니다.

"가까이서 보면 하르트무트의 기세에 로제마인 님께서 질리신 듯 보일 때가 있어요. 하지만 트라우고트 사건의 정보 처리 건으로 혼도 났고, 하르트무트도 반성하고 있습니다. 로제마인 님의 뜻에 반하는 폭주는 하지 않을 거예요."

"……폭주는 하지 않지만, 암약은 하겠지."

잠시 고민하던 오틸리에는 내 말에 안도하지 못하고 미간을 찌푸렸습니다. 역시 모친이네요. 하르트무트를 잘 알고 있어요. 다른 사람이라면 그 사람 좋아 보이는 미소와 태도에 속아 이렇게 의심하지 않겠지요.

"레오노레, 정말 죄송하지만, 귀족원에 돌아가면 하르트무트의 동향을 감시해 주지 않겠어요?"

"차기 아우브에 걸맞은 사람은 로제마인이라고 계속 주장하고 있긴 하지. 하르트무트라면 아직 포기하지 않았을 거야."

오틸리에와 코르넬리우스의 진지한 부탁에 저까지 불안해졌습니다. 확실히 누군가가 감시할 필요는 있어 보입니다. 귀족원에 남은 측근 중에 신분상 하르트무트를 제지할 사람이라면 브륀힐데인데, 그녀에게 기대하면 안 됩니다. 브륀힐데는 갖가지 유행을 만드는 로제마인 님께서 차기 아우브가 되시면 에렌페스트가 발전할 거라고 생각하는 구석이 있으니까요.

"알겠습니다. 로제마인 님과 코르넬리우스가 없는 동안 은밀히 주인의 뜻을 거스르는 행동을 하지 못하게 못을 박아 둘게요.”

“고맙다. 네가 로제마인의 측근으로 들어와 줘서 다행이야.”

기뻐하는 코르넬리우스의 말에 저도 모르게 입이 벌어집니다. 제가 측근 자리를 받아들인 이유는 아버님께서 라이제강의 귀족으로서 로제마인 님을 모시라고 하셨기 때문입니다. 그리고 코르넬리우스의 곁에 있고 싶어서입니다. 불순한 동기인 줄은 잘 압니다. 저는 로제마인 님이 오래 잠드신 뒤부터 진지하게 훈련과 공부에 몰두하기 시작한 코르넬리우스를 지켜봐 왔습니다. 상급 귀족에 걸맞은 합격점만 받으면 된다던 코르넬리우스가 보기에도 안쓰러울 정도로 노력하는 모습을 옆에서 계속 지켜보고 싶어졌습니다.

“로제마인이 없는 동안 호위 임무가 없으니까 협동이 안 되는 견습생들을 연습시킬 절호의 기회야. 보물 뺏기 디터를 분석하는 걸 보면 네게는 전체를 보는 눈이 있고, 배운 이론을 전술에 활용하는 능력이 있어. 영지대항전에 대비해서 훈련해 줬으면 해.”

코르넬리우스가 제 분발을 기대한다는 말에, 더욱 노력하기로 마음먹었습니다. 보물 뺏기 디터 분석의 절반은 로제마인 님께서 말씀하신 내용입니다. 아직 1학년 영주 후보생이신 로제마인 님이 적의 작전을 명확하게 꿰뚫고, 적을 쓰러뜨릴 작전을 세우신 겁니다. 기사 코스에서 전공으로 배우는 저는 더 공부해야 합니다.

“맡겨 주세요. 페르디난드 님의 지시서를 토대로 견습 기사들의 힘을 파악하는 단계부터 시작할게요.”

그날은 견습 기사들과 어떤 훈련을 할지 코르넬리우스와 의논하고, 다음 날 저는 오전 중에 귀족원으로 돌아갔습니다.

"어머, 레오노레. 귀족원에 돌아오다니 성에서 무슨 일이 있었어요?"

표정 관리를 마친 미소였지만, 왠지 기분이 좋지 않아 보이는 표정으로 다목적 홀에서 나오는 브륀힐데를 보고 저는 눈을 끔뻑였습니다.

"로제마인 님께서 곧바로 신전에 가셔서, 봉납식이 끝날 때까지 귀족원에서 지내는 편이 좋겠다고 코르넬리우스가 권해 줬어요."

브륀힐데의 뒤에서 다목적 홀을 나온 하르트무트와 눈이 마주치자, 하르트무트가 가볍게 어깨를 으쓱했습니다. 아무래도 다목적 홀에서 무슨 일이 있었던 모양입니다.

"브륀힐데, 하르트무트. 잠깐 할 얘기가 있는데 시간 괜찮아요?"

제가 제 눈가를 손가락으로 가리키면서 묻자, 브륀힐데가 한 번 심호흡을 하고 "네, 물론이죠."라며 불쾌한 감정을 숨기고 미소를 짓습니다. 하르트무트는 "회의실을 잡아 두지."라며 바로 움직이기 시작합니다.

작은 회의실에 들어가서 문을 닫는 순간, 브륀힐데가 눈을 부라리고, 눈썹을 떨었습니다.

"정말 짜증나서 미치겠어요."

무엇 때문에 화난 건가 했더니 빌프리트 님 때문이었습니다. 운 나쁘게도 로제마인 님께서 성으로 돌아가신 그날 단켈페르거의 공주님께서 이번 기회에 교류를 돈독히 다지자며 다과회 초대장을 보냈다는 겁니다.

"로제마인 님이 안 계시니 당연히 거절하셨겠죠? 설마 거절을 빌미로 디터 도전이라도 하던가요?"

"아니, 그렇게 유쾌한 상황이 아니야. 로제마인 님 앞이 아니라 영주 후보생 앞으로 온 초대장이어서 빌프리트 님만 출석하면 그만이었어. 그런데 빌프리트 님께서 브륀힐데를 호출하신 거야."

하르트무트가 웃으며 손을 저은 뒤 오렌지색 눈동자로 브륀힐데를 보았습니다. 브륀힐데의 황갈색 눈동자가 분노로 조금 탁해졌습니다.

"원래라면 로제마인 님이 출석해야 하는 다과회니까 너희가 준비하라며 우리한테 다과회 일거리를 전부 떠맡기는 거예요. 말이 돼요!? 빌프리트 님은 제 주인이 아니잖아요."

원래라면 빌프리트 님은 로제마인 님께 의견을 구해서 로제마인 님께서 보내신 편지를 토대로 저희에게 명령을 내리셔야 합니다. 그 과정을 건너뛰고 직접 명령을 내리는 상황을 브륀힐데는 용납할 수가 없는 모양입니다.

"진정하세요, 브륀힐데. 로제마인 님께서도 빌프리트 님께 협력하라고 부탁하셨지 않습니까."

"협력과 일임은 엄연히 달라요. 빌프리트 님의 측근들은 아직 수업이 끝나지 않아서 여유가 없대요. 그럼 예정을 비우면 그만이잖아요."

브륀힐데의 주장은 지당합니다. 빌프리트 님의 측근이 행동하기 쉽도록 저희가 협력하는 것과 명령으로 전부 일임하는 것은 엄연히 다릅니다. 그리고 측근에게 여유가 없다는 말도 이해하기 어렵습니다. 저희는 로제마인 님의 도서관 동행에 맞춰서 수업 일정을 짰습니다. 주인의 일정에 맞춰서 움직일 수 없다니 본인 측근들을 무능력자라고 욕하는 거나 마찬가지인데 빌프리트 님의 측근들은 아무 생각도 없는 걸까요?

"자기 측근은 수업하라고 하고, 당연하듯이 남의 측근을 부려먹다니 너무 오만하지 않아요? 저 그때 데뷔 무대가 끝난 후에 빌프리트 님이 베로니카 님께 인사하시던 때가 생각나서 부아가 치밀었어요."

브륀힐데가 분해 죽겠다며 그렇게 말했습니다. 저는 데뷔 무대 상황을 잘 모릅니다. 하지만 브륀힐데도 그녀의 아버지인 기베 그레첼도 화가 단단히 났었던 모양입니다. 저는 아버님이 "대체 언제까지 이런 일이 이어지려는지."라고 포기한 듯 씁쓸하게 웃음을 지으시던 옆모습이 생생하게 기억납니다.

"베로니카 님께서 라이제강 계통 귀족을 얼마나 눈엣가시처럼 생각하고 박해했는지 모를 리가 없는데 그들의 언행은 그때와 변한 게 없어. 베로니카 님이 배제된 지금도 그 무렵과 똑같이 명령하면 다들 넙죽거리고 들어주는 줄 아는 거야. 변하는 세상을 믿고 싶지 않은 거겠지."

하르트무트가 업신여기듯이 콧방귀를 뀌었습니다. 라이제강 계통 귀족인 저희는 다소 차이는 있지만, 베로니카 님께 해코지를 당했습니다. 그래서 그 베로니카 님의 밑에서 자라신 빌프리트 님께도 처음부터 좋은 감정을 가지고 있지는 않습니다.

"베로니카 님 손에서 자라신 빌프리트 님은 역시나 라이제강 계통 귀족을 무시하시는 거예요. ……두 분이 다르다는 걸 라이제강 계통 귀족도 알아 주면 좋겠지만, 너무 닮긴 하셨죠. 머리카락 색깔이나 눈동자 색깔은 물론이고 언행도……."

제 말에 두 사람이 고개를 끄덕입니다. 파벌이 바뀐 순간, 빌프리트 님은 구 베로니카 파와 거리를 두고, 예전에 라이제강 계열 귀족에게 했듯이 그들을 대하게 되었습니다. 구 베로니카 파가 로제마인 님께 접근하지 못하게 경계할 필요는 있습니다. 하지만 빌프리트 님이 과거에 자신의 파벌이었던 자들을 따돌리는 모습은 주변 사람 눈에도 좋게 보이지는 않습니다. 자기 사람마저 소중히 대할 줄 모르는 자가 과연 다른 파벌 귀족을 귀하게 여길까요? 자신이 습격당해서 2년의 잠에서 깬 후에도 파벌 관계없이 정당하게 평가하시는 로제마인 님과 빌프리트 님을 자꾸 비교하게 됩니다.

만약 로제마인 님께서 습격을 받자마자 구 베로니카 파를 대하는 태도가 바뀌셨다면 저는 그녀도 다른 귀족과 별반 다르지 않은 평범한 귀족이라고 평가했겠지요. 하지만 로제마인 님은 습격을 당하고 2년간 잠든 후에도 로데리히를 비롯한 구 베로니카 아이들의 실력을 정당하게 평가하셨습니다. 빌프리트 님께서 불평하셔도 자신의 태도를 바꾸지 않는 로제마인 님의 마음 씀씀이를 저는 존경하고, 제 주인으로 걸맞다고 생각합니다.

"브륀힐데가 화내는 건 이해해. 하지만 딱히 빌프리트 님께 명령받았다고 생각할 필요는 없어. 우리도 빌프리트 님을 이용하면 돼. 로제마인 님이 돌아오실 때를 대비해서 영주 후보생의 다과회에서 유행을 퍼트리면 되잖아. 아니야?"

"네, 알아요. 그리고 짜증난다고 준비를 안 할 수도 없고요. 로제마인 님의 측근으로서 완벽하게 준비할게요."

순식간에 감정을 절제한 브륀힐데가 각오한 표정으로 당당하게 말했습니다. 기베 그레첼의 후계자로 자란 높은 긍지가 드러나는 표정입니다.

"그리고 빌프리트 님께서 참석할 다과회는 리젤레타와 필린느의 연습무대로 안성맞춤이야. 솔직히 로제마인 님의 다과회 전에 최대한 연습을 많이 시키고 싶었어. 로제마인 님의 다과회에서 실수하면 가만

두지 않겠지만, 빌프리트 님의 다과회면 웃어넘길 수 있거든."

너무나도 하르트무트다운 발언이지만, 아무리 짜증나는 상대라도 빌프리트 님은 영주 후보생입니다. 브륀힐데의 표정이 살짝 찌푸려졌습니다.

"그 말투는 마음에 안 들지만…… 대체로 동의해요. 지금까지 에렌페스트는 상위 영지와 다과회를 가질 기회가 없었죠. 정말 짧은 시일에 왕족과 개인적인 만남을 성취한 로제마인 님을 생각하면 우리에게도 연습할 자리가 필요해요."

'아무리 빌프리트 님이 참가하는 다과회라지만, 상위 영지의 다과회인데 정말 연습이 될까?'

하급 귀족인 필린느가 긴장감에 울먹거리는 모습이 눈에 아른거립니다. 하지만 로제마인 님의 측근이면 누구나 거치는 과정이니 익숙해져야 합니다.

"그나저나 단켈페르거가 여는 다과회라. 슈바르츠와 바이스를 도서관에 돌려줄 때를 노리고 다른 영지까지 끌어들여서 길을 막고 공격하던 영지에서 초대라니……."

제가 근심을 털어놓자, 하르트무트가 즉시 고개를 저었습니다.

"나도 몰래 알아봤는데…… 단켈페르거에서는 앳된 외모로 기사를 농락하는 기책을 펼친 로제마인 님을 상당히 절찬하는 목소리가 커. 레스티라우트 님의 여동생이 오빠의 잘못을 사과하고 싶어 한대."

"하르트무트가 자신 있게 그렇게 말한다면 사실이겠네요."

로제마인 님이 깊은 잠에 빠지신 건 전부 호위 기사의 실력이 형편없어서라고 코르넬리우스에게 끈질기게 항의하던 하르트무트가 로제마인 님께 해가 될 위험을 놓칠 리가 없습니다. 단켈페르거의 뒷조사도 샅샅이 했겠지요.

"영주 후보생 앞으로 초대장을 보냈다면 개인적인 친분은 없다는 뜻이겠네요……어? 단켈페르거 아가씨는 1학년 영주 후보생 아닌가요? 그렇다면 수업 때 일면식은 있을 텐데……."

"브륀힐데, 로제마인 님은 선생님들 얘기는 하셔도 함께 공부한 학생 얘기는 거의 하신 적이 없어요. 틀림없이 합격에만 온 정신을 집중하느라 다른 영지와 말도 전혀 섞지 않으셨을 거예요."

저와 브륀힐데는 서로 얼굴을 마주 보았습니다. 우수하지만 흥미와 관심이 편향된 로제마인 님께 주의를 드려야 할지도 모르겠습니다. 귀족원에서는 다른 영지와 깊은 교류를 가지라고 장려합니다. 특히 여성 영주 후보생은 혼인 상대를 찾거나 다른 영지에 시집을 간 뒤 도움될 만한 관계를 만들어 두는 것이 중요하죠.

"올해 로제마인 님은 컨디션이 정상이 아니셨어요. 내년에는 반드시……."

"내년도 마찬가지로 도서관에 계시려는 모습밖에 떠오르지 않네요. 쓸데없는 기대는 접어 둡시다, 브륀힐데."

도서관에만 계시려는 로제마인 님께 측근들이 아등바등 사교를 강요하는 모습을 떠올리고, 저는 피식 웃고 말았습니다.

다시 시작된 귀족원 생활은 순탄치만은 않았습니다. 로제마인 님이 안 계시는데도 머리 장식과 린샴 정보를 구하려는 다른 영지의 초대가 줄을 이었습니다. 조금은 거절해 주셔도 될 것을 빌프리트 님은 "상위 영지의 초청은 거절할 수 없다."라며 전부 수락해서 브륀힐데와 시종들에게 준비를 맡겼습니다. 그러면서 "여자와 다과회를 자주

하면 피곤하다.”라며 불평이시니 브륀힐데의 분노는 날이 갈수록 쌓였습니다. 리카르다가 있었다면 오즈발트를 혼냈을 테지만, 현재 에렌페스트 기숙사에 있는 성인 시종 중에서 가장 윗사람이 오즈발트입니다. 슬며시 불만을 털어놓아도 그냥 모른 척 흘러 넘긴다고 합니다.

저는 브륀힐데의 불평을 들으면서 코르넬리우스와 약속했듯 영지대항전을 대비하여 견습 기사들을 훈련시켰습니다. 페르디난드 님의 지침서를 보면서 에렌페스트 견습 기사들의 정보 수집부터 시작합니다. 참가 인원이 정해져 있는 디터에서는 각자의 장점과 단점, 체력과 마력을 최대한 정확하게 파악하는 것이 중요하다고 합니다.

“레오노레, 언제까지 달리게 할 셈이야!?”

“체력이 닳을 때까지라고 하지 않았나요? 트라우고트는 아직 힘이 남아도나 보네요. 훌륭한 체력입니다.”

“레오노레, 더는 못 하겠어! 이제 마력이…….”

“알렉시스도 아직 두 발 더 쏠 수 있죠? 당신은 이 상태만 되면 명중률이 확 떨어지니까 조금 더 올려야 해요.”

기사들에게 반복적인 기초 훈련을 시켜서 자신의 한계에 도전하게 하고, 저는 그 내용을 기록했습니다. 얇아서 몇 장이나 겹쳐 들 수 있는 식물지의 편리함에 속으로 절찬했습니다. 이것을 목패로 기록했다면 어마어마한 양이 되었겠지요.

‘제법 쓸 만한 정보가 모였네요.’

훈련장에서 견습 기사 절반이 폭풍으로 강변까지 밀려온 물고기처럼 꿈틀대면서 바닥에 드러누워 있습니다. 회복약을 마시고 회복 중이니 목숨에 지장은 없습니다.

'회복약이 부족해지면 안 되는데.'

"레오노레, 저도 수업을 다 끝냈어요! 훈련에 참가하게 해 주세요!"

자신만만한 미소로 유디트가 훈련장에 달려왔습니다. 오늘도 그녀의 머리는 풍성하게 흔들립니다.

"어서 와요, 유디트. 마침 딱 좋을 때 와 줬어요."

"서두르지 마. 넌 아직 2학년이잖아. 지금 당장 도망…… 힉!?"

"루돌프, 회복이 끝났나 보네요? 유디트 앞에서 한 번 더 체력의 한계에……."

"아, 아직이야! 아직 회복 안 했어!"

"그럼 조용히 안정을 취하세요. 자, 유디트, 시작할까요?"

"응? 응? 응?"

쓸데없는 말을 내뱉은 루돌프를 조용히 시킨 나는 유디트의 망토를 꽉 잡았습니다. 이제야 죽은 시체처럼 바닥을 뒹구는 주변이 눈에 들어온 유디트는 혼란스러운 표정을 지었지만, 놓치지 않을 겁니다. 그녀는 저번 보물 뺏기 디터에서 훌륭한 던지기 기술을 보여줬습니다. 기사 코스를 선택하는 내년부터 영지대항전에 참가할 수 있지만, 던지기를 전력으로 넣으면 전략 범위가 매우 넓어지겠죠. 매우 기대되기 시작했습니다.

"훈련에 참가하고 싶다니 감동했어요. 체력 측정 후에 던지기부터 정보를 딸게요."

모두와 마찬가지로 기진맥진해진 유디트가 제 발밑에 쓰러지기까지 그렇게 긴 시간이 걸리지 않았습니다. 귀족 여성이 바닥에 드러누우면 안 되죠, 라고 주의하는 사람은 이곳에 아무도 없습니다. 모두 같은 상태니까요.

"……저, 루돌프 님의 충고대로 아직 이른가 봐요. 귀족원 훈련이 이렇게 힘들 줄 꿈에도 몰랐어요."

"어머, 퀼른베르거에서 훈련을 받았다고 들었는데 유디트는 정말 체력이 대단하네요. 아직도 말이 나올 만큼 회복했어요?"

"아니요! 저 아직 말 못 해요!"

씩씩한 목소리로 그렇게 소리친 유디트가 울먹이며 고개를 세차게 저었습니다. 정말 회복도 빠르고, 기사 소질이 다분한 아이네요. 훈련 시키는 보람이 있습니다. 어쩌면 안게리카와 마찬가지로 보니파티우스 님의 손녀딸 사랑이 넘치는 특훈을 받게 될지도 모르겠네요.

"모두 회복했으면 다음은 같은 마력으로 같은 위력의 공격을 반복하는 훈련에 들어가겠습니다."

"……레오노레는 어쩔 건데요?"

"저는 모두 회복하는 동안에 기숙사에 돌아가서 회복약을 만들어 올게요. 부족할 것 같거든요."

견습 기사들의 "아직 안 끝났어!?"라는 비명을 등 뒤에서 들으면서 저는 훈련장을 나갔습니다. 출구에서 루펜 선생님이 재미있다는 듯이 웃으며 저희를 보고 계셨습니다.

"에렌페스트가 참 열심히 훈련하는구먼. 단켈페르거에 이겨서 자만할 줄 알았더니 그렇지도 않구나. 감동이야."

"자만하는 사람도 있어요. 보물 뺏기 디터 중에 로제마인 님께서 차라리 실력대로 지는 편이 낫다고 진심으로 말씀하신 적이 있는데 저도 그 의미를 이제야 이해할 것 같습니다. ……아직 모르는 사람이 더 많을 거예요."

내가 훈련장을 돌아보자, 루펜 선생님이 의아한 표정을 지으셨습니다.

"호오, 로제마인 님이 그런 말을……. 참 보기 드문 영주 후보생이군."

저도 같은 의견입니다. 로제마인 님은 안게리카를 가르치려고 기사 코스 이론을 공부하시고, 코르넬리우스에게는 기사단장의 집에 있는 병법책까지 읽으셨다는 말을 들었습니다. 그리고 신전의 무녀로서 마수를 토벌하러 진군한 기사단과 동행하고, 기사의 움직임을 실제로 보셨답니다.

하지만 그것만으로 정말 그런 대단한 지시를 내릴 수 있는 건가요? 저도 기사 코스에서 배우는 중입니다. 하지만 보물 뺏기 디터에서 로제마인 님께 지적을 받고서야 실전과 이론이 이어짐을 깨달았습니다. 적이 어떤 책략을 세웠는지, 그럼 우리는 어떻게 대처해야 하는지 이론으로는 배웠지만, 실전에서는 적의 책략에 빠져서 혼란스러웠습니다.

"에렌페스트가 한 단계 더 강해지려면 견습 기사들 모두가 자기 한계와 마주해야 해요."

지금은 체력의 한계까지 훈련시켜서 정보를 모으고 있지만, 실전에서 얼마나 힘을 발휘할지, 훈련 중에 내는 힘을 실제로 몇 퍼센트 낼 수 있는지 알아야 합니다. 그리고 지금이라면 로제마인 님의 기책으로 겨우 이긴 저번과 달리 모호했던 상대방의 실력도 똑똑히 보이겠지요.

"……흠. 그 말은 다시 붙고 싶다는 말이냐?"

에렌페스트의 견습 기사를 위해 단켈페르거와 붙고 싶다는 뜻을 넌 지시 비추자, 루펜 선생님이 정확하게 제 의도를 간파해 주셨습니다.

"최대한 빨리 모두의 눈을 뜨게 하고 싶어요. 하지만 로제마인 님도 계시지 않는 에렌페스트와는 단켈페르거도 붙고 싶지 않겠죠?"

"아니, 나는 교사니까 학생들을 단련하는 계획에 협력해서 나쁠 것 없지. 그리고 단켈페르거 기사들도 에렌페스트와 다시 붙고 싶어 한단다. 책략가 한 사람의 존재가 얼마나 전세를 바꾸는지 실감할 좋은 기회지."

아무래도 그렇게 강한 단켈페르거에서도 협동이나 작전보다 공격력을 중시하는 견습 기사가 많아진 모양입니다.

"그럼 저는 사흘 후에 에렌페스트로 돌아가야 하니까 나머지 일은 잘 부탁드릴게요."

"……전부 나한테 떠넘기려고? 너도 참 훌륭한 책략가가 되겠구나."

"로제마인 님과 페르디난드 님을 본보기로 삼으려고요. 아직 배울 것이 넘쳐나지만……"

루펜 선생님은 놀란 듯이 눈썹을 씰룩거렸지만, 유쾌하게 웃으며 기초 훈련 마무리를 맡아 주셨습니다.

제가 에렌페스트로 돌아가기 전날, 빌프리트 님께서 다목적 홀에 견습 기사들을 전부 모으셨습니다.

"루펜 선생님을 통해 단켈페르거에서 디터 경기 신청이 있었다."

갑작스러운 소식에 견습 기사들이 술렁거립니다. 저도 함께 놀라는 척하면서 손을 들어 발언권을 구했습니다.

"안게리카와 코르넬리우스라는 주전력이 에렌페스트에 돌아가서 전력이 턱없이 낮습니다. 그리고 저번처럼 단켈페르거를 농락할 기책도 없어요. 그런 상태에서 단켈페르거를 이길 리가 없습니다."

에렌페스트의 현재 전력을 전하자, 빌프리트 님이 얼굴을 찌푸리셨습니다.

"그 말은 거절하란 말이냐? 하지만 상위 영지의 제안을 거절할 수는 없어."

"물론 거절하지 못한다는 건 압니다. 하지만 이기기는 어려울 겁니다."

나는 고개를 끄덕이면서 주위를 둘러보았습니다. 트라우고트가 반발하듯 저를 노려봅니다.

"하지만 레오노레. 우리의 힘을 보여줄 절호의 기회이지 않아? 죽도록 훈련했잖아. 그때보다 우리는 더 강해졌어."

"그리고 한 번은 이겼다고. 질지도 모르지만, 조금은 괜찮은 경기를 할 수 있을 거야."

자신의 한계를 알기 위한 기초 훈련만 해 놓고는 단켈페르거보다 강해졌다는 착각에 빠진 모양입니다. 역시 한 번의 승리가 자신감을 키운 것이겠지요. 한 번 참담하게 져야 할 필요가 있어 보입니다.

의욕에 찬 견습 기사들의 말을 듣고 있던 빌프리트 님은 만족스럽게 고개를 끄덕이셨습니다.

"레오노레, 넌 다른 견습 기사들과 의논해서 디터 일정을 정해라."

'방금 분노하던 브륀힐데의 마음이 이해가 되었습니다.'

당연하게 명령하는 태도에 짜증이 일었지만, 꾹 참고 저는 싱긋 웃었습니다.

"송구스럽지만, 저는 내일 에렌페스트로 돌아가야 합니다. 저번에

는 로제마인 님이 계셔서 로제마인 님의 호위 기사가 활약하게 해 주
셨으니 이번에는 빌프리트 님의 호위 기사를 중심으로 싸워 보심이
어떠신가요?"

　브륀힐데처럼 귀찮은 일거리를 떠맡고 싶지 않았던 저는 제가 없을
때 끝내 줬으면 했는데 루펜 선생님의 제안은 정말 기막힌 타이밍이
었습니다.

　'돌아가면 수집한 견습 기사들의 전력 정보를 토대로 코르넬리우스
와 함께 훈련과 영지대항전 대책을 짜야 해요.'

　에렌페스트에 돌아가서 할 일들을 머릿속으로 생각하며 저는 전이
마법진에 올랐습니다.

후기

오랜만입니다. 카즈키 미야입니다.

이번 「책벌레의 하극상~사서가 되기 위해서라면 뭐든지 할 수 있어 ~제4부 귀족원의 자칭 도서위원II」를 구매해 주셔서 감사합니다.

귀족원 도서관으로 돌격한 로제마인은 전혀 영주 후보생답지 않은 행동으로 리카르다에게 톡톡히 혼이 납니다. 여러분도 하고 싶은 일을 할 때는 주변과도 잘 조율하셔야 합니다. 로제마인처럼 귀환 명령이 떨어질지도 모릅니다.(웃음)

리젤레타를 비롯한 여학생들이 고대하던 치수 재기가 무사히 끝났지만, 슈바르츠와 바이스를 도서관에서 데리고 나온 탓에 레스티라우트가 이끄는 단켈페르거와 보물 뺏기 디터를 겨루게 됩니다. 이 보물 뺏기 디터는 해리포터의 퀴디치 같다는 감상을 여러 번 받았는데 사실은 초등학생 아이들이 하는 피구를 토대로 생각했습니다. 어린이들은 소재 보물창고입니다.

대영지의 에그란티느와 친해지고, 불가항력이지만 왕자와도 잘 지내게 되는 바람에 보고서를 읽은 보호자들은 매일같이 고민에 휩싸입니다. 그러다 결국 귀환 명령이 떨어집니다.

귀환해서 보호자 세 사람과 대화하는 로제마인. 앞으로도 귀족들에게 유행을 퍼트리려면 다른 영지와 활발한 거래를 피할 수 없습니다.

그러려면 과거에 맺은 계약 마술이 방해가 된다는 사실을 깨닫습니다. 희미한 연결고리를 지키고 싶어도 그럴 수 없는 상황이 닥쳐온 로제마인은, 루츠와 벤노는 어떻게 나올까요?

이번 단편은 아나스타지우스의 시점과 레오노레 시점입니다.

아나스타지우스 시점에서는 사랑에 빠진 왕자의 폭주하는 속마음을 그려보았습니다. 에그란티느를 너무 쳐다보는 거 아냐? 라고 걱정될 정도로 그는 그녀를 빤히 바라봅니다. 역시 에그란티느 얘기만 나오면 재미가 없으므로 다른 영지의 시선으로 본 로제마인과 에렌페스트의 평가도 이야기로 넣어 보았습니다.

레오노레 시점은 로제마인이 자리를 비우는 동안 귀족원에 돌아간 레오노레의 이야기입니다. 금방 신전으로 가 버린 로제마인. 주인이 없는 곳에서 주고받는 측근들의 대화를 신선한 마음으로 썼습니다. 라이제강 계통의 상급 귀족인 레오노레와 브륀힐데의 시선으로 본 귀족원이 로제마인과 전권에 나온 리젤레타와는 조금 다른 시선으로 보여졌으면 좋겠습니다.

이번 권에서는 보물 뺏기 디터로 활약하는 견습 기사들을 일러스트에 넣어 보았습니다. 냉정·침착 그리고 효율주의지만 코르넬리우스를 좋아하는 레오노레, 안게리카의 실태를 알고 실망한 직후에 할아버님의 엄격한 훈련을 견뎠다는 얘기에 다시 존경하게 된 유디트, 일러스트에 나온 순간 호위 기사를 관둔 트라우고트. 그리고 누가 봐도 왕자님 같은 아나스타지우스 왕자, 빛의 여신 같은 공주님 에그란티느, 느긋느긋한 할머니 같은 도서관 사서 솔랑쥬, 마지막으로 에렌페스트와 보물 뺏기 디터를 한 단켈페르거의 영주 후보생 레스티라우트입니다.

알려드립니다.

드라마 CD 2탄이 결정되었습니다. 4부II와 함께 온라인 스토어에서 판매합니다. 이번에는 4부III 클라이맥스에 맞춰서 평민 멤버들이 활약하는 시나리오입니다. 저는 이 드라마 CD를 위해 새롭게 「왕족의 의뢰품」이라는 투리 시점의 단편을 썼습니다. 왕족에게 의뢰를 받은 투리의 심정과 납품에 안심하는 모습, 그리고 인터넷판에서 독자분들이 상당히 좋아해 주셨던 투리의 풋풋한 사랑 이야기.

지금까지 등장한 배역에서 오토, 마르크, 힐쉬르, 유스톡스에 새로운 성우분들이 합세해 주셨습니다. 부디 기대해 주세요. 자세한 내용은 공식 홈페이지에서.

http://www.tobooks.jp//booklove/index.html

그리고 「책벌레의 하극상」의 코믹판이 또 새롭게 시작하게 되었습니다. 3부부터 나미노 료 씨가 그려주십니다. 문장으로만 묘사되었던 칼스테드의 저택과 성 등을 세밀하게 디자인해 주셔서 감사하고 또 감격스럽습니다. 저는 1화 콘티만 봤는데 다음 화도 정말 기대됩니다.

이번 표지는 보물 뺏기 디터라는 주제로 호위 기사들도 함께입니다. 레스티라우트와 대립 중인지 로제마인의 표정도 늠름하네요. 멋집니다.

컬러 일러스트는 앞권에 이어서 새 캐릭터가 한가득 등장합니다. 저는 귀여운 레오노레&유디트가 마음에 쏙 듭니다. 잇따라 등장하는 캐릭터를 디자인하느라 고생하시는 시이나 유우 님, 감사합니다.

마지막으로 이 책을 구매해 주신 여러분께 최상급의 감사를 바칩니다.

제4부Ⅲ는 초여름에 나올 예정입니다. 거기서 다시 만나요.

2018년 1월 카즈키 미야

짐작

페르디난드 님이 또 틀어박혀 버렸다

어떻게 좀 해봐 로제마인

생각나는 소재는 몇 개 있지만…

또 혼나는 건 싫은데

으____음

신관장님

그럼 시험 삼아…

타앙

힐쉬르 선생님께 들은 신관장님의 폭로담을 큰 소리로 떠들어도 돼요?

아, 나왔다

사랑의 전도사

아나스타지우스 왕자가 보낸 올도난츠가 날아왔다

훌륭하다 로제마인. 실로 멋진 곡이다!

그런데, 이 데자뷔는 뭐지?

으아~ 이걸 3번 들어야 해?

베에그란티느는정말여성인것같지않아 그녀의 입에서나오는말은마치빛의여신의말같고 손가락은또빛의여신의축복을받은

코린나

LOVE♡

똑바로 들어서야죠 로제마인 님…

아아, 그녀의 아름다운 머릿결은 빛을 머금고 마치 바람을 쓰다듬듯

아, 그러고보니 비슷한 사람이 있었어

톡

권터도 동류란다. 로제마인

책벌레의 하극상 [4부] ^{귀족원의} 자칭 도서위원 Ⅱ

초판 1쇄 발행   2019년 3월 15일
초판 2쇄 발행   2020년 11월 30일

저자 카즈키 미야

발행인 원종우
발행처 (주)이미지프레임

주소 (13814) 경기도 과천시 뒷골1로 6, 3층
영업부 02-3667-2653   **편집부** 02-3667-2654   **팩스** 02-3667-2655
메일 edit01@imageframe.kr   **웹** vnovel.kr

ISBN 979-11-6085-908-9 04830

Honzukino Gekokujo Shisho ni naru tameni ha Syudan wo Erande Iraremasen
Dai Yon-bu kizokuin no zishou tosho iin 2
By Miya Kazuki
Copyright © 2018 by Miya Kazuki
First published in Japan in 2018 by TO BOOKS, Inc.
Korean translation rights arranged with TO BOOKS, Inc.
through Shinwon Agency Co.